grafit

© 2012 by GRAFIT Verlag GmbH
Chemnitzer Str. 31, 44139 Dortmund
Internet: http://www.grafit.de
E-Mail: info@grafit.de
Alle Rechte vorbehalten.
Umschlagillustration: Carsten Hardt, www.carsten-hardt.de
unter der Verwendung des Fotos ›Lone businessman walking through
tunnel with briefcase‹, © Johnny Hetfield / istockphoto.com
Druck und Bindearbeiten: GGP Media GmbH, Pößneck
ISBN 978-3-89425-407-0
3. 4. / 2021 20 19 17

Sunil Mann

Uferwechsel

Kriminalroman

grafit

Der Autor

Sunil Mann wurde als Sohn indischer Einwanderer im Berner Oberland geboren. Er ist als Flugbegleiter tätig, ein Job, der ihm genügend Zeit zum Schreiben lässt. Viele seiner Kurzgeschichten wurden ausgezeichnet.

Mit seinem Romandebüt *Fangschuss*, dem ersten Krimi mit Vijay Kumar, gewann er den ›Zürcher Krimipreis‹. Auch *Uferwechsel* und *Schattenschnitt* wurden für diesen Preis nominiert. *Schattenschnitt* stand zudem auf der Shortlist für den ›Friedrich-Glauser-Preis‹.

www.sunilmann.ch

Donnerstag

»Halt an! Da muss es sein!« Grob krallte José seine Finger in meinen Arm und deutete aufgeregt zu der Stelle im Wald, die so hell und unwirklich erstrahlte, als wäre dort hinter den Baumstämmen ein Raumschiff gelandet. Durch das dichte Schneetreiben waren Scheinwerfer auszumachen, ihr grelles Licht durchschnitt die Düsternis des frühen Morgens.

Jäh trat ich auf die Bremse und verlor dabei beinahe die Kontrolle über meinen hellblauen Käfer, der mit unvermindertem Tempo über die vereiste Straße schlitterte – einem bulligen Kastenwagen entgegen, dessen Umrisse unvermittelt aus dem Schneegestöber aufgetaucht waren.

»Pass auf!«, schrie José überflüssigerweise.

Im letzten Augenblick gelang es mir, das Steuer herumzureißen und einen Zusammenstoß zu vermeiden. Mein Wagen schleuderte um die eigene Achse und setzte gerade zu einer weiteren Pirouette an, als eine Schneewehe am Straßenrand unsere Rutschpartie knirschend stoppte.

»Das war knapp!«, keuchte José, doch mit einem Magen, der mir whiskysauer am Halszäpfchen klebte, sah ich mich außerstande, den Mund zu öffnen, geschweige denn zu antworten.

Ich schloss kurz die Augen und schickte ein knappes Dankesgebet an den Hindugott Vishnu, dem die nervenaufreibende Aufgabe zugefallen war, Menschen zu behüten. Dann holte ich tief Luft, öffnete die Augen und setzte den Käfer zurück.

Im Schritttempo umfuhr ich die offenbar in Eile zurückgelassenen Fahrzeuge, die kreuz und quer auf dem brachliegenden Feld neben der Landstraße standen, und peilte eine freie Fläche an. Noch bevor ich den Motor ausstellen konnte, hatte José die Beifahrertür aufgestoßen und war aus dem Wagen gesprungen.

»Verdammt! Warte gefälligst auf mich!«, schrie ich ihm hinterher, als ich bemerkte, dass er sich keineswegs übergeben musste, sondern zielstrebig Richtung Wald davonrannte.

Fluchend lehnte ich mich über den Beifahrersitz und zog die Tür zu. Dann stülpte ich meine fellgefütterte Mütze über, schlüpfte in die Handschuhe und rannte meinem Kumpel nach, über den Acker und ein Stück der Straße entlang zum schmalen Waldweg zurück, der in einer leichten Steigung zur Lichtung hinaufführte.

Ich holte José problemlos ein, schließlich trug er nicht nur eine schwere Fotoausrüstung bei sich, sondern auch einen Rucksack, in dem sich eine volle Thermoskanne befand, in der heißer, stark gezuckerter Kaffee schwappte – großzügig mit spanischem Brandy versetzt, wie ich bei einer ersten Kostprobe erfreut festgestellt hatte.

»Gib her!« Ich nahm José im Laufen eine der Fototaschen ab und schweigend hetzten wir durch das Waldstück bergauf. Inmitten der Bäume herrschte eine dumpfe Stille, die Stämme hielten den Sturm erfolgreich ab. Nur der hart gefrorene Boden knarrte verhalten unter unseren Schritten, vereinzelt schwebten Flocken in der Luft. An den letzten Baumreihen schlugen uns die eisigen Schneeböen erneut entgegen und der Sturm zerrte an unseren Jacken.

Die Lichtung war etwa halb so groß wie ein Fußballfeld und hell erleuchtet, ein ungenauer Halbkreis mit ausgefransten Rändern. Schemenhaft zeichnete sich nachwachsendes Buschwerk unter der Schneedecke ab und die kahlen Zweige junger Laubbäume ragten wie dürre, skelettartige Finger aus dem Weiß. Trotz des Schneetreibens waren die flatternden rot-weißen Bänder, mit denen man den Bereich um die Leiche weitläufig abgesperrt hatte, deutlich zu erkennen. Verwundert stellte ich fest, wie viele Leute sich im gleißenden

Flutlicht tummelten. Etliche Uniformierte standen vor der Absperrung herum, die meisten wirkten etwas orientierungslos, ihre Augen waren glasig, die Haare – sofern sie nicht unter Mützen steckten – strähnig, die Gesichter aufgedunsen. Was auf den ersten Blick wie ein Mickey-Rourke-Lookalike-Contest aussah, war in Wahrheit wohl eher auf die Uhrzeit zurückzuführen: Es war kurz nach sieben in der Früh. Eine Zeit, die mir selbst nur vom Hörensagen bekannt war. Hätte mich José, der selbst kein Auto besaß, nicht mit penetrantem Klingeln aus dem Bett geholt, damit ich ihn unverzüglich zum Fundort der Leiche fuhr, befände ich mich noch selig schlummernd in demselben.

Stattdessen sah ich mich jetzt einer bissigen Kälte ausgesetzt, die mir die Tränen in die Augen trieb und allmählich unter meine Kleider kroch.

Ich schlang die Arme um meinen Oberkörper, während ich beobachtete, wie sich vier Polizisten damit abmühten, eines dieser weißen Zelte aufzurichten, wie man sie von verregneten Grillpartys kannte. Die Seitenwände blähten sich wie Segel im Wind, als die Männer jetzt versuchten, das Zelt über der Leiche zu platzieren, um sie vor dem Schneefall zu schützen. Ein Beamter leistete sich eine Unachtsamkeit und ließ kurz los, und schon riss der Sturm das Zelt wieder mit sich fort. Fluchend rannten ihm die Männer hinterher.

Auf der verzweifelten Suche nach brauchbaren Spuren wuselten derweil vermummte Gestalten in weißen Overalls um die Leiche herum. Ob sie etwas fanden, war im Schneegestöber nicht genau festzustellen, ich hielt es aber für eher unwahrscheinlich.

Außerhalb des abgesperrten Bereichs warteten Fotografen und Journalisten – unschwer an der Ausrüstung, den speckigen Lederjacken und den qualmenden Zigaretten auszumachen – und reckten die Köpfe, um das Geschehen besser verfolgen zu können. Kollegial verteilten sie untereinander Plastikbecher mit dampfendem Kaffee.

Nicht nur an der Landstraße unten, auch entlang des Waldweges waren mir die Streifenwagen aufgefallen und selbst auf der Lichtung waren etliche davon geparkt. Dem Aufmarsch an Personal nach zu urteilen, handelte es sich hier um einen äußerst wichtigen Fall.

Was auch Josés Eile erklärte. Während der Fahrt hatte er angespannt gewirkt und sich ungewohnt wortkarg gegeben. Erst auf mein hartnäckiges Nachfragen hin hatte er mir das Allernotwendigste verraten: junger Ausländer, tot, von Spaziergänger gefunden, im Wald bei Zumikon, außerhalb Zürichs.

An einen Unfall hatte von Anfang an niemand geglaubt, wie das Polizeiaufgebot deutlich machte, und wenn ich mir die immer stärker werdenden Rechtstendenzen in der Schweiz vor Augen führte, war wohl das Schlimmste zu befürchten.

Ein weiterer Wagen war jetzt zu hören, ein dunkler Mercedes, der in halsbrecherischem Tempo den Waldweg heraufpreschte und ruckartig vor der Absperrung anhielt. Als wäre es ein inszenierter Auftritt, ließ genau in diesem Augenblick der Sturm nach. Der Wind flaute ab, nur der Schnee fiel weiterhin in großen, flauschigen Flocken vom dämmrigen Himmel. Die Journalisten verstummten abrupt und wirkten mit einem Mal angespannt, während die Uniformierten entweder eine stramme Haltung annahmen oder beschäftigt guckten. Die ganze Welt schien den Atem anzuhalten.

Dann schwang die hintere Tür des Wagens auf und ein athletisch wirkender Mann mit grau melierter, perfekt sitzender Frisur entstieg ihm. Er blieb vor dem Fahrzeug stehen und blickte sich mit selbstgefälliger Miene nach allen Seiten um, als hätte er soeben unter frenetischem Beifall eine

Bühne betreten. Mit einer geschmeidigen Bewegung schlug er den Kragen seines sandfarbenen Kamelhaarmantels hoch und schlüpfte unter dem Absperrband hindurch, das ein diensteifrig herbeigeeilter Beamter für ihn hochhielt. Gerade noch rechtzeitig entging er so der heranstürmenden Pressemeute, die ihm aufgeregt ihre Fragen hinterherbrüllte.

Nach wenigen Metern verlangsamte der Mann seine Schritte, als wäre ihm etwas Wichtiges eingefallen. Unvermittelt drehte er sich dann um und blickte mit pathetischem Gesichtsausdruck in die Kameras. Zeitgleich ging ein Blitzlichtgewitter über der Lichtung nieder.

»Kein Kommentar«, verkündete er mit fester Stimme, als die Fotografen ihre Bilder im Kasten hatten, und ließ sich von zwei Beamten zum Fundort der Leiche begleiten. Gereizt wedelte er die junge Frau zur Seite, die ihm Gummihandschuhe und einen weißen Overall entgegenstreckte, schüttelte flüchtig Hände und tauschte einige Worte mit den ranghöchsten Polizisten. Nachdem er alles Relevante registriert und gespeichert zu haben schien, trat er an den leblosen Körper heran, der seltsam zusammengekrümmt auf dem Boden lag.

Obwohl ich mich auf die Zehenspitzen stellte, konnte ich nichts Genaueres erkennen, der Tote befand sich zu weit von der Absperrung entfernt. Dafür entdeckte ich einen älteren Mann in einer dicken Winterjacke, der mit hochgeschlagenem Kragen etwas abseits stand und gerade von einer Polizistin mit Kaffee versorgt wurde. Der Spaziergänger, der die Leiche entdeckt hatte, nahm ich an. Er wirkte verdrossen, was seine vom dampfenden Heißgetränk beschlagene Brille noch verstärkte. Wahrscheinlich harrte er schon viel zu lange in der Kälte aus. Sein Hund, ein Beagle, stand schlotternd neben seinem Herrchen und beobachtete wachsam das Geschehen.

Ich stampfte mit den Füßen auf, um mich zu wärmen,

während ich mich nach José umsah. Eben hatte er noch vor mir gestanden und wie alle anderen Fotos von dem Mann im Kamelhaarmantel geschossen, doch jetzt war er verschwunden. Merkwürdigerweise hatte er seinen Rucksack und die Fototasche zurückgelassen.

Allmählich hörte es ganz auf zu schneien. Hinter dem Absperrband hatten die Männer es endlich geschafft, das Zelt wieder einzufangen, etwas umständlich bewegten sie es jetzt zur Leiche hinüber. Zeitgleich zuckten von der gegenüberliegenden Seite grelle Lichtblitze über die Szene, worauf mehrere Beamte losrannten, um den Eindringling dingfest zu machen. Der Mann, den ich im folgenden Tumult nicht erkennen konnte, war offenbar auf einen Baum geklettert, um von dort die Leiche zu fotografieren. Sofort stellten sich einige Polizisten breitbeinig an die Absperrung, um mögliche Nachahmer einzuschüchtern, während ich jetzt im Scheinwerferlicht José erkannte, der von zwei Beamten unsanft durch den Schnee geschleift wurde. Ich war nicht wirklich überrascht. Erst als er aus der Sperrzone geschafft war, ließen die Polizisten ihn wieder los.

»*Joder!* Ich hatte es beinahe geschafft! Ein paar Sekunden länger auf dem Baum und ich hätte ein brauchbares Bild hingekriegt. *Que mierda!* Sieh dir das an! Alles komplett verwackelt!«, fluchte José, als er wieder neben mir stand. Verärgert presste er die Lippen zusammen und starrte auf das Display seines Fotoapparates.

»Wer ist es?«, fragte ich und reckte den Hals, um einen Blick auf die Anzeige zu erhaschen.

»Na gut, wenigstens eine Aufnahme ist halbwegs brauchbar.« José drehte die Kamera zu mir um, sodass ich mir das Bild angucken konnte. Etwas unscharf war darauf ein junger Mann zu sehen, fast noch ein Kind. Selbst in dieser Qualität war unübersehbar, dass er übel zugerichtet worden war. Seine Wangenknochen wirkten eingedrückt, beide Arme und ein Bein waren unnatürlich verrenkt. An der Stelle der Nase war nur noch blutiger Knorpel übrig. Der Junge trug eine fleckige Bluejeans und ein zerschlissenes orangefarbenes T-Shirt mit einem Totenkopf vor gekreuzten Knochen, darüber leuchtete ein riesiges Herz in knalligen Farben. Er hatte die Augen geschlossen, die Partie um den Mund war eingefallen, seine Lippen schimmerten bläulich. Zwanzig Jahre alt schätzte ich ihn etwa, die dunkle Haut war unnatürlich blass, sein Haar schwarz gekraust und kurz geschnitten.

»Bestimmt irgendeine Drogengeschichte«, sagte José tonlos und drehte die Kamera wieder um. »Oder er ist den Glatzköpfen in die Quere gekommen.«

»Dem Aussehen nach könnte er Araber sein«, mutmaßte ich.

»Wir werden sicher mehr erfahren, sobald sich der Oberguru ein Bild von der Sache gemacht hat.«

»Du meinst George Clooney?« Ich hob den Kopf und bemerkte, dass der grau melierte Mann mit dem Kamelhaarmantel argwöhnisch zu uns herüberblickte. Jetzt kniff er die Augen zusammen und kam mit raschen Schritten auf uns zu.

»Sag mal, hast du Sehstörungen? Der ähnelt George Clooney ungefähr so ...«

»Halt die Klappe«, zischte ich José zu, doch der ließ sich nicht beirren.

»... wie ich Jennifer Lopez.«

»Wie ich sehe, amüsieren sich die Herren bestens.« George Clooneys schnarrender Tonfall erinnerte mich unangenehm an meinen alten Geografielehrer. Aus der Nähe betrachtet, schwand auch die Ähnlichkeit mit dem amerikanischen Schauspieler, einzig die Haarfarbe und die perfekt sitzende Frisur waren den beiden Herren gemeinsam. Mein Gegenüber hatte ein viel kantigeres Gesicht, das Kinn war vorgeschoben, wie man es oft bei sehr ehrgeizigen Leuten sieht, die Haut straff und gebräunt, die Augen stahlblau: Ein gut aussehender Mittvierziger, der zweifelsohne um seine Wirkung auf andere wusste. Ich fragte mich, ob er Josés letzte Bemerkung mitgehört hatte. Seine Miene jedenfalls war ernst. Auch das unterschied ihn von Mr. Clooney: Aus seinen Augen blitzte kein Funke Ironie.

»Sind Sie nicht Vijay Kumar, der Privatdetektiv?«, sprach mich der Mann an.

Etwas verdutzt bejahte ich. Ich konnte mich nicht entsinnen, ihm schon einmal begegnet zu sein.

»Tobler«, stellte er sich kurz angebunden vor und streckte mir die Hand entgegen. »Staatsanwalt von der Staatsanwaltschaft IV für Gewaltdelikte.«

»Und woher kennen wir uns?«, hakte ich vorsichtig nach. Ich hatte keine Ahnung, was der Mann von mir wollte.

»Ich lese die Zeitung, unter anderem«, erwiderte er mit einem dürren Lächeln. »Der indischstämmige Schweizer, so werden Sie häufig beschrieben. Sie waren im vergangenen Jahr maßgeblich daran beteiligt, dass der Mord am rechten Politiker Walter Graf aufgeklärt wurde, zuvor haben Sie einen bekannten Bankier abscheulichster Verbrechen überführt. Ein unbeschriebenes Blatt sind Sie in dieser Stadt jedenfalls nicht.«

Insgeheim fragte ich mich, ob das gut oder schlecht war. Für meine Detektei in Zürichs Kreis 4, die ich mittlerweile seit zwei Jahren mehr oder weniger erfolgreich führte, war eine gewisse Reputation sicher von Vorteil. Doch dieser Tobler wirkte alles andere als erfreut, mich hier zu sehen.

»Ich hoffe sehr, dass Sie aus rein privaten Gründen vor Ort sind ...« Er beendete den Satz nicht und blickte mich abwartend an. Die unausgesprochene Drohung war deutlich genug.

»Natürlich«, beeilte ich mich, ihn zu beschwichtigen, »ich habe nur meinen Freund José hier ...«

Blasiert winkte der Staatsanwalt ab. »Ob Sie's glauben oder nicht: Ihre Lebensgeschichte interessiert mich nicht ansatzweise. Sparen Sie sich diese für Ihre Memoiren oder Ihren Therapeuten. Aber die Grenze verläuft für Sie entlang dieses Absperrbandes, nur damit das klar ist.«

Unsanft schob mich José zur Seite und trat, das Diktiergerät gezückt, auf Tobler zu. »Was haben Sie bisher über den Toten herausgefunden? Wissen Sie schon, wer er ist? Woher er kommt? Die Todesursache?«

Doch der Staatsanwalt bedachte ihn nur mit einem verächtlichen Blick. »Die Grenze, Kumar. Denken Sie daran!« Er nickte mir kühl zu und stapfte durch den Schnee zurück zu dem weißen Zelt, das endlich schützend über dem Toten stand.

»Arrogantes Arschloch«, kommentierte José halblaut und steckte das Diktafon wieder ein. »Aber ein hübsches Foto habe ich da gerade geschossen.« Grinsend blickte er auf das Display seines Fotoapparates. Dann hob er den Kopf und spähte zum Pulk der Journalisten, der mit gelangweilten Mienen auf der Lichtung herumlungerte. Rauchschwaden stiegen aus dem Grüppchen auf, als ließen sie ihren Redaktionen geheime Nachrichten zukommen.

»Ich frag mal bei den Aasgeiern nach, was sie herausgefunden haben«, brummte José. Während er sich zu seinen Berufskollegen begab, ging ich ein paar Schritte an der Absperrung entlang und lehnte mich immer wieder unauffällig vor, in der Hoffnung, erkennen zu können, was sich im Innern des Zeltes abspielte. Schließlich war ich Detektiv und Neugier die Grundlage meines Geschäfts.

Leider verdeckte mir der breite Rücken eines Beamten, der wie festgenagelt den Zelteingang bewachte, den Blick. Staatsangestellte, dachte ich ärgerlich, die rühren sich wirklich nur zur Mittagspause oder bei Feierabend. Leider stand gerade weder das eine noch das andere an.

Misslaunig lehnte ich mich an einen Baumstamm und brütete vor mich hin. Dabei packte mich die jähe Lust nach einer Zigarette, was in letzter Zeit immer wieder vorkam. Doch nachdem ich vor sechsundzwanzig Tagen und siebzehn Stunden mit dem Rauchen aufgehört hatte, verbat ich es mir, jeweils länger als ein paar Atemzüge daran zu denken. Tatsächlich war das anfängliche, sehr körperliche Zerren, das aus meinem tiefsten Innern heraus nach einem Glimmstängel zu gieren schien, im Verlauf der beinahe vier Wochen kontinuierlich schwächer geworden. Mit dem schwindenden Verlangen hatten auch meine Gedanken wieder andere Themen zugelassen. Einzig in Verbindung mit Alkohol sah ich mich gefährdet, das Kamel wurde dann schnell zur Loreley. Doch trotz des Zitterns, das mich dabei manchmal erfasste, hatte ich dem verführerischen Werben bislang noch nie nachgegeben.

Ich stopfte mir einen der Kaugummis in den Mund, die ich für solche Situationen mit mir herumtrug. *Wild Cherry* stand auf der Verpackung, eine Geschmacksrichtung, die mir in freier Natur noch nie begegnet war. Dem Hersteller wohl auch nicht, denn ich konnte mir nicht vorstellen, dass wilde Kirschen intensiv nach Weichspüler dufteten. Es schmeckte widerlich, doch es hielt mich wenigstens vom Rauchen ab.

Der Uniformierte hatte sich immer noch nicht bewegt und schien vor Ort auf seine Pension zu warten. Schnee rieselte plötzlich auf mich herunter, und als ich den Kopf hob, entdeckte ich einen Eichelhäher, der in der Baumkrone über mir von Ast zu Ast hüpfte und das Geschehen unter sich mit schräg gelegtem Kopf verfolgte. Ein hübscher Vogel mit hellbraunem, etwas ins Altrosa abdriftendem Federkleid, die Partie unter seiner Schulter leuchtete himmelblau gestreift vor der verschneiten Kulisse. Ich folgte dem Häher ein paar Schritte bis zum oberen Ende des abgesperrten Bereichs. Unvermittelt hielt der Vogel inne und schien zu lauschen. Dann duckte er sich leicht, spreizte die Flügel und erhob sich beinahe geräuschlos in die Luft. Pulvriger Schnee stob auf, und der Zweig, auf dem er gesessen hatte, wippte noch einen Atemzug lang nach. Ich stutzte und kniff die Augen zusammen. Die Bewegungen des Eichelhähers hatten große Teile des Geästs ringsherum vom Schnee befreit, und dabei enthüllt, was zuvor nicht sichtbar gewesen war: Die Spitze des längsten Astes war abgebrochen, die längliche, vorn zersplitterte Bruchstelle hob sich hell gegen die dunkle Rinde ab. Mein Blick wanderte nach unten, wo das weiße Zelt stand. Der Ast befand sich genau über dem Fundort der Leiche.

»*Nada!* Die haben rein gar nichts!« Verärgert schwenkte José die Thermoskanne in der Luft, bevor er Kaffee in einen Pappbecher goss und ihn mir unter die Nase hielt.

»Sekunde!« Ich klammerte mich gerade mit beiden Händen an das Steuer meines Käfers, der wegen der schneebedeckten Überlandstraße in den Kurven bedenklich schlingerte. Erst als wir sicher in die Forchstrasse eingebogen waren und kurz danach Zumikon hinter uns gelassen hatten, nahm ich den Becher entgegen. Die dunkle Brühe war nur noch lauwarm, trotzdem konnte ich nach dem ersten Schluck förmlich spüren, wie die Restwärme durch meinen Körper schoss und ihn allmählich wieder auftaute. Der Alkohol kümmerte sich derweil um den gemütlichen Teil und ließ mich entspannt in den Sitz zurücksinken, während Josés fortwährende Schimpferei an mir abperlte.

»*Cabron!* Ein Gewaltverbrechen! Das ist alles! Mehr Angaben konnte dieser Tobler nicht machen. So ein *Gillipollas!* Das war ja offensichtlich! Dafür hätten wir uns nicht stundenlang den Arsch abfrieren müssen!«

Ich wusste aus Erfahrung, dass es bei José in solchen Situationen länger dauern konnte, bis Puls und Ausdrucksweise wieder auf gesellschaftsfähiges Niveau absanken, denn wir hatten schon zusammen die Schule besucht. Zudem war er gebürtiger Spanier. Zwar grundsätzlich ein friedfertiger und eher träger Mensch, aber wenn er sich aufregte, vergaß er schnell seine gute Kinderstube.

Wobei er seit einiger Zeit ohnehin gereizt drauf war. Der Grund dafür musste seine Freundin Fiona sein. Denn diese drängte darauf, mit ihm zusammenzuziehen, wie er mir kürzlich mit banger Miene und schon nach einer besorgniserregend niedrigen Anzahl Drinks anvertraut hatte. Seither versuchte er mit allen Tricks, den Umzug hinauszuzögern, nachdem er Fiona noch im vergangenen Jahr auf der Stelle hatte heiraten wollen. Was wiederum sie abgelehnt hatte.

In Gedanken daran seufzte ich leise, während wir an säuberlich aufgereihten Einfamilienhäuschen vorbeifuhren. Links erhob sich der Zollikerberg, mehr ein bewaldeter Hügel als wirklich ein Berg. José kritzelte mit griesgrämiger Miene ein paar Stichworte in eine abgegriffene Kladde und schimpfte dazu halblaut vor sich hin.

Die Nacht nach Fionas Nein hatten José und ich auf meinem Sofa verbracht. Sie war gezeichnet gewesen von einer beachtlichen Menge *Amrut*, meinem indischen Lieblingswhisky, und einem schier endlosen Monolog Josés, an den ich mich nur noch bruchstückhaft erinnern konnte. Nicht zuletzt weil ich wohl phasenweise eingenickt war, die etwas einseitige Thematik vertrug sich schlecht mit meiner alkoholbedingt eingeschränkten Aufmerksamkeit. José schien das in seinem Eifer jedoch nicht bemerkt zu haben und hatte sich am nächsten Morgen überschwänglich fürs Zuhören bedankt.

Aber dazu sind Freunde ja da.

»*Joder!* Was soll ich jetzt bloß schreiben?« José hatte sich noch nicht ganz beruhigt, immerhin unterbrach er jetzt sein Gemotze, um einen Becher Kaffee hinunterzustürzen.

»Dir wird schon was einfallen«, brummte ich beschwichtigend. »Tut es doch immer. Das ist doch das wahre Talent von euch Gratisblatt-Journalisten: Ihr macht aus nichts ... mehr.« Ich grinste schief.

»Warum sagst du nicht gleich aus Mücken Enten!« José schob beleidigt die Unterlippe vor.

»Diesmal hoffentlich nicht. Und ein paar Informationen sind ja doch zusammengekommen«, bemühte ich mich hastig, ihn zu besänftigen. »Das reicht sicher für einen weiteren fesselnden Artikel von dir.«

»Schleimer!« José guckte mich mit gespielter Schroffheit an, aber ich sah, dass er geschmeichelt war. Ziel erreicht. Wir kannten uns mittlerweile so gut, dass jeder wusste, was im anderen vorging, unsere Macken waren uns vertraut, und es kam nicht selten vor, dass wir in einem Moment den gleichen Gedanken aussprachen. Wie ein seit Urzeiten verheiratetes Ehepaar. Schrecklich eigentlich, wenn man so darüber nachdachte. Ich leerte meinen Becher und zerknüllte ihn in der Hand.

»Der Junge war tiefgefroren und trug weder Ausweise noch Geld bei sich. Nicht einmal ein Mobiltelefon. Der Spaziergänger hat angegeben, dass er mit seinem Hund jeden Tag dieselbe Route läuft, aber am Vortag sei ihm nichts aufgefallen. Und Spuren wird man keine gefunden haben bei dem Schneesturm!«

José stöhnte. »Das sind wirklich erbärmlich wenig Informationen.«

Er holte die Kamera hervor und betrachtete erneut das verwackelte Bild der Leiche auf dem Display.

»Ich frage mich schon die ganze Zeit, wer zu so was fähig ist. Der Ärmste wurde wirklich übel zugerichtet. Da ist jemand mit äußerster Brutalität vorgegangen, die Knochenbrüche sind sogar mit bloßem Auge zu erkennen. Und sein Gesicht scheint unter einen Lastwagen geraten zu sein.«

»Das ist mir vorhin auch aufgefallen. Als hätte der Täter vor Wut die Kontrolle verloren und blindlings zugeschlagen. Allerdings ...« Ich brach ab.

»Was?«

»Nichts.«

Wir hatten Witikon erreicht, ein abgeschiedenes Quartier am Stadtrand. Unter uns, am Fuße des Abhangs, lag das Zürichhorn, daneben das verwaiste Strandbad Tiefenbrunnen. Nachdenklich blickte ich auf den schiefergrauen See. Möwen kreisten über einer kleinen Gestalt am Uferweg, ein paar Schwäne näherten sich in gesetztem Tempo. Über dem Hirzel, dem Hügelzug auf der anderen Seeseite, hing eine fahle Wintersonne. Endlich war mir wieder wärmer. Ich entledigte mich der Fellmütze und öffnete den Reißverschluss meiner Jacke. Dabei dachte ich über den Fundort der Leiche nach. Der abgebrochene Ast direkt darüber ging mir einfach nicht aus dem Sinn.

Während sich auf dem Weg zur Arbeit und zurück täglich Tausende von Agglomerationsbewohnern in den S-Bahnen so eng zusammendrängten, dass sie bei jeder Bremsung unabsichtlich den Ohrenschmalz des Nebenmannes mit der Nasenspitze rauspulten, genoss ich das Privileg, in einer multifunktionalen Wohnung zu leben, die je nach Auftragslage als Büro oder Heim fungierte. Wenn ich pendelte, war es einzig vom Bett zum Schreibtisch oder vice versa. Ich brauchte dazu auch keinen Limousinenservice, denn – anders als bei vielen Neubauten im Quartier – in meiner heruntergekommenen Zweizimmerunterkunft an der Dienerstrasse waren Bett und Tisch in Sichtweite voneinander entfernt. Natürlich hätte ich nichts gegen eines dieser hangargroßen Lofts oder eine pompös umgebaute Altbauwohnung einzuwenden gehabt, wie sie seit geraumer Zeit überall in der Stadt zu horrenden Preisen angeboten und erstaunlicherweise auch vermietet wurden. Ein Umzug hätte jedoch eine wesentlich umfassendere Kundenkartei erfordert. Wahrscheinlich wäre mir selbst dann das Geld schon nach der Überweisung der Kaution ausgegangen, obwohl ich mittlerweile wirtschaftlich etwas besser dastand als zu Beginn meiner Karriere. Was mich glücklicherweise davor bewahrte, im indischen Lebensmittelgeschäft meiner Mutter Regale aufzufüllen oder mit einem gefühligen RAV-Berater meine beruflichen Perspektiven abzutasten.

Ein Wohnungswechsel kam aber keinesfalls infrage, nicht einmal in erster Linie wegen meiner finanziellen Unzulänglichkeit. Vielmehr fühlte ich mich im Kreis 4 zu Hause, der einst verruchtesten Gegend Zürichs, auf welche die Bourgeoisie – war sie auf der Suche nach erotischen oder bewusstseinsverändernden Vergnügungen nicht gerade in den billigen Kaschemmen und schmuddeligen Hinterzimmern unterwegs – stets abfällig hinuntergeblickt hatte. Im Gegenzug hatten sich hier Immigranten wie meine Eltern vor allem wegen der billigen Mietpreise und der weltoffenen Stimmung niedergelassen. In diesem Stadtteil war ich aufgewachsen und ich hatte keineswegs vor, mich von der Invasion finanzstarker Zuzügler, deren opulenten Wohnbedürfnissen eine zahlbare Unterkunft nach der anderen zum Opfer fiel, vertreiben zu lassen. Und so lange mein Vermieter sich standhaft weigerte, die Immobilie zu verkaufen, in der sich meine Wohnung befand, würde ich auch daran festhalten.

Ein dunkler Schreibtisch bildete den Mittelpunkt meines Büros, das gleichzeitig als Wohnzimmer diente. Neben der Eingangstür stand ein abgewetztes Sofa, das ursprünglich für die wartende Klientel gedacht war, wegen mangelnden Bedarfs aber häufig anderweitig benutzt wurde, sei es für eines meiner Inspirationsnickerchen zwischendurch. Oder als rettende Sitzgelegenheit, wenn jemandem das Geradestehen während einem der Apéros schwerfiel, die ich zusammen mit meinen besten Freunden José und Miranda – regelmäßiger als vernünftig gewesen wäre – veranstaltete. Der niedrige Beistelltisch davor war mit Illustrierten und Magazinen übersät, und an der Wand gegenüber befand sich eine mit orientalischen Schnitzereien verzierte Truhe, auf der eine rosafarbene Ganesha-Statue thronte, ein Abbild des bekannten hinduistischen Gottes mit dem Elefantenkopf.

Diesen fixierte ich jetzt, während ich grübelte, was dem Jungen widerfahren sein mochte. Es war vor allem die Art, wie er wahrscheinlich ums Leben gekommen war, die mich bestürzte. Die Gewaltbereitschaft hatte gerade in jugendlichen Kreisen in den letzten Jahren erschreckende Ausmaße angenommen. Immer wieder berichteten die Zeitungen darüber, dass Passanten auf Bahnhöfen, vor Klubs oder sogar in Fußgängerzonen Opfer von brutalen Übergriffen wurden.

Auch bei meinem letzten größeren Fall war ein junger Mann von einer Gang mitleidlos ins Koma geprügelt worden. In der Zwischenzeit hatte er sich glücklicherweise erholt und besuchte die Hotelfachschule. Doch noch immer wurde Fernando medikamentös behandelt, ihn plagten Albträume und er litt unter Angstzuständen, wie er mir bei unserem letzten Aufeinandertreffen an der Langstrasse verraten hatte.

Ich erhob mich und schaute auf die Straße hinunter. Das Quartier wirkte verlassen. Schmutziger Schnee häufte sich an den Rändern der Gehsteige, in den Wohnungen gegenüber waren die rauchvergilbten Gardinen zugezogen, einzig im Frisiersalon weiter vorn brannte Licht. Zwei Kondensstreifen kreuzten sich am Himmel über dem Stadtteil Höngg. Der Verkehr schleppte sich im Schritttempo über die Langstrasse und das Leuchtschild der *Lambada Bar* vorn an der Kreuzung schimmerte mattrot. Die zwei in dicke Jacken vermummten Männer, die darunter standen, sahen mehr gelangweilt als verschlagen aus, beiden hing eine glimmende Kippe im Mundwinkel.

Statt ebenfalls zur Zigarette zu greifen, schob ich mir einen *Wild Cherry*-Kaugummi in den Mund und malmte angewidert.

José war an der Josefstrasse ausgestiegen, wo er in einer Mansarde unter dem Dach wohnte. Noch jedenfalls, solange es Fiona nicht gelang, ihre Wünsche durchzusetzen. Was wohl nur eine Frage der Zeit war. Ich nahm an, dass sich mein Freund gerade einen reißerischen Bericht über den Leichenfund aus den Fingern sog.

Das malträtierte Gesicht des Jungen im Schnee ließ mich nicht los, noch immer sah ich seine unnatürlich verrenkten Glieder vor mir.

Die Einsamkeit, die von dem leblosen Körper ausgegangen war, konnte ich mir vernunftmäßig nicht erklären. Trotzdem hatte ich sie überdeutlich gespürt. Ein junger Mensch, der von allen im Stich gelassen worden war. Der allein auf sich gestellt dem Tod ins Auge blicken musste. Was für eine schreckliche und gleichzeitig unsäglich traurige Art zu sterben.

Ich war sonst nicht so empfänglich für derartige Dinge, dazu war ich zu rational veranlagt, zu sarkastisch auch, doch in diesem Fall war es anders. Vielleicht lag es auch am Alter und ich wurde mit meinen vierunddreißig Jahren allmählich sentimental.

Ich grübelte erneut über den abgebrochenen Ast nach, der mir über der Fundstelle der Leiche aufgefallen war. Es konnte gut sein, dass er überhaupt nichts mit dem Tod des Jungen zu tun hatte, doch in der Zwischenzeit war ich zu lang im Geschäft, um noch an Zufälle zu glauben. Ich setzte mich wieder hinter meinen Schreibtisch und schenkte mir zur Unterstützung meiner Hirntätigkeit ein Glas *Amrut* ein. Ausnahmsweise trank ich ihn ohne Eis, mir war immer noch kalt von unserem morgendlichen Ausflug.

Der Ast war erst kürzlich abgebrochen, das noch helle Holz sprach eindeutig dafür. Auch an einigen benachbarten Bäumen hatten Zweigspitzen gefehlt. Was den Gedanken ausschloss, der mir als Erstes durch den Kopf geschossen war – nämlich dass sich der Mann erhängt hatte und das trockene Holz seinem Gewicht nicht hatte standhalten können. Ebenso unwahrscheinlich war, dass es ein Fremder getan hatte. In beiden Fällen hätte man selbst auf Josés mittelmäßiger Aufnahme Einschnitte des Strangs an seinem Hals sehen müssen. Diese Theorie konnte ich also getrost verwerfen.

Ohnehin hätte das auch nicht die schweren Verletzungen im Gesicht des Jungen erklärt. Das sah aus, als hätte jemand in blinder Wut mit einem Baseballschläger darauf eingeprügelt.

Ich fragte mich jedes Mal, wenn ich von solchen Fällen las, was für Menschen das waren, was für ein Leben sie wohl führen mochten, mit wem sie zusammen waren. Was brauchte es, um solchen Hass zu empfinden? Was musste in so einem Leben schiefgelaufen sein, damit man auf einen anderen derart eindrosch, dass er daran starb?

Natürlich gab es keine befriedigenden Antworten darauf. In den Interviews mit Tätern, die ich gelesen hatte, zeigten viele keine Reue. Als würden sich diese jungen Menschen in einer Parallelwelt bewegen, in der es keine Moral, keine Verantwortung und auch keine Konsequenzen gab, als würde einen dort nichts tangieren und man notfalls mit einem Tastendruck ungeschehen machen könnte, was aus dem Ruder gelaufen war.

Manchmal machte mich das richtig wütend. An Tagen wie heute, an denen ich mich müde und ausgelaugt fühlte, verspürte ich nur Abscheu und Beklemmung.

Das Aroma der laborerzeugten Wildkirschen hatte sich längst verflüchtigt, trotzdem bearbeitete ich meinen Kaugummi, der sich in Konsistenz und Geschmack allmählich

Fensterkitt annäherte, unermüdlich weiter. Das Knurren meines Magens ließ mich in meine selten benutzte Küche hinübergehen, wo ich den Kühlschrank durchsuchte, außer einer fleckigen Tube Tomatenmark und ein paar Dosen Bier jedoch nichts Verwertbares fand. In den Schränken über der Spüle brauchte ich gar nicht erst nachzugucken, ich wusste, dass sie leer waren bis auf Geschirr aus dem Brockenhaus sowie einer Auswahl edler Whiskygläser, die ich vor Jahren zum Geburtstag geschenkt bekommen hatte. Immerhin fand sich eine Büchse Sardinen und eine angefangene Packung Spaghetti in einem Fach unter der Anrichte, doch der Blick auf das Verfallsdatum der Fischkonserve ließ mich sogleich nostalgisch werden. Das war die Zeit gewesen, als die *Twin Towers* noch standen, RTL auf die famose Idee kam, bescheuerte Mitmenschen in Container zu sperren und rund um die Uhr beim Bescheuertsein zu filmen, Lolo Ferrari unter ihren gewaltigen Silikonbrüsten erstickte und im Kino ein kleiner Junge mit sechstem Sinn tote Leute sah. Es war auch die Zeit gewesen, als ich noch allen Ernstes eine akademische Laufbahn in Betracht gezogen und nicht weniger ernsthaft auf die einzig wahre Liebe im Leben gehofft hatte, während ich mir das Warten mit Corinne, Susanne und Regula versüßte.

Verträumt strich ich mit dem Finger über die Sardinendose, doch ein unangenehmes Rumpeln im Magen katapultierte mich in die Gegenwart zurück. Der Deckel der Konserve war verdächtig gewölbt und etwas wehmütig schmiss ich sie in den Abfall.

Die Idee, wie damals in den Wohngemeinschaften Spaghetti mit Tomatensoße zu kochen, verwarf ich auf der Stelle und schlüpfte stattdessen in meine Winterjacke. Glücklicherweise gab es kulinarisch verlockendere Möglichkeiten, um mich vor dem Verhungern zu bewahren.

Der Hähnchenschenkel war, wie er sein musste: außen kross und stellenweise sogar leicht verkohlt, innen saftig. Ich mochte den dezenten Zitronengeschmack, das leicht rauchige Aroma, die säuerliche Frische des Joghurts und die milde Schärfe, die sich erst allmählich im Mund ausbreitete. Wenn jemand die perfekte Tandoorimarinade hinkriegte, dann war das meine Mutter.

»Lecker!«, schmatzte ich begeistert und beugte mich wieder über den üppig gefüllten Teller, den sie mir hingestellt hatte. Seit ich nicht mehr rauchte, eröffneten mir meine Geschmacksknospen in lukullischer Hinsicht ganz neue Welten. Früher war Essen eine fürs Überleben unverzichtbare Notwendigkeit gewesen, die ich hastig hinter mich gebracht und oft sogar zugunsten von ein paar Gläsern *Amrut* ausgelassen hatte.

Doch seit ich auf Zigaretten verzichtete, lernte ich den vielschichtigen Geschmack nicht nur der indischen Küche neu schätzen: Die einst simple Nahrungsaufnahme war für mich zum lustvollen Genuss geworden. Was sich leider auch im Gürtelbereich abzuzeichnen begann.

Nebst dem Hähnchenschenkel aus dem Ofen, den ich schon fast vertilgt hatte, hatte mir meine Mutter eine stattliche Portion *Pilaw* aufgeladen, mit Kardamom und Zimt gewürzten Reis, kombiniert mit zarten Lammstückchen, daneben einen großen Löffel des traditionellen indischen Linsengerichts *Daal* und einen grellgrünen Klacks des unvermeidlichen Minzchutneys. Auf einem zweiten Teller türmten sich hauchdünne und knusprige *Papadams*, frittierte Linsenfladen, nebst scharf eingelegten Mangostücken. Ich hatte es vorgezogen, mich an einem der Stehtische zu verpflegen, die seitlich neben dem Tresen standen, denn ich wollte nicht lange bleiben.

Der Laden lief mit jedem Jahr besser. Mittlerweile hatte meine Mutter, eine etwas untersetzte, aber umso energischere Frau, Stühle und Tische angeschafft, damit die Kundschaft sich zum Essen auch setzen konnte.

Zusätzlich zu den indischen Stammkunden, was viele Schweizer als Ritterschlag für die Küche deuteten, sah man vermehrt auch Geschäftsleute, welche vielleicht schon zu viele der überkandidelten Restaurants in der Stadt besucht hatten und gerade deswegen die Einfachheit des Lokals schätzten. Daneben kamen aber auch Prominente, Polizisten und Prostituierte vorbei, die einen manchmal sogar in Begleitung der anderen, vegetarische Esoterikerinnen, Yogalehrer und Künstler aus dem Quartier. Eine bunt gemischte Gästeschar.

Was einst ein Lebensmittelladen gewesen war, hatte meine Mutter den Bedürfnissen der Gäste angepasst. Und so war aus dem Geschäft mit kleiner Take-away-Theke ein Restaurant mit täglich wechselnden Menüs geworden, in dem man sich nebenbei mit Currymischungen, gefrorenem Fisch und frisch aus Mumbai importiertem Gemüse und Kräutern eindecken konnte.

»Was hast du gesagt?«, fragte meine Mutter, die gerade einen leer gewordenen Tisch abgeräumt hatte und nun mit einem Stapel schmutzigen Geschirrs an mir vorbeilief.

»Lecker«, wiederholte ich, worauf sie mir einen überraschten Blick zuwarf.

»Wirklich? Ich hab ihr noch gesagt, dass sie nicht so viel Knoblauch drangeben soll ...« Sie sah sich mit hochgezogenen Augenbrauen um.

»Es ist perfekt, glaub mir, Ma«, bekräftigte ich mein Lob.

»Manju hat sie zubereitet«, erklärte sie unwillig und begab sich hinter den Tresen, wo sie das Geschirr etwas zu scheppernd auf der Spülmaschine platzierte, die sie sich ebenfalls neu angeschafft hatte.

Sofort blickte ich mich nach Manju um und entdeckte sie an einem der hinteren Tische, wo sie gerade kassierte. Vier hellhäutige, nicht mehr ganz taufrische Frauen in weiten, indisch anmutenden Gewändern, die auffälligen Ethnoschmuck, Hennaverzierungen auf den Händen und zu viel Wimperntusche trugen. Zwei von ihnen hatten sich kunstvoll gewickelte Turbane aufgesetzt. Die Damen stellten sich gerade äußerst umständlich an, weil die eine den Tee der anderen bezahlen wollte, diese aber gern die Hälfte der Mineralwasserflasche, die sie geteilt hatten, zudem konnte sich keine erinnern, *Paneer Karahi* bestellt zu haben. Und sowieso musste jemand noch die andere Hälfte des Wassers übernehmen.

Manju, die eine helle Seidenbluse und einen goldenen Gürtel zu engen schwarzen Hosen trug, wandte ungeduldig den Kopf, während die Frauen zischelnd darüber stritten, wer welchen Betrag berappen musste. Unsere Blicke trafen sich kurz. Manju zwinkerte mir zu, bevor sie sich wieder zu den Damen hinunterbeugte und darauf hinwies, dass *Paneer* das vegetarische Tagesmenü sei. Worauf erleichterte Rufe hörbar wurden. Manju sah mich an und rollte unauffällig mit den Augen. Dann regelte sie die Verteilung des Betrags mit der beängstigend ruhigen Stimme einer Kindergärtnerin am Rande des Nervenzusammenbruchs.

»Du kochst fabelhaft«, sagte ich zu ihr, als sie gleich darauf an meinen Stehtisch kam. Ich hatte mittlerweile beide Teller restlos leer gegessen.

Sie errötete und machte eine abwehrende Bewegung. »*Chup kar*, Vijay!«

»Doch, doch, das Tandoorihähnchen war so toll …«, ich überlegte angestrengt, »… so toll wie …«, der passende Vergleich fiel mir einfach nicht ein.

»… wie wenn es deine Mutter gemacht hätte?«, ergänzte Manju spöttisch lächelnd. Wie auf Kommando richtete sich meine Mutter auf, welche die Maschine mit Geschirr befüllte, und musterte uns misstrauisch.

»Nun ja …«, murmelte ich halblaut und verzichtete darauf, den Satz zu beenden.

Manjus Lächeln wurde noch einen Tick spöttischer. Sie ließ mich stehen, kam aber mit zwei Tassen dampfenden *Chais* zurück. Eine stellte sie vor mich hin, um die andere legte sie beide Hände und blies vorsichtig hinein. »Und du?«

»Was?«

»*Aré*, kochst du?«

Ich zuckte mit den Schultern.

»Ich wette, du kannst nicht kochen«, neckte sie mich und kicherte.

Beleidigt richtete ich mich auf. »Ich hab meine Geheimrezepte. Da gehen die Leute scharenweise auf die Knie!«

»Weil ihnen sterbenselend wird?«

»Mach dich nur lustig über mich!« Eingeschnappt trank ich einen Schluck Tee.

War Manju vor zwei Jahren noch ein verhuschtes Mädchen gewesen, das meine Mutter aus der alten Heimat zu sich geholt hatte, weil sie dringend eine billige Aushilfe für den Laden und noch dringender eine zukünftige Ehefrau für mich gebraucht hatte, so hatte sie sich in der Zwischenzeit zu einer selbstbewussten jungen Frau entwickelt. Sie hatte nicht nur eigenständig einen branchenüblichen Lohn ausgehandelt, den ihr meine Mutter zähneknirschend auszahlte, sondern – für mich unverständlich – auch kaum auf mein Werben reagiert. Und doch knisterte die Luft, wenn wir uns sahen. Zumindest hatte ich das Gefühl.

»Ach Vijay, das war doch nur Spaß. Lad mich mal ein, und ich werde dir verraten, was ich von deinen geheimen Delikatessen halte.« Sie zwinkerte mir nochmals zu und ließ mich allein am Tisch zurück.

Beinahe wäre sie mit einer der umständlichen Damen zusammengestoßen, die sich, in dicke Wintermäntel vermummt, an uns vorbei zum Ausgang drängten. Sie sahen aus, wie man sich wohl ein Rudel sibirischer Tarotlegerinnen vorstellte.

»Ich schaff dieses Tittibhasana einfach nicht!«, jammerte eine der Turbanträgerinnen. Sie hatte sich ein Bindi auf die Stirn gemalt, den traditionellen roten Punkt, der auch ›das dritte Auge‹ genannt wurde. »Letztes Mal habe ich das Gleichgewicht verloren und brauchte die Hilfe beider Lehrer, um mich wieder zu entknoten.«

»O je, die Firefly-Pose, das Glühwürmchen. Da musst du dich voll auf dein Mula-Bandha konzentrieren, sonst geht gar nichts«, hielt eine ihrer Freundinnen entgegen.

»Ha, mein Beckenboden! Wenn sich bloß Klaus ein bisschen mehr damit beschäftigen würde ...«, seufzte die mit dem Bindi und rollte die Augen. Beide Frauen kicherten anzüglich, worauf sich neugierig eine dritte einmischte: »Wovon redet ihr?«

»Mein Gott, Marieclaire, was verstehst denn du schon von Yoga. Bleib bloß bei deinem Pilates!«

Wieder zu Hause, schenkte ich mir einen gut gemeinten *Amrut* ein, dann drehte ich meinen Stuhl zum Fenster und blickte hinaus.

Erste Schatten lagen auf der Dienerstrasse, der Schnee wirkte jetzt grau und schlierig. Immer noch durchkreuzten Kondensstreifen den dunkelrosa gefärbten Himmel. Da oben herrschte ein Verkehrsaufkommen wie freitags um siebzehn Uhr vor dem Gubristtunnel. Deswegen führten Flughafenanrainer wegen der entstehenden Lärmemissionen auch seit Jahren eine hitzige Debatte, die sich bis nach Süddeutschland ausgeweitet hatte. Ich vertrat die Meinung: Wer einen Metzgerteller bestellt, bekommt automatisch auch Sauerkraut. Anstatt hinterher zu jammern, lohnt es sich auf jeden Fall, erst mal auf die Karte zu gucken. Dasselbe galt bei der Wahl des Wohnorts.

Mit einem Mal erinnerte ich mich vage an einen Zeitungsbericht, den ich vor längerer Zeit in einem ähnlichen Zusammenhang gelesen hatte. Schwungvoll drehte ich mich samt Stuhl hinter den Schreibtisch zurück und weckte mein brandneues *MacBook Pro*, das ich mir von meinem letzten Honorar geleistet hatte, aus dem Stand-by-Modus. Eine Suchanfrage später hatte ich den gesuchten Artikel vom Frühling des letzten Jahres auf dem Bildschirm. Mit angehaltenem Atem starrte ich darauf und spürte nur noch mein Herz, das kräftig und regelmäßig schlug.

Der Bericht über den Toten, den man damals in der Nähe des Flughafens gefunden hatte, war kurz gehalten und mit Vermutungen gespickt, doch die Parallelen zum heutigen Leichenfund waren nicht von der Hand zu weisen. Seine Kleidung, der malträtierte Körper, die abgebrochenen Zweigspitzen – für all das gab es eine plausible Erklärung. Ich fragte mich nur, weshalb niemand darauf gekommen war.

Rasch verschaffte ich mir eine Luftansicht von Zumikon und der umliegenden Gegend. Einige Klicks später wusste ich auch, dass wegen des Schneesturms der Flughafen Zürich heute Morgen bis um neun Uhr geschlossen gewesen war. Damit wurde mir schlagartig klar, weshalb das Offensichtliche niemand gesehen hatte!

Wie elektrisiert sprang ich auf, schlüpfte in meine Schuhe und riss beim Hinausstürmen die Winterjacke vom Haken. Kurz nach vier. Wenn ich mich beeilte, würde ich ihn gerade noch erwischen.

Die Staatsanwaltschaft IV befand sich nur wenige Gehminuten entfernt an der Molkenstrasse. Der etwas zurückversetzte Eingang des länglichen fünfstöckigen Gebäudes aus den Achtzigerjahren lag direkt am Helvetiaplatz. Die Fassade bestand aus quadratischen taubengrauen Platten und verfügte über derart auffällige Jalousienschienen, dass der Bau von Weitem an den Gefängnistrakt in einem futuristischen Film erinnerte.

Keuchend blieb ich im überdachten Eingangsbereich stehen und überprüfte die Namen auf den Klingelschildern.

Dr. iur. Frank R. Tobler, der leitende Staatsanwalt, residierte in einem Büro im ersten Stock.

Ich verzichtete darauf zu rätseln, was das ›R.‹ bedeuten mochte. Wahrscheinlich steckte wie so oft simple Wichtigtuerei dahinter. Ohnehin waren mir Menschen suspekt, die auf ihren zweiten Vornamen zwar unbedingt hinweisen, ihn aber nicht ausschreiben wollten – der ehemalige amerikanische Präsident war mir dabei Beweis genug.

Der Aufgang zur Staatsanwaltschaft über die Treppe war nicht möglich, da eine abgesperrte, weiß gestrichene Gittertür dies verhinderte. Also nahm ich den Aufzug. Der verwaiste Empfangsbereich und der abgetretene Bodenbelag aus graubraunem Kunststoff strahlten eine düstere Tristesse aus. Auf einem zwischen zwei Wartesesseln eingeklemmten Tischchen stand eine grünlich schimmernde Glasschale, die bis zur Hälfte mit eingepackten Bonbons gefüllt war. An einem Kleiderständer hing eine vergessene Windjacke.

Als ich in den Korridor einbog, war Tobler gerade im Begriff, einen der Räume am Ende des Flurs zu verlassen. Er trug einen zweifelsohne maßgeschneiderten Anzug, den Kamelhaarmantel hatte er locker über den Arm gehängt. Seit dem Morgen hatte sich auf den ersten Blick kein Härchen seiner perfekt sitzenden Frisur verschoben.

»Dr. Tobler! Warten Sie!«, rief ich ihm zu, doch er schien mich nicht gehört zu haben, denn er wählte unbeirrt den passenden Schlüssel an seinem Bund und schloss ab. Ich rannte auf ihn zu. Erst als ich erneut seinen Namen rief, hob er den Kopf und sofort wechselte sein Gesichtsausdruck von irritiert zu abweisend.

»Was wollen denn Sie hier?«

»Ich habe eine Entdeckung gemacht! Ich weiß nicht, ob es Ihnen auch aufgefallen ist …« Ich blieb vor ihm stehen und wählte die folgenden Worte mit größter Diplomatie aus: »Nun, ich bin mir eigentlich sicher, dass Sie es auch bemerkt haben, schließlich sind Sie Staatsanwalt …«

Er blickte mich unverwandt kühl an. »Erinnern Sie sich an heute Morgen, Kumar? Auch wenn hier kein Absperrband zu sehen ist, die Weisung gilt trotzdem: Halten Sie sich verdammt noch mal raus!« Er presste die Lippen zu einem schmalen Strich zusammen und sein Kiefer schob sich nach vorn, der Blick wurde hart. »Und jetzt machen Sie, dass Sie hier rauskommen!«

»Ich habe eine Erklärung dafür, was mit dem Toten geschehen sein könnte!«

»Was Sie nicht sagen.« Dr. Tobler warf einen Blick auf seine betont schlichte Armbanduhr, die gerade deswegen wohl ziemlich teuer gewesen sein musste.

»Da waren Äste abgebrochen, direkt über dem Fundort der Leiche.«

Überrascht blickte er auf und sah mich prüfend an. Dann drehte er sich wieder zur Tür um und schloss sie auf. »Aber fassen Sie sich kurz, Kumar!«

Ich atmete auf. Immerhin zeigte er einen Funken Interesse. Was andererseits wohl bedeutete, dass er selbst nicht wirklich weitergekommen war.

»Es könnte gut sein, dass der junge Mann keinem Gewaltverbrechen zum Opfer gefallen ist …« Ich trat ein und verschaffte mir rasch einen Überblick, während er um den Schreibtisch herumging und den Mantel über die Lehne seines schwarzen ledergepolsterten Bürostuhls legte, ein Designerstück, ohne Zweifel.

Sein Büro war – um es wohlwollend zu formulieren – funktional eingerichtet. An der Wand zu meiner Linken reihten sich Regale voller Ordner, an den Fenstern hingen fadenscheinige Gardinen, in einer Ecke der unvermeidliche Ficus. Grau gesprenkelter Spannteppich bedeckte den Boden. Ein Albtraum von einem Büro. Erfände man ein solches für einen Roman, würden die Kritiker wahrscheinlich unisono ›Klischee!‹ schreien.

Die rechte Wand war leer bis auf ein dunkles Holzkreuz, das auf Augenhöhe angebracht war. Der Schreibtisch wirkte aufgeräumt, Kugelschreiber und Bleistifte steckten in einem zylindrischen Stahlbehälter, daneben war ein Bilderrahmen aufgestellt. Das Foto darin zeigte einen lächelnden Staatsanwalt, der den Arm um eine junge, strahlende Frau gelegt hatte. Ein etwa dreijähriger Knabe saß auf ihrem Schoß und guckte zweifelnd in die Kamera. Irgendetwas kam mir an dem Foto merkwürdig vor, ohne dass ich hätte benennen können, was genau es war. Ich blickte auf, als ich bemerkte, dass mich Dr. Tobler fixierte.

»Ich warte!«, knurrte er.

»Ich vermute, der Mann ist kein Opfer eines Gewaltverbrechens. Aber dazu muss ich etwas ausholen: Wegen dem Schneesturm heute Morgen war der Flughafen geschlossen. Er öffnete erst …«

»Kumar, ich habe nicht den ganzen Abend Zeit! Kommen Sie zum Punkt!« Dr. Tobler hatte sich nicht gesetzt und tigerte in seinem Büro auf und ab.

»Bis um neun Uhr konnten Flugzeuge weder landen noch starten.«

»Was hat das verdammt noch mal mit dem Toten zu tun?« Dr. Tobler war am Fenster stehen geblieben und blickte mich ungeduldig an.

Ich ließ mich nicht einschüchtern. »Das Waldstück bei Zumikon liegt genau in der Anflugschneise. Auf der Piste Nummer vierunddreißig landen vor allem die Morgenflüge, meist kommen sie von Langstreckendestinationen wie

Hongkong, Montreal, Delhi, Bangkok ... aber das nur am Rande.«

Dr. Tobler schnaubte, doch ich überhörte es geflissentlich.

»Über dem Fundort der Leiche waren einige Zweigspitzen und ein Ast abgebrochen ...«

»Das haben Sie bereits erwähnt!«, unterbrach mich Dr. Tobler erneut.

Ich hob beschwichtigend die Hand. »Der Mann hatte meines Wissens keinen Ausweis bei sich. Und auch sonst nichts, was geholfen hätte, ihn zu identifizieren. Das legt den Schluss nahe, dass er aus dem Flugzeug gefallen ist.«

Mit einem schnellen Schritt trat Dr. Tobler an den Schreibtisch und ergriff seinen Mantel. »Ich hätte es wissen müssen, Kumar, Sie verschwenden nur meine Zeit!« Er ging an mir vorbei und riss die Tür auf. Dann drehte er sich um und sah mich auffordernd an. Ich rührte mich nicht vom Fleck und hielt seinem Blick stand.

»Wie es scheint, verstehen Sie nicht, was ich Ihnen mitteilen will, Dr. Tobler«, sagte ich nachdrücklich. »Meiner Meinung nach ist der Junge ein Flüchtling, der illegal ins Land gelangen wollte. Er hat sich in seiner Heimat im Fahrwerkkasten eines Flugzeugs versteckt. In manchen Ländern werden noch nicht derart strenge Sicherheitskontrollen durchgeführt wie hier. Dadurch hat es der junge Mann geschafft, unentdeckt zur Maschine zu gelangen. Solche verzweifelten Fluchtversuche gibt es immer wieder, den letzten hatten wir hier im April letztes Jahr. In den wenigsten Fällen überleben die Fliehenden. Entweder sie werden vom einfahrenden Fahrwerk erdrückt, sie sterben an Sauerstoffmangel auf zehntausend Metern Höhe oder erfrieren. Die Temperaturen sinken bis auf minus sechzig Grad. Und dann stürzen sie vom Himmel, wenn das Fahrwerk wieder ausgefahren wird. Sie erreichen dabei eine Geschwindigkeit von zweihundert

Stundenkilometern und brechen beim Fall Zweige und Äste von Bäumen ab. Am Boden werden sie dann regelrecht zerschmettert, was auf den ersten Blick aussieht, als wären sie mit Schlagwerkzeugen verletzt worden. Ihr Toter ist kein Opfer eines Gewaltverbrechens, er ist ein gescheiterter Flüchtling.«

Geräuschlos hatte Dr. Tobler die Tür wieder geschlossen, während ich meinen Monolog heruntergeleiert hatte, jetzt trat er nah an mich heran. Obwohl wir etwa gleich groß waren, hatte ich das Gefühl, er blicke auf mich herunter. »Das ist kompletter Schwachsinn, Kumar. Wie erklären Sie sich dann zum Beispiel das auffällig bedruckte T-Shirt? Stammt das etwa aus einem Drittweltland?«

Auch darauf hatte ich eine Antwort parat: »Das ist eines dieser schrecklichen T-Shirts von Ed Hardy. So was ziehen hier wirklich nur noch Leute an, die im Verhüllen von nackter Haut den einzigen Zweck von Kleidung sehen. Von Mode oder Trends haben die keine Ahnung ...«

»Also mit Verlaub, aber Sie tragen ja auch nicht gerade das, was man den letzten Schrei nennt.« Frank R. Tobler musterte despektierlich meine ausgebeulte Jeans und den verwaschenen Pullover unter meiner Winterjacke. Letztere hatte ich preiswert im *Rabatt* gekauft, einem Designeroutlet in der Nähe des Stauffachers. Wenigstens daran gab es nichts auszusetzen.

»Meine Freunde nennen das Stil«, erwiderte ich trotzig.

»Ihre Freunde sind etwas fahrlässig in der Wortwahl.«

»Solche T-Shirts werden andauernd in Kleidersammelstellen der Caritas oder bei der Heilsarmee abgegeben. Und so gelangen sie dann in Drittweltländer, wo die Menschen zusätzlich zu Hunger und widrigen Lebensumständen auch noch mit geschmackloser Mode gequält werden. Das wäre auch eine Erklärung, weshalb der Tote trotz der Kälte nur das Sommerleibchen und keine Jacke trägt.«

Dr. Tobler schüttelte stur den Kopf. »Ihre Theorie überzeugt mich nicht, sie ist an den Haaren herbeigezogen und unglaubwürdig.«

»Aber ...«

Er sah mich scharf an. »Ich hoffe, Sie haben noch mit niemandem darüber geredet?«

»Sie sind der Erste und der Einzige.« Die übliche Antwort heiratswilliger Prinzessinnen weltweit, auch den Anwalt schien sie zufriedenzustellen.

»Dann belassen Sie es dabei. Kein Wort zu jemand anderem, unter gar keinen Umständen dürfen Sie mit Presseleuten über ihre lächerlichen Schlussfolgerungen reden. Es würde nur zu Verwirrung und Unklarheiten führen, wenn die Öffentlichkeit davon erfährt.«

Enttäuscht nickte ich. Natürlich dachte ich nicht im Traum daran, seine Anweisungen zu befolgen.

»Da könnte wirklich was dran sein.« José wiegte ärgerlich den Kopf, während er der Bedienung mit einem kurzen Anheben des Zeigefingers zu verstehen gab, dass wir zwei weiteren Drinks keineswegs abgeneigt waren. »Aber wieso hast du mir nicht schon vorher davon erzählt? Jetzt habe ich den Redaktionsschluss verpasst! Die Zeitung wird gerade gedruckt.«

Ich setzte eine zerknirschte Miene auf. »Ich dachte, es wäre richtig, zuerst die Staatsanwaltschaft zu informieren, schließlich geht es um den Tod eines Menschen.«

José stieß abschätzig die Luft aus. »Schon korrekt. Nur hättest du es mir auch mitteilen dürfen.«

»Im Gegensatz zu dir schien Tobler überhaupt nicht überzeugt von meiner Theorie. Das hat mich verunsichert.«

Wir saßen am Tresen der gut besuchten *Central Bar* und hatten uns bis anhin an Wodka Tonic gehalten. Ein gemütliches Lokal mit viel hellem Holz und Rechaudkerzen in

Glasbehältern. Die anwesende Klientel war in unserem Alter oder sogar älter und unterhielt sich halblaut, während im Hintergrund Till Brönners Saxofon für Coolness und einen Hauch New York sorgte. Früher hätte ich mich über ein solches Setting garantiert lustig gemacht, doch wie ich erst kürzlich und mit Schrecken festgestellt hatte, ließ mich das fortschreitende Alter milde werden. Zumindest phasenweise.

Es herrschte eine angeregte Atmosphäre im Raum, die nichts von der Hektik des Wochenendes ahnen ließ, wenn die Jugend aus den Agglomerationen scharenweise in Zürich einfiel, um lärmig und randalierend die Ausgehquartiere der Stadt zu besetzen.

»Auf alle Fälle lohnt es sich, die Theorie zu überprüfen«, lenkte José ein, während die Bedienung, eine sehr schlanke Dame, die mit ihrem engen schwarzen Rollkragenpullover und ebensolchen Hosen mehr nach Geschäftsfrau aussah als nach Kellnerin, die bestellten Longdrinks vor uns platzierte.

»Ich halte es immer noch für sehr wahrscheinlich, dass der junge Mann aus dem Fahrwerkkasten gefallen ist. Eine andere Erklärung für die abgebrochenen Äste fällt mir nicht ein.«

»Ich werde dem nachgehen. Gleich morgen früh.« Der Satz hatte etwas Abschließendes an sich. José hielt seinen Drink hoch und wartete darauf, dass ich mit ihm anstieß. Also erhob ich mein Glas und sobald ich meinem langjährigen Kumpel in die Augen blickte, wusste ich, was los war.

Und richtig: Die Gläser klirrten gegeneinander und kaum hatte ich den ersten Schluck genommen, räusperte sich José, kratzte sich im Nacken und ließ den Blick unruhig durch die Bar schweifen. Ich lehnte mich zurück und harrte der Dinge, die nun unausweichlich auf mich zukommen würden.

Wenn ich in den vierunddreißig Jahren meiner Existenz etwas über den Umgang mit mir nahestehenden Menschen gelernt hatte, die gerade eine Liebesbeziehung anstrebten, hinterfragten oder beendeten, dann war es Folgendes: Erstens kam man nicht umhin, ihnen zuzuhören – meist legten die Betroffenen einen geradezu missionarischen Eifer an den Tag, wenn es darum ging, einem in überfüllten Lokalen lautstark ihre Probleme ins Ohr zu brüllen. Außerdem war es ihnen komplett egal, in welcher Verfassung oder Begleitung man sich gerade befand. Zweitens konnte man sich jeden noch so gut gemeinten Rat ersparen. Externe Meinungen waren nur dann willkommen, wenn sie sich auf ein mitfühlendes Nicken beschränkten. Und drittens stattete man am besten sein Gehirn und die sich aufdrängenden Kommentare unverzüglich mit Sonnencreme und Badetüchern aus und entließ sie in den Urlaub – denn schon am nächsten Tag konnte sich die Ansicht des Redenden komplett gewandelt haben.

»Weißt du«, begann José nun, und seine Stimme klang mit einem Mal heiser. »Manchmal wünschte ich, ich wäre noch Single.«

»Aber du hast doch jetzt Fiona, ihr macht einen glücklichen Eindruck.« Zugegebenermaßen war dies das Argument einer rosawangigen Großmutter, die nur kurz von ihrer Strickerei aufsieht und damit das Gespräch für beendet hält. Allerdings hatte ich tatsächlich den Eindruck, dass José und die blonde kurzhaarige Polizistin, die er vor etwas mehr als einem Jahr kennengelernt hatte, perfekt zusammenpassten. Wenn so was wie ›perfekt‹ in Beziehungen überhaupt existierte.

José wand sich. »Schon, aber manchmal … vermisse ich die Zeit, als … du weißt schon.«

»Nein«, spielte ich den Ahnungslosen.

»Die Zeit, als ich noch frei war. Begehrt! Mir kommt es vor, als wäre ich transparent geworden, seit ich kein Single mehr bin. Die Frauen gucken durch mich hindurch, auch wenn ich ohne Fiona unterwegs bin. Als würden sie die Konkurrentin im Hintergrund wittern.«

»Sobald du süßlich nach Babyscheiße und Karottenbrei riechst, erwacht ihr Interesse wieder, ich versprech's dir. Junge Väter sind attraktiv, je schusseliger und überforderter, desto anziehender.«

»Du bist echt keine moralische Stütze, Vijay«, seufzte José schwer.

»Was willst du eigentlich? Man muss sich irgendwann entscheiden. Jahrelang hast du nichts anbrennen lassen. Wie oft du morgens irgendwo erwacht bist. Im besten Fall in einem Bett. Neben Damen, an deren Namen du dich meist nicht mehr erinnern konntest und in jenem speziellen Fall nicht einmal mehr an das Geschlecht. Hast du echt das Gefühl, du würdest was verpassen?«

»Ach, darum geht es doch gar nicht.«

»Worum dann?«

»Ein Mann braucht hin und wieder Bestätigung. Von außen«, fügte José rasch an, als er sah, dass ich die Stirn runzelte.

»Was willst du von mir hören?«

José überlegte und nahm einen Schluck von seinem Drink. Dann sagte er zögernd: »Dass du mir recht gibst, vielleicht.«

»Aber das kann ich nicht! Du bist in die Falle getreten und jetzt hast du den Salat.« Beschwichtigend drückte ich seine Schulter. »Fiona ist eine tolle Frau, du liebst sie, sie liebt dich und ihr passt hervorragend zusammen. Vier Kriterien, von denen die meisten Paare nicht einmal zwei schaffen.«

»Aber …«

»Wir werden erwachsen, José. Man kann es hinausschieben, aber nicht entkommen.«

»Verdammte Scheiße.«

Freitag

Ich knallte das Glas, in dem der Latte macchiato serviert worden war, so heftig hin, dass der Kaffee hochschwappte und auf die Titelseite der größten Schweizer Boulevardzeitung spritzte. Ich konnte nicht glauben, was ich gerade las.

Der Mann, der vom Himmel fiel, stand da in fetten Buchstaben, darunter war ein Bild des äußerst fotogenen Staatsanwalts Dr. Frank R. Tobler zu sehen, der sich im nachfolgenden Bericht dafür feiern ließ, dass er das Geheimnis um den Toten von Zumikon gelüftet hatte. Ein Flüchtling, der sich im Fahrwerkkasten eines Flugzeugs versteckt hatte und dabei erfroren sei, ließ sich der Staatsanwalt zitieren, ein tragisches Schicksal. Er dankte dabei der Bevölkerung für die zahlreichen Hinweise, die im Verlauf des gestrigen Tages bei der Staatsanwaltschaft und der Kripo eingegangen seien.

Wütend schob ich die Zeitung von mir. Meine Gedanken waren gespickt mit nicht jugendfreien Begriffen und ich ging alle Folterarten durch, die mir bekannt waren. Und das waren seit *Wikileaks* und den Enthüllungen über die – leider nur diesbezüglich – sprühende Kreativität der amerikanischen Regierung unter George W. Bush so einige. Doch keine schien mir brutal genug für Staatsanwalt Dr. iur. Frank R. Tobler.

Als ich mich etwas beruhigt hatte, schnappte ich mir die Gratiszeitung, für die José arbeitete, vom gerade frei werdenden Nachbartisch, überflog die Titelseite und blatterte dann zum ansehnlichen Bericht über den Leichenfund weiter. Die Redaktion hatte das verschwommene Bild des Toten abgedruckt, jedoch hatte man sich auf den Ausschnitt von T-Shirt und Hose beschränkt, der Anblick des geschändeten Gesichts blieb den Lesern erspart. Boshaft und hinterhältig, wie mein bester Freund nun mal war, hatte er stattdessen ein Foto von Staatsanwalt Tobler eingefügt, auf welchem dieser dem erfolgreichen indischstämmigen Privatdetektiv Vijay Kumar, der zufälligerweise ebenfalls vor Ort war, die Hand schüttelte. Ich erinnerte mich vage an Josés Bemerkung nach meiner kurzen Unterredung mit Tobler, dass er immerhin *eine* hübsche Aufnahme gemacht hätte. Tobler würde toben, da war ich mir ganz sicher.

Meine Laune verbesserte sich schlagartig. Ich war kurz versucht, José anzurufen, um mich zu bedanken. Doch er hatte sich am Abend zuvor bereits nach vier Drinks verabschiedet, um bei Fiona zu übernachten, und ich wollte die beiden nicht stören. Auch ich war bald darauf nach Hause gegangen, mehr gezwungenermaßen als freiwillig, denn die Gesetze auf dem Markt waren knallhart: War man über dreißig, ein Mann und saß allein in einer Bar, erntete man von den anwesenden Frauen bestenfalls mitleidige Blicke. Demonstrativ zugekehrte Rückansichten und hochgezogene Augenbrauen waren jedoch wahrscheinlicher.

Ich leerte mein Glas, bestellte einen weiteren Kaffee und lehnte mich zurück, während hinter dem Tresen der Milcherhitzer zu zischen begann.

Es war ruhig hier um diese Tageszeit, kaum eine Handvoll Gäste zählte ich. Es sah hier genauso aus, wie es im *Handbuch für neu zu eröffnende Lokale in Zürich* aufgeführt wurde: gemütlich mit einem Hauch von alternativ, gebraucht wirkende Möbel, trendig. Auf die Karte gehörten nebst selbst gebackenem Kuchen zwingend mehrere Sorten Grüntee, *Chai* und mindestens ein fermentierter Trunk. Die Kundschaft durfte nicht zu jung und auf gar keine Fälle alt sein, betont lockere oder sogar unkonventionelle Kleidung war gefragt, Hochdeutsch wurde gerne gehört und auf Anfrage sogar gesprochen. Dabei war alles Zitat: Die Tapete erinnerte an die Biedermeierzeit, die Kellnerin an den Bioladen und das Ambiente an Berlin. Trotzdem oder gerade deswegen gefiel es mir hier.

Dieses Café hob sich von dem guten Dutzend im gleichen Stil konzipierten Szenelokalen wenigstens durch seinen Namen ab: *Dini Mueter*, was auf Schweizerdeutsch – unschwer zu erraten – *Deine Mutter* bedeutete. Die Bezeichnung stellte einen vor unlösbare Probleme bei einer Verabredung, wollte man Frivolitäten vermeiden. ›Lass uns zu *Deiner Mutter* gehen‹ war genauso unzutreffend wie ›Ich stehe vor *Deiner Mutter*, aber die ist total voll‹ unsinnig. Sehr schweizerisch umschrieben dann die geöffnete Terrasse: ›Es ist so warm, dass *Deine Mutter* schon herausgestuhlt hat.‹ Und was gar nicht ging: ›Wir verbrachten einen lustigen Nachmittag in *Deiner Mutter*.‹ Ich habe keine Ahnung, was sich die Betreiber bei der Namensgebung gedacht hatten. Trotz der sprachlichen Hürden war das Lokal jedoch meist gut besucht.

Die Bedienung, eine junge Frau mit geröteten Wangen und einer sich in Auflösung befindenden Rastafrisur, stellte lächelnd den Macchiato vor mich hin und schob den Zuckerstreuer in meine Nähe.

Gerade als ich danach greifen wollte, vibrierte mein Telefon, das ich auf den Tisch gelegt hatte, und zeigte eine unterdrückte Nummer an. Obwohl ich Gefahr lief, einmal mehr eine dieser hoch motivierten und genauso hartnäckigen Callcenter-Mitarbeiterinnen mit Balkanakzent abwimmeln zu müssen, nahm ich den Anruf entgegen. Anstelle des erwarteten einschleimenden Geplappers drang aber nur Schweigen an mein Ohr.

»Kumar«, meldete ich mich erneut. »Wer ist da?«

Jemand räusperte sich umständlich. »Vijay Kumar, der Privatdetektiv? Bin ich richtig verbunden?«

»Goldrichtig«, versuchte ich es auf die lockere Tour, doch der Mann am anderen Ende blieb ernst.

»Gut. Herr Kumar, ich möchte, dass Sie etwas für mich herausfinden.«

»Wer sind Sie?«

»Das tut nichts zur Sache.«

»Für mich ist das durchaus ausschlaggebend«, wandte ich ein.

Der Mann, der eine angenehme Stimme hatte, zögerte. Ich schätzte ihn auf über fünfzig, gebildet, verheiratet, in sicherer Position tätig. Mutmaßungen natürlich, doch mittlerweile hatte ich ein Gespür für Menschen entwickelt.

»Ich möchte meine Identität nicht preisgeben. Unsere Zusammenarbeit wird dadurch in keiner Weise beeinträchtigt, das garantiere ich Ihnen.«

Ein Geschäftsmann, analysierte ich, die distinguierte, aber etwas konstruierte Sprache verriet ihn.

»Nun, ich arbeite nicht mit anonymen Auftraggebern, das steht so in meinen Geschäftsstatuten.«

Der Anrufer ließ sich nicht beirren. »Der Fall liegt mir sehr am Herzen«, betonte er. »Ich wäre Ihnen sehr verbunden, wenn Sie ihn trotzdem übernehmen würden. Ich bitte Sie inständig.« Verzweiflung. Der Mann am Telefon war verzweifelt, jetzt hörte ich es deutlich heraus. Ich rief mir alle anderen Fälle ins Gedächtnis, an denen ich gerade arbeitete, worauf meine interne Suchmaschine null Ergebnisse lieferte. Anstatt Däumchen zu drehen und erwartungsvoll das Handy anzustarren, konnte ich ebenso gut meinem neuen Mandanten helfen. Zudem interessierte mich, was hinter seiner Not stecken mochte.

»Worum geht es?«, fragte ich und bemühte mich um einen bestimmenden Ton.

»Um den Toten, der in Zumikon gefunden wurde.«

»Ja?« Aufmerksam geworden, richtete ich mich auf.

»Er ist kein Flüchtling und er fiel auch nicht aus einem Flugzeug.«

»Wie kommen Sie zu dieser Annahme?«, erkundigte ich mich vorsichtig. Bei manchen Leuten konnte man nie wissen, vielleicht war er nur ein Wichtigtuer, der mein Bild in der Zeitung gesehen hatte.

Als hätte er meine Gedanken erraten, erwiderte der Mann: »Ich kann Sie beruhigen: Ich bin nicht einer dieser Anrufer, die sich nach spektakulären Presseartikeln aufspielen wollen. Wäre dem so, hätte ich die Polizei angerufen oder die Boulevardpresse, aber sicher nicht einen Privatdetektiv. Diesen Menschen geht es um größtmögliche Aufmerksamkeit. Ich hingegen bin auf absolute Diskretion angewiesen.«

Das hatte was. Trotzdem beseitigte dies meine Zweifel nicht gänzlich. »Was wissen Sie über den Toten?«

»Dass er eben keineswegs aus dem Flugzeug gefallen ist«, wiederholte der anonyme Anrufer geduldig.

»Weshalb sind Sie sich da so sicher?«

»Weil er sich schon zuvor in der Schweiz aufgehalten hat.«

»Woher wissen Sie das?«

»Leider ist es mir nicht möglich, darüber Auskunft zu geben.«

»Was wollen Sie von mir?«

»Finden Sie heraus, was ihm widerfahren ist.«

»Kennen Sie ihn?«

Der Mann zögerte leicht mit der Antwort, dann sagte er: »Das tut nichts zur Sache.«

Also ja.

»Geben Sie mir ein paar Anhaltspunkte.«

Jetzt galt es, am Ball zu bleiben. »Was vermuten Sie, was geschehen ist? Wann haben Sie ihn zuletzt gesehen? Woher kommt er?«

»Ich muss Schluss machen.« Der Mann flüsterte plötzlich.

»Wie kann ich Sie erreichen?«, fragte ich eilig.

»Gar nicht. Ich rufe Sie an.« Ohne ein Wort des Abschieds beendete er den Anruf.

Verwirrt starrte ich auf mein Mobiltelefon. Der Mann hatte eindeutig eine merkwürdige Beziehung zu dem Opfer unterhalten. Einerseits wollte er dessen Tod aufgeklärt wissen, andererseits gab er weder seine Identität preis noch auf welche Art er den jungen Mann gekannt hatte. Falls es stimmte, was er sagte, konnte ich meine Theorie vom Sturz aus dem Flugzeug auf der Stelle begraben.

Für den Bruchteil einer Sekunde war ich versucht, den Staatsanwalt anzurufen und auf den möglichen Irrtum hinzuweisen, doch ich verwarf die Idee sogleich wieder. Tobler würde ohnehin glauben, es handle sich um einen Racheakt meinerseits, weil er mich derart mies ausgebootet hatte.

Nachdenklich trank ich einen Schluck des mittlerweile lauwarmen Kaffees. Ich war mir sicher, dass es sich hier um eine ernst gemeinte Anfrage handelte und der Mann wieder anrufen würde. Und meine Auftragslage ließ mir zurzeit derart viel Freiraum, dass andere Leute von Urlaub gesprochen hätten. Es sprach also nichts dagegen, die vage Spur aufzunehmen und ein paar alte Bekannte im Quartier aufzusuchen.

In den vergangenen Jahren hatte die Stadt den ehemals verruchten Kreis 4 schrittweise aufgewertet, was bedeutete, dass die offene Drogenszene erfolgreich verdrängt wurde, die Prostitution eingedämmt und etliche zwielichtige Spelunken trendiger Gastrokultur gewichen waren. Die Kehrseite der Medaille war jedoch, dass die Dealer nun in den Nebenstraßen, in Hinterhöfen und im Bus der Linie 32, die quer durch den Kreis führte, ihren Geschäften nachgingen. Die Schickimicki-Partyszene hielt rauschend Einzug, etliche Gebäude wurden renoviert und die neu entstandenen Wohnungen zu horrenden Preisen weitervermietet, derweil sich alteingesessene Bewohner und einkommensschwache Familien gezwungen sahen, wegzuziehen. Die Aufwertung, so gut gemeint sie auch war, verkam zu einer sozialen Säuberung. Doch während sich die Verantwortlichen gegenseitig auf die Schultern klopften, torkelten an der Kreuzung Militär- und Langstrasse, wo sich die übelste Bushaltestelle der Stadt befand, nach wie vor Junkies und Alkoholiker herum und laberten jeden Passanten um etwas Münz an.

Es machte wenig Sinn, diese verkommenen Gestalten nach dem Toten zu fragen, die meisten hätten selbst ihr eigenes Konterfei nur mit Mühe wiedererkannt, hätte man es ihnen unter die Nase gehalten. Nein, wenn ich wirklich etwas über den Jungen herausfinden wollte, musste ich mich an eine Insiderin wenden, eine Eingeweihte, die sich auskannte im Quartier. An eine scharfe Beobachterin, der nichts entging, was sich an der Langstrasse abspielte. An eine Kapazität.

Miranda öffnete die Tür nur spaltbreit, und als ich meine mit Schneematsch verschmierten Schuhe ausgezogen und die kleine, verdunkelte Einzimmerwohnung betreten hatte, lag sie bereits wieder im Bett.

»Weißt du, wie spät es ist?«, krächzte sie.

»Bald Mittag!«

»Eben! Was hast du dir bloß dabei gedacht?«

Ich sah ihr amüsiert zu, wie sie ihr Gesicht im Kissen vergrub.

»Ist wohl spät geworden gestern Nacht?«

»Eher früh heute Morgen.«

»Hat's wenigstens Spaß gemacht?«

»Für dreihundert Franken lasse ich das jeden glauben.« Meine beste Freundin richtete sich halb auf und blickte mich Mitleid heischend an. Seit Monaten versuchte sie, ein erschwingliches Lokal zu pachten, um es zu einer japanischen Suppenbar umzufunktionieren, doch die Preise im Quartier waren auch in dem Bereich explodiert. Was Miranda zwang, weiterhin ihrem ungeliebten Job als Prostituierte nachzugehen. Man sah ihr an, dass sie diese Situation zunehmend belastete. Wenigstens hatte sie dabei weder ihren bissigen Humor noch ihre ungezügelte Lust auf alkoholische Getränke verloren, doch manchmal machte ich mir trotzdem Sorgen um sie.

Miranda fuhr sich gereizt durchs Haar, um die wild abstehenden Locken zu bändigen, was ihr nicht einmal ansatzweise gelang. So ungeschminkt und übernächtigt wie sie war, ähnelte sie wieder stark Gustavo, dem hübschen, wenn auch etwas femininen Brasilianer, den ich vor Jahren im *Labyrinth* kennengelernt hatte. Die dunklen Bartstoppeln auf ihren Wangen und die im Kontrast dazu stehenden langen rosa lackierten Fingernägel unterstrichen ihre Verwandlung zusätzlich.

»Ich sehe fürchterlich aus«, klagte Miranda, und ich hielt – aus Erfahrung weise geworden – den Mund. »Was willst du überhaupt?« Sie zog die Decke bis zum Kinn, während sie eines ihrer endlos langen Beine darunter hervorstreckte und anwinkelte.

Ich trat ans Fenster, öffnete es und schob die altersschwache Blechjalousie von Hand hoch, da sie sich anders nicht mehr bewegen ließ. Ein schrilles Quietschen erklang und Miranda hielt sich demonstrativ die Ohren zu. Dann setzte ich mich auf den Bettrand und hielt ihr einen Ausdruck des Fotos hin, das mir José zuvor gemailt hatte. »Hast du den schon mal in der Gegend gesehen?«

»Ein neuer Fall?«, erkundigte sie sich und linste blinzelnd auf die Aufnahme des Toten.

»Sieht ganz danach aus.«

Jetzt nahm mir Miranda das Bild aus der Hand und betrachtete es eingehend. »Tut mir leid. Der wäre mir sicher aufgefallen. Muss ein ganz Süßer gewesen sein, bevor ihm der Lastwagen über den Kopf gefahren ist.«

Enttäuscht nahm ich die Fotografie wieder an mich. »War nur so 'ne Idee.«

»Nicht jeder dunkelhäutige junge Mann muss zwangsläufig auf der Straße landen«, argumentierte Miranda. »Was weißt du über ihn?«

»Eben nichts«, erwiderte ich zerknirscht.

»Und jetzt bist du auf der Suche nach ihm? Wer hat dir den Auftrag dazu erteilt?«

»Keine Ahnung. Der Alte wollte sich am Telefon nicht zu erkennen geben.«

»Na also!«

Miranda grinste, während sie eine Haarsträhne um den Zeigefinger wickelte.

»Was?«

»Dann ist der Fall ja klar.«

»Ach?«

»Aber so was von sicher! Vielleicht sollten wir mal tauschen. Ich such deine Perserkatzen, Putzfrauen und die ganzen verwahrlosten Jungs, während du meinen Freiern ein wenig Ekstase vorspielst. Im Schrank finde ich sicher noch eine alte Perücke.«

»Mein Schauspieltalent ist beschränkt«, brummte ich unwirsch.

»Für drei Lappen wirst du ja wohl ein paar lustvoll gestöhnte ›Ohs‹ und ›Ahs‹ zustande bringen. Vielleicht sogar ein euphorisch gekreischtes ›Ja! Ja! Fantastisch!‹? Wollen wir kurz mal üben? Die Nachbarn sind das gewohnt.«

»Komm zur Sache!«

»Hör ich die ganze Zeit.« Miranda kicherte und lehnte sich an den Kopfteil des Bettes, während sie ihren Finger wieder aus der Locke befreite. »Eigentlich ist es ganz einfach: ein junger Mann, offensichtlich aus einem anderen Kulturkreis, und ein älterer Mann, der sich nicht zu erkennen geben will, sich aber trotzdem Sorgen um den Jüngeren macht. Was kommt dir bei dieser Konstellation spontan in den Sinn?«

Ratlos hob ich die Schultern.

Miranda seufzte. »Mann, sonst ist doch dein Horizont auch nicht so eng! Was ist, wenn der Mann den Jungen besser gekannt hat?«

»Muss er wohl, sonst würde er mich kaum dafür bezahlen, dass ich seinen Tod aufkläre«, schnappte ich säuerlich zurück.

»Ich meine richtig, richtig gut gekannt.«

Jetzt endlich fiel der Groschen. »Ach, du meinst …?«

Miranda nickte. »Wäre eine plausible Erklärung, nicht? Der Alte hatte was mit dem Kleinen, und jetzt ist der tot und Sugardaddy will entweder rausfinden, was wirklich passiert ist …«

»… oder er war's selber und will nun sichergehen, dass er nicht verdächtigt wird!«, rief ich. »Deswegen will er auch anonym bleiben!«

»Siehst du? Was würdest du bloß ohne mich machen?«

Ich legte Miranda den Arm um die Schultern und drückte sie an mich. »Danke für den Wink mit dem Zaunpfahl …«

»Wink? Hallo? Ich hab mit dem verdammten Scheit auf dich eingeprügelt, bis du's gerafft hast!«

»Na ja. Aber was mach ich jetzt?«

Miranda blickte mich nur spöttisch an.

»Könntest nicht du …?«, versuchte ich es kleinlaut.

Sie schüttelte bestimmt ihre Locken, während sie nach dem Päckchen auf dem Nachttisch langte und sich eine Zigarette herauspulte. »Dahin will ich nicht zurück, sorry.«

Richie hätte es wirklich zu was bringen können. Er war intelligent, talentiert und einmal so gut aussehend gewesen, dass er lange Zeit sein Taschengeld mit Modelaufträgen aufbessern konnte. In der Schule hatte er zu den Besten gehört, er war bei Lehrern und Mitschülern gleichermaßen beliebt gewesen. Seine Eltern hätten ihn gern als Arzt oder Rechtsanwalt gesehen, die gutbürgerlichen Vorstellungen eines erfolgreichen Werdegangs. Als wir uns am letzten Schultag nach der Matura verabschiedeten, war für alle klar, dass Richie nach der obligatorischen Dienstpflicht und der genauso obligatorischen Militärkarriere studieren und in kürzester Zeit eine eigene Praxis oder Kanzlei in bester Lage haben würde. Ein Leben wie auf Schienen.

Doch dann übersah er eine Weiche und bog falsch ab. Schnupfte eine Linie, die geradewegs in den Abgrund führte. Die Linie wurde schnell zur Mehrbahnstraße und schon bald genügte dieser Stoff allein nicht mehr. Innert kürzester Zeit war aus dem hoffnungsvollen Studenten und Oberstleutnant ein Wrack geworden, das sich auf der Suche nach dem nächsten Schuss auf der Bäckeranlage rumtrieb, ungepflegt und zerlumpt, mit schorfigen Pickeln im Gesicht und dieser für Junkies typischen gekrümmten Körperhaltung.

Irgendwie hatte er überlebt und stolperte seither, billiges Gras und schlechtes Heroin verkaufend, die Langstrasse auf und ab. Sein Blick war immer noch etwas starr, aber manchmal sah ich ihn sogar wieder lächeln. Wir grüßten uns, wenn wir uns trafen und einer von uns nicht gerade so verladen war, dass er nur noch lallte. Was bei ihm häufiger der Fall war als bei mir, nur so am Rande.

Ich blieb nie stehen, um ein paar Worte mit ihm zu wechseln. Vielleicht weil mir sein Zustand bewusst machte, wie dünn das Eis war, auf dem man sich bewegte. Dass ein einziger Fehltritt genügte, um aus seinem Lebensrahmen zu fallen.

Jetzt duckte sich Richie vor mir, als hätte ich die Faust gegen ihn erhoben, und sein Blick wich meinem konstant aus. Wie eine in die Enge getriebene Ratte kam er mir vor.

»So, ach du, so, wie geht's dir so?«, keuchte er, als hätte ich ihn quer durchs Quartier gehetzt. Dabei hatte ich ihn nur per Zufall entdeckt, als er mit einem Kunden aus einem der Hinterhöfe in die Dienerstrasse eingebogen war, wo höchstwahrscheinlich eine illegale Substanz in grottenschlechter Qualität den Besitzer gewechselt hatte. Doch es konnte nicht schaden, sich bei einem, der seit Jahren auf der Langstrasse unterwegs war, nach dem Jungen zu erkundigen.

»Mhm, mhm, schön, schön, lang nicht gesehen, hm?« Er ratterte die Floskeln herunter, ohne eine Antwort zu erwarten. Seine Gedanken schienen längst auf ein anderes Ziel gerichtet.

»Richie, ich brauche deine Hilfe.«

Sein Kopf wackelte aufgeregt hin und her, als hinge er an einer kaputten Sprungfeder. Dann kam die Nachricht bei ihm an. Erstaunt riss er die Augen auf und starrte zuerst verdattert an die Hauswand gegenüber, bevor er sich einen Punkt links von meiner Nase aussuchte, um dort hinzuglotzen. »Hilfe, soso, hm?« Er kicherte verunsichert.

Ich hielt ihm das Foto des toten Jungen hin und erklärte, was ich wissen wollte. Richie guckte kurz darauf und rieb sich die Nase, dann bemerkte ich, wie sich sein Blick verschleierte.

»Richie! Konzentrier dich!«

Richie schüttelte den Kopf.

»Bist du sicher?«

»Ja, ja, ich weiß ja, wer alles so hier, hm, du weißt schon, gell. Aber den, hm, den hab ich noch nie gesehen.« Ängstlich blickte er mich an und ich trat einen Schritt zurück. Das Bedürfnis nach einer Zigarette überfiel mich jäh.

»Aber ich habe anderes gesehen, anderes, gell, davon könnte ich dir erzählen!« Er richtete sich auf, plötzlich eifrig. Wahrscheinlich hoffte er, ich würde ihn für irgendwelche sinnlosen Informationen bezahlen.

»Du, die haben jetzt die Pingpongtische abgeschraubt in der Bäckeranlage, gell«, wechselte er das Thema. »Damit wir unser Bier nicht mehr hinstellen können. Dabei können wir es auch gut in der Hand halten, he he. Oder?« Er grinste und entblößte dabei seine nikotinbraunen Zähne. Zumindest diejenigen, die noch vorhanden waren.

Ich wusste, wovon er sprach, das Thema hatte im Quartier für einiges Kopfschütteln gesorgt: Aufgebrachte Eltern hatten verlangt, dass die Tischtennistische aus der hintersten Ecke der öffentlichen Parkanlage entfernt wurden, weil sich dort Randständige aufhielten, von denen sie ihren Nachwuchs bedroht sahen. In welcher Hinsicht auch immer. Dem empörten Aufruf war natürlich umgehend Folge geleistet worden, die Tische wurden abmontiert und der lokale Tischtennisklub musste sich zwangsläufig einen anderen Trainingsplatz suchen. Die Alkis allerdings ließen sich von der fehlenden Theke, auf der sie ihre Bierdosen abgestellt hatten, nicht vertreiben. So viel zu Toleranz und Urbanität im ehemals verruchten Trendquartier. Aber wohnen wollten sie alle hier. Ums Verrecken.

»Bäckeranlage eben, hm, nachts ist da manchmal ziemlich was los.« Richie beugte sich vor, sodass ich seinen fauligen Atem riechen konnte. Unauffällig wich ich zurück.

»Ist schon okay, Richie, du hast mir sehr geholfen. Ich muss jetzt weiter …«

»Da war eine Schlägerei, ist schon 'ne Weile her, gell. Im Park, mhm, war im Sommer. Aber jetzt übernachte ich eh in der Notschlafstelle, ist ja viel zu kalt, verdammter Winter, verdammt.«

Sein Blick verlor sich, bis Richie wieder einfiel, wovon er zuvor gesprochen hatte. »Zwei sind im Spital gelandet und einer war dabei, den kennt man. Du, ich lese ja immer den Sportteil, gell, nur den Sportteil, der Rest interessiert mich einen Scheiß, der Rest ist ein Scheiß …«

»Danke, Richie, lass gut sein.« Ich versuchte, mich von ihm zu entfernen, doch er hielt mich am Jackenärmel fest.

»He du, meinst du, das würde was einbringen, ein wenig Zaster, he he, wenn ich jemandem davon erzählen würde? Den Zeitungsfritzen oder so? Hm?«

»Ich habe keine Ahnung, Richie. Echt. Ich muss jetzt wirklich los.«

»Ist ja auch schon lange her, gell, im Sommer war das, im letzten Sommer ...«

Ich ließ ihn stehen, er hob enttäuscht die Hand zum Gruß und lächelte schief. Als ich zurückblickte, stand Richie immer noch dort und winkte. Mein Herz zog sich zusammen. Ein einziger Schritt in die falsche Richtung, dachte ich, und man ist neben der Spur.

Schneeglöckchen und Krokusse wuchsen auf einem grellgrünen Rasen, Narzissen und Tulpen in Vasen, ein halbes Dutzend Küken tummelte sich im Vordergrund und ein flauschiger Osterhase hatte es sich in einer Ecke bequem gemacht. Doch ich stand keineswegs vor der *Confiserie Sprüngli* am Paradeplatz, sondern vor Balthasars Laden an der Kernstrasse. Entsprechend fanden sich nebst den bunten Blümchen und schnuckeligen Tierchen einige Schmuckstücke aus Balthasars umfangreichem Angebot. Darunter Latexmanschetten, die sich wie Fesseln um die Küken spannten, die Narzissen steckten in Kanülen aus Chromstahl, massive Eisenringe und eine vielsträngige Lederpeitsche lagen zwischen den Krokussen, und der Hase trug, obwohl zu groß für sein Hasengesicht, eine Maske mit zugenähtem Mundbereich, derweil zwischen seinen Beinen etwas hervorragte, das auch bei wohlwollender Betrachtung niemals als Osterei durchgegangen wäre.

Sie waren stadtbekannt, die gleichsam anrüchigen wie originellen Schaufenster des Fetischladens – genauso wie ihr Gestalter. Ich kannte Balthasar schon seit Jahren. Wenn man im selben Quartier in Zürich wohnte und arbeitete, lief man sich zwangsläufig immer wieder über den Weg. Wir verstanden uns bestens, obwohl ich seine Vorliebe für stark behaarte Männer in Lederuniformen nicht zu teilen vermochte.

Balthasar war eine eindrückliche Erscheinung, altersmäßig jedoch schwer einzuschätzen. Unverkennbar war er Inhaber eines Fitnessabonnements, der Schädel war kahl rasiert, dafür zierte ein schmales Bärtchen sein Kinn. Durch sein T-Shirt zeichneten sich noppig Brustwarzen ab, die in jeder pflichtbewussten Hausfrau den Drang auslösen mussten, Geschirrtücher daran aufzuhängen. Er jedoch hatte sie mit zwei gewichtigen Piercingringen harpuniert. Meist trug er Lederhosen, die im Hüftbereich ein kleines bisschen spannten. Auf den ersten Blick wirkte er wie ein gnadenlos dominanter Macker, dieser Eindruck verflüchtigte sich jedoch, sobald er inbrünstig einen Lale-Andersen-Klassiker intonierte oder seine hausgemachten Eclairs zum Kaffee servierte.

Balthasar kauerte am Boden, als ich den Laden betrat, und polierte mit einem Lappen die solide aussehenden Stäbe eines kniehohen Käfigs.

»Arbeitest du jetzt mit den Ausschaffungsbehörden zusammen?«, rief ich ihm zu.

Grinsend blickte er auf. »Die Sklaven heutzutage sind leider auch nicht mehr, was sie mal waren.« Balthasar erhob sich behände und kam mir mit ausgebreiteten Armen entgegen. »Lange nicht mehr gesehen, mein Lieber. Trinkst du einen Kaffee mit uns?« Er drückte mich, und als er mich wieder freigegeben hatte, begrüßte ich per Handschlag seinen Mitarbeiter Paul, der gerade dabei war, neu eingetroffene, erschreckend winzige Gummihöschen auszupacken und in die Regale zu räumen.

Auf den ersten Blick sah Paul wie ein Klon von Balthasar aus, weswegen ihn viele Leute entweder für dessen Lebenspartner oder für Balthasar selbst hielten. Weder das eine noch das andere traf zu.

Dankend nahm ich die Einladung an, und während Balthasar die Kaffeemaschine hinter dem Tresen in Betrieb nahm, begutachtete ich den Käfig genauer.

»Wozu braucht man so was?«, erkundigte ich mich.

Balthasar drehte sich um, in der Hand ein silbernes Sahnekännchen. »Um jemanden einzusperren, wozu wohl sonst?«

»Dass der nicht für Riesenkaninchen gedacht ist, war mir schon klar. Aber was hat man davon? Sexuell, meine ich.«

»Da geht es nicht in erster Linie um Sex im Sinne von Geschlechtsverkehr, sondern um Macht. Dass einem jemand komplett ausgeliefert ist, finden manche Leute geil. Auf der anderen Seite gibt es Menschen, die sich gerne unterwerfen und demütigen lassen.«

»Also nicht nur Mitarbeiterinnen dieser Zürcher Boutiquenkönigin?« Die weit über die Stadtgrenzen hinaus tätige Dame war geradezu berüchtigt für die eiserne Strenge gegenüber ihren Angestellten.

Die beiden Männer grinsten. »Bislang ist sie zumindest noch nie hier gewesen.«

Ich musterte den Käfig und schauderte. Trotz einiger Erfahrung im Bereich erotischer Zweisamkeit existierten einige Spielarten, die mir komplett fremd waren. »Dann gibt es Haushalte, in denen so ein Ding einfach rumsteht?« Ich konnte mir zwar nicht vorstellen, meine nicht existente Freundin zu dominieren, indem ich sie einsperrte, doch irgendwie war ich trotzdem fasziniert. »Tagsüber als Laufgitter für den Nachwuchs, abends kriecht dann Vati im Stringtanga rein?«

»Viele wollen so was nicht permanent in der Wohnung haben, deswegen vermieten wir den Käfig wochenendweise. Wobei gerade neulich jemand eine Sonderanfertigung bestellt hat. Aus Edelstahl mit extra starken Gitterstäben und einem Kopfpranger.«

»Einem was?«

»Einer Halterung für den Kopf an der Vorderseite des Käfigs, die wie ein Hundehalsband um den Nacken gelegt wird. Allerdings aus Metall. Der Gefangene kann dann den Kopf nicht mehr bewegen und muss geradeaus blicken«, erläuterte Balthasar.

»Den benutze ich nur, wenn mein Partner sich weigert, mit mir eine Sendung mit diesem allgegenwärtigen Moderator anzusehen«, platzte Paul kichernd heraus und erntete von Balthasar einen etwas säuerlichen Blick.

Wissend verzog ich die Mundwinkel. Die Dauerpräsenz des aalglatten und biederen Moderators im Schweizer Fernsehen war für manche Zuschauer tatsächlich eine Qual, auch ich hielt für den Fall der Fälle die Fernbedienung stets in unmittelbarer Nähe.

»Nächstes Wochenende wäre der Käfig noch frei. Ich mache dir einen Spezialpreis.« Balthasar zwinkerte mir zu und stellte eine Zuckerdose aus Porzellan auf den Verkaufstresen. Ich machte eine abwehrende Handbewegung und verzichtete auf weitere Fragen. Stattdessen holte ich das Foto des Toten hervor und legte es neben die Kaffeetassen.

Wenn sich jemand in der Schwulenszene auskannte, dann war das Balthasar. Nicht nur, dass sich viele bei ihm mit Kondomen, Gleitcremes und – wie soeben gelernt – weit merkwürdigeren Dingen eindeckten, die offenbar zum Ausleben oder Wiederentfachen ihrer Sexualität nötig waren. Darüber hinaus wurde freitags und samstags der Hinterraum der ehemaligen Garage geöffnet, in welcher der Laden untergebracht war, und diente als Bar.

»Kennt ihr diesen Jungen?«

Der doppelte Balthasar beugte sich neugierig über das Foto, doch nach einem kurzen Blick schüttelten beide Männer synchron den Kopf.

»Sieht aus wie ein Stricher.«

»Das habe ich mir auch gedacht«, bekräftigte ich Balthasars Vermutung.

»Wir haben ein anderes Zielpublikum. Die Strichjungen findet man eher in den Lokalen an der Zähringerstrasse, spätnachts auch im *T&M*, dem Klub in der Marktgasse«, erklärte er, während Paul ihn von der Seite ansah und zustimmend brummte.

Ich hatte von den Bars im Niederdorf gehört, oberhalb der Touristenmeile in der Zürcher Altstadt, in denen junge Männer aus dem Ostblock, aus Thailand oder Brasilien ihre Körper feilboten.

»Ihr habt nicht zufälligerweise Kontakte in die Richtung?«

Balthasar und Paul tauschten einen zögernden Blick aus.

»Wir haben einen Stammkunden, ein älterer Mann«, rückte Balthasar schließlich heraus. »Besucht beinahe jeden Freitag unsere Bar. Sitzt immer am Tresen. Der gönnt sich ab und zu einen Stricher, wenn seine magere Rente es zulässt.«

»Woher weißt du das?«, wunderte ich mich.

»Wenn man in meinem Metier arbeitet, lernt man manchmal die Leute besser kennen, als einem lieb ist. Gerade die älteren Männer erzählen nach ein, zwei Bierchen gern, nicht zuletzt weil ihnen außer dem Barmann niemand mehr zuhört. Denn alt sein ist in der Szene total uncool, schon alt werden ist verpönt. Zusammen mit ›fett‹ die beiden Worte, die wir mehr fürchten als Frauen ›Meno‹ und ›Pause‹.«

»Und was tut ihr dagegen?«

»Ach, zumindest das Älterwerden haben wir ganz einfach abgeschafft. Wir sind alle neunundzwanzig, ein paar wirklich hoffnungslose Fälle neununddreißig. An dieser unsichtbaren Barriere bleibt der letzte Zähler stehen. Offiziell ist keiner älter. Und mithilfe moderner Technologien bleiben wir das auch jahrzehntelang, wenn's sein muss.«

»Wie meinst du das?«

»*Facebook* und all diese Datingseiten: Da kann man ja sein gefühltes Alter eingeben. Und die meisten empfinden sich als blutjung.«

»Und euer Stammgast? Ist der auch neunundzwanzig?«

Balthasar lachte. »Klar, er ist einfach seiner Zeit ein wenig voraus.«

»Er war schon immer sehr reif für sein Alter.« Paul leerte seine Kaffeetasse und kümmerte sich wieder um die Gummihöschen.

»Und wie komme ich an den jugendlichen Greis ran?«

Balthasar schob mir einen Flyer zu. »Heute Abend ist Bar.«

Den Nachmittag verbrachte ich damit, mir passende Kleidung zurechtzulegen: eine enge weiße Hose, die ich aus den Tiefen meines Kleiderschrankes zutage förderte, und ein farbenprächtiges Hemd aus synthetisch glänzendem Stoff, der knisternd Funken sprühte, wenn man darüberstrich. Das Kleidungsstück hatte mir eine meiner unzähligen Tanten vor Jahren aus Indien geschickt – im irrigen Glauben, sie träfe damit meinen Geschmack. Ich hatte nicht im Traum damit gerechnet, jemals in eine derart hoffnungslose Situation zu geraten, die das Tragen des Hemdes unabdingbar machte, doch nun war ich froh, dass ich es nicht in die Kleidersammlung gegeben hatte.

Probehalber schlüpfte ich in mein Outfit und stand dann eine ganze Weile schockiert vor dem Spiegel. Ich sah darin aus wie eine schlecht gestopfte Leberwurst, derart quoll meine Restkörpermasse, die nicht in die Jeans gepasst hatte, über deren Rand. Wie einer dieser Popstars aus den Achtzigern, die dreißig Jahre später nicht nur mit den alten Songs, sondern auch in denselben Klamotten auf die Bühne traten.

Trotzdem behielt ich die Kleider an, in der Hoffnung, sie würden sich nach einer gewissen Zeit meinen physischen

Gegebenheiten anpassen. Was leider nicht der Fall war. Aber solange ich flach atmete, konnte ich es aushalten. Ich ergänzte meine Aufmachung mit einem lilafarbenen Seidenschal, den eine flüchtige Bekannte – soweit ich mich erinnern konnte mehr flüchtig denn bekannt – bei mir liegen gelassen hatte, und einer mit Gel und Haarspray aufwendig konstruierten Frisur. Einen schicken Gürtel, der meinen Auftritt stilvoll abrunden sollte, wollte ich mir bei Miranda ausleihen.

»Mein Gott! Was ist denn das für ein Aufzug?«, quietschte sie fassungslos, als ich bei ihr vor der Tür stand, um mein Accessoire abzuholen.
»Ich ermittle undercover.«
»In einem Friseursalon?«
»In der Schwulenbar da vorn.«
»So lassen die dich nie rein«, gluckste Miranda.
»Wieso?«
»Außer in diesen humorfreien Fernsehkomödien läuft kein Homosexueller so rum.«
»Bist du sicher?«
»Ja, Schätzchen. So sicher, wie ich heute Abend bereits ausgebucht bin. Leider. Deinen Auftritt würde ich mir garantiert nicht entgehen lassen. Das wird der Brüller!«
Mit einem Mal schlichen sich doch Zweifel ein. »Hast du ganz normale Jeans da?«
Miranda lachte herzlich, als hätte ich gerade einen großartigen Witz zum Besten gegeben. Plötzlich hielt sie jedoch inne und musterte mich prüfend. »Aber ein Abendkleid von Dior, da könnten wir dich mit ein bisschen Gewalt reinquetschen.«
»Nein. Schließlich heiße ich nicht Mariah Carey.«
Sie zog eine enttäuschte Schnute. »Ach, Schwule sind auch nicht mehr das, was sie einmal waren.«

»Ich bin nicht schwul!«

»Was immer du sagst, Schätzchen.«

»Und ich bin auch keiner deiner Klienten!«

»Oh, entschuldige! Ich kann manchmal so schlecht abschalten.«

Während sie sich eine Zigarette anzündete, taxierte mich Miranda belustigt. »Aber dann steh wenigstens nicht da wie ein feucht gewordenes Baguette. Nimm die korrekte Haltung an!«

»Wie jetzt?«

Miranda seufzte ungeduldig. »Niemals im Leben steht eine Tunte so krumm rum, wie du gerade.«

»Sondern?«

Sie steckte sich die Fluppe zwischen die Lippen und drückte meinen Bauch rein und den Rücken gerade. »Der Oberkörper muss immer durchgestreckt sein, als hättest du einen Stock im … einen Stock verschluckt. Dann: Kinn nach vorn, Arme verschränken, der blasierte Blick auf ein fernes Ziel gerichtet. Dein Gesichtsausdruck muss der Umwelt unmissverständlich klarmachen, dass deine Zeit knapp ist und du vom Shooting mit einem Starfotografen direkt zum Lunch mit mindestens jemandem wie der Chefredaktorin der *Vogue* schwirrst. Und es wir nicht gelacht!« Unsanft zog sie mir die Mundwinkel runter. »Eine Tunte, die was auf sich hält, lächelt nie, es sei denn, sie entdeckt einen preisreduzierten Hermèsschal bei Grieder. Und jetzt geh mal bis zur Küche.«

Ich tat, was sie von mir verlangte.

»Nein, nein! Kleinere Schritte, viel kleiner!«, rief sie entsetzt. »Du stapfst wie ein Cowboy, der den ganzen Tag ein Pferd zwischen seinen Schenkeln eingeklemmt hatte. Tunten machen das so.« Sie rauschte mit kurzen, aber energischen Schrittchen an mir vorbei, dabei schwenkte sie lasziv ihren Hintern.

»Vergiss nicht, eine gute Tunte ist stets in größter Eile. Und sie hat immer eine Tasche dabei, immer. Irgendwas zum Umhängen ...« Sie zog an ihrer Zigarette, kniff die Augen zusammen und verschwand dann im Schlafzimmer, um gleich darauf mit einer weißen Handtasche zurückzukehren, die mit bonbonfarbenen Buchstaben gesprenkelt war.

»Die ist ja abartig!«

»Louis Vuitton, pass auf, was du sagst. Das Teil ist ein Vermögen wert!« Miranda legte mir den Riemen über die Schulter. Die Tasche fühlte sich überraschend schwer an.

»Und was ist da drin?« Eines der zahlreichen Mysterien der heutigen Jugend. Beim Anstehen vor irgendwelchen Klubs fragte ich mich jedes Mal, was die jungen Männer wohl in ihren sichtlich ausgebeulten Taschen und Umhängebeuteln herumschleppten. Als würden sie am nächsten Morgen zu einer dreimonatigen Interrailreise aufbrechen. Vielleicht konnte Miranda endlich etwas Licht in meine Dunkelheit bringen, doch wie es schien, dachte sie nicht im Traum daran.

»Spielt das eine Rolle? Hauptsache, du machst einen viel beschäftigten Eindruck.« Sie trat einen Schritt zurück und nickte dann befriedigt. »Jetzt ist es stimmig.«

Plötzlich zog sie leicht besorgt eine Augenbraue hoch. »Warst du überhaupt schon mal da?«

»Wo?«

»In der Bar.«

»Nein.«

»Das erklärt einiges. Willst du nicht doch lieber nach Hause zurück, um dich umzuziehen?«

»Aber nein, wieso denn auch? Sieht doch prima aus!«

»Wenn du das sagst ...«

Ich hatte mich von Miranda nicht beirren lassen, doch als ich jetzt auf die Männer zuging, die mit Bierflaschen in der

Hand an der Wand des schmalen Ganges lehnten, wünschte ich, ich hätte auf sie gehört. Peinlich berührt fiel mir auf, dass man hier vor allem Jeans und einfache Hemden trug – bevorzugt mit Karomuster. Hin und wieder erblickte ich ein enges T-Shirt und muskulöse, tätowierte Oberarme. Die Mehrzahl der Typen trug die Haare millimeterkurz und die Bärtchen akkurat getrimmt.

Auf den ersten Blick sahen sie alle gleich aus, auch auf den zweiten fiel es mir schwer, sie voneinander zu unterscheiden. Wie in dem alten Musikvideo mit George Michael und Mary J. Blige, wo die beiden in einer leeren Discothek singen und sich aus nicht nachvollziehbaren Gründen vervielfältigen. Nur dass hier weit und breit keine Mary zu entdecken war.

Ebenfalls vermisste ich Federboas und groteskes Makeup, haarige Männerbeine in Netzstrümpfen und alternde Transvestiten mit lackroten Stilettos. Und im Hintergrund lief zwar billiger Techno, aber keineswegs Marianne Rosenberg, wie mich jeder *Tatort*, in dem ein Schwulenlokal vorkam, glauben machte.

Ich war etwas enttäuscht. Meinen ersten Besuch in Balthasars Bar hatte ich mir spektakulärer vorgestellt, aufregender irgendwie und weniger normal. Denn so waren die Gäste: normal. Wäre ich nicht im Bilde gewesen, hätte ich nur an der Abwesenheit weiblicher Barbesucher bemerkt, wo ich mich aufhielt.

Vielmehr wurde mir mein Aufzug mit jedem Schritt peinlicher. Ich trug bei Weitem das auffälligste, um nicht zu sagen tuckigste Outfit im Raum.

»Na, Kleiner, hast du dich verirrt?«, knurrte ein massiger Bär im hautengen Tanktop, als ich mich an ihm vorbeidrückte. Während ich um eine Antwort rang, starrte ich irritiert auf die schwarzen Haarbüschel, die wie die Nester eines unheimlichen Tieres auf seinen Schultern klebten.

»Die Schlagerparty findet am Limmatplatz statt«, mischte sich mit fürsorglicher Miene ein zweiter Typ ein, der eine Ledermütze tief in sein Milchbubengesicht gezogen hatte.

»Äh ...«

»Da bist du ja!« Balthasars Stimme rettete mich aus meiner misslichen Lage. »Unsere Stammgäste nutzen diesen Korridor als Catwalk, bei dir sieht's eher nach einem Spießrutenlauf aus.« Balthasar trug ein Tablett voller Bierflaschen, die er flink an die ringsum Spalier stehenden Männer verteilte. »Ich hab schon gedacht, du kommst nicht mehr«, sagte er über die Schulter hinweg.

»Ich musste erst die Garderobenfrage klären.«

»Und du hast die falschen Antworten bekommen«, bemerkte Balthasar, während er mich spöttisch musterte.

»Ist er da?«, erkundigte ich mich, worauf er mit dem Kinn zur Bar wies, die sich im hinteren Teil der ehemaligen Garage befand.

Der Gang mündete in einem offenen Raum, der gut besucht war. Das Licht heruntergedimmt, aber nicht schummrig. Einige Stehtische waren im Raum verteilt, ein schwarzes Ledersofa thronte auf einem Podest und die Wände waren in Anlehnung an den ehemaligen Verwendungszweck der Räumlichkeit mit Werkzeug und Karosserieteilen dekoriert. In einer Ecke hüpfte eine Gruppe Männer in fleckigen Unterhemden und mit zotteligen Bärten im Takt der Musik. Wie eine Talibanversammlung nach einem gelungenen Anschlag, schoss es mir durch den Kopf. Vielleicht waren es aber auch nur Touristen aus Berlin.

Eine große Glasscheibe gab den Blick frei auf den Fetischladen im Nebenraum. Als ich beiläufig hinübersah, fiel mir auf, dass der Käfig nicht mehr dort stand.

Einige der Gäste hoben den Kopf und fixierten mich, als ich zielstrebig auf die Bar zusteuerte, hinter deren Tresen Paul stand und mich erfreut zu sich winkte.

»Du bist Frischfleisch«, grinste er. »In einer kleinen Stadt wie Zürich kennt jeder jeden. Wenn dann ein Neuer reinstolpert, herrscht jedes Mal gleich große Aufregung. Aber das legt sich rasch.« Er taxierte mich kritisch. »Vor allem bei deiner Aufmachung. Dagegen wirkt selbst Harald Glööckler wie eine biedere Sonntagsschullehrerin.«

»Das habe ich mittlerweile auch eingesehen.«

Natürlich war die Szene gerade im Kreis 4 durchmischt. In den Klubs und den meisten Bars war Platz für alle sexuellen und anderen Ausrichtungen, zudem hatte ich in Miranda eine gute Freundin, die früher ein guter Freund gewesen war und der ihr üppiger Busen unverhofft im Brasilienurlaub zu sprießen begonnen hatte, wie sie selbst gerne scherzte. Ich litt nicht unter Berührungsängsten, doch bis anhin war ich noch nie in einer reinen Schwulenbar gewesen, weil es keinen zwingenden Grund dazu gegeben hatte. Ich hatte ernsthaft gedacht, dort würden verruchtere Sachen ablaufen. Aber wenn ich mich so umsah, hätte ich mich genauso gut auf einer After-Work-Party für Versicherungsangestellte befinden können, bei der sich der ein oder andere Bauarbeiter eingeschlichen hatte – allerdings erst nach einer ausgedehnten Maniküre, wie mir ein Blick auf die überhaupt nicht schwieligen Finger meines Nebenmannes offenbarte. Der englischsprachige Aufdruck auf seinem ärmellosen T-Shirt verriet mir, dass er ein Schwein war. Etwas mehr Selbstwertgefühl hätte der Mann schon zeigen dürfen, er sah nämlich weder schmutzig noch niederträchtig aus, vielmehr wirkte er mit seinem runden Gesicht und den flaumigen Haarresten auf seinem Schädel wie ein wonniges Riesenbaby.

»Ein Bier? Geht aufs Haus.«

»Gern.«

»Und? Schon was gesehen, das dir gefällt?« Paul hob anzüglich die Augenbrauen, als er die Flasche vor mich hinstellte.

»Die Entscheidung fällt schwer. Aber ich hab ja eh eine Verabredung.«

Mit einer kaum wahrnehmbaren Kopfbewegung wies Paul nach rechts. Ich blickte den Tresen entlang, an dem einige Gäste standen und auf Bedienung warteten. Der Mann mit schütterem Haar saß am äußersten Ende der Bar. Er wirkte allein, und das nicht nur, weil der Stuhl neben ihm unbesetzt war. Ich ergriff mein Bier und schlenderte an einem stumm glotzenden Männergrüppchen vorbei.

»Darf ich mich dazusetzen?«

Misstrauisch beäugte mich der Alte, dann zuckte er mit den Schultern und rückte etwas zur Seite. »Ist ja sowieso frei«, bemerkte er mit eingeschnapptem Tonfall.

Also schwang ich mich auf den Barhocker und legte die Hände um meine Bierflasche. »Bin zum ersten Mal hier. Ist ja ziemlich was los!«, machte ich einen auf leutselig und der Alte blickte kurz über die Schulter.

»Alle auf der Jagd. Jeden Freitag die gleiche Hysterie«, erklärte er freudlos. »Nur für mich interessiert sich keiner.«

Seine Stimme war hoch und weinerlich, und es schien, als hätte jegliche Spannkraft Gesicht und Körper verlassen – alles an ihm hing herunter, obwohl er keineswegs korpulent war. Vielmehr war es die Haut, der es an Entschlossenheit mangelte, an ihrem angestammten Ort zu bleiben. Seine Lider schlappten über die Augen, die Wangen waren schlaff, das Fleisch an den dünnen Armen, die aus dem gestreiften Kurzarmhemd ragten, welk. Die Mundwinkel krümmten sich nach unten und seine Unterlippe war vorgeschoben, was ihm ein konstant beleidigtes Aussehen verlieh.

»Mich will eh keiner«, jammerte er erneut. »Ich bin denen zu alt. Zu wenig durchtrainiert und solariumgebräunt.« Anklagend sah er mich an, bis sich mit einem Mal etwas in seinem Blick veränderte. Als wäre ein Schalter gekippt worden. Ich gab vor, die Etikette meiner Bierflasche zu entziffern.

»Und du, weshalb bist du hier?«, erkundigte er sich mit lauerndem Unterton, nachdem er einen Schluck von seinem Drink genommen hatte.

»Ich suche jemanden«, antwortete ich leichthin, als hätte ich sein aufkeimendes Interesse nicht bemerkt.

Der Alte sank in sich zusammen. »Ja, ja, so geht es mir immer.« Er suhlte sich regelrecht in seinem Selbstmitleid.

»Dazu brauche ich jedoch deine Hilfe.«

»Meine Hilfe?« Der Alte wich zurück, in seinen Augen blitzte plötzlich ein Misstrauen auf, wie es Menschen eigen ist, die in ihrem Leben zu oft enttäuscht worden sind.

Als ich das Foto des Toten vor ihn hinlegte, schnaubte er und starrte mich entrüstet an.

»Was soll das?«, keifte er. »Bist du von der Polizei?«

»Nein, keine Sorge«, beruhigte ich ihn. »Aber sieh dir bitte das Bild genauer an. Ist dir dieser junge Mann vielleicht schon mal begegnet?«

Sein Blick verharrte noch einen Atemzug bei mir, dann blähte der Alte die Wangen und beugte sich über die Fotografie. Beinahe gleichzeitig weiteten sich seine Augen, er fuhr heftig hoch und schob das Bild weit von sich weg.

»Noch nie gesehen!«, stieß er keuchend hervor, seine Stimme klang mit einem Mal brüchig.

»Macht aber nicht den Anschein.«

»Doch! Nein!« Seine Lippen bebten, die Pupillen zuckten nervös hin und her. Es war offensichtlich, dass er log. Also hatte der anonyme Anrufer die Wahrheit gesagt: Das Opfer war schon vor seinem Tod in Zürich gewesen.

»Dieser junge Mann …«, ich strecke dem Alten das Foto entgegen, »… ist höchstwahrscheinlich umgebracht worden. Irgendjemand hat ihn brutal ermordet und dann einfach draußen in der eisigen Kälte liegen gelassen. Ich bin Privatdetektiv und versuche herauszufinden, wer ihm das angetan an. Und dazu brauche ich deine Unterstützung!«

Wortlos starrte er auf das Bild, während seine blutleeren Lippen zu zittern begannen.

»Erzähl mir, was du weißt.«

»Nichts weiß ich, gar nichts, lass mich in Ruhe!«, fauchte er und rutschte ungelenk vom Hocker. Von den benachbarten Stehtischen äugte man bereits neugierig zu uns herüber.

»Verdammt! Das kann dir doch nicht egal sein!«

Der alte Mann schüttelte störrisch den Kopf, während er umständlich in einen Wollpullover schlüpfte, der auf dem Barhocker gelegen hatte.

»Du kannst jetzt nicht einfach gehen!«, versuchte ich, ihn aufzuhalten, als er zur Jacke griff, die unter dem Tresen an einem Haken hing. »Der Junge wurde brutal ermordet!«

Der Alte fuhr herum und sah mich mit seinen wässrigen Augen wütend an. »Was die kleine Ratte sonst so getrieben hat, ist mir völlig egal! Damit will ich nichts zu tun haben! Merk dir das, du Schnüffler!«

Feindselig. Nur so konnte ich umschreiben, wie mich die beiden Jungs anstarrten, die nur wenige Reihen von mir entfernt saßen. Der Bus aus Altstetten in die Stadt hinein war wie immer am Freitagabend um diese Zeit brechend voll, und ich hatte keinen Sitzplatz mehr gefunden, als ich an der Langstrasse zugestiegen war. Also hatte ich mich ans Fenster gelehnt und betont gleichgültig hinausgeschaut, während die beiden etwa Achtzehnjährigen mich vom ersten Augenblick an grimmig fixiert hatten. Jetzt bemerkte ich, wie sich auch drei junge Frauen auf der hintersten Bankreihe immer wieder tuschelnd anstießen, zu mir herüberblickten und im Anschluss laut kicherten. Ich fühlte mich zunehmend unbehaglich, was nicht nur an meinem Hemd lag, dessen synthetischer Stoff auf der Haut zu jucken begann.

Der Bus hielt vor einem hell erleuchteten Kebabstand und fuhr ein Stück der Sihl entlang, bevor er den Fluss überquerte.

Die beiden Männer flüsterten jetzt leise miteinander, einer verzog angewidert das Gesicht, während er mit dem Kinn in meine Richtung deutete. Ich sah schnell weg. Hunden und jungen Männern sollte man nie zu lange in die Augen blicken, das provozierte sie angeblich nur.

Wenigstens war ich den meisten anderen Buspassagieren gleichgültig, wie es schien. Einzig eine ältere Frau lächelte mich an, doch vermutlich stellte sie sich gerade vor, was für eine hübsche, farbenprächtige Ergänzung mein Hemd für ihren selbst gesteppten Quilt abgeben würde, hatten mich die beiden Typen erst spitalreif geschlagen.

Die Fahrt zum Central schien endlos zu dauern. Ich versuchte, nicht zu lange in Richtung desselben Fahrgasts zu gucken. Bevor die zwei jungen Kerle am Hauptbahnhof den Bus verließen, warfen sie mir noch einmal verächtliche Blicke zu.

»Schwuchtel!«, zischte einer.

Das war unnötig gewesen, ich hätte auch so begriffen.

Balthasar hatte mich zur Eile gedrängt, die Bars seien nur bis etwa Mitternacht gut besucht, danach würden alle ins *T&M* pilgern, dem gegenwärtig einzigen Klub im Niederdorf. Bei der lauten Musik und einem Partyvolk, das um die Zeit kaum mehr nüchtern war, würde es für mich viel schwieriger werden, etwas über den Jungen zu erfahren.

Also hatte ich mich unverzüglich auf den Weg gemacht, aber nicht bevor ich den Namen des wutschäumenden alten Mannes in Erfahrung gebracht hatte.

Kurt Binggeli hieß er, und ich hatte das dunkle Gefühl, dass er mir schon bald wieder über den Weg laufen würde. Unsere Unterredung hatte einige Fragen offengelassen, auf die ich gerne näher eingegangen wäre. Den Small Talk würde ich mir bei unserem nächsten Treffen allerdings sparen.

Die Zähringerstrasse verlief parallel zur Niederdorfstrasse, der touristischen Hauptachse durch die Altstadt, die man von hier über steil abfallende Gässchen erreichte, und war vergleichsweise ruhig. Zu meiner Linken befanden sich ein Arthousekino, daneben ein Pub und ein Möbelfachgeschäft. Das Hotel mit der grauen Fassade dazwischen war immer noch mit *Martahaus* beschriftet und war früher ein Mädchenheim gewesen, betrieben von den ›Freundinnen junger Mädchen‹ – eine etwas unheimliche Bezeichnung, die mich jedes Mal schaudern ließ, wenn ich daran vorbeiging.

Die Freunde junger Knaben hingegen trafen sich auch heute noch direkt gegenüber, in einem winzigen Lokal, das mit gelben Markisen und tannengrün gestrichener Front auffiel. *Carrousel* hieß das Etablissement und entsprechend hing auch ein Karussellpferdchen in Originalgröße über der Theke. Als ich die schmale Treppe hochgestiegen und zuoberst stehen geblieben war, um mich in der mit einigen Stehtischen und einem kurzen Tresen bescheiden ausgestatteten Bar umzusehen, erntete ich zwei Arten von Blicken: Die einen waren unverhohlen feindselig und stammten ausnahmslos von den jungen Männern, die dem Aussehen nach aus Osteuropa stammten, die andern waren entweder angeödet oder lüstern und wurden mir von den älteren Männern zugeworfen, welche die Hocker vor der Theke besetzten oder an der Wand vor den Toiletten lehnten.

Der Schlagersänger Roland Kaiser bediente derweil schlüpfrige Rentnerfantasien mit Schwärmereien von der Insel Santa Maria, wo ihm seine Sinne abhanden gekommen waren, als er die Jugend von irgendwem in den Händen gehalten hatte. Ich verdrängte die aufkommenden Bilder. Pures Glück, dass man in den Achtzigern noch nicht von jedem Hit ein Musikvideo produziert hatte.

Die laut aufgedrehte Musik lenkte jedoch effektvoll davon ab, dass so gut wie keine Gespräche geführt wurden. In zwei scheinbar feindliche Lager aufgespalten, saßen sich Freier und Stricher gegenüber, ihre Blicke kreuzten sich berechnend in der Luft. Und ich befand mich mitten im Schussfeld.

Erst jetzt bemerkte ich, dass sich auf der Fensterbank gleich neben dem Eingang weitere junge Männer drängten. Brasilianer, ihre Hautfarbe und der melodiöse Singsang ihrer Sprache verrieten sie, wenn sie sich verstohlen austauschten. Im Gegensatz zum Rest der Bar wurde hier sogar gelacht, wenn auch nur verhalten.

Ich stellte mich an die Theke und sah irritiert dem Kellner zu, der sich offenbar auf einem Laufsteg glaubte, derart schwungvoll schwenkte er seine Hüften beim Herumtigern hinter der Bar. Ich hätte Mirandas Handtasche darauf verwettet, dass er sich dabei in Gedanken von Heidi Klums Quäkstimme anspornen ließ.

Der ältere Mann, der in meiner Nähe am Tresen saß und bislang trübsinnig in seinen cremigen Likör gestarrt hatte, hob plötzlich den Kopf und musterte mich unverhohlen. Ich wich seinem Blick aus, doch aus dem Augenwinkel sah ich, wie er eine Brieftasche aufklappte, um mit seinen dicken, mit üppigen Ringen geschmückten Fingern immer wieder über das beachtliche Notenbündel zu streichen, das gut sichtbar darin steckte.

Ich winkte den Kellner heran, der wie ich eine viel zu enge Hose trug und ein Hemd mit psychedelischen Mustern. Um den Hals hatte er sich einen Foulard gelegt, der bei jedem Schritt luftig mitwippte. Die mit Puder und Make-up zugekleisterte Gesichtshaut war glatt und porenfrei, die Schweißperlen am Haaransatz und die mit Kajal umrandeten Augen ließen ihn aussehen wie einen Theaterschauspieler nach einer kräftezehrenden Vorstellung. Offensichtlich hatte sich Miranda geirrt – es gab tatsächlich noch Männer, die freiwillig so herumliefen, wenn auch nur in abgehalfterten Bars.

Ich dachte, er würde sich freuen, jemanden anzutreffen, der ähnlich geschmacklos gekleidet war wie er. Doch anstatt quiekende Freudenschreie auszustoßen, musterte er mich herablassend, das Kinn in der einen Hand aufgestützt, den kleinen Finger an der Unterlippe. Die andere Hand lag auf der Hüfte, der Arm war abgewinkelt: die beliebte Haltung ›Teekanne‹, das wusste ich noch von Mirandas Schulung vorhin.

Ich bestellte ein Bier, ein kleines, ich würde nur kurz bleiben. Wie kurz, erfuhr ich erst, als ich dem Kellner, der mir irgendeine wässrige Plörre zapfte, das Foto des Toten vorlegte.

»Kennst du den?«

»Bist du von der Fremdenpolizei?«, fragte er, ohne das Bild zu beachten.

Ich konnte sein Misstrauen nachvollziehen: Ein spontaner Besuch der Fremdenpolizei käme dem Eindringen eines Fuchses in den Hühnerstall gleich. Diese Etablissements lebten von der Diskretion, und von der besser betuchten Klientel wurden weder Identitätskontrollen geschätzt noch wenn man ihnen die illegal im Land verweilenden Lustobjekte vor der Nase abtransportierte.

Ich verneinte und lächelte beruhigend.

»Was dann?«

»Privatdetektiv.«

Seine glossschimmernden Lippen kräuselten sich und er schnippte mit den Fingern. Ehe ich mich versah, kam aus dem hinteren Barbereich ein Schrank von einem Mann angewalzt, den ich bislang nicht bemerkt hatte, packte grob meinen Arm und schleifte mich die Treppe hinunter.

Unsanft landete ich auf dem Gehsteig, während sich der schwarz gekleidete Türsteher mit verschränkten Armen vor dem Eingang aufbaute. Auch wenn ich im Gymnasium keine guten Noten in Wahrscheinlichkeitsrechnung nach Hause gebracht hatte, war mir sofort klar, dass ich nicht an ihm vorbeikommen würde. Rein körperlich gesehen, war ich vehement benachteiligt. Und mit meiner lächerlichen Louis-Vuitton-Tasche konnte ich gegen den Muskelberg auch nicht viel ausrichten.

Mein Drang, wieder reinzugehen, war ohnehin gering – wäre da nicht das Foto gewesen, das ich bei meinem etwas überstürzten Abgang auf der Theke hatte liegen lassen. Ohne das Bild würde ich mit meiner Suche in dieser Nacht keinen Schritt weiterkommen.

Grimmig verfolgte der Security-Typ jede meiner Bewegungen, während ich mich aufrappelte und wieder einigermaßen herrichtete. Erhobenen Hauptes entfernte ich mich und bog in die nächste Seitengasse ein, wo ich mir einen Kaugummi gegen das heftig aufwallende Nikotinbedürfnis und die eben erlittene Demütigung in den Mund schob. Mit minimaler Wirkung.

Weiter unten, in der Ausgehmeile der Touristen, war Ruhe eingekehrt, nur ab und zu, wenn eine Tür aufgerissen wurde und ein paar Betrunkene hinaustorkelten, drangen lautes Stimmengewirr und ein paar Takte Volksmusik aus den Bierhallen.

Ich bearbeitete meinen Kaugummi und nach einer Weile spähte ich um die Ecke. Der Sicherheitsmann hatte sich nicht von der Stelle gerührt, doch jetzt war er in ein Gespräch mit einer trotz der eisigen Kälte sommerlich bekleideten Dame verwickelt, die ihn offenbar um Feuer gebeten hatte. Ich schlich geduckt zum Lokal zurück und hoffte, dass er sich nicht ausgerechnet jetzt umdrehte. Die Frau, die dunkelbraune, lange Locken und ein ausnehmend hübsches Gesicht hatte, runzelte leicht die Augenbrauen, als ich mich näherte, doch ich hielt den Finger an die Lippen und sah sie flehend an. Ihre Mundwinkel zuckten amüsiert und mit einer anmutigen Bewegung legte sie dem Türsteher die

Hand auf die Schulter und zog ihn ein paar Schritte vom Lokal weg. Ich schickte ihr einen stummen Kuss zum Dank und richtete mich auf, um an die auf Kopfhöhe gelegene Scheibe des *Carrousels* zu klopfen. Keiner der Brasilianer, die mit dem Rücken zum Fenster auf der Bank saßen, schien mich zu hören. Ich klopfte heftiger, bis sich endlich einer umdrehte und mich entdeckte. Eilig skizzierte ich ein Rechteck in die Luft, doch er zuckte nur verständnislos mit den Schultern. Ich unternahm einen zweiten Anlauf, der wieder misslang. Wie konnte ich ihm zu verstehen geben, dass er mir die Aufnahme des Toten, die hoffentlich immer noch auf dem Tresen lag, herausbringen sollte? Ich formte das Wort ›Foto‹ mit den Lippen, während ich so geräuschlos wie möglich auf und ab hüpfte und allmählich verzweifelnd zur Bar zeigte.

»Jetzt muss ich aber weiter, die Nacht ist noch jung ...«, hörte ich die Dame vor dem Eingang mit rauchiger Stimme sagen.

»Von mir aus kannst du bleiben«, knurrte der Türsteher.

Sie lachte heiser. »Hättest du wohl gern.«

Ich hatte die Warnung verstanden. Hastig holte ich meinen Ausweis mit Passfoto hervor und sprang ein letztes Mal hoch, während ich ihn gegen die Scheibe drückte und mit dem Zeigefinger eindringlich auf die Bar deutete. Endlich begriff der Bursche, drehte sich weg und langte zur Theke hinüber. Grinsend hielt er die Fotografie hoch. Ich trat erleichtert zurück, im selben Moment erstarb sein Lächeln.

»Wouöuou! Was ist denn hier los?«, dröhnte der Sicherheitsbeamte, ließ die Frau stehen und stapfte auf mich zu, während ich dem Brasilianer hastig ein Zeichen machte, er solle rauskommen und mich weiter vorn treffen. So schnell die enge Hose und meine Absätze es zuließen, trippelte ich bis zum nächsten Quergässchen zurück, wo ich mich keuchend vergewisserte, dass mir der Türsteher nicht gefolgt war. Doch der war wieder zu der Frau zurückgekehrt, die sich jetzt mit einem beherzten Griff zwischen seine Beine verabschiedete.

Kurz darauf waren Stimmen auf der Straße zu vernehmen. Vorsichtig lugte ich um die Ecke und sah den Brasilianer auf dem Gehsteig stehen. Der Bursche wirkte angespannt und sah sich suchend um. Ich stieß einen leisen Pfiff aus, worauf er eilig auf mich zukam.

Er war mittelgroß und gedrungen, sein Haar bis auf einen breiten, gegen hinten schmaler werdenden Streifen abrasiert. Schon zuvor in der Bar waren mir die auffälligen Tätowierungen auf seinen muskulösen Oberarmen aufgefallen. Jetzt trug er allerdings eine gefütterte Winterjacke, das Grinsen von vorhin war einem drohenden Gesichtsausdruck gewichen.

Mit einer barschen Bewegung hielt er mir die Fotografie hin, ließ sie jedoch nicht los, als ich sie an mich nehmen wollte.

»Was ist mit ihm?«, fragte er scharf. Den Unterkiefer hatte er angriffslustig vorgeschoben, an seiner Schläfe trat eine Ader vor.

»Kennst du ihn?«

Er nickte ungeduldig.

»Er ist tot.«

»Was?« Er erstarrte mitten in der Bewegung. Als er sah, dass ich es ernst meinte, wich er langsam zurück und glotzte mich aus weit aufgerissenen Augen an. »Nein, nein, das kann nicht sein!«

»Leider ist es so.«

»Sag, dass das nicht wahr ist!«

»Sieh dir das Foto genau an. Er ist tot.«

Während er das Bild studierte, mahlte er unablässig mit dem Kiefer.

»Nein«, flüsterte er nach einer Weile. »Bitte nicht.« Sein Gesicht war plötzlich aschfahl, seine Lippen zitterten.

»Aber ... *Fuck!*« Er umklammerte mit beiden Händen seinen Kopf und entfernte sich ein paar Schritte, bevor er abrupt umkehrte. Sein Blick war verzweifelt.

»*Fuck, fuck, fuck!*« Der Bursche trat mehrmals heftig gegen die Hauswand.

»Ein Spaziergänger hat ihn in einem Waldstück bei Zumikon gefunden. Irgendjemand hat den Jungen übel zugerichtet.«

»Wer hat das getan?«, schrie der Brasilianer.

»Das versuche ich herauszufinden«, erwiderte ich und wartete ab, bis er sich etwas beruhigt hatte, bevor ich meine nächste Frage stellte: »Wann hast du ihn zuletzt gesehen?«

Mit unglücklicher Miene ließ sich der junge Mann gegen die Hausmauer fallen und überlegte. »Ich ... ich weiß es nicht. Ich war gerade eine Woche in München.« Er fuhr sich mit der Hand übers Gesicht. »Ein Job, verstehst du. Vor meiner Abreise haben wir uns getroffen.«

»Also letzten Freitag?«

Er wiegte den Kopf. »Ja, ungefähr.«

»Ihr habt euch häufig gesehen?«

»Täglich, wenn es ging.«

»Täglich?«, hakte ich nach.

Der Brasilianer nickte. »Er ist ... war mein Nachbar«, bemerkte er leise, während ihm die ersten Tränen übers Gesicht liefen.

Das Apartmenthaus lag nur drei Gehminuten entfernt an der Spitalgasse, einem schmalen Sträßchen mit Kopfsteinpflaster in der Altstadt, das von schicken Bars, Restaurants und Kleiderläden gesäumt wurde.

Ich folgte Luiz, wie sich der Brasilianer vorgestellt hatte, in einen düsteren Hauseingang und stieg dann hinter ihm die Treppe in den zweiten Stock hinauf. Der Boden des Korridors war mit hellgrauem Linoleum bedeckt, das sich an den Rändern wellte und im Licht der Neonröhren speckig glänzte. Rund ein Dutzend Apartments waren auf diesem Stockwerk untergebracht. Die erste Tür stand halb offen und gab den Blick frei auf eine winzige Dusche und eine wenig vertrauenswürdige Toilette.

»Hier, mein Zimmer«, murmelte Luiz und kramte einen Schlüssel hervor. »Und da wohnt Said.«

Endlich wusste ich den Namen des Toten: Said.

Ehe ich weitere Fragen stellen konnte, bedeutete mir Luiz, dass ich hier warten solle, und verschwand in seinem Zimmer.

Unschlüssig blieb ich stehen und überprüfte dann aus reiner Gewohnheit, ob die Tür zu Saids Apartment verschlossen war, indem ich die Klinke hinunterdrückte. Natürlich war sie das, worauf ich erneut meinen Ausweis hervorholte, eine kreditkartengroße Plastikkarte, diese in den Spalt zwischen Tür und Wand steckte und sie vorsichtig hin und her bewegte. In den Filmen funktionierte das immer auf Anhieb, doch dieses Schloss rührte sich keinen Millimeter.

Ich kniete mich hin und versuchte es erneut, erreichte jedoch nur, dass meine Karte plötzlich festklemmte und bei meinen Versuchen, sie rauszukriegen, zu zerbrechen drohte.

Luiz war wieder auf den Flur hinausgetreten und sah mir einen Moment lang zu, dann hörte ich ihn leise lachen.

»›Privatdetektiv‹, hast du gesagt?«

Ich nickte verbissen, während er mich bestimmt beiseiteschob, einen Schlüssel ins Schloss steckte und ihn umdrehte. Die Tür schwang auf und mit einem Klacken fiel meine Karte zu Boden.

»Wir waren Freunde«, erklärte Luiz und trat beiseite, damit ich einen Blick in die Unterkunft werfen konnte. Der Raum war winzig und bot gerade genügend Platz für ein schmales Bett sowie eine Kochnische mit zwei Platten und einem Kühlschrank in der Größe einer Zigarettenschachtel im Gang.

»Wo hast du gesagt, wurde er aufgefunden?« Luiz klang bedrückt, während er über die weiße Bettdecke strich, die zerknüllt über dem Fußende der Schlafstätte lag.

Ich erläuterte es ihm erneut und sofort schüttelte er den Kopf. »Da wäre er nie allein hingegangen. Er war noch nicht so lange dabei und kannte sich hier nicht aus.«

»Wo dabei?«

Luiz deutete auf das benutzte Bett, zum Nachttisch, auf dem eine arabisch anmutende Schale stand, die mit Kondomen gefüllt war. Said hatte hier also als Stricher gearbeitet. Hatte auch Kurt Binggeli, der mich vorhin in Balthasars Bar so wütend abgewiesen hatte, zu seiner Kundschaft gehört? Seine heftige Reaktion auf meine Frage ließ ganz darauf schließen.

»Er war doch noch so jung. So unschuldig.« Luiz starrte gedankenverloren auf das Bett.

»Unschuldig in *dem* Geschäft?« Das konnte ich mir nur schwer vorstellen.

Er schniefte und wischte sich mit dem Handrücken die Nase ab. »Nicht beim Sex. Aber er war offen und herzlich, auch Kollegen gegenüber. Du hast ja eben selbst erlebt, wie abgebrüht und eiskalt die zum Teil sind. Die Gier nach Geld hatte ihn noch nicht komplett verdorben.«

»Ihr wart eng befreundet?«, erkundigte ich mich.

Er wich meinem Blick aus.

»Er war dein Geliebter?«

Luiz schien nach Worten zu suchen. »Wir haben uns umeinander gekümmert. Man ist sehr allein in diesem Business, weil man dauernd unterwegs ist und so oft Zuneigung und Hingabe vortäuschen muss, dass viele zwischen Arbeit und eigenem Leben nicht mehr unterscheiden können. Das sind dann die Stricher, bei denen jedes Lächeln falsch wirkt. Doch wir alle brauchen hin und wieder Zärtlichkeit. Jemanden, der einen festhält, wenn man nicht mehr kann. Said war für mich dieser Jemand, auch wenn wir beide ahnten, dass es auf Dauer nicht halten würde. Beziehungen sind schwierig, wir sind menschliches Treibgut, zu echten Gefühlen kaum mehr fähig.«

Ich wusste nicht, was ich darauf antworten sollte, und sah mich in dem beengenden Raum um. Außer der Schale mit den Kondomen deutete nichts auf seinen Bewohner hin, da war kein persönliches Accessoire zu entdecken, ein Buch, ein Fotorahmen oder eine benutzte Tasse in der Spüle zum Beispiel. Das Zimmer wirkte steril wie in einem Hotel.

»Aber ihr verdient nicht schlecht?«

»Du lebst schon lange hier, nicht?« Verächtlich stieß Luiz die Luft aus und ich wäre am liebsten im Erdboden versunken. Eine schweizerischere Frage hätte ich ihm wirklich nicht stellen können. Ich spürte das Blut in meinen glühenden Ohren pulsieren.

»So lange wir jung sind, verdienen wir gut. Sehr gut sogar.« Mit einer wegwerfenden Handbewegung deutete er auf die Mansarde. »Für das Geld, das wir dafür zahlen, würde man eine geräumige Dreizimmerwohnung in bester Lage kriegen. Sogar in Zürich. Aber wir bleiben ja meist nur drei Monate und ziehen dann weiter, deswegen bleibt uns nichts anderes übrig, als diese teuren Löcher zu nehmen. In den Hotels sind wir nicht willkommen.«

»Drei Monate?« Fragend hob ich die Augenbrauen.

»Die Touristenvisa sind nur so lange gültig. Danach müssen wir ausreisen. Nach Frankfurt, Köln, Paris, Barcelona. Wo man halt als Stricher Geld verdienen kann. Nach ein paar Wochen oder Monaten kehren wir hierher zurück und alles beginnt von vorn. Eine endlose Tournee, von Station zu Station, von einer Stadt zur nächsten. Bis wir zu alt sind«, fügte er an.

Endlich hatte ich eine Erklärung für seine perfekten Deutschkenntnisse gefunden. Es war anzunehmen, dass

Luiz schon lange durch Europa reiste. Ich schätzte ihn auf fünfundzwanzig, doch die Schatten unter den Augen und der harte Zug um seine Mundwinkel ließen ihn älter wirken.

»Und dann?« Bis anhin hatte ich mich nicht sonderlich für das Schicksal von männlichen Prostituierten interessiert, doch Luiz' Ausführungen führten mich vielleicht nicht nur auf die Spur von Saids Mörder – sie berührten mich wirklich.

»Die meisten hoffen, dass sie irgendwo unterkommen. Einen Liebhaber finden, jemanden, der sie aushält. Andere haben Pech, sie werden krank und sterben früh, weil sie sich für ein paar Franken mehr auf ungeschützten Verkehr eingelassen haben.«

»Und du?«

»Ich schicke meiner Familie jeden Monat Geld, das machen viele. Meine Eltern glauben, ich arbeite bei einer Versicherung in der Schweiz, deswegen müsste ich viel reisen und käme so selten nach Hause. Ich vermute, sie ahnen längst, dass das nicht stimmen kann, doch sie halten sich lieber an die Lüge, als sich mit der Wahrheit auseinanderzusetzen. Wie so viele Menschen.«

»Was willst du später machen?«

Luiz lächelte zum ersten Mal, unsicher, beinahe schüchtern. »Eine kleine Bar am Strand von Ipanema, das wäre mein Traum.«

»Erzähl mir mehr von Said.«

Luiz' Lächeln erstarb. »Wir haben uns erst kürzlich kennengelernt, verstanden uns aber gut und kamen uns schnell nah. Wie gesagt, er war neu im Geschäft.«

»Woher kam er?«

»Aus Marokko, hat er erzählt.«

Aus dem arabischen Raum, wie ich vermutet hatte. »Hat er auch erwähnt, was ihn hierher brachte?«

Luiz trat ans Fenster und blickte hinaus. »Die Aussicht auf schnelles Geld, was sonst? Aber wir haben uns nie darüber unterhalten. Man spricht in unseren Kreisen nicht gern über die Vergangenheit, die Familie. Alles muss oberflächlich und unverbindlich bleiben, weil man sich ohnehin bald wieder trennt.«

»Hatte Said Stammkunden?«

»Er hatte zwei Typen, die er öfter traf, ich habe sie nie gesehen.«

Suchend blickte ich mich um. »Hat er sein Mobiltelefon hiergelassen? Bei ihm wurde es nicht gefunden.«

»In diesem Job lernst du als Erstes, dass du jederzeit erreichbar sein musst. Said hatte das Handy immer dabei, wenn er rausging, immer.«

In dem Fall hatte ihm sein Mörder das Telefon weggenommen – wie auch sämtliche Ausweise und das Geld –, um eine Identifizierung zu erschweren.

»Hat er keine Winterjacke besessen?«

»Doch, natürlich.« Luiz deutete auf einen leeren Haken an der Rückseite der Eingangstür. »Wieso?«

»Er hat sie nicht getragen, als er gefunden wurde.«

Er runzelte die Stirn. »Merkwürdig. Said fror schnell, er hatte sich an die Temperaturen noch nicht gewöhnt. Er ging garantiert nicht ohne Jacke aus dem Haus, nicht bei dieser Kälte.«

»Kannst du die Jacke beschreiben?«

Luiz' Antwort kam postwendend: »Sie war bunt gestreift, hatte eine Kapuze und war gestrickt.«

Mittlerweile war es spät geworden und was mir sehr fehlte, war ein zünftiger Schluck *Amrut*. Und eine Hose, die passte.

»Wo hat er die Typen getroffen?«, erkundigte ich mich unbeirrt von meinen Bedürfnissen.

»Im Hotel, manchmal bei den Kunden zu Hause, nur äußerst selten hier.«

»Und wie wurde der Kontakt hergestellt?«

»In der Bar, bei wiederholten Treffen per Telefon, man findet uns aber auch im Internet.« Luiz deutete auf ein Laptop, das in der Kochnische am Boden lag. Das grüne Licht am Kabelanschluss meldete, dass der Akku vollständig aufgeladen war. Ich kniete mich hin, klappte den Rechner auf und nach einem Tastendruck erhellte sich der Bildschirm.

»Hier.« Luiz, der sich neben mich gekauert hatte, startete das Internet und tippte eine Adresse ein, worauf sich eine ganz in Blau gehaltene Seite öffnete. »So verabreden wir uns mit unseren Kunden.«

Erleichtert nahm ich zur Kenntnis, dass Said Benutzernamen und Passwort für die Datingseite im Schlüsselbund des Computers abgespeichert hatte und ich mich problemlos unter seinem Namen einloggen konnte.

Rasch überflog ich das Menü, um herauszufinden, wie die Kommunikation funktionierte. Es war einfach. Nicht nur wurden alle Benutzer, die gerade online waren, mit fingernagelgroßen Bildchen angezeigt, auch erhaltene und versandte Nachrichten wurden gespeichert. Said hatte demzufolge am letzten Sonntag siebzehn Minuten nach zehn Uhr abends seine letzte Nachricht abgeschickt. Sie lautete ganz simpel: *Okay.*

»Da brauche ich etwas länger«, sagte ich an Luiz gewandt. »Ich muss unbedingt seine letzten Chats durchgehen, vielleicht finde ich da einen Hinweis auf seinen Mörder.«

»Oh, ist schon klar.« Zögernd erhob er sich und blieb neben mir stehen, bis ich zu ihm hochblickte. »Er hat das nicht verdient. Derjenige, der ihm das angetan hat, muss bestraft werden!« Sein Kehlkopf zuckte heftig.

»Ich tue mein Bestes«, versicherte ich ihm.

»Gut«, sagte er nur und drückte mir beim Hinausgehen die Schulter. »Ich muss dringend was essen. Ich bin nebenan, wenn du was wissen musst.« Als er die Tür erreicht hatte, drehte er sich nochmals um. »Oder wenn du Hunger hast.«

Ich lehnte dankend ab, worauf er die Tür leise hinter sich schloss. Ächzend erhob ich mich und nahm – das Laptop auf dem Schoß – auf Saids Bett Platz.

Schnell hatte ich herausgefunden, dass Stricher auf der Datingseite mit einem goldenen Dollarzeichen im Profil angezeigt wurden, alle anderen User schienen Männer zu sein, die auf der Suche nach Sex waren. Mit anderen Männern.

Nachdem ich mir einige neununddreißigjährige ›Skaterboys‹ angeguckt hatte, deren Fotos weder mit dem angegebenen Alter noch mit der Bezeichnung ›Boy‹ übereinstimmten, bestaunte ich rund ein Dutzend scheußlicher Wohnungseinrichtungen und Betten mit grauslichen Bezügen, auf denen sich spärlich beziehungsweise nicht bekleidete Herren in Posen räkelten, die von lasziv bis vulgär reichten. Manche sahen hingegen aus wie David Beckham, Robbie Williams oder irgendwelche Pornostars und glaubten wohl, den Schwindel bemerke niemand. Aus purer Neugier klickte ich auch einige dieser auffallend häufig vorkommenden, beinahe identischen Profile an, die mit einem muskelbepackten und meist unbehaarten Torso lockten. Fotos ihrer Gesichter einzustellen, hielten die jüngeren Herren allesamt für entbehrlich, dafür versicherten sie im Begleittext – unter Berufung auf ihr selbstverständlich unvoreingenommenes Umfeld –, unglaublich toll auszusehen und darüber hinaus auch noch unkompliziert und offen für alles zu sein. Im Widerspruch dazu stand der keifende Ton, in dem die Kopflosen warnten, man solle sie keinesfalls anschreiben, hätte man selbst kein *Facepic* zur Hand. Zudem wurden im gleichen giftigen Atemzug Alte, Dicke und Tunten angehalten, sie in Ruhe zu lassen und sich gefälligst anderswo umsehen.

Und ich hatte echt gedacht, nur in heterosexuellen Kreisen sei das Paarungsverhalten kompliziert.

Doch ich hatte bereits genug Zeit vertrödelt und beschäftigte mich eingehend mit Saids Profil. Er hatte nur zwei

Fotos von sich hochgeladen, und schon auf diesen wurde ersichtlich, dass er ein hübscher Junge gewesen war, mit feinen Gesichtszügen, einem fordernden Blick und langen, dichten Wimpern. Das erste Bild zeigte ihn nackt von hinten, er guckte kokett über die Schulter in die Kamera. Auf der anderen Aufnahme, die offensichtlich im selben Zimmer gemacht worden war, lehnte er sich mit verschränkten Armen gegen die Wand, durch das Fenster neben ihm waren ein paar Baumkronen über einer Uferpromenade und ein Stück See mit Segelschiffen zu erkennen. Said wirkte feminin und trug auf dem zweiten Foto ein ärmelloses weißes Oberteil mit Stehkragen, das entfernt an Audrey Hepburn erinnerte.

Ich klickte das Untermenü mit den Nachrichten an und fand schnell heraus, dass seine letzte Meldung an einen Benutzer namens Silberwolf gesendet worden war. Mit einem weiteren Klick hatte ich Einblick in die gesamte Unterhaltung, die an dem Abend stattgefunden hatte.

Der kurze, aber erstaunlich zweckorientierte Chat drehte sich einzig darum, dass der Silberwolf Said am Sonntag treffen wollte und bereit war, dafür eine stolze Summe hinzublättern. Aus seiner letzten Nachricht ging hervor, dass der Mann in einem kleinen Park hinter der St. Jakobskirche auf den Jungen warten würde, dieser solle pünktlich um elf dort sein.

Worauf Said einzig mit einem *Okay* geantwortet hatte.

Das war am Sonntagabend um siebzehn Minuten nach zehn Uhr gewesen. Um elf hatte er den Silberwolf getroffen und vier Tage später steif gefroren im Wald gelegen. Was war in der Zwischenzeit geschehen? Wohin waren die beiden gefahren? Wer steckte hinter dem Pseudonym Silberwolf und wie kam ich an ihn ran? Es konnte sein, dass Saids Freier der Letzte war, der ihn lebend gesehen hatte. Oder war er gar der Mörder?

Said hatte seit Sonntagabend keine Nachrichten mehr versandt, was bedeuten konnte, dass er in der Zwischenzeit nicht mehr in die Mansarde zurückgekehrt war. Es war aber genauso gut möglich, dass er nur die Datingseite nicht mehr aufgerufen hatte, weil er genügend Kundschaft hatte oder mit anderem beschäftigt war. Luiz war die ganze Woche weg gewesen, daher musste ich auf andere Art herausfinden, ob und wann Said vom Treffen mit seinem Freier zurückgekehrt war.

Ich ging die ausgetauschten Nachrichten nochmals durch und notierte mir dabei die Telefonnummer, die Said im Verlauf des Chats angegeben hatte, falls ihn seine Verabredung erreichen musste.

Ich kramte mein Telefon hervor, wählte die Nummer und lauschte, doch alles blieb still. Wo war das Handy geblieben? Es war wahrscheinlich, dass es sich am selben Ort befand wie Saids Jacke. An dem Ort, an dem Said ermordet worden war. Irgendwie musste ich dorthin finden.

Ich klickte das Profil des Silberwolfs an, vielleicht stieß ich so auf einen Hinweis zu seiner Person oder seinen sexuellen Vorlieben. Kaum hatte ich sein Profil geöffnet, erschien ein separates Fenster auf dem Bildschirm, das nur Text enthielt. Als ich diesen las, durchfuhr es mich siedend heiß. Der Betreiber der Datingseite teilte förmlich mit, dass der User mit dem Namen Silberwolf sein Profil gelöscht hatte. Und zwar am Donnerstagmorgen um elf Uhr achtunddreißig. Also nur wenige Stunden, nachdem Said tot aufgefunden worden war. Mein Herz schlug mir bis zum Hals. War ich auf Saids Mörder gestoßen?

Luiz trug nichts außer sehr engen Boxershorts, als er mir die Tür spaltbreit öffnete. Sein Gesicht war verquollen, die Augen gerötet. Er hatte im Dunkeln gesessen, im Hintergrund war der flackernde Schein eines Fernsehers auszumachen, der ohne Ton lief. Saids Tod ging ihm offenbar sehr nahe und er strafte seine eigenen Worte Lügen, demnach Stricher zu echten Gefühlen kaum fähig wären. Er folgte mir barfuß und niedergeschlagen in Saids Wohnung, doch noch während ich ihm die Sachlage erklärte, winkte er ab.

»Vergiss es. Die meisten Freier löschen andauernd ihre Profile und eröffnen gleich wieder neue. Fotos stellt kaum einer von denen ein …«

»Weil bei denen nicht das Aussehen zählt, sondern einzig der schnöde Mammon!«

»Genau. Diesen Silberwolf erwischst du so nie.« Er kratzte sich nachdenklich zwischen den Beinen, dann hob er ruckartig den Kopf. »Außer …« Er hielt inne.

»Was? Sprich weiter!«, forderte ich ihn auf, froh um jede Anregung, die mir bei meiner Suche nach dem Silberwolf behilflich sein konnte.

»Na ja, außer du setzt einen Lockvogel ein. Jemanden, der sich mit ihm verabredet. Nur so kommst du an ihn ran.«

Ich überlegte. Luiz' Idee war einleuchtend, mit etwas Glück würde sie sogar zum gewünschten Erfolg führen. Da war nur ein Haken: der Lockvogel.

»Würdest du …?«

»Nein.« Luiz' Tonfall war eindeutig. »Verstehst du«, fügte er etwas versöhnlicher hinzu, »ich kann es mir nicht leisten, einen Freier hinters Licht zu führen. So was spricht sich schnell herum, gerade im Internet.«

»Aber Said war dein Freund.«

»Das macht ihn auch nicht wieder lebendig. Zudem haben Freier gewisse Vorlieben und stehen meist nur auf Typen, die diesen entsprechen. Said war schlank und feminin, ich hingegen …« Er deutete auf seinen Körper.

Ich musterte Luiz' bullige Statur. Sein Berufszweig schien über viel Freizeit zu verfügen, der muskelbepackte Oberkörper ließ auf ausgiebige Aufenthalte im Kraftraum schließen, die Tätowierungen auf endlose, peinigende Stunden im Tattoostudio. Wenn Luiz recht hatte mit seiner These, dann würde ihn der Silberwolf kaum anziehend finden. Was mich erleichterte. Obwohl ich bei angespannter Bauchmuskulatur und eingestellter Atmung die solide Grundlage für ein Sixpack unter dem kaum erwähnenswerten Winterspeck ertasten konnte, wäre selbst mein voreingenommenes Umfeld nie auf die Idee gekommen, mich als gertenschlank zu bezeichnen. Entsprechend kam ich als Lockvogel kaum infrage. Wenigstens ein Mal verschaffte mir meine Figur einen Vorteil.

»Warum benutzt du nicht Saids Profil?«, schlug Luiz vor.

»Das funktioniert nicht. Wenn der Silberwolf tatsächlich der Mörder ist, dann weiß er, dass ihm jemand auf der Spur ist. Er muss sich sicher fühlen, sonst wird er niemals auf ein Treffen eingehen.«

»Hm.« Luiz kratzte sich am Kinn und betrachtete mich eingehend.

»Was ist?« Sein Blick machte mich nervös. Ich fragte mich mit einem Mal, wie sein Beuteschema wohl aussah und inwiefern ich hineinpasste. Instinktiv zog ich den Bauch ein und wünschte gleichzeitig, ich hätte etwas angezogen, das meine wahre Persönlichkeit besser unterstrich.

»Warst du mal dünner?«, fragte er unvermittelt.

Entrüstet drückte ich mein Kreuz durch. »Was genau willst du damit sagen?«

Luiz deutete auf meine enge Hose. »Die hat doch auch schon mal besser gepasst, nicht?«

Beleidigt sah ich an mir hinunter. »Vor einem Dutzend Jahren vielleicht. Da saß das Teil aber wie angegossen! Ich hab sogar noch Beweisfotos aus dieser Zeit.«

»Na prima!« Luiz klatschte begeistert in die Hände. »Stell die Bilder einfach ins Netz und guck, was passiert.«

»Aber die sind doch überhaupt nicht aktuell!«, gab ich zu bedenken.

»Du wirst dich wundern! Da gibt's Benutzerfotos auf dieser Datingseite, die stammen aus Zeiten, als man Blitzlicht noch mit einem Häufchen entzündetem Magnesiumpulver produziert hat. Aber du in jünger und schlank wärst der perfekte Lockvogel. Dunkle Haut, schwarze Haare, Mandelaugen. Fast wie Said. Und Inder haben ja oft etwas Weiches, Weibliches an sich.«

»Jetzt reicht's aber!«, rief ich aufgebracht. »Ich strotze nur so vor Testosteron und an mir ist rein gar nichts feminin!«

»Außer deiner Handtasche vielleicht. Und der Frisur. Und dem Papageienhemd. Die Hose eigentlich auch, die Stiefel ebenfalls und dann erst diese Absätze! Mein Gott! Da würde selbst die amtierende Miss Schweiz auf dem Weg zur nächsten Cüplibar einknicken.«

Wider Willen musste ich lachen. »Ist ja gut! Ich gebe mich geschlagen. Ich suche die Fotos raus und werde sie dann scannen und uploaden.«

Luiz wurde plötzlich wieder ernst und sah mich eindringlich an. »Aber sei vorsichtig, hörst du.«

»Ich hatte schon öfters mit bösen Jungs zu tun«, beruhigte ich ihn.

»Ich meinte damit nicht nur Saids Mörder. Auf diesen Datingseiten tummeln sich auch sonst viele Verrückte und Gestörte.«

Ich winkte ab. »Ich entstamme einer indischen Familie und wohne im Kreis 4. So schnell bin ich nicht zu erschüttern, glaub mir.«

Samstag

Eine beinahe feierliche Stille lag über der Lichtung, als ich aus dem Wald trat. Über Nacht hatte es erneut geschneit, der Schnee war noch unberührt. Ich war demnach nicht zu spät dran. Nichts zeugte mehr von den dramatischen Geschehnissen am Donnerstagmorgen, jegliche Fußabdrücke hatte die dicke weiße Decke unter sich begraben. Nicht einmal mehr die Reifenspuren der Polizeiautos, die sich tief in den hart gefrorenen Schnee gefräst hatten, waren zu erkennen. Stattdessen warfen die ersten Sonnenstrahlen einen glitzernden Schleier über die Schneewehen.

Zwar war ich vom Aufstieg etwas außer Atem, doch seit ich aufgehört hatte zu rauchen, bekam ich irgendwie mehr Luft, als hätten sich meine Lungen geweitet. Manchmal schien es mir, als könnte ich meine roten Blutkörperchen vor Entzücken jubeln hören.

Ich gähnte und schob mir einen Kaugummi in den Mund. Es war unerhört früh, vor allem für einen Samstag, doch während ich die Fotos für die Datingseite noch in der vorigen Nacht gescannt und auf ein hastig erstelltes Profil hochgeladen hatte, war ich in Gedanken den Ablauf der Geschehnisse noch einmal durchgegangen. Dabei war ich auf etwas gestoßen, dem ich bis anhin keine Aufmerksamkeit geschenkt hatte. Also hatte ich schweren Herzens auf die übliche Freitagstour quer durch den Kreis 4 verzichtet, die mich jeweils bis in die frühen Morgenstunden von einer Bar zur nächsten führte. Und mich stattdessen nach einer unangenehm kurzen Nacht in meinen Käfer gesetzt, um zum zweiten Mal in dieser Woche nach Zumikon zu fahren.

Während ich wartete, besah ich mir die abgebrochenen Äste und Zweige über dem Fundort der Leiche erneut. Sie waren von flaumigem, frisch gefallenem Schnee bedeckt, doch von meiner Position aus schien sich seit vorgestern nichts an ihnen verändert zu haben.

Verächtlich stieß ich die Luft aus und wunderte mich, wann der Staatsanwalt wohl vorhatte, endlich die Untersuchung der Bruchstellen anzuordnen. Denn spätestens wenn der Bericht der Spurensicherung auf seinen Schreibtisch flatterte, musste ihm ein Licht aufgehen, weil sich an den Ästen genauso wenig Textilfasern oder Hautfetzen finden würden, wie Rindenpartikel an der Leiche. Damit musste selbst einem Dr. Frank R. Tobler schlagartig klar werden, dass der Junge nicht aus einem Flugzeug gestürzt war. Und dann würde die Hölle los sein.

Im durchgehend geöffneten Kebabstand hatte ich vorhin in der heutigen Zeitung geblättert, während ich im Stehen einen doppelten Espresso hinuntergeschüttet hatte. Erneut war Saids Kleidung abgebildet gewesen, das grässliche T-Shirt und die Jeans. Die Polizei suchte dringend Hinweise aus der Bevölkerung, da bislang weder Identität noch Herkunft des Toten hatten bestimmt werden können.

Einen Augenblick lang hatte ich mit mir gerungen, schließlich hatte ich beides vergleichsweise rasch in Erfahrung gebracht. Und es war eher unwahrscheinlich, dass sich einer von Saids Kunden oder gar ein Strichjunge bei den Gesetzeshütern melden würde. Ein Anruf hätte also genügt, um Licht in die Angelegenheit zu bringen.

Doch dann hatte ich mir die Impertinenz und die Verschlagenheit vor Augen geführt, mit der mich der Staatsanwalt hintergangen hatte, und die Zeitung entschlossen beiseitegelegt. Sollte er selber schauen, wo er blieb.

Laut dem Artikel war es den Gerichtsmedizinern noch nicht möglich gewesen, einen genauen Todeszeitpunkt zu ermitteln, da die Leiche gefroren aufgefunden worden war. Entsprechend scheiterten auch die Versuche, den Flug zu eruieren, mit dem der blinde Passagier ins Land gekommen war.

Ich sah erneut hinauf ins Geäst. Längst glaubte ich nicht mehr an einen Mord im Affekt oder dass Said Opfer einer Prügelbande geworden war. Nein, vielmehr war Saids Mörder ein außergewöhnlicher Täter, der sich alle Mühe gegeben hatte, den Tatort so authentisch wie möglich zu gestalten. Ein Künstler beinahe, der die Leiche wie auf einer Theaterbühne inszeniert hatte. Er musste jemand sein, der alles sehr genau nahm und nichts dem Zufall überließ. Said sollte aussehen wie ein beliebiges Opfer. Irgendein mittelloser Junge, der aus dem Fahrwerk eines Flugzeugs gestürzt ist. Wie es hin und wieder vorkam. Ein Mann ohne Hintergrund, ohne Geschichte.

Man würde vergebens versuchen, den Jungen zu identifizieren, würde seine Kleidung analysieren, seinen körperlichen Zustand, den Mageninhalt. Bluttests würden gemacht werden, seine Zähne kontrolliert und sein Bild würde in Zeitungen veröffentlicht werden, in der Hoffnung, dass ihn jemand erkannte. Meldete sich niemand, würde man den Toten schließlich begraben und die Akte schließen. Und keiner würde darauf kommen, dass da etwas faul war. Das musste Saids Mörder sich erhofft haben.

Ich blickte zu der Stelle, an der die Leiche gefunden worden war. Der Täter hatte unter Berücksichtigung der Flughöhe und Flugbahn präzise die Stelle ausgesucht, die für einen Absturz infrage kam, ich hatte das auf der Karte im Internet überprüft. Das Fahrwerk musste kurz vor Erreichen des Fundortes ausgefahren werden. Danach hatte der Mörder nicht nur die Äste präpariert, damit sie aussahen, als seien sie beim Sturz abgebrochen, sondern – wie ich annahm – auch den Toten mit einem schweren Gegenstand traktiert, bis seine Knochen zerschmettert waren wie nach einem Fall aus großer Höhe.

Ich fragte mich schaudernd, ob Said die Verletzungen vor oder nach seinem Tod zugefügt worden waren. Die Obduktion würde das zeigen. Falls er noch gelebt hatte, erhielt das Verbrechen mit einem Mal eine ausgeprägt emotionale Komponente, was aber dem umsichtig inszenierten Fundort deutlich widersprach.

Seufzend ließ ich meinen Blick über die Lichtung schweifen. Auch wenn ich einen Schritt weiter war, als die Polizei und die Staatsanwaltschaft: Ich stand noch ganz am Anfang meiner Ermittlungen.

Aus der Ferne erklang plötzlich ein Grollen, das sich rasch näherte. Ich blickte hoch, doch ich konnte nichts Ungewöhnliches entdecken. In der nächsten Sekunde verdunkelte sich der Himmel und instinktiv duckte ich mich, als das Flugzeug im Landeanflug über meinen Kopf hinwegdonnerte. Als ich aufsah, konnte ich gerade noch das herausgefahrene Fahrwerk erkennen sowie das weiße Kreuz auf der roten Heckflosse, bevor die Maschine hinter den Baumwipfeln versank. Das Tosen verebbte zu einem Rauschen und verlor sich rasch jenseits des Waldstücks. In der Stille, die sich jetzt ausbreitete, war das näher kommende metallische Rasseln deutlich auszumachen. Erleichtert wandte ich mich um.

Der Beagle stellte seine Schlappohren auf und hob aufmerksam witternd den Kopf. Als mich der klein gewachsene Hund mit dem hellbraun-schwarzen Rücken und dem weißen Bauchfell entdeckte, knurrte er halbherzig und blickte sich dann fragend zu seinem Herrchen um, das wenig später keuchend neben ihm stehen blieb und sich am Stamm einer Buche abstützte. Nicht nur anhand des Beagles erkannte ich den Spaziergänger sofort wieder, der Said gefunden hatte. Das Warten hatte sich gelohnt.

Ich hob die Hand zum Gruß. »Früh unterwegs!«, rief ich ihm über die Lichtung hinweg zu.

»Der Hund ...« Der ältere Mann in seiner dicken Jacke schnappte nach Luft, bevor er durch den Schnee auf mich zustapfte. Der Beagle eilte ihm voraus und schnupperte schwanzwedelnd an meiner Hand.

»Der kennt keine Wochenenden.« Der Mann schnaufte schwer, als er bei mir ankam, und kraulte das Tier am Kopf. »Nicht wahr, Chester?«

Chester blickte zu seinem Herrchen hoch und wedelte jetzt heftiger mit dem Schwanz.

»Er ist noch jung, ein Jagdhund. So ein Kerlchen braucht Auslauf.« Der Mann lachte, dann zog er eine Meerschaumpfeife und einen eingerollten Beutel Tabak aus seiner Jackentasche. Er begann, den Pfeifenkopf, der an ein Baiser erinnerte, umständlich zu stopfen. »Und Sie?«

»Nicht mehr ganz so jung, aber auch ein Jagdhund, irgendwie«, erwiderte ich.

Aufmerksam sah er mich durch die Gläser seiner Brille an. »Sie sind wegen dem Toten hier?« Mit einem leichten Anheben seines Kinns deutete er auf die Lichtung, während er das Tabaksäckchen wieder in seiner Tasche verstaute und eine Streichholzschachtel hervorkramte.

Ich beschloss, die Karten auf den Tisch zu legen. »Man hat mich von privater Seite beauftragt, seinen Tod zu untersuchen.«

»Sie sind nicht von der Polizei?« Er ließ mich nicht aus den Augen, während er ein Streichholz entflammte und den Tabak hinter der schützend um das Baiser gewölbten Hand in Brand steckte.

Ich verneinte und nannte ihm meine Berufsbezeichnung, worauf er nickte, als sei ihm jetzt einiges klar geworden.

»Vijay Kumar, übrigens. Ich habe es versäumt, mich vorzustellen.«

»Schmied, Erwin Schmied.« Sein kräftiger Händedruck überraschte mich. »Ich befürchte nur, ich kann Ihnen nichts

Neues erzählen. Ich habe der Polizei alles gesagt, was ich weiß. Und das ist ohnehin nicht viel. Stand auch in der Zeitung.«

»Ich hab's gelesen. Ist Ihnen an jenem Morgen nichts Ungewöhnliches aufgefallen?«

»Außer der Leiche, meinen Sie?« Er deutete mit ausgestrecktem Arm auf die Baumgruppe am gegenüberliegenden Rand der Lichtung. »Dort komme ich jeden Morgen vorbei, seit achtunddreißig Jahren. Immer dieselbe Route, mit jedem meiner Hunde. Abends begleitet mich manchmal meine Frau, doch am Morgen gehe ich allein. Nur das Tier und ich. Früher habe ich noch vor der Arbeit meine Runde gemacht, ich habe am Flughafen gearbeitet, gleich da drüben. In der Cargoabteilung. Harte Arbeit, aber ich war ganz zufrieden. Mein Junge hat es mir gleichgetan, der hat da sogar eine Kaderstelle. Irgendwas mit Controller, was weiß ich, heutzutage gibt's ja nur noch englische Berufsbezeichnungen.« Schmied hielt kurz inne und zog an seiner Pfeife. »Seit meiner Pensionierung gehe ich nicht mehr ganz so früh los, manchmal erst um sieben. Aber der Hund will morgens raus, der gibt erst Ruhe, wenn ich die Leine vom Haken nehme. Nicht wahr, Chester?«

Erwin Schmied tätschelte den Hals des Hundes, der sich zwischen uns hingesetzt hatte und hechelnd zum Waldrand blickte.

»Sie kennen sich demnach gut aus in dieser Gegend. War am Donnerstag irgendetwas anders als sonst?«

Schmied überlegte kurz. »Nein, ganz bestimmt nicht. Es hat ziemlich stark gestürmt, aber das kommt vor. Fast hätte ich den Toten übersehen.«

»Wegen dem Schnee?«

»Nein, wegen Chester.«

»Chester hat angeschlagen, als Sie in die Nähe der Leiche kamen?«

»Der Kleine hat irgendwas aus dem Schnee gegraben und darauf herumgekaut. So ein junger Hund frisst alles, da muss man schon acht geben. Ich bin also zu ihm hingerannt, und als ich sah, dass es etwas Ungewöhnliches war, hab ich ihm sofort den Kiefer aufgezwängt.« Erwin Schmied zog an seiner Pfeife und stieß den Rauch langsam aus. »Und wissen Sie, was ich ihm aus dem Maul geholt habe?«

Ich setzte eine interessierte Miene auf.

»Eine Tollkirsche! Hätte er die gefressen, hätte er sterben können. Ich hab seine Schnauze sofort mit Schnee ausgewaschen. Glücklicherweise habe ich das gerade noch rechtzeitig entdeckt, fürs Sterben ist es für dich definitiv noch zu früh, nicht wahr, Chester?« Chester hob gelangweilt den Kopf.

»Das war es für Said auch.«

»Said?«

»Das war der Name des Toten, den Sie gefunden haben.«

»Said«, flüsterte der ältere Mann und sah mich dabei erschrocken an. »Es tut mir leid. Ich wollte nicht abschweifen. War ja auch nicht so wichtig, schließlich ist nichts passiert. Ich fand es nur merkwürdig, dass der Hund um die Jahreszeit eine Tollkirsche aufspürt. Aber ich langweile Sie mit meinen Ausführungen. Gleich danach, kaum hatte ich mich vom Schrecken erholt, ist mir die ungewöhnliche Erhöhung unter der dünnen Schneedecke aufgefallen. Die Leiche hat am Vortag noch nicht dagelegen, das hätte ich ...«

»Nein, nein, zurück.« Erst jetzt erkannte ich die mögliche Relevanz der Information. »Was war an der Tollkirsche so ungewöhnlich? Besteht die Gefahr nicht andauernd, dass der Hund so etwas frisst? Ich nehme an, dass diese Pflanze hier im Wald wächst.«

Erwin Schmied blickte mich irritiert an. »Nun ...«, begann er zögernd, »... die Tollkirschen werden im Spätsommer reif, dann gilt es, besonders aufzupassen. Bis in den Herbst hinein tragen sie Früchte. Aber noch nie habe ich eine derart gut erhaltene, reife Beere mitten im Winter entdeckt. Ich meine, die war weder vertrocknet noch faulig.«

»Was wollen Sie damit sagen?«

»Es ist trotz Kälte und Schnee unmöglich, dass man um die Jahreszeit eine Tollkirsche in diesem makellosen Zustand auf dem Waldboden findet.«

»Aber wie erklären Sie sich das?«

»Jemand muss sie absichtlich da hingeworfen haben.«

»Obacht, die Tasse ist heiß.« Silvia Schmied, eine zierliche, aber erstaunlich dynamische Frau, stellte die Zuckerdose und eine Tetrapackung Milch auf den Tisch.

»Kaffeerahm haben wir leider keinen«, fügte sie bedauernd an und warf mir einen entschuldigenden Blick zu.

»Kein Problem.« Ich wärmte meine klammen Hände an der Tasse. Nach wenigen Augenblicken waren sie puterrot und sahen aus wie verbrüht.

»Sie sind also Privatdetektiv? Das muss ja ein spannender Beruf sein«, bemerkte sie eifrig, während sie sich einen Stuhl heranzog und sich mir gegenüber hinsetzte.

»Manchmal«, erwiderte ich. »Meist sitze ich stundenlang in meinem Auto und warte darauf, dass irgendetwas geschieht. Dass ein arbeitsunfähiger Versicherungsbetrüger das Dach seines Gartenhäuschens deckt oder Fußball spielt. Oder eine untreue Ehefrau sich mit ihrem Geliebten kurz am Hotelfenster zeigt. Das hat wenig mit den aufregenden Abenteuern der Fernsehdetektive zu tun, leider. Und die Aufträge sind meist auch nicht nach exakt neunzig Minuten gelöst. Aber ich kann nicht klagen, hin und wieder gerate ich an einen wirklich spannenden Fall. Das entschädigt mich dann für all die langweiligen Observationen.«

»Sind Sie jetzt gerade an etwas Aufregendem dran?« Silvia Schmied hatte mir aufmerksam zugehört und dabei langsam in ihrer Kaffeetasse gerührt. Trotz der frühen Stunde hatte sie mir nicht eine Sekunde lang das Gefühl gegeben, zu stören. Sie hatte im Morgenrock in der Küche gestanden und das Frühstück vorbereitet, als ich, der spontanen Einladung folgend, gemeinsam mit Erwin Schmied das bescheidene Einfamilienhäuschen betreten hatte, das direkt an der Landstraße nah der Lichtung stand. Mit einer gemurmelten Entschuldigung hatte sie sich unverzüglich nach oben begeben, um sich anzuziehen.

»Es macht den Anschein, obwohl ich noch nicht ganz durchblicke«, beantwortete ich ihre Frage ehrlich.

»Es betrifft aber den Toten, den mein Mann vorgestern gefunden hat?«

Ich bestätigte dies.

Silvia Schmied nickte nachdenklich. »Wenn ich Ihnen irgendwie behilflich sein kann ...«

»Versuchen Sie, sich daran zu erinnern: War vorgestern Morgen alles wie sonst? Oder ist Ihnen etwas Außergewöhnliches aufgefallen?«

Frau Schmied fuhr sich durch ihr langes, ergrautes Haar, das sie auf der Höhe der Schultern zu einem losen Zopf gebunden hatte. Sie trug einen grobmaschigen Wollpullover mit V-Ausschnitt, unter dem eine weiße Bluse zu erkennen war, dazu beige Manchesterjeans.

»Ich weiß nicht ... Aber ich glaube, alles war wie immer. Nicht wahr, Vati?«

Fragend blickte sie zu ihrem Gatten, der gerade die Treppe herunterkam. Offensichtlich hatte er sich rasiert, seine Wangen glühten, als hätte er ein paar Ohrfeigen erhalten, die Küche war bald erfüllt vom scharfen Geruch seines Aftershaves.

»Alles wie immer, außer dass ein Toter auf der Lichtung lag«, brummte er und schenkte sich an der Anrichte Kaffee ein, bevor er sich zu uns setzte. »Aber das habe ich Herrn Kumar bereits gesagt.«

»Sind Sie eigentlich Inder?« Interessiert beugte sich Silvia Schmied vor. »Wir waren nämlich ein paar Mal in Indien, früher – als der Erwin noch am Flughafen gearbeitet hat. Nicht wahr, Vati?«

Erwin Schmied brummte zustimmend. »Rajastan, Goa, die Backwaters im Süden, haben wir alles gesehen. Delhi, das rote Fort, Bombay natürlich auch, wobei das jetzt Mumbai heißt. Aber unsere nationale Fluggesellschaft nennt sich ja auch anders als früher. Alles verändert sich und bleibt im Grunde genommen doch beim Alten.«

»Aber Sie wollten uns ein paar Fragen stellen«, erinnerte mich Silvia Schmied.

»Richtig. Wenn es Ihnen nichts ausmacht, wüsste ich gern, was Sie am Donnerstagmorgen getan haben. Schritt für Schritt.«

Unschlüssig sah Silvia Schmied ihren Mann an, bis der ihr mit einem stummen Nicken sein Einverständnis gab. Daraufhin begann sie zu rekapitulieren: »Wir standen früh auf, früher als sonst ...«

»Der Wetterbericht hat den Schneesturm vorausgesagt«, fiel Erwin Schmied seiner Frau ins Wort. »Und ich wollte mit dem Hund raus, bevor es losging. Also stellte ich den Wecker auf fünf. Doch dann musste ich ja trotzdem stundenlang im Gestöber ausharren, bis sich dieser affige Staatsanwalt alles angeguckt hatte und die Polizei endlich meine Aussage zu Protokoll nehmen konnte. Ich wäre besser liegen geblieben.«

»Dann hätte man den Toten vielleicht erst im Frühjahr bei der Schneeschmelze gefunden«, warf seine Frau ein. »Die Polizei hat doch nur ihre Arbeit getan.«

»Und ich wäre fast erfroren dabei.«

Silvia Schmied überging den Einwand ihres Gatten. »Auf jeden Fall schlüpfte ich in den Morgenrock und kam nach unten, um Kaffee aufzusetzen, während sich Vati anzog ...«

»Haben Sie von draußen etwas gehört? Ein ungewöhnliches Geräusch vielleicht?«, unterbrach ich sie. Falls Said nicht dort getötet worden war, musste ihn jemand zur Lichtung gebracht haben. Schmied hatte ausgeschlossen, dass die Leiche am Vortag schon dort gelegen hatte.

Silvia Schmied überlegte. »Nein, da war nichts …«

»Der Bastiani ist vorbeigefahren …«

»Aber der fährt jeden Tag bei uns vorbei«, verteidigte sich Frau Schmied. »Herr Kumar ist Detektiv und interessiert sich für Ungewöhnliches.«

»Er hat nach dem genauen Ablauf unseres Morgens gefragt. Da musst du eben erwähnen, dass der Bastiani vorbeigefahren ist.« Mit Nachdruck stellte Schmied seine Kaffeetasse auf der Tischplatte ab.

Seine Frau seufzte gereizt. »Na gut, der Bastiani fuhr vorbei. Gerade als ich meinem über alles geliebten Mann einen Kaffee einschenkte.«

»Wer ist dieser Bastiani?«

»Ein Gemüsehändler«, klärte mich Erwin Schmied auf. »Sein Hof liegt etwa zwei Kilometer die Straße runter, steht ganz allein da, findet man sofort. Der Bastiani produziert aber nur Bio.« Er verzog das Gesicht, worauf ihm seine Frau einen empörten Blick zuwarf, die Bemerkung aber hinunterschluckte, die ihr offensichtlich auf der Zunge lag. Sie sah mich an und zuckte schicksalsergeben mit den Schultern, bevor sie sich erhob und ihre Kaffeetasse zum Spülbecken trug.

»Er hat einen Verkaufsstand in der neuen Markthalle. Die kennen Sie vielleicht. Im Viadukt.«

Natürlich war mir die neu erstellte, etwa fünfhundert Meter lange Einkaufsmeile bekannt, die sich im Kreis 5 unter den Bögen der Eisenbahnbrücke befand. Die kahlen Räume mit den eindrücklichen Steinmauern waren vor nicht allzu langer Zeit zu schicken Geschäftsräumen mit großen Fensterfronten ausgebaut worden und dienten nun meist hochpreisigen Labels als Vorzeigelokale, in denen manchmal auch etwas gekauft wurde. Früher hatten dort Konzerte und Lesungen, Kunstausstellungen, Partys und Modenschauen stattgefunden. Die Besucher der Geschäfte waren nach einem ersten Augenschein meinerseits hauptsächlich männliche Singles mit Seitenscheitel, Hornbrille und einem Hang zum Dünkel, stolze Karrieremütter, bewaffnet mit Projektmappen und Kinderwagen, die an militärische Kampffahrzeuge erinnerten, sowie Architekten, die halblaut über den Ausbau der Halle herzogen und diskret auf all die Details deuteten, die sie selbst natürlich stilvoller umgesetzt hätten. Die übliche Szene, die von solchen Orten angezogen wurde wie die Motten vom Licht und sich vor allem unter ihresgleichen wohlfühlte.

Den vordersten Teil des unterhöhlten Viadukts hatte man nach italienischem Vorbild zu Zürichs erster Markthalle umfunktioniert. Etliche Verkaufsstände mit Nahrungsmitteln – viele davon wegen ihrer Bioqualität oder der aufwendigen Gewinnung, andere auch ohne besonderen Anlass äußerst kostspielig – befanden sich im Eingangsbereich, darunter auch derjenige des Gemüsehändlers Bastiani, wie ich gerade erfahren hatte.

Beinahe hätte ich die Abzweigung übersehen, die nur mit einem welligen, im kniehohen Schnee beinahe versinkenden Holzschild gekennzeichnet war. *Gemüse und Früchte – Direktverkauf ab Hof,* stand darauf. Ich bremste scharf ab und bog in den holprigen Feldweg ein, der erst kürzlich freigefräst worden sein musste, denn auf beiden Seiten des schmalen Sträßchens türmten sich Schneewehen und im festgedrückten Grund der Fahrbahn waren Kieselsteine und gelbliche Grasbüschel zu erkennen. Ich passierte zwei verwitterte Scheunen, die am Wegrand standen, das Holz geschwärzt, die Dächer wie mit einer dicken Schicht geschlagener Sahne verziert, bevor ich den Vorplatz des Hofes erreichte.

Ich blieb im Wagen sitzen, während ich das Bauernhaus betrachtete, ein längliches, zweistöckiges Gebäude mit Giebeldach, das einen düsteren Eindruck auf mich machte. Wahrscheinlich, weil niemand zu sehen war und das Haus dadurch verlassen wirkte.

Der vordere, weiß gestrichene Teil schien bewohnt, während die Fassade der hinteren Hälfte aus groben dunklen Holzplanken bestand und wahrscheinlich als Stall diente.

Der Platz selbst war schneefrei und sah frisch gewischt aus, nach Sonntag irgendwie. Da lag nichts herum, kein Besen, keine leeren Gebinde, zwischen den groben Pflastersteinen wucherte nicht einmal Unkraut. Ein paar Meter vom Hauptgebäude entfernt, fielen mir lange, mit einer dünnen Schicht Schnee bedeckte Plastiktunnel auf, die sich in Kolonnen auf dem Feld reihten. Auf diese Art zog man Wintersalate, so weit reichten selbst meine Kenntnisse der heimischen Landwirtschaft.

Ich schlug den Kragen der Jacke hoch und stieg aus meinem Käfer. Trotz des sonnigen Tages zerrte ein eisiger Wind an meiner Hose und ließ mich frösteln. Ich sehnte mich schlagartig nach einer Zigarette. Aus Erfahrung wusste ich, dass ich schon nach wenigen Sekunden nicht mehr daran denken würde, schaffte ich es, meine Aufmerksamkeit in eine andere Richtung zu lenken. Mittlerweile war ich ziemlich gut darin.

Mit vorsichtigen Schritten trat ich auf den Haupteingang des Bauernhauses zu, jederzeit einen bellend heranstürmenden Hund erwartend. Doch es blieb still. Zu still, dachte ich, weder das leise Gackern von Hühnern noch das Glockengebimmel von Kühen war zu hören, überhaupt keines der typischen Geräusche eines Bauernhofs eigentlich. Das mulmige Gefühl von vorhin kehrte schlagartig zurück.

»Hallo? Ist jemand zu Hause?«, rief ich, nachdem ich kräftig an die massive Holztür gepoltert hatte. Eine Klingel war nicht zu finden gewesen. Nichts regte sich und ich hämmerte erneut gegen die Tür. Vergebens.

Etwas unschlüssig sah ich mich um und ging ein paar Schritte um das Haus. Weiter hinten stand eine größere Scheune, deren Torflügel weit offen standen, der Boden war von losen Strohhalmen bedeckt. Ein grüner Traktor war darin untergebracht, Werkzeug lehnte an einer Wand.

Ich vergewisserte mich, dass ich nicht beobachtet wurde, und trat dann auf Zehenspitzen in eines der Blumenbeete vor den Fenstern, um in den bewohnten Teil des Hauses hineinzuspähen.

Rechts konnte ich ein geblümtes Sofa ausmachen, direkt gegenüber stand ein Flachbildschirm auf einer olivgrünen, mit Bauernmalereien verzierten Truhe und etwas zurückversetzt war ein Kachelofen mit dazugehöriger Bank zu sehen, des Weiteren ein dunkler Tisch nahe am Fenster. Der hintere Teil des dunkel wirkenden Wohnzimmers war nicht einsehbar.

Als ich das Blumenbeet verließ, überzeugte ich mich, auf der hartgefrorenen Erde keine Fußstapfen hinterlassen zu haben, um nicht von einer wutentbrannten Bauernfrau mit der Mistgabel vom Hof gejagt zu werden.

»Hallo?«, rief ich erneut und ging ein paar Schritte weiter, als ich keine Antwort erhielt.

Die Stalltür war aus demselben Holz wie die Fassade und in der Mitte horizontal zweigeteilt, der obere Flügel war nur angelehnt. Neugierig öffnete ich ihn und stellte erstaunt fest, dass der Stall leer war. Einzig der leichte Geruch nach Stroh schlug mir entgegen. Hier wurden schon lange keine Tiere mehr gehalten. Ich griff auf der Innenseite der Tür nach unten und drehte den Riegel, sodass der zweite Flügel aufschwang und ich den Stall betreten konnte. Obwohl das

Licht spärlicher wurde, je weiter ich in den Raum hineinging, entdeckte ich die Verbindung zum Wohnhaus auf Anhieb. Ich rüttelte an der massiven Holztür, doch sie war verschlossen. Natürlich.

Ich sah mich nach einem passenden Objekt um, das ich durch den schmalen Spalt zwischen Tür und Rahmen hätte schieben können, um so den Riegel auf der anderen Seite zu bewegen. Wenn ich Glück hatte, war es dieselbe Konstruktion wie bei der Stalltür: ein simpler Riegel aus Holz, der die Tür am Aufschwingen hinderte. Hatte ich Pech, war ein ausgeklügelteres Schließsystem verwendet worden.

Etwas unschlüssig starrte ich die verschlossene Tür an und fragte mich, ob mein beunruhigendes Gefühl allein es legitimierte, in eine fremde Wohnung einzudringen. Nach kurzem Überlegen bejahte ich diese Frage. Es war gut möglich, dass der Gemüsebauer auf seinem Arbeitsweg etwas beobachtet hatte, das er nicht hätte sehen sollen. Eventuell hatte er sogar Saids Mörder dabei ertappt, wie er in den Wald hinaufgefahren war, um die Leiche zu deponieren. Dann befand sich dieser Bastiani in Gefahr. Ich hoffte nur, dass ich nicht zu spät kam.

Bei Bastianis Werkzeug fand ich eine Ahle, steckte ihre Spitze durch den Türspalt und fuhr behutsam, um keinen unnötigen Lärm zu veranstalten, nach oben, bis das Metall gegen Widerstand stieß. Dann bewegte ich sie ein paar Mal auf und ab, worauf von der anderen Seite ein leises Knarzen zu hören war – die Tür war tatsächlich nur mit einem Riegel zugesperrt. Der Block klemmte jedoch, wahrscheinlich hatte sich das Holz verzogen. Ich ballte die Faust um den Griff der Ahle und stieß das Werkzeug kräftig nach oben. Ächzend bewegte sich der Riegel ein paar Millimeter. Ich wiederholte die Aktion so lange, bis der Verschluss in eine senkrechte Position rutschte. Dann drückte ich gegen die Tür, die allerdings erst aufschwang, als ich mich mit meinem ganzen Gewicht dagegenwarf. Ich hielt den Atem an und horchte auf Geräusche, doch alles blieb still. Ich tastete nach dem Lichtschalter. Flackernd glimmte eine nackte Glühbirne auf, die an einem Kabel von der Decke baumelte und viel zu tief im Raum hing.

Ich befand mich in einer Art Vorratskammer, die nur wenige Quadratmeter groß war. Auf dem Boden stapelten sich Holzscheite und gebündelte alte Zeitungen, auf den Regalen, die bis unter die Decke reichten, lagerten Marmelade und Eingemachtes in Gläsern. Direkt mir gegenüber befand sich eine Tür.

Geräuschlos drückte ich die Klinke hinunter. Sie war unverschlossen.

Als Erstes fiel mir der leicht muffige Geruch auf. Er entströmte dem Holz, den Vorhängen und alten Teppichen und hatte sich über Jahre hinweg mit dem Duft von frisch gebackenem Brot, Kaffee und Kaminfeuer vermischt. Seit ich nicht mehr rauchte, hatte sich nicht nur mein Geschmackssinn verfeinert, auch meine olfaktorischen Fähigkeiten kehrten allmählich zurück. Es roch heimelig hier, nach Geborgenheit und familiärer Wärme. Nach Zuhause, dachte ich spontan, selbst wenn es in der Wohnung meiner Eltern ganz anders geduftet hatte. Indischer irgendwie.

Wie mir schon von außen aufgefallen war, war das Wohnzimmer nicht gerade lichtdurchflutet. Obwohl später Vormittag war, herrschte darin eine Dämmerstimmung wie an einem frühen Winterabend, was eindeutig mit den kleinen Fenstern und den Gardinen zu tun hatte. Die niedrige Decke vermittelte zudem ein Gefühl der Enge. Instinktiv duckte ich mich, während ich mich in den Raum hineinbewegte. Der alte Holzboden knarrte unter meinen Schritten. Immer wieder blieb ich stehen und lauschte. Doch da war nur Stille.

Das Wohnzimmer war unspektakulär eingerichtet. Nebst den Möbelstücken, die ich bereits durch das Fenster entdeckt hatte, waren da noch zwei mit braunem Leder bezogene Sessel und eine weitere bemalte Truhe, die neben dem Treppenaufgang stand. Nichts Ungewöhnliches, wären da nicht die Schaukästen mit den präparierten Schmetterlingen gewesen, welche die gesamten Wände einnahmen. Selbst zwischen den Fenstern hingen sie, kleine Rahmen mit je einem Exemplar drin. Darunter waren winzige goldene Schildchen mit der jeweiligen Bezeichnung der Art in Deutsch und Latein angebracht. *Schwalbenschwanz*, las ich unter einem besonders auffällig gezeichneten Exemplar auf Augenhöhe, *Papilio machaon*. Mich schauderte, als ich näher herantrat und die feine Nadel betrachtete, die den Körper des Insekts durchbohrte. Eine grässliche Art zu sterben, stellte ich mir vor, doch dann fiel mir ein, irgendwo gelesen zu haben, dass die Tiere zuerst betäubt wurden und die fachgerechte Präparierung danach äußerst anspruchsvoll war. Der Gedanke daran war mir trotzdem zuwider.

Ich ging weiter und gelangte in eine geräumige Küche, in deren Mitte ein Holztisch stand. Der Herd wirkte altmodisch, ebenso das massive Büffet und die in blassen Farben gestrichenen Schränke. Auch hier wirkte alles aufgeräumt und blitzblank sauber, als wären die Bewohner in die Ferien gefahren und wollten keinesfalls einen schlechten Eindruck bei der Nachbarin hinterlassen, welche in der Zwischenzeit freundlicherweise die Blumen goss.

Aber das konnte kaum sein. Der Feldweg war von Schnee geräumt, die Scheune mit dem Traktor stand offen und der Kachelofen im Wohnzimmer war noch warm gewesen, wie ich mich vorhin überzeugt hatte. Bastiani und seine Frau mussten einfach äußerst reinliche Leute sein, wahrscheinlich hatte einer der beiden einen Putztick.

Laut den Schmieds fuhr Bastiani auf dem Weg zur Markthalle jeden Morgen an ihrem Haus vorbei. Ich nahm an, dass er sich jetzt gerade an seinem Stand befand. Der Samstag war zweifelsohne der umsatzstärkste Tag der Woche, da die ganzen Kreativen und Trendsetter nicht so unter Terminstress standen.

Unschlüssig blieb ich auf der Schwelle zur Küche stehen. Mein ungutes Gefühl war wohl Einbildung gewesen, zurückzuführen vielleicht auf die erhöhte Sauerstoffdosis in meinem Gehirn. Hoffentlich passierte mir das jetzt nicht andauernd.

Ich hatte mich gerade zum Gehen gewandt, als mich ein leises Rascheln innehalten ließ. Das Geräusch war eindeutig aus dem oberen Stock gekommen, doch nun herrschte wieder Stille. Mäuse eventuell, dachte ich mir, aber irgendwie überzeugte mich diese Erklärung nicht ganz.

Als ich mich anschickte, die Treppe hochzusteigen, war von draußen ein Motorengeräusch zu vernehmen. Ich erstarrte, während meine Pulsfrequenz sprunghaft anstieg und mein Hirn auf Hochtouren zu arbeiten begann. Mein Blick flog zur Eingangstür, die sich gleich neben der Küche befand und von der aus man direkt ins Wohnzimmer sah. Wenn Bastiani oder wer auch immer eintrat, würde sein Blick als erstes auf die Treppe fallen – auf der ich stand.

Der Motor erstarb, kurz darauf war das blecherne Geräusch der zuschlagenden Tür eines Transporters zu hören. Mir blieben Sekunden. Mein erster Reflex war, die Treppe raufzurennen, doch ich besann mich rasch eines Besseren. Oben war ich gefangen, von da gäbe es kein Entkommen, das wusste ich noch aus meiner Jugendzeit, als ich intensiv Horrorfilme geguckt hatte, in denen kreischende Blondinen dies andauernd taten. Mit meist wenig appetitlichen Konsequenzen.

Von draußen war Rufen zu hören, der Stimme nach eindeutig ein Mann. Immer noch war ich unfähig, mich zu rühren, obwohl ich wusste, dass ich keinen Atemzug länger auf der Treppe stehen bleiben durfte.

Vor den Fenstern im Wohnzimmer glitt ein Schatten vorbei. Erneut rief jemand über den Hof, ohne dass ich etwas verstanden hätte. Gleich darauf waren von der Tür her Schritte zu hören, gefolgt vom Rasseln eines Schlüsselbundes.

Jetzt endlich kam Bewegung in mich: Ich stürzte die Treppe hinunter und rannte durchs Wohnzimmer, stieß mir dabei das Knie an der Truhe und unterdrückte einen Schmerzensschrei, während ich weiterhumpelte. Kaum hatte ich die Tür der Vorratskammer hinter mir zugezogen, wurde diejenige vorn geöffnet.

Geräuschlos bewegte ich mich in der Dunkelheit rückwärts, bis ich den Durchgang zum Stall hinter mir ertasten konnte. Ich unterdrückte mein Keuchen und lauschte angespannt, was sich in der Wohnung tat. Eine dunkle, etwas nasale Stimme war zu vernehmen, doch noch immer verstand ich nicht, was der Mann sagte. Schritte näherten sich und ich öffnete vorsichtshalber die Durchgangstür, bereit zur Flucht, falls die Situation es erfordern sollte. Doch dann entfernten sich die Schritte und die Stimme wieder, offenbar Richtung Küche. Der Mann sprach undeutlich, als litte er an einer Hasenscharte.

Ich wägte gerade ab, ob ich noch weiter in der Vorratskammer ausharren oder mich durch den Stall ins Freie schleichen sollte, als mir siedend heiß einfiel, dass ich meinen Käfer auf dem Hof geparkt hatte. Direkt vor dem Bauernhaus. Ich griff mir an die Stirn und zischte eine Reihe kaum jugendfreier Begriffe auf Hindi.

Jetzt wusste ich auch, warum der Mann vorhin gerufen hatte: Er hatte den nicht auffindbaren Fahrer des Wagens gesucht! Ich ächzte. Das war wieder einer dieser Fehler, die mir eigentlich nicht mehr unterlaufen durften. Ich war ein Profi. Langsam war es an der Zeit, dass ich mich auch wie einer benahm.

Ich klopfte den Staub von meiner Jacke und spazierte nicht zuletzt wegen meines schmerzenden Knies betont gemächlich zu meinem Auto zurück. Dass keine Zeit geblieben war, den Riegel am Durchgang zwischen Wohnung und Stall zurückzuschieben, musste ich hinnehmen. Ich überquerte gerade den Hof, als hinter mir die Tür des Wohnhauses aufgerissen wurde.

»Ach, da sind Sie ja! Ich habe Sie bereits gesucht!« Die Stimme klang erfreut, als sei ich ein verspäteter Gast, auf dessen Ankunft man lange gewartet hatte. Ich zwang mich zu einem betont überraschten Gesichtsausdruck, wandte mich um – und zuckte entsetzt zusammen.

»Herr Bastiani?«, fragte ich und bemühte mich um einen festen Blick.

»Ja, genau der bin ich«, lachte der Mann. »Kommen Sie, ich zeige Ihnen, was ich gerade so am Lager habe.« Er eilte mir entgegen und griff nach meinem Arm.

»Äh … ich …« Mir fehlten die Worte, und das wollte etwas heißen.

»Sellerie, Kartoffeln, Äpfel, nur Saisonprodukte und alles in Bioqualität, versteht sich«, redete Bastiani unbeirrt weiter und lenkte mich zum Bauernhaus.

»Ich bin nicht wegen des Gemüses hier«, brachte ich endlich hervor.

»Ach so. Wieso sagen Sie das nicht gleich?« Bastiani blieb stehen und sah mich abwartend an.

Ich schluckte leer und versuchte, ihn nicht anzustarren. Was unmöglich war, weil er sich direkt vor mir befand. Von Nahem sah er noch erschreckender aus. Seinem Gesicht fehlte jegliche Symmetrie, als hätte sich der Schädel in der Mitte vertikal verschoben. Seine Augen waren seitlich weggerutscht und lagen tief in ihren Höhlen. Eines stand zudem höher als das andere, sehnig spannten sich die wimpernlosen Lider darüber. Auch die Brauen waren schief und fehlten rechts beinahe ganz, während von der Nase nur knorpeliges Gewebe übrig geblieben war. Die Haut spannte sich ledrig über seine Kieferknochen, sein ganzes Gesicht war von deutlich sichtbaren Narben übersät, wie ich schaudernd feststellte. Das Schrecklichste aber war sein Mund, der nicht mehr war, als eine halb offen stehende Höhle, von den Lippen war nicht viel übriggeblieben. Nun offenbarte sich mir auch der Grund für seine schwer verständliche Aussprache.

»Vijay Kumar. Ich bin Privatdetektiv«, brachte ich endlich hervor und Bastiani runzelte die vorhandene Augenbraue, sein gutmütiger Gesichtsausdruck veränderte sich jedoch nicht.

»Ich ermittle im Fall des Toten, der aus dem Flugzeug gestürzt ist. Sie haben sicher davon gehört. War gleich da drüben im Wald.«

»Natürlich.« Er nickte, mit einem Mal ernst, und wies zum Haus. »Kommen Sie bitte rein.«

»Sebastiano Bastiani, nicht gerade bahnbrechend originell.« Sein Nasenstummel zuckte, während er leise lachte. »Aber meiner Mutter hat das immer gefallen.«

Bastiani goss Filterkaffee in einen blassgrünen Porzellankrug und verschloss diesen mit einem passenden Deckel, dann trat er an den Küchentisch und schenkte mir ein.

»Weiß man schon, wer er ist?«, erkundigte er sich, während er sich setzte. Ich sah ihn fragend an.

»Der Tote, meine ich.«

»Ach so. Nein, bisher nicht.«

Bastiani rieb sich die Hände. »Kalt hier, finden Sie nicht?«

Ohne eine Antwort abzuwarten, erhob er sich wieder, kauerte sich vor den Ofen und legte Holz nach. »So. Wird gleich wärmer.«

Ich beobachtete ihn, derweil er Zucker in seine Tasse schaufelte und bedächtig umrührte. Immer wieder hob er den Kopf und verzog sein entstelltes Gesicht zu einem verlegenen Lächeln. Hier drin wirkte er plötzlich unsicher, wie jemand, der nicht oft Besuch bekam. Bei seinem Aussehen wunderte mich das nicht, die Leute waren nun mal so.

»Sie verkaufen Ihre Produkte in der Markthalle, habe ich gehört.«

»Früher habe ich nur Hofverkauf gemacht, aber als dann die Markthalle eröffnet wurde, habe ich mich um einen Stand beworben. So ist das natürlich viel einträglicher. Und ich komme auch unter die Leute. Hier draußen ist es …«, er machte eine vage Bewegung zum Fenster hin, »… manchmal etwas einsam.«

»Ist Ihnen am Donnerstagmorgen etwas aufgefallen, als Sie zur Arbeit fuhren?«

»Hätte mir etwas auffallen sollen? Der Typ ist aus dem Flugzeug gefallen, so stand es in der Zeitung. Die ersten Maschinen landen aber erst kurz nach sechs Uhr. Da bin ich längst weg.«

»Und wenn er schon am Abend zuvor dalag?« Ich hatte mich entschieden, auch Bastiani gegenüber bei der Flugzeugtheorie zu bleiben.

»Als ich am Mittwochabend nach Hause fuhr, war alles dunkel und still. Ich hab aber ehrlich gesagt auch nicht darauf geachtet.«

»Sie stehen früh auf …«

»Normalerweise um vier Uhr morgens.«

»Haben Sie da etwas Ungewöhnliches gehört? Ein Auto vielleicht?«

»Nein, nichts. Tut mir leid, wenn ich Ihnen nicht weiterhelfen kann.«

»Ist schon okay.«

Bastiani blickte mich neugierig an.

»Was verkaufen Sie eigentlich an Ihrem Stand?«, erkundigte ich mich in unverfänglichem Plauderton. Das Gefühl, dass hier etwas nicht stimmte, hatte sich während unseres Gesprächs noch verstärkt. Vielleicht fand ich beim Small Talk heraus, was es war.

»Alles, was der Hof hergibt. In den Tunneln auf dem Feld wachsen Nüsslisalat, Kartoffeln, Kohl, Randen. Wurzelgemüse und Kernobst stammen aus dem Lager. Dazu biete ich selbst gemachte Konfitüren an, Pestosoßen mit Basilikum, getrockneten Tomaten, Nüssen oder Steinpilzen. Ich stelle auch verschiedene Teemischungen zusammen, auch aphrodisierende. Gerade bei Frauen kommen solche Produkte sehr gut an. Und die Rückmeldungen sind allesamt positiv.« Er lachte anzüglich, aus seinem Mund klang es, als entweiche einem Blasebalg stoßweise Luft.

»Sie halten keine Tiere?«

Er verneinte.

»Und was hat es mit diesen Schmetterlingen in den Vitrinen auf sich?« Ich deutete zum Wohnzimmer. In dem ich offiziell gar nicht gewesen war, wie mir zeitgleich einfiel.

Bastiani musterte mich misstrauisch, während ich mich in Gedanken ohrfeigte. Verplappert, verdammt!

»Woher wissen Sie davon?« Misstrauisch zog Bastiani seine eine Augenbraue hoch.

»Ich … ich hab sie entdeckt, als ich vorhin durchs Fenster gespäht habe«, stammelte ich. »Bevor Sie zurückgekehrt sind.«

»Ach so.« Bastiani entspannte sich wieder und ich atmete in Gedanken auf.

Das war gerade noch mal gut gegangen. Wie es schien, wusste der Gemüsebauer nicht, dass man von draußen die Rückwand des Wohnzimmers nicht sehen konnte. Und würde das hoffentlich auch nicht überprüfen.

»Die Schmetterlinge hängen schon lange da, eine alte Leidenschaft. Sie erinnern mich an schöne Zeiten.« Er blickte mich direkt an.

Das Rascheln im oberen Stock fiel mir wieder ein. »Leben Sie allein?«

»Was soll die Frage?«, reagierte Bastiani unwirsch.

»Vielleicht hat ja Ihre Frau an jenem Morgen etwas Außergewöhnliches bemerkt ...«

»Ich bin nicht verheiratet«, fiel mir mein Gegenüber ins Wort. »Aber vor ein paar Wochen habe ich jemanden zur Aushilfe eingestellt«, erklärte er versöhnlicher. »Er hilft am Stand aus, so wie heute, und geht mir auf dem Hof zur Hand.«

»War er am Donnerstag hier?«

Bastiani nickte.

»Kann ich ihn sprechen?«

»Nun, momentan ist er am Stand, Sie müssten ihn schon dort befragen. Aber ich kann ihn natürlich auch anrufen, wenn es eilt ...«

Ich winkte ab und nahm mir vor, der Markthalle demnächst einen Besuch abzustatten. »Dann sind sie beide alleine auf dem Hof?«

Bastiani zögerte unmerklich, bevor er bejahte. »Aber das meiste mache ich selbst. Es gibt zwar viel zu tun, doch mir gefällt es, in der Landwirtschaft zu arbeiten, im Einklang mit der Natur. Es war eine große Umstellung, aber mittlerweile möchte ich nicht mehr zurück.«

»Was meinen Sie damit?«

»Früher war ich Investmentbanker, außerordentlich gut bezahlt, aber irgendwann ... ging das nicht mehr.«

»Und da haben Sie beschlossen, aufs Land zu ziehen und ein neues Leben anzufangen.«

Seine Miene verdüsterte sich. »Ja, so in etwa.«

Ich vermutete, dass sein Ausstieg aus dem Bankenwesen mit dem Unfall zusammenhing, der ihn derart entstellt hatte. Doch es war seltsam: So abstoßend sein Äußeres zu Beginn auch gewirkt hatte, während unseres Gesprächs hatte ich es kaum mehr wahrgenommen.

»Noch etwas«, nahm ich das Gespräch wieder auf. »Man hat in der Nähe der Leiche eine Tollkirsche gefunden. Können Sie damit etwas anfangen?«

Bastiani schaute mich überrascht an. »Eine Tollkirsche? Keine Ahnung. Was soll daran ungewöhnlich sein? Der ganze Wald ist voll davon.«

»Aber nicht um diese Jahreszeit. Die Beere war gut erhalten, reif und nicht vertrocknet.«

»Da bin ich überfragt«, bemerkte er brüsk.

»Dann will ich Sie nicht länger aufhalten.« Ich schob den Stuhl zurück und erhob mich, als von oben erneut ein leises Rascheln zu vernehmen war.

»Was war das?«

Bastiani lauschte mit schräg gelegtem Kopf. »Ich höre nichts.«

»Da war ein Rascheln, eindeutig.«

Er lächelte beschwichtigend. »Mäuse wahrscheinlich. Im Winter kommen sie gern ins Haus. Vielleicht müsste ich ein paar Fallen aufstellen.«

Ich hatte es mir gerade mit einem Gläschen Whisky auf dem Sofa bequem gemacht, um die Erkenntnisse des heutigen Tages zu rekapitulieren, als das Telefon klingelte. Eine unterdrückte Nummer, wie ich feststellte, als ich mir das Gerät vom Beistelltisch angelte.

»Was haben Sie herausgefunden, Herr Kumar?«, erkundigte sich mein anonymer Auftraggeber. Ich fasste kurz zusammen, wohin Saids Spur geführt hatte, und fügte an, dass ich eine seiner Internetbekanntschaften hinter der Tat vermutete.

Der Anrufer schien zufrieden mit meiner Arbeit. »Gut, Sie machen rasch Fortschritte. Bleiben Sie dran. Ich melde mich zu gegebener Zeit wieder.«

»Warten Sie! Ich muss dringend mit Ihnen sprechen. Von

Angesicht zu Angesicht. Da gibt es einen älteren Mann, den ich in einer Bar getroffen habe. Ein Freier, der äußerst aufgebracht war, als ich Said erwähnt habe. Sie müssen mir alles sagen, was Sie wissen. Nur so kann ich den Fall lösen.«

»Das ist mir nicht möglich. Ich dachte, das hätte ich bereits ausdrücklich erwähnt.«

»Sie könnten ruhig etwas kooperativer sein. Zudem haben wir die Honorarfrage noch nicht geklärt ...«

»Nennen Sie mir Ihren Preis.«

Das tat ich und ohne zu zögern, ging der Anrufer darauf ein. Ich stöhnte innerlich und wünschte, ich hätte mehr verlangt. Vielleicht konnte ich bei den Spesen noch etwas draufschlagen. Aber zuerst hatte ich noch ein paar Fragen zu klären: »Sie schienen eben nicht besonders erstaunt, als ich erwähnte, dass Said sich prostituierte und im Internet Verabredungen schloss. Ich käme um einiges schneller vorwärts, wenn Sie mich einweihen würden.«

»Sie arbeiten schnell genug, Herr Kumar.«

Der Anrufer schien in der Straßenbahn zu sitzen, eben hatte ich das typische Kreischen vernommen, das erklang, wenn das Tram in eine enge Kurve bog. Auch konnte ich Stimmen im Hintergrund hören.

»Sagen Sie mir, in welchem Verhältnis Sie zu Said standen. Waren Sie sein Liebhaber? Sein Geldgeber?«

»Lassen Sie es gut sein, Herr Kumar, ich möchte nicht Teil dieser Ermittlung werden.«

»Das sind Sie längst!«, rief ich ungehalten. Eine blecherne Ansage schepperte aus den Lautsprechern der Straßenbahn. Unverzüglich wurde die Verbindung abgebrochen.

Wütend starrte ich auf mein Telefon, aus dem höhnisch der Besetztton erklang. Ich sprang auf, holte mein Laptop und gab eilig *Bürkliplatz* bei der Kartensuchfunktion ein, denn diesen hatte die Ansagerin im Tram eben angekündigt, ich hatte es deutlich gehört. Der Platz lag am See, gleich vor der Quaibrücke. Mein Auftraggeber musste demnach von der Bahnhofstrasse her gekommen sein, die Tramschienen bogen an deren Ende scharf nach links ab. Daher das schrille Quietschen.

Nur zu gern hätte ich gewusst, was der Mann dort gewollt hatte. Vielleicht war er aber auch weitergefahren, ich hatte keine Möglichkeit, dies rauszufinden. Die Spielchen des Mannes ärgerten mich maßlos und ich nahm mir vor, ihm beim nächsten Mal gehörig die Meinung zu sagen.

Ich nippte an meinem Glas und besah mir missmutig die Gegend rund um den Bürkliplatz. Dank *Google Maps* stellte sie sich mir haargenau so dar, wie sie war. An dem Tag der Aufnahme hatte die Sonne geschienen, es war wohl früher Morgen gewesen, denn es waren kaum Leute unterwegs. Der für Zürcher Verhältnisse relativ breite General-Guisan-Quai war praktisch verkehrsfrei. Mit Blachen abgedeckte Segelschiffe dümpelten auf dem See, an der Quaimauer stand ein einsamer Mann und blickte ins Wasser hinunter. Sekundenlang starrte ich auf die Karte. Ich wusste, dass ich diesen Ausschnitt erst kürzlich gesehen hatte.

Hastig gab ich die Adresse der Datingseite ein, suchte Saids Profil, vergrößerte mit einem Mausklick eins der Fotos – und ballte triumphierend die Faust. Durch das Fenster hinter dem jungen Marokkaner waren ein paar Baumkronen zu sehen, dazwischen ein Stück See. Auch wenn der Hintergrund etwas verschwommen war, erkannte ich doch eindeutig die Quaimauer, ebenso den Bootssteg im Wasser. Ich glich die Aufnahmen mit der Karte im Internet ab und fand schnell heraus, wo die Fotos höchstwahrscheinlich gemacht worden waren: in einem der mittleren Stockwerke eines auffälligen, tomatenroten Gebäudes, das mit Fresken und Türmchen verziert war. Ich leerte das Glas in einem Zug und schnappte mir die Autoschlüssel.

Das rote Schloss, wie das imposante Bauwerk aufgrund der Farbe seiner Fassade genannt wurde, war umgeben von einem schmiedeeisernen Zaun, der in regelmäßigen Abständen von orientalisch anmutenden Steintürmchen unterbrochen wurde. Dahinter, auf einem schmalen Rasenstreifen, wuchsen Bäume und Büsche unterschiedlichster Gattungen, während etliche von hellem Sandstein umrahmte Erker und Balkone mit filigranen Säulen das Erscheinungsbild der Frontseite bestimmten. Das rote Schloss war Ende des neunzehnten Jahrhunderts vom Architekten Heinrich Ernst erbaut worden, heute gehörte das Gebäude der Rentenanstalt und diente als Geschäfts- und Wohnhaus.

Dem Aufnahmewinkel nach musste das Foto von Said in einer der Wohnungen im rechten Flügel gemacht worden sein, deswegen betrat ich das Grundstück durch den Seiteneingang an der Beethovenstrasse.

Etwas unschlüssig studierte ich die Klingelschilder, auf denen nebst diversen englischsprachigen Firmen auch ein Orthopäde, Allgemeinärzte und eine Schönheitsklinik verzeichnet waren, dazwischen fanden sich auch einige Familiennamen. Auf gut Glück drückte ich so viele Klingeln, wie ich mit einer Hand schaffte. Nach wenigen Sekunden knackte es in der Gegensprechanlage und eine Frauenstimme erkundigte sich auf Französisch, wer da sei. Ich murmelte eine unverständliche Antwort, worauf unmittelbar der Türöffner summte.

»C'est qui?«, rief von einem der oberen Stockwerke dieselbe Stimme, kaum hatte ich das Haus betreten. Ich drückte die Tür geräuschlos zu und verharrte im Flur.

»Allô? Qui est là?« Ein Schatten fiel über den Treppenschacht. »C'est toi, Fred?«

Ich rührte mich nicht.

»Fred?«

Einen Augenblick lang herrschte Stille.

»Merde!«, hörte ich die Frau dann leise fluchen, bevor sie vom Treppengeländer zurücktrat. Kurz darauf wurde eine Tür zugeschlagen.

Ich schickte mich gerade an, die Treppe hochzusteigen, als oben jemand auf den Gang herausstürzte. Ein Schlüsselbund rasselte und ein Schluchzen war zu vernehmen, gefolgt von hastigen Schritten auf den Stufen. Ich bewegte mich so geräuschlos wie möglich wieder die Treppe hinunter und sah mich nach einem Versteck um, fand aber auf die Schnelle keins. Mir blieb nichts anderes übrig, als die Flucht zu ergreifen und mich draußen hinter der Mauer neben dem Eingangstor zu verstecken. Gleich darauf trat eine Frau mit lockigen roten Haaren aus dem Haus. Sie sah verheult aus. An der Pforte blieb sie stehen, schnäuzte sich in ein Papiertaschentuch und steckte es in den Ärmel ihrer Wolljacke. Dann zog sie den lindgrünen Schal bis zum Kinn und hastete, ohne sich umzusehen, über die Straße und am Kongresshaus vorbei, das sich gleich gegenüber befand.

Ich wartete ab, bis sie verschwunden war, bevor ich zur Eingangstür zurücklief, um erneut zu klingeln. Diesmal blieb alles ruhig. Samstagmittag, die wichtig und international klingenden Firmenbüros waren kaum besetzt und die Ärzte, sofern sie nicht ohnehin nur unter der Woche arbeiteten, wohl in der Lunchpause.

Ich ging um das Gebäude herum und versuchte es am Hauptportal, doch weder dort noch bei den Seiteneingängen an der Stockerstraße öffnete jemand die Tür.

Ich war keineswegs sicher, dass sich mein anonymer Arbeitgeber zurzeit in diesem Gebäude befand. Ich wusste nicht einmal, ob er die Fotos gemacht hatte oder jemand anders. Ich hatte lediglich ein paar Fakten kombiniert. Die Ausgangslage war zugegebenermaßen dürftig, leider hatte ich keine anderen Anhaltspunkte zur Hand, um den anonymen Anrufer ausfindig zu machen.

Ich war davon überzeugt, dass er mir wichtige Informationen zu Said vorenthielt. Puzzlesteine, die mein Bild von dem jungen Mann vervollständigen oder zumindest genauer definieren würden und mich eventuell sogar zu seinem Mörder führten. Ich beschloss, im Käfer abzuwarten, ob sich in Kürze was tat. Glücklicherweise hatte ich einen Parkplatz an der Beethovenstrasse gefunden, etwas entfernt vom Seiteneingang zwar, aber noch in Sichtweite. Ich schaltete die Heizung im Wagen ein und drehte leise Musik an. Irgendeine Talentshowgewinnerin, die so klingen wollte wie Beyoncé, krampfte sich an einem Stück ab, das genauso austauschbar war wie sie selbst. Der Moderator kündigte weitere Schneefälle an, machte in dem Zusammenhang einen lahmen Witz über den enormen Kokainverbrauch in Zürich von angeblich neunzehntausend Linien an einem durchschnittlichen Samstagabend. Dann leitete er gleich zum nächsten Song über, ein an Hysterie grenzendes, respekt- und liebloses Remake des Titelsongs von *Dirty Dancing*, dem irgendein uninspiriert vor sich hin hämmerndes Stück von David Guetta folgte. Hätte es in meiner Macht gestanden, ich hätte den französischen DJ und die *Black Eyed Peas* samt ihrer lausigen Mucke auf den Mond geschossen.

Während ich mit einem Auge die Haustür observierte, tippte ich auf dem Smartphone herum, das ich mir entgegen etlicher Vorbehalte zugelegt hatte. Mittlerweile war ich allerdings schon mehr als einmal froh darum gewesen, konnte ich mich doch sogar spätnachts orientieren, wo ich mich gerade befand, wie viel Promille ich in etwa intus hatte und wie weit es bis zur Adresse war, die ich gerade suchte. Meist war das ohnehin meine eigene. Zudem war es mir möglich zu überprüfen, welche der nächstliegenden Bars mir am meisten zusagte, wie teuer dort ein Drink war, um dann postwendend anhand meines notorisch tiefen Kontostandes zu entscheiden, wie viele ich mir davon leisten konnte. Eine fabelhafte Erfindung, die noch über etliche Dutzend weiterer Spielereien verfügte, von welchen ich jedoch nur selten Gebrauch machte.

Jetzt gerade fand ich es durchaus praktisch, über einen mobilen Internetzugang zu verfügen. So konnte ich mein neu erstelltes Profil auf der schwulen Datingseite überprüfen, während ich wartete.

Es hatte sich einiges getan. Gespannt ging ich die Besucherliste durch und sah mir all die Typen an, die mein Profil seit gestern Abend angeklickt hatten, nur um enttäuscht festzustellen, dass sich kein Silberwolf darunter befand. Dafür waren einige Nachrichten in meiner Messagebox eingegangen. Die meisten lauteten verwirrenderweise nur *Hi, Fit?* oder dann gleich *Geil?* Eloquenz und Gewitztheit schienen hier bei der ersten Kontaktaufnahme nicht weit verbreitet, umso mehr setzte man auf blanke Körperlichkeit. Konsterniert starrte ich auf die Fotos, die mir manche Interessenten ungefragt zugeschickt hatten. Hätte ich nach raffinierter Zweideutigkeit, professioneller Machart oder einer Spur von Zurückhaltung gesucht, ich wäre darauf nicht fündig geworden. Ich klickte das letzte der überbelichteten Geschlechtsteile weg und blickte wieder zum Hauseingang hinüber. Nichts regte sich.

Ich lehnte mich zurück und wünschte mir einmal mehr, noch Raucher zu sein. Der Whisky, das frühe Aufstehen und die Herumfahrerei hatten mich müde gemacht. Mit dem Zeigefinger navigierte ich mich auf meinem Telefon durch das Internet und blieb schließlich bei den neusten Nachrichten hangen. Ich war derart in einen Artikel vertieft, dass ich den Mann im dunkelblauen Mantel erst bemerkte, als er sich auf dem Gehsteig umwandte, um das schmiedeeiserne Seitentor hinter sich zu schließen.

Wie elektrisiert richtete ich mich auf. Der Typ wirkte älter, als seine Stimme am Telefon hatte vermuten lassen, ansonsten entsprach er aber ziemlich exakt dem Bild, das ich mir von ihm gemacht hatte: eine gepflegte Erscheinung, stilvoll, wenn auch etwas bieder gekleidet, mit feinen Gesichtszügen. Ich schätzte ihn auf etwa sechzig. Die Glatze umschloss ein grauer, kurz geschnittener Haarkranz, die Augen waren klein mit nervös zuckenden Lidern. Seine Haltung war etwas steif und er beugte sich leicht nach vorn, wenn er ging.

Ich stieß die Wagentür auf und sprang aus meinem Käfer.
»Warten Sie!«
Der Mann blieb stehen, erstaunt, wie mir schien, aber keineswegs ertappt. Während ich auf ihn zueilte, verlor seine Körperhaltung zusehends an Spannkraft, und als ich vor ihm stand, schien er leicht verärgert. Gleichzeitig erkannte ich aber auch den Anflug von Erleichterung dahinter.
»Vijay Kumar. Ich hätte es wissen müssen.«
Er war also tatsächlich mein anonymer Anrufer.
»Ich bin nun mal Detektiv.«
Der Mann seufzte.
»Wir müssen reden.«
»Das habe ich befürchtet.«

Wir hatten uns einen Platz auf der Galerie gesucht, von wo aus man einen eindrücklichen Ausblick auf das Geschehen im unteren Stock des Cafés *Felix* hatte.
Die Bistrotischchen aus hellem Marmor, die sich unter den schweren Leuchtern aneinanderreihten, waren dabei das einzig Schnörkellose in diesem Lokal, der Rettungsanker für das von den überbordenden Eindrücken ringsherum strapazierte Auge. Die antik wirkenden Statuen und Säulen verschwanden beinahe unter der üppigen Blumendekoration, an den Wänden hingen von opulenten Goldrahmen umfasste Barockspiegel und die gewundene Treppe bedeckte ein purpurroter Teppich.

Die eigentliche Sensation war aber die ausladende Kuchenvitrine im Eingangsbereich, die unter ihrer genauso farbenprächtigen wie kalorienhaltigen Last zusammenzubrechen drohte. Standesgemäß wurde das Etablissement gern von älteren Damen frequentiert, die sich mit ihrer bonbonfarbenen oder goldglitzernden Senioren-Haute-Couture derart nahtlos in die Ausstattung einfügten, dass man oft nicht wusste, wo die Damen aufhörten und wo das Dekor begann. Manch eine von denen kam wohl erst am Saisonwechsel wieder zum Vorschein, wenn der Raum neu geschmückt wurde. Weder Altersdiabetes noch die Größe der Tortenstücke schreckten die Ladys davon ab, immer wieder Nachschub zu bestellen – im schnarrenden Tonfall verwelkter Großindustriellengattinnen, die ihr Leben lang Bedienstete herumkommandiert hatten.

Da das Café direkt am Bellevue lag und damit nahe am Opernhaus, den Theatern und Kinos sowie der Flaniermeile durch die Altstadt, vermischte sich die geriatrische Stammkundschaft mit gut situierten Touristen sowie Kulturinteressierten.

Während mein Auftraggeber – den ich der Einfachheit halber und mit seinem Einverständnis Oskar nannte, da er sich standhaft geweigert hatte, seinen Namen preiszugeben – Kaffee für sich und eine heiße Schokolade mit Rum für mich bestellte, beobachtete ich ihn unauffällig. Er wirkte fahrig in seinen Bewegungen, im kurzen Gespräch mit der Bedienung schielte er immer wieder nervös zu mir herüber und machte dabei den angespannten Eindruck eines Patienten, der beim Zahnarzt auf seine Wurzelbehandlung wartete.

»Wie Ihnen liegt mir viel daran, dass der Mord – und dass es Mord ist, davon gehe ich aus – an Said aufgeklärt wird«, erklärte ich, sobald der Kellner außer Hörweite war und lächelte dazu vertrauenerweckend. »Dazu benötige ich jedoch alle Informationen, die sie mir liefern können. Bis zu den kleinsten Details, denn gerade die erweisen sich oft als wichtig.«

Oskar schien mit sich zu hadern, er starrte so lange reglos auf die Tischplatte, bis ich nicht mehr ganz sicher war, ob ich ihm meine Forderungen schon mitgeteilt hatte oder nicht.

Doch dann nickte er zwei Mal, flüchtig zuerst, um mir zu bedeuten, dass er einverstanden war, und ein weiteres Mal zur Seite, um sich beim Kellner für die Getränke zu bedanken. Rasch zückte er seine Brieftasche und beglich den ausstehenden Betrag. Dann ließ er Zucker in seinen Kaffee rieseln und rührte bedächtig um.

Sein Atem ging schwer, als er zu sprechen begann: »Nun, ich fange wohl am besten am Anfang an. Ich musste zu einem Kongress in Marrakesch, das war vor ziemlich genau einem Jahr. Und wie so oft fühlt man sich in einer fremden Stadt einsam ...« Er machte eine vielsagende Pause, doch ich tat, als sei ich schwer von Begriff und blickte ihn verständnislos an.

»*Ich* fühlte mich einsam ...«

»Das hab ich schon geschnallt. Das sind wir doch alle mal.«

Er stieß die Luft aus, als nähme er gleich eine äußerst knifflige Aufgabe in Angriff. »Ich habe mir deswegen ... einen Zeitvertreib aufs Zimmer geholt.«

»Zeitvertreib?«

»Einen Strichjungen, Sie verstehen schon ...«

»Said?«

»Ja, Said«, bestätigte Oskar leise und tauchte offenbar in Erinnerungen ab, so gedankenverloren wie er seine Kaffeetasse anguckte.

»Und?«, drängte ich ihn. Für Sentimentalitäten fehlten mir gerade Zeit und Verständnis.

Er riss seinen Blick von der Tasse los und als er aufsah,

waren seine Augen feucht. Auch das noch. Ich nahm einen großen Schluck von meiner Schokolade.

»Ich war fast eine Woche dort und Said besuchte mich jeden Tag.«

»Sie haben ihn dafür bezahlt?«

»Eine Stunde kostet dort nicht mehr als ein Kinoticket.«

»Wie ging es weiter?«

»Ich fuhr nach Hause, doch ich konnte ihn nicht vergessen. Im März flog ich wieder nach Marokko, besorgte ihm einen Pass und ein Touristenvisum und nahm ihn mit in die Schweiz.«

»Und er kam einfach so mit?«

»Ja.« Er wich meinem Blick aus.

»Sie verschwenden nicht nur meine Zeit, Oskar, Sie beleidigen auch meine Intelligenz.«

Abwiegelnd druckste er herum.

»Ich muss Ihre Geschichte haargenau kennen, anders komme ich mit dem Fall nicht weiter«, setzte ich streng hinzu.

Er blickte mich unglücklich an. »Ich weiß nicht ... Vielleicht war es doch falsch, Sie zu engagieren.«

»Mit einem Mal ist Ihnen egal, wie Said umgekommen ist?«

»Nicht egal«, wehrte er sich. »Nur ... davon zu erzählen fällt mir schwer. Ich glaube nicht, dass ich das kann. Und will.« Er erhob sich und griff nach seinem Mantel, den er sorgfältig zusammengefaltet auf den Stuhl neben sich gelegt hatte.

»Von solchen Dingen zu berichten, ist immer peinlich«, bemerkte ich ruhig. »Aber ich kann Ihnen versichern, dass ich diskret bin, niemand wird davon erfahren. Schon gar nicht Ihre Frau oder Ihre Kinder.«

Entsetzt riss Oskar die Augen auf. »Woher wissen Sie das?«, stieß er hervor.

Ich verkniff mir ein Grinsen. »Ich wünschte, ich könnte jetzt wie die berühmten Romandetektive eine spektakuläre Herleitung aus dem Hut zaubern. Aber dazu ist die Lösung leider viel zu simpel.«

»Die wäre?« Wie festgefroren stand er da und fixierte mich ängstlich. Ich war überzeugt davon, dass er aufgehört hatte zu atmen.

»Wenn man Ihre Brieftasche aufklappt, finden sich auf der einen Seite die Kreditkarten, gegenüber stecken hinter einer Plastikabdeckung Fotos von Ihrer bezaubernden Frau und den beiden wohlgeratenen Kindern. Sie sind mir vorhin zufällig aufgefallen, als Sie die Getränke bezahlt haben.«

Oskar stöhnte leise und setzte sich wieder. »Und jetzt? Sie werden doch nicht etwa meine Frau informieren?«

Ich beruhigte ihn. »Alles, was ich will, sind ein paar Antworten. Ehrliche Antworten.«

In der letzten halben Minute war mein Auftraggeber blass geworden, doch immerhin machte er jetzt einen kooperativen Eindruck. Ich hatte ihn in der Hand und beabsichtigte nicht, diese Chance zu verspielen.

»Wie haben Sie es geschafft, dass Said mit Ihnen mitgekommen ist?«

Oskar strich sich mit der Hand über die Stirn. »Ich habe ihm ein besseres Leben versprochen. Ihm gesagt, dass ich mich um ihn kümmern würde.«

»Haben Sie das?«

»Ich habe es versucht und ihn im roten Schloss untergebracht. In einer der Wohnungen, die mein Arbeitgeber als Unterkunft für ausländische Privatkunden oder Kadermitarbeiter angemietet hat. Von Zeit zu Zeit schickt die Muttergesellschaft solche Leute her. Leute, die sehr oft reisen und eine Privatwohnung dem Hotel vorziehen. Das Apartment wird jedoch nur noch selten genutzt und steht die meiste Zeit leer. Wirtschaftskrise, Sie verstehen …«

»In welcher Branche sind Sie tätig?«

»Das tut nichts zur Sache.«

»Also folgte Said Ihnen einfach so hierher?«

Oskar zögerte. »Fast.«

»Fast?«

»Ich habe seine Familie beschenkt, Flachbildschirm, Parabolantenne, ein Mantel für die Mutter, ein Handy für den Bruder, solche Sachen halt. So habe ich ihr Vertrauen gewonnen.«

»Sie haben ihn gekauft.«

Er schreckte zurück. »Das sehe ich anders! Aber natürlich ist jeder käuflich. Es ist nur eine Frage des Preises.«

Dem gab es von meiner Seite nichts entgegenzusetzen.

»Die Familie war einverstanden«, verteidigte sich Oskar nervös, als ich weiterhin schwieg.

»Zumindest haben seine Verwandten die Beweggründe ignoriert, weshalb Sie sich um Said bemüht haben«, berichtige ich.

»Sie wussten, dass es ihm bei mir gut gehen würde. Vielleicht sogar besser als zu Hause.«

»Jetzt ist er tot«, entgegnete ich lakonisch.

Oskar blickte auf seine Hände, die flach auf dem Tisch lagen und zitterten.

»Sie haben ihn in dieser Wohnung untergebracht und ihn regelmäßig besucht. Zwischen Feierabend und Abendessen, nehme ich an?«

»Richtig.« Das schlechte Gewissen war ihm deutlich anzusehen. »Manchmal auch am Wochenende, wenn ich von daheim weg konnte. Ich habe mich jeweils bei ihm angemeldet. Selbstverständlich habe ich ihm ein Handy besorgt«, erklärte Oskar, mit einem Mal eifrig, als müsse er sich etwas von der Seele reden. »Ich habe ihm auch Taschengeld gegeben, nicht viel, doch genug, damit es fürs Kino reichte und er sich Kleider und CDs kaufen konnte. Zu seinem Geburtstag habe ich ihm ein Laptop geschenkt. Er hat sich darüber gefreut wie ein Kind.« Oskar lächelte still in sich hinein. »Was er irgendwie auch war. Doch er hat sich rasch gelangweilt. Er hat begonnen ... rumzustreifen. Immer öfter war er nicht da, wenn ich nach der Arbeit in die Wohnung kam, obwohl ich mit ihm verabredet war. Er blieb nächtelang weg. Zu Beginn habe ich ihn gesucht, im Niederdorf, in den Bars und Spelunken, doch es gelang mir nie, ihn aufzuspüren. Eines Tages hat er mir eröffnet, dass er mich verlassen werde. Dass ich ihn nur ausnutze und mich nicht um ihn kümmere. Für mich kam das aus heiterem Himmel, ich habe nichts geahnt.« Wie ein geschlagener Hund sah mich Oskar an. »Am nächsten Abend war er weg.«

»Und Sie haben ihn einfach so gehen lassen? Brachte Sie das nicht auf? Fanden Sie ihn nicht undankbar?«

»Natürlich. Im ersten Moment war ich am Boden zerstört, doch dann wurde ich wütend. Aber ich habe ihn deswegen nicht umgebracht, wenn Sie das andeuten wollten.«

»Sie wissen, wohin er gegangen ist.«

»Er zog zu einem anderen, einem älteren Mann.«

»Vom Regen in die Traufe. Sie wissen nicht zufällig, wo dieser Mann wohnt?«

Ohne zu zögern, ratterte Oskar die Adresse hinunter. Ich notierte mir Name und Straße, während er sich verlegen wand. »Ich habe Said nur ein oder zwei Mal aufgelauert, um ihm zu folgen.«

»Ein oder zwei Mal? Ich sage Ihnen was: Sie waren krank vor Eifersucht und verletztem Stolz. Sie sind ihm nachgegangen und haben nur auf eine günstige Gelegenheit gelauert, um ihn zu erschlagen!«

»Nein! Ich schwöre Ihnen, dass ich ihn nicht getötet habe!«

»Sie haben mit einer Stange auf ihn eingedroschen, bis auch der letzte Knochen in seinem Körper zertrümmert war! Dann brachten Sie die Leiche raus aus der Stadt ...«

»Hören Sie auf!«, schrie Oskar und hielt sich die Ohren zu, während die Gäste an den benachbarten Tischen die Köpfe reckten. »Hören Sie bloß auf!«

Heftig atmend hielt ich inne und beobachtete meinen Auftraggeber. Er war auf seinem Stuhl zusammengesunken, ein Häufchen Elend. Ein Mörder sieht anders aus, dachte ich, obwohl ich wusste, dass der Schein trügen konnte.

»Er kam zurück«, flüsterte Oskar in die Stille hinein.

»Was?«

»Nach ein paar Wochen hat er mich angerufen. Er hat geweint und beteuert, wie leid es ihm tue.«

»Und Sie haben ihn wieder in Ihr Leben gelassen.«

»Ich habe ihn geliebt.«

»Und er Sie?«

Oskar starrte in seine leere Kaffeetasse. »Es ging nicht lange gut. Er wollte immer mehr Geld. Er sagte, er könne sich kaum was leisten. Doch mir war es nicht möglich, unbemerkt höhere Summen abzuzweigen.«

»Ihre Frau hatte bis dahin tatsächlich nichts bemerkt?«

»Ich weiß es nicht. Unsere Ehe ist schon länger ...« Er legte seine Hände mit Nachdruck zusammen.

»Ich verstehe.«

Oskar holte tief Luft. »Bald begann Said wieder, in der Stadt herumzuschweifen.«

»Was hat er getrieben?«

»Er hat seinen Körper verkauft. Ich fand es heraus, als er anfing, immer teurere Kleider zu tragen, bekannte Marken. Eines Tages ließ er ein brandneues Smartphone herumliegen, und als ich ihn danach fragte, antwortete er, ein Kollege hätte es ihm geschenkt. Ich fand dann heraus, dass er längst eine eigene Mansarde gemietet hatte und regelmäßig in den Stricherlokalen in der Altstadt verkehrte. Eines Tages war dann sein Gepäck weg. Ich habe ihn nie mehr wiedergesehen. Als ich ein paar Wochen später im Radio von dem unbekannten Toten hörte, der in Zumikon gefunden worden war, befiel mich sofort ein ungutes Gefühl. Besorgt lief ich noch am selben Morgen zu seiner kleinen Wohnung, doch er war nicht zu Hause. Am nächsten Tag erkannte ich dann die Kleidungsstücke in der Zeitung. Da wusste ich, dass etwas Schreckliches geschehen war.«

»Und riefen postwendend mich an …«

»Ihr Bild war in der Zeitung abgedruckt. Die Telefonnummer rauszufinden, war dann nur noch Formsache.«

»Was haben Sie denn vorhin in der Wohnung gemacht?«

»Ich bin seit Saids Abgang nicht mehr dort gewesen und wollte mich überzeugen, dass er nichts zurückgelassen hat. Das Apartment wird ab nächster Woche benutzt.«

»Was gefunden?«

»Da war leider nichts. Ich hatte die Hoffnung, dass ich einen Hinweis auf seine Bekanntschaften finden würde. Doch er hat alles mitgenommen.«

Ich lehnte mich zurück. »Haben Sie eine Ahnung, wer Said umgebracht haben könnte?«

»Nein, nicht ansatzweise. Deswegen habe ich ja Sie engagiert.«

»Könnte es ein Stricher gewesen sein? Said war neu in der Stadt, vielleicht hat jemand die Konkurrenz aus dem Weg räumen wollen?«

»Das entzieht sich meinen Kenntnissen. Ich verkehre nicht in solchen Kreisen«, setzte mein Auftraggeber dezidiert hinzu.

»Was ist mit dem anderen Liebhaber? Diesem älteren Mann?«

Oskar wiegte den Kopf. »Ich würde meinen, er sei zu alt und zu wenig kräftig dazu, er ist ein eher weibischer Typ. Andererseits liest man ja immer wieder bestürzende Berichte darüber, wozu wütende Menschen fähig sind.«

Da gab ich ihm bedingungslos recht.

Die junge Frau, die das Hochhaus gerade mit einem Kleinkind auf dem Arm verließ, hielt mir die Tür auf. Ich rannte die letzten Meter und bedankte mich bei ihr, worauf sie lächelnd den Blick senkte. Ich blieb in der offenen Tür stehen und schaute ihr hinterher, doch sie sah nicht mehr zurück. In der Eingangshalle blieb ich vor den Briefkästen stehen und überflog die Namen, bis ich den gesuchten entdeckt hatte.

Ich hatte gerade auf den Aufzugknopf gedrückt, als mir etwas Blaues auf der Ablagefläche über den Briefkästen ins Auge stach. Als ich erkannte, was es war, begann mein Herz begehrlich zu klopfen.

Dunkelblau. Mein Dunkelblau. *Parisienne*.

Ich ging ein paar Schritte zurück und griff mit zitternden Fingern danach. Das Päckchen war zerknittert und sah mitgenommen aus, aber es befand sich noch genau eine Zigarette darin. Ich steckte es in die Jackentasche und betrat den Lift.

Die Wohnung von Kurt Binggeli befand sich im vierzehnten Stock am Ende eines sauber gewischten Laubenganges. Ich klingelte und als sich nichts tat, gleich nochmals, diesmal aber länger. Ich überzeugte mich, dass niemand im Anmarsch war und schaute dann durch die Fensterscheibe neben der Haustür, doch Gardinen verhinderten, dass man in die Wohnung hineinsah. Ich trat zurück und lehnte mich unschlüssig ans Geländer der Galerie. Der Alte war nicht da, und ich überlegte, ob es sich wohl lohnte, auf ihn zu warten.

Nachdem mir Oskar so bereitwillig Name und Adresse seines Rivalen verraten hatte, war es für mich unumgänglich, seinem Kontrahenten einen Besuch abzustatten. Ich hatte ja gleich gewusst, dass er mich in Balthasars Bar angelogen hatte, doch wenn ich geahnt hätte, dass Said sogar eine Zeit lang bei ihm gewohnt hatte, wäre ich bei meiner Befragung weniger einfühlsam vorgegangen. Es schien mir wenig wahrscheinlich, dass Binggeli der Silberwolf war, aber vielleicht hatte er diesbezüglich etwas mitbekommen, als Said bei ihm gelebt hatte.

Einmal mehr wurde mir bewusst, dass Zürich – obwohl es sich gern zur Metropole aufplusterte und sich in gewagten Momenten für ein kleines New York hielt – eine übersichtliche Stadt war, und wie es schien, teilte man in gewissen Kreisen nicht nur die Vorliebe für junge Männer, sondern auch gleich die jungen Männer selbst.

In der Absicht, mir nach dem bis anhin sehr geschäftigen Tag eine kleine Pause zu gönnen, machte ich es mir auf der Treppe vor den Liften so bequem wie möglich. Hier würde ich Binggeli auf keinen Fall verpassen, wenn er zurückkehrte, und konnte solange die bisher gesammelten Informationen zu meinem Fall analysieren.

Doch ich kam nicht weit mit meinen Überlegungen. Wie von einem starken Magneten angezogen, strebten meine Gedanken immer wieder zum Zigarettenpäckchen in meiner Jackentasche. Schließlich gab ich es auf und holte die zerdrückte Schachtel hervor. Der Tabak roch würzig und ein wenig süßlich, als ich an der Zigarette schnupperte, und ehe ich mich versah, verwandelte sie sich in meiner Hand zum Begehrenswertesten auf der ganze Welt. Ich stellte mir mit halb geschlossenen Augen den Rauch vor, wie er leicht in meine Lunge drang, den Geschmack im Mund, den Nikotinrausch im Gehirn. Dann das erneute Ziehen, die zarte Berührung mit den Lippen, das Ausstoßen des blauen Dunstes. Ich zwang mich, an den Mundgeruch zu denken, die Atemlosigkeit nach der kleinsten Anstrengung, den Gestank in den Kleidern, den Haaren, in der Bettwäsche am nächsten Morgen, die Hustenanfälle und das gelegentliche Würgen beim Zähneputzen – es half alles nichts. Völlig selbstständig erfand mein Gehirn zwingende Gründe, die für diese eine Zigarette sprachen. Gegenargumente wurden der Lächerlichkeit preisgegeben oder ignoriert. Hätte ich ein Feuerzeug zur Hand gehabt, wäre die Zigarette in der nächsten Sekunde angezündet gewesen. Glücklicherweise hatte ich keins dabei. Ein letztes Mal noch roch ich sehnsüchtig an der Fluppe, bevor ich sie mit einer ungeheuren Willensanstrengung in die Schachtel zurückschob, diese zerknüllte und hastig den Treppenschacht hinunterschleuderte. Es dauerte nicht lange, bis sich mein aufgewühlter Geist wieder beruhigt hatte, was ich erleichtert zur Kenntnis nahm. Während ich mich noch über die teuflische Macht wunderte, die diese Droge über mein Gehirn ausübte, setzte sich der Aufzug in Bewegung.

Ich stieg ein paar Treppenstufen hinauf und kauerte mich nieder, damit ich den Durchgang zur Galerie im Auge behalten konnte. Rauschend näherte sich der Fahrstuhl und bremste ab. Die Tür wurde aufgestoßen und als Erstes wuselte Tina Turners Perücke in den Korridor, erst dann sah ich die Leine, die zu Kurt Binggelis Hand führte. Die gefütterte Winterjacke ließ ihn massiger erscheinen, als ich ihn von der Bar in Erinnerung hatte.

Geräuschlos erhob ich mich, eilte die Treppe hinunter und folgte ihm und dem Haarbüschel, das sich als Pekinese herausstellte und gerade von seinem Herrchen von der Leine gelassen wurde. Leider nicht unauffällig genug. Auf halber Strecke wirbelte das Hündchen herum und glotzte mich aus Kulleraugen an, bevor es erstaunlich bösartig zu knurren begann. Beschwichtigend legte ich den Finger an die Lippen, doch durch meine hastige Bewegung erschreckt, bellte das Viech los, worauf Binggeli einen alarmierten Blick über die Schulter zurückwarf. Als er mich entdeckte, blieb er wie erstarrt stehen, derweil sich sein Mund karpfenartig öffnete und schloss, ohne dass dabei ein Ton zu hören gewesen wäre.

»Herr Binggeli! Ich muss mit Ihnen reden!«, rief ich ihm zu und beschleunigte meine Schritte. Meine Worte wirkten offensichtlich wenig beruhigend auf ihn, denn er drehte sich hastig ab und stakste auf seine Wohnungstür zu, während er gleichzeitig einen Schlüsselbund aus seiner Jacke nestelte.

Ich rannte die letzten Meter, doch er war bereits in die Wohnung geschlüpft und schlug mir die Tür vor der Nase zu, so energisch, dass sie gleich wieder aufsprang. Ohne lange zu überlegen, warf ich mich dagegen. Binggeli kreischte mehr empört denn erschrocken auf, als er rückwärts gegen die Garderobe prallte.

»Sie schon wieder! Ich rufe auf der Stelle die Polizei!« Zielstrebig trippelte der Alte auf den Telefonapparat zu, ein flaches Modell in beige, das noch aus den Achtzigern zu stammen schien. Er riss den Hörer hoch und streckte ihn mir entgegen, als halte er eine Pistole in der Hand.

»Wie passend. Genau dasselbe hatte ich auch vor, Herr Binggeli. Wollen Sie der Polizei von Ihrem intimen Kontakt zu einem Mordopfer erzählen oder soll ich das übernehmen?«

Trotzig reckte Kurt Binggeli das Kinn. »Sie wollen mich bloß einschüchtern! Aber mir machen Sie keine Angst!«

Verdutzt starrte ich ihn an. Der Alte war erstaunlich unerschrocken, mein Drohversuch war phänomenal in die Hose gegangen. Seit sie auf gutem Weg waren, den größten Bevölkerungsanteil zu stellen, strotzten diese Senioren geradezu vor Selbstbewusstsein.

»Dann lassen Sie uns vernünftig reden.«

»Wozu? Ich hab Ihnen bereits deutlich gesagt, dass ich nichts mehr von dem Flittchen hören will. Zudem darf ich Sie daran erinnern, dass Sie soeben gewaltsam in meine Wohnung eingedrungen sind. Würde mich schon interessieren, was die Polizei dazu sagen wird.« Binggeli streckte den Zeigefinger aus und drehte die Wählscheibe.

Einen Wimpernschlag später stand ich neben ihm und versuchte, den Hörer mit sanfter Gewalt aus seiner Hand zu winden.

»Das ist ja die Höhe!«, zeterte er und klammerte sich verbissen an den Telefonhörer, weswegen ich mich gezwungen sah, ihm ein klein wenig das Handgelenk zu verdrehen. Er wieherte schrill, bevor er mir seine dritten Zähne in den Unterarm schlug. Ich stieß einen Schmerzensschrei aus und riss den Arm zurück, unglücklicherweise blieb dabei die untere Zahnreihe seines Gebisses daran hängen.

Angeekelt schleuderte ich die Prothese zu Boden und überzeugte mich davon, dass die Haut nur geritzt war und kein Blut floss. Während ich mich noch sorgte, wie lange wohl eine Tetanusimpfung wirksam war und ob ich mir aufgrund des Berufsrisikos gar Gedanken zur Tollwutprävention machen musste, rückte der wild gewordene Greis seine verbliebenen Beißerchen zurecht und bückte sich dann zitternd nach dem Rest.

Blitzschnell kickte ich diesen in den nächsten, an die Diele anschließenden Raum. Wie auf Kommando schoss der Pekinese, der mich die ganze Zeit über wie von Sinnen angekläfft hatte, hinterher, schnappte sich die Gebisshälfte und verschwand damit. Unter das Sofa, wie ich feststellte, als ich dem Alten folgte, der dem Pekinesen händeringend ins Wohnzimmer nachgerannt war und sich nun ächzend auf die Knie niederließ, um unter das abgewetzt aussehende Möbelstück zu spähen.

»Homm, Minnie, iih hab wasch Feines füh diih«, versuchte er flehend, den winzigen Hund hervorzulocken, während ich das Schauspiel amüsiert verfolgte. Das Tier blickte verwirrt von einem zum anderen und machte keine Anstalten, aus seinem Versteck hervorzukriechen. Wahrscheinlich verstand Minnie ohnehin kein Wort von dem, was ihr zur Hälfte zahnloses Herrchen vor sich hin lallte.

»Minnie, homm zu Wahah!«

Normalerweise zweifelte ich schon am Geisteszustand gewisser Hundehalter, wenn ich unfreiwillig zuhören musste, welchen Stuss die mit ihren Hunden redeten – aber dieses unverständliche Brabbeln war wirklich unzumutbar.

»Hohverhaahihomal!«, stieß Kurt Binggeli wütend hervor, ein wüster Fluch vermutete ich, denn er sah aufgebracht aus. Er richtete sich auf, griff nach der Zeitung, die auf dem niedrigen Salontisch lag, faltete sie und scheuchte das Hündchen unter dem Sofa hervor. Keuchend angelte er sich dann den fehlenden Teil seines Gebisses, an dem jetzt graublaue Staubfuseln hafteten.

»Und wenn Sie ihre Zahnreihen wieder lückenlos geschlossen haben, dann reden wir!«, gab ich den knallharten Detektiv, während ich den winselnden Hund, den ich beim Vorbeiwetzen kurzerhand abgefangen hatte, vor mir her zum Fenster trug.

»Aha hie wehen hoch hiie ...«, stimmte Kurt Binggeli in das Winseln ein.

»Und ob.« Ich öffnete das Fenster und hielt den Hund am Halsband fest, während ich ihn über dem Abgrund baumeln ließ. Das Winseln wurde sowohl drinnen als auch draußen heftiger.

Wohnsiedlung Lochergut. Das höchste der Hochhäuser war zwar zweiundsechzig Meter hoch, doch wir befanden uns nicht im obersten Stock. Auch so reichte die Höhe allemal, um meinen unfreiwilligen Gastgeber leichenblass werden zu lassen. Ohne den Blick von seiner geliebten Minnie abzuwenden, stopfte er sich hurtig das Gebiss in den Mund. Erst verzog er angewidert das Gesicht, in der nächsten Sekunde würgte er.

Ich wartete ab, bis er sich wieder so weit im Griff hatte, dass er zusammenhängend sprechen konnte. Einzig die nassen Staubfäden, die jetzt an seinen Zähnen klebten, irritierten mich und ich vermied es hinzugucken.

»Wieso nicht gleich so? Sie hätten sich viel Ärger ersparen können!«

»Sie! Wenn Sie Minnie nur ein Haar krümmen, dann ... dann ...« Er lief rot an und ruderte ohnmächtig mit den Armen, in seiner Wut schien er mit einem Mal zu wachsen. Ich wunderte mich, was es mit der symbiotischen Beziehung zwischen gewissen schwulen Männern und kleinen Hunden wohl auf sich hatte. Ein Augenzwinkern der Natur vielleicht, dass die einen in der Gegenwart der anderen so gut gediehen.

»Ich habe keineswegs die Absicht, Ihrem Hund etwas anzutun. Aber wenn Sie mir meine Fragen nicht beantworten, kann ich für nichts garantieren.«

»Er hat mich bestohlen!«, begann Binggeli zu schimpfen. »Diese kleine Ratte hat nicht nur einen wertvollen Ring mitgehen lassen, den mir noch meine Mutter – Gott hab sie selig – vermacht hat. Er hat auch Geld aus meiner Sparbüchse entwendet!«

»Sparbüchse?«

Binggeli warf mir einen misstrauischen Blick zu, worauf ich den vor Kälte und Angst zitternden Hund hereinnahm und ihn behutsam auf den Boden setzte. Sofort stürzte sich der Alte auf das Tier, um es zu streicheln und zu liebkosen, während er mit hoher Stimme unablässig auf es einredete. Ich ließ ihn gewähren, doch als er den Hund abzuküssen begann, erinnerte ich ihn an unseren Deal.

Ungehalten sah Binggeli auf, ließ aber von dem Hund ab, der sich benommen von den ganzen Zärtlichkeiten wieder unter das Sofa verzog. Der Alte marschierte in die Küche, die seitlich vom Wohnzimmer abging. Ich sah, wie er sich auf die Zehenspitzen stellte und eine Kaffeedose aus einem Schrank holte.

»Hier!«, jammerte er und hielt mir mit anklagender Miene den leeren Behälter unter die Nase. »Da waren mehrere Hundert Franken drin!«

»Haben Sie kein Konto?«

Er zuckte abfällig mit den Mundwinkeln. »Schon, aber ich bewahre das Geld lieber an einem sicheren Ort auf. Den Banken ist heutzutage auch nicht mehr zu trauen.«

»Den Strichern aber schon?«

»Er hat hier gewohnt«, verteidigte sich Binggeli. »Aber wahrscheinlich war es ihm nicht fein genug.«

Ich sah mich verstohlen um. Wahrscheinlich hatte Binggeli mit seiner Vermutung sogar recht. Das Schlimmste war nicht, dass die Wohnung mit überkandideltem Firlefanz vollgestopft war, der aus einem Billigdiscounter zu stammen schien. Es war der schlechte Geschmack, der sich bei der Auswahl der Einrichtung offenbarte. Ein Sofa mit geblümtem Synthetikbezug, die blau leuchtende Lavalampe auf dem Boden daneben, die Regale, die aussahen, als wären sie aus Plastik, waren nur die sofort ins Auge stechenden Beispiele. Unschwer war zu erkennen, dass Binggeli keine hohe Rente bezog, alles in seiner Bleibe sah schäbig und abgenutzt aus. Kein Vergleich zu der Unterkunft im roten Schloss, die ich zwar nur von den beiden Fotos her kannte, aber die einen ungleich stilvolleren Eindruck gemacht hatte.

»Weshalb haben Sie Said hier wohnen lassen?«

Verlegen drehte Binggeli am Deckel der Kaffeedose. »Er kam mir mit dem Preis entgegen. Für ... Sie wissen schon.«

Ich wusste.

»Mich will ja keiner mehr«, klagte er und verfiel wieder in seinen Jammerton. »Wenn man nicht mehr fünfundzwanzig ist und keinen Waschbrettbauch vorzeigen kann, dann sehen die Männer durch einen hindurch. Diese ... diese Jungen!«, ereiferte er sich. »Die nehmen mich gar nicht mehr wahr. Für die bin ich unsichtbar, als gäbe es mich überhaupt nicht.«

Diese Litanei war mir wohlbekannt. »Aber es gibt ja auch noch andere, denen es ähnlich ergeht wie Ihnen. Jemand in Ihrem Alter vielleicht?«

Binggeli verzog angewidert das Gesicht. »Was denken Sie denn? Ich will doch keinen Alten!«

Ich blickte zum Fenster hinaus, das einen spektakulären Blick über Aussersihl bot. Mir fiel ein, dass Max Frisch hier gewohnt hatte, zuoberst, wenn ich mich nicht irrte.

»Aber diese Boys«, fuhr der Alte fort, und seine Stimme nahm einen schwärmerischen Klang an, »die geben mir das Gefühl, noch jemand zu sein. Die haben mich gern.«

»Klar, Sie bezahlen sie ja auch dafür.«

Binggeli wedelte heftig mit der Hand. »Egal! Am Ende zählt das Glück, selbst wenn es nur wenige Stunden dauert.«

»Sie machen sich was vor.«

Er sah mich empört an. »Warten Sie ab, bis Sie mal so alt sind wie ich. Dann werden Sie schon sehen!«

So weit in die Zukunft hatte ich noch nicht gedacht, aber vielleicht war da tatsächlich was dran. Wenn ich so weitermachte wie bisher, würde ich wohl auch allein und einsam in einer heruntergekommenen Zweizimmerwohnung enden. Bei genauerer Betrachtung war das längst der Fall.

»Wann haben Sie Said zum letzten Mal gesehen?«, nahm ich meine Befragung hastig wieder auf. Ich konnte mir Binggeli schlecht als Mörder vorstellen, aber wie Oskar zuvor gesagt hatte: Man wusste nie, wozu manche Leute in der Wut fähig waren.

Binggeli tappte zu einem niedrigen Bücherregal aus weiß bemalten Blechröhren, in dem allerhand Kram verstaut war, nur keine Bücher.

Er öffnete eine Schachtel, entnahm ihr feierlich ein schwarzes Notizbüchlein und trat dann schwer atmend neben mich. Eifrig blätterte er die Seiten um, die ausnahmslos mit Zahlen vollgekritzelt waren. Als er die letzte beschriebene Doppelseite aufschlug, erkannte ich, dass es Geldbeträge waren, die er fein säuberlich notiert hatte, daneben stand jeweils der Anlass. Mit dem Finger fuhr er über die

Zahlenkolonne nach unten, bis er abrupt stoppte. Triumphierend hielt er mir die Kladde unter die Nase. »Hier!«

»Was interessiert mich Ihre Stromrechnung?«

Ungeduldig riss er das Büchlein wieder an sich und tippte dann auf einen Eintrag in der Zeile darunter. »Da, lesen Sie!«

Said, entzifferte ich die spitze Schrift, daneben der Betrag und am Ende der Linie ein Datum, das vier Wochen zurücklag.

Jetzt begriff ich: Kurt Binggeli führte akribisch genau Buch über seine Ausgaben. So kam es, dass Saids letzte Dienstleistung zwischen *Rechnung Elektrizitätswerk* und *Einkauf Migros* Platz fand.

»Danach haben Sie ihn nicht mehr gesehen?«

»Nein, sonst würde das ja da stehen.«

Die Logik war einleuchtend.

»Und bei diesem Besuch hat er den Schmuck und das Geld mitgehen lassen?«

»Es war kein Besuch! Er hat hier gewohnt, bis er zu diesem anderen zurückgekehrt ist. Ich hab jeweils nur die Ausgaben notiert.« Er deutete plötzlich aufgeregt mit dem Zeigefinger auf mich. »Aber den sollten Sie befragen, diesen anderen, der sieht viel mehr wie ein Mörder aus als ich!«

»Sie kennen ihn?«

»Kennen nicht, aber ich wollte das Geld zurückfordern und den Ring. Ich habe Said vor der Stricherbar abgepasst und bin ihm dann bis zu diesem Schloss am See gefolgt. Aber als er wieder herauskam, war er in Begleitung dieses Mannes, und ich ließ es bleiben.«

»Wie sah der Mann aus?«

»Glatze, groß und hager. Elegant«, fügte er herablassend hinzu. »So ein ganz Feiner.«

Das klang ganz nach meinem Auftraggeber. Die beiden Männer hatten sich also gegenseitig ausspioniert. Ich hoffte inständig, mit etwas mehr Würde zu altern.

»Surfen Sie oft im Internet?«

Binggeli breitete die Arme aus. »Sehen Sie vielleicht einen Computer?«

Ich ließ meinen Blick durch die Wohnung schweifen. Ein Computer hätte irgendwie weder zur Einrichtung noch zu Binggeli gepasst, ganz abgesehen von der Tatsache, dass er nirgendwo Platz gehabt hätte.

»Es gibt Internetcafés. Haben Sie ein Profil auf irgendeiner Datingseite?«

Binggeli stieß verächtlich die Luft aus. »Das ist doch für die Jungen. Deswegen wissen die nicht mehr, wie man flirtet, wenn sie mal ausgehen, und sind komplett überfordert, wenn man ihnen zulächelt. Aber virtuell sind sie ganz gewieft und haben eine große Klappe. Ich hab es versucht, ich gebe es zu. Aber wenn man ehrlich ist mit seinem Alter …«, Binggelis Arme sanken kraftlos herunter, »… da klickt einen kein Schwein an. Ich hab's wieder aufgegeben. Ich bin von der alten Schule, ich gehe raus, trinke ein Bier und dann gucke ich, was sich ergibt.«

»Und wenn alles nichts nützt, zücken Sie die Brieftasche.«

»Das ist legitim und zum Ziel komme ich so auch.«

»Haben Sie Ihr Profil gelöscht?«

»Ich glaube nicht«, antwortete Binggeli nach kurzem Überlegen. »Ich habe es aber seit Ewigkeiten nicht mehr benutzt.«

»Das werde ich überprüfen. Wie lautet Ihr Profilname?«

»Wieso wollen Sie den wissen?«

»Said hatte am letzten Abend, bevor er ermordet wurde, eine Verabredung, die im Netz vereinbart wurde.«

»Und Sie glauben, ich sei das gewesen?«

Ich sagte nichts und sah ihn unverwandt an.

»Aber ich habe Ihnen doch gerade gesagt, dass ich das schon lange aufgegeben habe!«

»Sagen Sie mir den Profilnamen!« Ich wandte mich drohend nach dem Hund um.

»Ist ja gut, ist ja gut.« Er schluckte leer. »Geiler_Opa war mein Pseudonym.«

Ich verkniff mir ein Grinsen. Und da wunderte er sich, dass ihn keiner anmachte. »Eine letzte Frage noch: Was für einen Wagen fahren Sie?«

»Ich habe nicht einmal einen Führerschein.«

Wer auch immer Said im Wald draußen abgeladen hatte, musste mit dem Auto hingefahren sein. Damit konnte ich Kurt Binggeli als möglichen Täter ausschließen. Ganz geheuer war er mir trotzdem nicht.

Als ich auf den Laubengang hinaustrat, klingelte mein Telefon. Ich blickte auf das Display und verdrehte die Augen. Meine Mutter. Immerhin rief sie mittlerweile nicht mehr vier Mal täglich an. Ich nahm ab und erschrak, als ich den angsterfüllten Klang ihrer Stimme vernahm.

»Dein Vater!«, sagte sie und begann zu schluchzen.

Obwohl später Nachmittag war, waren die Rollläden heruntergelassen. Eine Nachttischlampe spendete spärliches Licht und es roch muffig in dem Zimmer, nach saurem Schweiß und Alkohol. Als ich leise die Tür hinter mir schloss, erhob sich meine Mutter sofort von dem Stuhl, auf dem sie vor dem Bett gewacht hatte, und eilte mir mit ausgestreckten Armen entgegen. Sie drückte sich an mich und ihr Körper zitterte dabei. Ich hielt sie fest und ließ sie weinen. Gleichzeitig versuchte ich, einen Blick auf meinen Vater zu erhaschen. Reglos lag er da und starrte an die Decke. Die Wolldecke, mit der er sich zugedeckt hatte, war etwas verrutscht und gab ein Knie frei. Er trug seinen alten, löchrigen Pyjama, den er irgendwann aus Indien mitgebracht hatte und trotz der Überzeugungskraft meiner Mutter nie gegen einen neuen hatte eintauschen wollen.

»*Hai rabba!* Er steht nicht mehr auf«, schniefte meine Mutter und löste sich von mir, um sorgenvoll ihren Mann zu betrachten. Dabei hielt sie mich an der Hand fest und drückte sie, wie sie es früher zu tun pflegte, bevor wir eine Straße überquerten.

»Dann lass ihn doch. Vielleicht braucht er einfach Ruhe.«

»*Beta*, er ist seit fünf Tagen nicht mehr aufgestanden!«

»Fünf Tage?«, rief ich erstaunt, senkte aber meine Stimme sofort wieder. »Was hat er denn?«

»Ich weiß es nicht. Er spricht nicht, er isst nicht, er trinkt kaum und wenn, dann nur diesen verdammten *Amrut*.«

»Wieso sagst du mir das erst jetzt?«

»Ach, du hast ja immer so viel zu tun. Ich wollte dich nicht beunruhigen.«

»Das ist dir nicht gelungen. Hast du einen Arzt gerufen?«

Meine Mutter nickte und wischte sich die Tränen weg. »Er muss gleich hier sein.«

Ich ließ ihre Hand los und setzte mich an den Bettrand. »*Pitaji*«, sagte ich leise und berührte ihn an der Schulter. »Vater. Was ist mit dir?«

Er gab keine Antwort. Ich wusste nicht einmal, ob er mich wahrnahm, sein Blick war starr zur Zimmerdecke gerichtet, er wirkte, als hätte er seinen Körper und sein Bewusstsein verlassen. Besorgt hielt ich seine kraftlose Hand fest, bis das Klingeln der Türglocke den Arzt ankündigte.

Bange saßen meine Mutter und ich im Wohnzimmer und lauschten auf jedes noch so verhaltene Geräusch, das aus dem Schlafzimmer drang. Gedämpft war die sonore Stimme des Arztes zu hören und wenn sie für kurze Zeit verstummte, sahen wir uns besorgt an. Die Anspannung hatte uns die Sprache verschlagen. Nur das monotone Ticken der alten Standuhr war in der Stille zu hören. Schließlich erhob sich meine Mutter seufzend und ging in die Küche, um Tee zu machen. Als sie zurückkehrte, brachte sie ein Tablett mit, auf dem sich nebst dem Teekrug und drei Tassen eine mit indischen Süßigkeiten gefüllte Kupferschale befand. Ich warf ihr einen vorwurfsvollen Blick zu, doch sie zuckte nur mit den Schultern, setzte sich und steckte sich ein *Laddoo* in den Mund. So waren Inder. Auch bei größten Schicksalsschlägen vergaßen sie eins nie: zu essen.

Als sich die Tür endlich öffnete, sprangen wir beide vom Sofa hoch, doch der Arzt, ein älterer Herr mit zerfurchtem Gesicht und strähnig ergrautem Haar, deutete nur auf mich.
»Ihr Vater möchte Sie sehen.«
Ich drückte im Vorbeigehen den Arm meiner Mutter, die sich schon Richtung Schlafzimmer bewegte, und bedeutete ihr zu warten. Doch sie kam mir unbeirrt nachgelaufen, erst auf eine resolute Handbewegung des Hausarztes hin blieb sie widerwillig stehen. In ihrem Gesicht spiegelte sich Verständnislosigkeit, aber auch eine wachsende Empörung, die sich vor allem gegen den Mediziner richtete.
Linkisch klopfte ich an, bevor ich eintrat.
Mein Vater lag immer noch im Bett. Der Arzt hatte ihm einige Kissen in den Rücken gestopft, sodass er aufrecht sitzen konnte, jetzt starrte er mit leerem Blick an die gegenüberliegende Wand. Mir fiel auf, wie abgemagert er wirkte, wie blass und freudlos.
»Du wolltest mich sprechen?«, flüsterte ich.
Er reagierte nicht sofort auf meine Frage. Wie in Zeitlupe wandte er den Kopf und sah mich so ausdruckslos an, dass ich schon befürchtete, er würde mich nicht erkennen. Doch dann glomm etwas in seinen Augen auf und er klopfte schwach mit der Hand auf die Matratze.
»Pa, was ist los?«, fragte ich, während ich mich neben ihn hinsetzte.
»Es ist nichts«, erklärte er gereizt. »Ein bisschen Magenschmerzen, das ist alles.«
»Du bist fünf Tage nicht aufgestanden.«

Er sah mich verwirrt an, als würde ihm das erst jetzt bewusst.

»Was ist los?«, wiederholte ich meine Frage. »Sag's mir.«

Er atmete schwer. Dann begann er zu sprechen, in Hindi, mit leiser, brüchiger Stimme: »*Betaji*, mein Sohn. Mir geht's nicht gut, ich bin alt und schwach, ich weiß nicht, wie lange ich noch zu leben habe.«

»Was hat der Arzt gesagt?«, fragte ich beunruhigt, obwohl ich natürlich wusste, dass indische Eltern einen Hang zu dramatischen Eröffnungen hatten und dabei gern übertrieben.

Mein Vater machte eine wegwerfende Handbewegung, und ich entspannte mich etwas.

»Ich wollte immer, dass es dir und deiner Mutter gut geht in diesem Land. Ich wollte euch ein anständiges Leben bieten, wollte, dass ihr glücklich seid, und dafür habe ich Tag und Nacht geschuftet ...« Er hielt inne und sah mich unglücklich an. »Aber ich habe versagt, *Beta*. Ich bin ein alter Mann, mir fehlt die Kraft von früher, niemand weiß, wie lange ich noch leben ...«

»Unsinn!«, unterbrach ich ihn. Die Leier von seinem angeblich bevorstehenden Tod hatte ich bereits gehört. »Sieh uns doch an! Wir haben ein gutes Leben. Mutter geht in ihrem Geschäft auf und ich bin selbstständig und beinahe erfolgreich. Uns fehlt es an nichts und hin und wieder sind wir sogar glücklich. Das haben wir nicht zuletzt dir zu verdanken.«

Störrisch schüttelte mein Vater den Kopf. »*Beta*, schau mich an.«

Ich tat, was er von mir verlangte.

»Was siehst du?«

Ich stand am Rand eines Minenfelds und spürte, dass ich vorsichtig sein musste mit meiner Antwort. »Meinen Vater?«

Das schien ihn nicht zufriedenzustellen, seine Finger wanderten unruhig über die Decke und zupften Fusseln ab.

»Deinen Vater, ja. Du vielleicht. Wenn aber ich in den Spiegel sehe, dann blickt mir ein alter Mann entgegen, der es in diesem Land nicht geschafft hat. Der immer zu den ›anderen‹ gehört hat und immer gehören wird.«

»Welche ›anderen‹?«

»Zu den Ausländern, denen der soziale Aufstieg versagt geblieben ist, die gerade gut genug sind, um in der Küche die Pfannen zu schrubben, die ewig gleichen Currys zu kochen …«

»Pa, der soziale Aufstieg war mir nie wichtig …«

»Dir vielleicht nicht, aber mir!«, fuhr er mich überraschend heftig an. »Du verstehst das nicht, du gehörst zu der zweiten, der privilegierten Generation, die entspannt genug ist, um sich nicht für eine steile Karriere aufzuopfern. Ihr müsst niemandem etwas beweisen, wenn ihr nicht wollt. Aber als ich hierherkam, habe ich alles daran gesetzt, eine gute Ausbildung zu bekommen, einen Job, der mich weiterbringen würde, wie ich hoffte. Schließlich wartete in Indien eine ganze Sippe darauf zu erfahren, wie es mir in der Fremde erging.«

»Die waren bloß scharf auf dein Geld!«

Mein Vater runzelte unwillig die Stirn. »Lass deinen Vater ausreden, *Beta!*« Er strich sich über die Augen, als sei er unendlich müde, bevor er fortfuhr: »Ein Scheitern kam einfach nicht infrage. Sie erwarteten so viel von mir. Und ich? Was habe ich geschafft? Einen kleinen Laden aufgemacht, das habe ich. Nichts von einer strahlenden Karriere in einem Hotel, einem eigenen Restaurant vielleicht …«

»Mutter macht das doch jetzt ganz großartig. Und du hast der Familie immer Geld geschickt, über all die Jahre hinweg. Du kannst stolz auf dich sein.«

»Stolz!« Er spuckte das Wort förmlich aus. »Ich komme mir nutzlos vor, ein alter Sack, den niemand mehr braucht, dessen Frau arbeiten muss, damit wir zu essen haben, und der eine Flasche Whisky seinen besten Freund nennt. Ich beherrsche ja nicht einmal die Sprache dieses Landes richtig. Mir fehlt die Kraft und der Wille morgens aufzustehen, außer der *Times of India* interessiert mich kaum noch was, ich kann mich für nichts mehr begeistern. Ich bin leer und verbraucht, *Beta*, ich komme mir vor wie ein Geist. Könnte ich noch weinen, ich würde es unablässig tun.«

Betroffen senkte ich den Blick. Ich wusste, dass mein Vater maßlos übertrieb, das gehörte nun mal zur indischen Kultur, doch der Schmerz und das Leid dahinter waren echt.

»War ich dir ein guter Vater, *Beta?*«, fragte er jetzt und seine Stimme klang rau dabei.

Ich nickte, während sich ein Kloß in meinem Hals breitmachte.

Enttäuscht ließ er die Schultern sinken. »Ich möchte eine ehrliche Antwort.«

Seine letzten Worte trafen mich wie ein Peitschenhieb. Verletzt schaute ich ihn an, bis ich allmählich begriff. Natürlich hatte ich nicht eine Sekunde lang überlegt, bevor ich ihm geantwortet hatte. Es war eine Frage, die man als Sohn blindlings bejahte, selbst wenn die Wahrheit ganz anders aussah.

Als ich jetzt ernsthaft darüber nachdachte, fiel mir ein, wie oft er früher weg gewesen war, weil er Doppelschichten gearbeitet hatte und danach mit den wenigen Indern, die in der Stadt gelebt hatten, um die Häuser gezogen war. Immer mit Indern, nie mit anderen Arbeitskollegen, ganz sicher nie mit Schweizern. Später kam dann der Laden, auch in dieser Zeit hatte ich ihn – wenn überhaupt – nur bei der Arbeit gesehen.

›Stör ihn jetzt nicht, Vater arbeitet.‹ Wie oft hatte ich das gehört. Oder: ›Vater schläft, er war bis um Mitternacht im Geschäft.‹

Doch irgendwann hatte er aufgegeben. Es muss ihm klar geworden sein, dass er es nicht bis ganz nach oben schaffen würde, dass der Höhepunkt seiner erhofften Karriere in einem kleinen Lebensmittelladen an der Langstrasse stattfand und nicht als Sternekoch im *Hilton*.

Ich wusste, wie ehrgeizig Inder im Ausland sein konnten, wie viel ihnen Karriere und Wohlstand bedeuteten und wie angesehen sie in der alten Heimat waren, wenn sie es geschafft hatten. Ich konnte die Frustration meines Vaters nur erahnen, er musste sehr darunter gelitten haben und tat es augenscheinlich immer noch.

Weder ich noch meine Mutter hatten sich Gedanken gemacht, als er sich immer mehr zurückzog, in seinen Sessel vor dem Fernseher, in dem er im halbwachen Zustand Cricketspiele anguckte oder in tagealten indischen Zeitungen las, während ein stets gefülltes Glas *Amrut* auf dem Beistelltischchen stand. Anders hatte ich ihn in den letzten Jahren kaum gesehen. Doch es waren Warnzeichen gewesen, die wir beide übersehen hatten.

»Und?«, hakte er nach, und ich bemerkte, dass er mich die ganze Zeit über beobachtet hatte.

»Du warst nie da, wenn ich dich gebraucht hätte«, gab ich wahrheitsgetreu zu. »Dabei hätte ich dich gern häufiger gesehen.«

Sein Kehlkopf zuckte, er tastete nach meiner Hand und drückte sie behutsam. Als er bemerkte, dass ich sie nicht zurückzog, drückte er fester. »*Mera Beta*, mein Sohn.« Zum ersten Mal, seit ich das Zimmer betreten hatte, lächelte er. »Ich dich auch.«

»Wir fliegen!« Resolut hievte meine Mutter einen urtümlich anmutenden Koffer durch die Schlafzimmertür. »Der nächste Flug nach Mumbai geht morgen Mittag, ich habe soeben zwei Plätze reservieren lassen.«

»Glaubst du, das nützt was?« Ratlos sah ich ihr zu, wie sie das Gepäckstück auf den Boden schleuderte.

Meine Mutter warf mir einen unwirschen Blick zu und verschwand erneut im Nebenraum. Kurz darauf kam sie wieder zurück, beladen mit Kleidungsstücken, die sie willkürlich in den Koffer stopfte, bevor sie abermals wegeilte.

»Ma! Hör auf, so hysterisch zu tun!«, fuhr ich sie an, als sie mit einem weiteren Stapel Klamotten erschien. Sie starrte mich mit zusammengepressten Lippen an und kniete sich dann stumm hin, um wie in Zeitlupe ein Bekleidungsstück nach dem anderen in den Koffer zu legen. Als sie fertig war, begann sie, unablässig über das zuoberst liegende Hemd zu streichen, als gäbe es da Falten zu glätten. Dabei wurden ihre Bewegungen immer langsamer, bis meine Mutter schließlich einhielt.

Als ich mich neben sie kniete, sah ich, dass ihr Tränen übers Gesicht liefen.

»Der Arzt sagt, dein Vater hat Depressionen. Schwere Depressionen.«

»Ma ...« Tröstend legte ich den Arm um sie.

»In Indien gibt es keine Depressionen! Wir sind immer fröhlich und gut gelaunt und ... Es ist dieses Land, das ihn so verändert hat! Hier scheint nie die Sonne und die Leute sind so ...«

»Ma, das ist unfair.«

Sie schluchzte und barg ihr Gesicht an meiner Schulter. »Ich weiß. Aber ich habe keine Ahnung, was ich jetzt tun soll. Ich fühle mich ... so verloren. Und schuldig.«

»Was hat der Arzt gesagt?«

»Das käme vor bei Immigranten. Manchmal helfe eine Reise in die alte Heimat. Und er hat deinem Vater starke Medikamente verschrieben.«

»Und ein Aufenthalt in einer Klinik?«

Entsetzt sah mich meine Mutter an. »Was denkst du denn? Ich kann ihn doch nicht einliefern lassen! Er ist ja nicht verrückt!«

»Natürlich nicht«, bemühte ich mich um einen besänftigenden Ton. »Aber dort gäbe es Fachärzte …«

»Auf gar keinen Fall! In unserer Familie musste noch nie jemand in die Psychiatrie! Wir sind nicht so!«

Ihre Miene machte deutlich, dass jeder weitere Einwand zwecklos war. Ich erhob mich und setzte mich wieder aufs Sofa. Mit einem Mal fühlte ich mich todmüde.

Depressionen also. Und wir hatten nicht einmal geahnt, was in ihm vorging, weil wir so beschäftigt waren mit unseren eigenen Problemen.

»Was ist mit dem Laden?«, fragte ich, nur um etwas zu sagen.

»Darüber wollte ich mit dir gerade reden …«

»Das geht nicht!«, erwiderte ich schnell.

Meine Mutter sah mich erstaunt an. »Was geht nicht?«

»Ich kann den Laden nicht übernehmen.«

»Aber wer spricht denn von dir? Manju wird ihn führen, bis wir zurück sind. Sie ist mittlerweile meine rechte Hand im Geschäft und weiß, wie alles läuft. Zudem hat sie sich gut entwickelt und ist eine hübsche junge Frau geworden.« Abwartend sah sie mich an, während ich zustimmend brummte und meine Nase tief in die Teetasse steckte.

»Findest du nicht?«, zwang sie mich zu antworten.

»Doch, doch. Ich weiß nur nicht, ob wir …«

»Das ist mir auch schon aufgefallen. Aber mach dir keine Sorgen.« Sie lächelte. Doch was sie wohl als ›zuversichtlich‹ bezeichnet hätte, versetzte mich in höchste Alarmbereitschaft. »Ma? Was hast du vor?«

»Nichts.« Sie setzte ihren unschuldigsten Blick auf und ich wusste sofort, dass etwas faul war.

»Ma?«

»Aber ich bin mir nicht sicher, ob Manju es allein schafft«, wechselte sie abrupt das Thema. »Vielleicht könntest du …?«

»Ich arbeite gerade an einem wichtigen Fall.«

»Einem Fall, einem Fall. Wann lernst du endlich, dass die Familie vorgeht?«

Meine Mutter hatte ein unglaubliches Talent, wenn es darum ging, sekundenschnell Schuldgefühle in mir zu wecken.

»Ich kenne jemanden, der vielleicht aushelfen könnte ...«

»Aber nicht deine merkwürdige Freundin!«

»Warum nicht?«

»Die *Hijra*? Auf gar keinen Fall!«

»Ma, sie ist keine *Hijra*! *Hijras* sind ... sind ...« Ich suchte verzweifelt nach der korrekten Definition.

»... Männer in Frauenkleidern, die sich prostituieren!«, beendete meine Mutter den Satz.

»Aber Miranda ist immer perfekt rasiert und geschminkt! Und sie kann kochen!«

»Sie ist eine *Hijra*. Wohl oder übel wirst du Manju im Laden zur Hand gehen müssen.«

»Aber in Indien sagt man doch, *Hijras* bringen Glück.«

Meine Mutter hielt mitten in der Bewegung inne. Dann legte sie die Bluse, die sie soeben zusammengefaltet hatte, behutsam in den Koffer. Sie schien mit sich zu ringen, bevor sie einlenkte: »Aber wehe, sie vertreibt mir meine Kundschaft!«

»Zu Kundschaft jeglicher Art hat sie einen ganz besonders guten Draht«, versicherte ich hastig und fragte mich gleichzeitig, auf was ich mich da gerade eingelassen hatte. Es war wohl höchste Zeit, meinem Ganesha auf der Truhe, der laut der Legende Hindernisse verschwinden lassen konnte, wieder einmal ein stattliches Opfer darzubringen.

Auf der Heimfahrt machte ich mir Vorwürfe. Der Zustand meines Vaters war besorgniserregend schlecht und ich fragte mich, weshalb weder meine Mutter noch ich etwas davon gemerkt hatten. Es hätte uns doch auffallen müssen, wie schlecht es ihm ging. Wie unglücklich er war. Doch Depression war eine heimtückische Krankheit, wie der Arzt meiner Mutter gesagt hatte, man bemerkte sie oftmals erst, wenn es zu spät war.

Ich konnte nur hoffen, dass meinem Vater der Aufenthalt in Indien guttun würde. Obwohl er und meine Mutter jedes Jahr dahin flogen und – soviel ich wusste – in ihrem ganzen Leben den Urlaub nie woanders verbracht hatten, war es diesmal nicht dasselbe. Denn diesmal ging es nicht darum, Verwandte reich zu beschenken und sich für ein paar Wochen in der alten Heimat einzurichten, als hätte man sie nie verlassen. Diesmal galt es, eine zerrissene Seele zu heilen.

Ich war immer noch bedrückt, als ich die Treppe zu der Wohnung hochstieg, in die Manju erst kürzlich eingezogen war. Eine Wohngemeinschaft mit zwei anderen jungen Frauen an der Zwinglistrasse, Altbau mit vernünftiger Miete – noch, denn wie bei unzähligen Immobilien im Kreis 4 häuften sich auch hier die Anzeichen, dass das Haus wohl bald verkauft werden würde. Schon mehrmals hätten sie ganze Delegationen von Kaufinteressenten im Treppenhaus angetroffen, hatte mir eine von Manjus Mitbewohnerinnen letzthin erzählt. Doch solange nichts Konkretes verlautbar wurde, hatten sie vor, in der Wohnung zu bleiben.

Die Tür war nur angelehnt, da ich bereits unten geklingelt hatte. Der von ordentlich aufgereihten Schuhen gesäumte Flur führte geradeaus zu der Küche, die mit einem Glasperlenvorhang abgetrennt war. Die Oberflächen der beiden Kommoden und des Sideboards im Korridor quollen vor niedlichen Sachen über. Nippes, Krimskrams, halb niedergebrannte Kerzen und leere Zigarettenschachteln, Plüschtiere und Plastikfigürchen, wie man sie nur in Wohnungen junger Frauen antrifft.

Wie ein Ding aus einer anderen Welt wirkte da der voluminöse schwarze Dildo, der so an der Garderobe befestigt war, dass seine Spitze weit in den Flur ragte. Heute baumelte eine Umhängetasche daran. Ein Geschenk ihrer Freunde, hatte mir Katharina verraten, eine von Manjus Mitbewohnerinnen, die jedoch meist Kathi gerufen wurde. Nur manchmal, an gewissen Abenden, nannte man sie *Special K*. Was mit ihrem umfangreichen Angebot an illegalen Substanzen zu tun hatte, das sie in den Klubs verhökerte. Meine Bedenken hinsichtlich ihres Einflusses auf Manju hatten sich rasch verflüchtigt, denn Kathi konsumierte selbst offenbar keine Drogen.

Ein dumpf hoppelnder Bass erklang aus der Küche, darüber malte eine Querflöte orientalisch klingende Melodiebögen. Ich schob die Glasperlenfäden zur Seite und da saßen sie zu dritt am Küchentisch im Halbdunkel, Kerzen erleuchteten ihre Gesichter, vor ihnen gefüllte Schnapsgläser und eine Tequilaflasche.

»Cooler Sound«, sagte ich und setzte mich zu den drei Damen.

»*Tranceflute*, der beste Beweis, dass geile Klubmusik auch aus Zürich kommen kann«, klärte mich Kathi auf, während sie ein winziges Glas vom Regal hinter sich nahm und es mit auffordernder Miene vor mich hinstellte.

Wir benetzten die Haut des Handrückens zwischen Daumen und Zeigefinger mit etwas Zitronensaft, streuten Salz in die Kuhle, prosteten uns zu und leckten es ab. Daraufhin stürzten wir den mexikanischen Schnaps hinunter und bissen am Ende in die Zitronenscheibe. In mir zog sich alles zusammen, nur um umgehend einer wohltuenden Wärme Platz zu machen.

Die Frauen lachten auf. Während Kathi, die kurz geschnittene blonde Haare trug und eindeutig zu viel Kajal um die Augen, kleine Portionen irgendeines Pulvers in Plastiksäckchen abpackte, bedeutete ich Manju, dass ich mit ihr reden wollte. Unter vier Augen.

»Wo geht ihr hin?«, quäkte die dritte im Bunde, die einzige, die ich nicht wirklich mochte. Lehrerin an einer renommierten Privatschule, hatte Aurelia oft den Drang, nach ein paar Drinks Kinderlieder anzustimmen, die sie dann mit allen Anwesenden einstudieren und möglicherweise sogar im Kanon singen wollte. Zu Letzterem war es meines Wissens glücklicherweise noch nie gekommen. Ich hatte stets das Gefühl, als rede sie mit mir wie mit einem kleinen Kind, während sie ihre Kulleraugen rollte und lustig die gelockten Haare schüttelte.

»Wir sind gleich wieder da«, sagte Manju und wies auf die halbe Zitrone, die auf einem Schneidebrett neben der Tequilaflasche lag. »Könntest du den Rest auch noch in Scheiben schneiden?«

»Au ja!«, frohlockte Aurelia und griff trällernd nach der Zitrusfrucht.

»Ich bin in Eile. Was ist denn?«, fragte Manju, als sie meinen besorgten Gesichtsausdruck im helleren Licht ihres Zimmers bemerkte. Dieses wirkte im Gegensatz zum Flur aufgeräumt und war geradezu spartanisch eingerichtet. Ein einfaches Bett stand in der einen Ecke, in der anderen befand sich ein Kleiderschrank. Dazwischen hatte es gerade genügend Platz für einen indisch aussehenden Salontisch und drei Sitzhocker. An der Wand über dem Bett hing ein Poster von Shahrukh Khan, dem wohl erfolgreichsten indischen Schauspieler, auf dem Fenstersims reihten sich Öllämpchen.

Kaum hatte ich zu erzählen begonnen, was mit meinem Vater los war, unterbrach mich Manju. Sie war von meiner Mutter bereits informiert worden.

Von der Aushilfe, die wir ihr ungefragt zugeteilt hatten, wusste sie allerdings noch nichts. »Miranda?«, fragte Manju erstaunt, doch sie wirkte keineswegs so schockiert, wie ich befürchtet hatte.

Sie runzelte nur die Stirn und schien zu überlegen. »Kann die kochen?«

»Sie sagt es zumindest.«

Manju sah mich zweifelnd an. »Ich muss gleich los, in den Laden. Deine Mutter will mir alles ganz genau erklären, bevor sie geht.«

»Aber du weißt doch längst, wie es läuft.«

»Du kennst deine Mutter anscheinend nicht gut genug.«

Ich grinste. »Ich habe nur einiges verdrängt.«

Manju lief in den Korridor hinaus und kam kurz darauf mit einer rosafarbenen Winterjacke mit Kunstfellapplikationen zurück. Mit einem Mal wirkte sie sehr geschäftig. »Und gib Miranda meine Telefonnummer. Sie soll mich morgen anrufen. Aber nicht zu früh.«

Ich wollte gerade auf die Sinnlosigkeit ihres letzten Satzes hinweisen, da war Manju bereits im Flur verschwunden, gleich darauf fiel die Wohnungstür ins Schloss.

Manju hatte sich in letzter Zeit verändert. Die Verantwortung, die ihr meine Mutter – die erstmals in dem Geschäft, das sie selbst aufgebaut hatte, etwas kürzertrat – übergeben hatte, schien ihr gut zu bekommen, sie war selbstbewusster geworden. Leider hatte sie sich auch diese kühle Zielstrebigkeit ehrgeiziger Leute angeeignet, die manchmal unter Zeitdruck oder in angespannten Situationen durchbrach. Situationen, in denen ihr jeglicher Humor abhandenkam und sie sich nur noch auf die zu erfüllende Aufgabe konzentrierte. Manchmal wünschte ich, sie würde ihren beruflichen Aufstieg etwas lockerer angehen. Andererseits war das wohl der Preis für ein selbstbestimmtes Leben in diesem für sie immer noch fremden Land, ein Preis, den sie im Wissen um die Alternative – die Rückkehr nach Indien zu wenig aussichtsreichen Perspektiven – ohne zu murren bezahlte.

Dies führte jedoch immer wieder zu Spannungen zwischen ihr und mir. Sie ließ sich zwar nichts anmerken, ihre verständnislosen Blicke fielen mir dennoch auf, mit denen sie mich heimlich bedachte, dieser leicht herablassende Ton, den sie zeitweise anschlug, wenn sie mit mir sprach. Unvorstellbar musste ihr, die aus einer der ärmsten Provinzen Indiens stammte, erscheinen, dass ich trotz einer Schulbildung, die mich einige Semester lang bis an die Uni gebracht hatte, auf die akademische Karriere verzichtet und mich stattdessen für eine wenig einträgliche und noch weniger prestigeträchtige Laufbahn als Privatdetektiv entschieden hatte. In ihren Augen war ich ein Verlierer.

Aber ich wusste, welche Beweggründe dahintersteckten. Denn es ging nicht einzig um den sozialen Aufstieg, der Indern sehr viel bedeutete – eine gute Ausbildung und der Wille zum Erfolg waren oft der einzige Ausweg aus einem Leben in Armut.

Wie purer Hohn musste es ihr da vorkommen, dass ich diese Möglichkeit achtlos ausgeschlagen hatte, während sich in Indien ehrgeizige und verzweifelte junge Männer den Arm abgehackt hätten, um dieselbe Chance zu bekommen. Andererseits war es ja nicht so, dass mich mein Beruf nicht forderte und mir alles in den Schoß fiel – ich hatte nur das Privileg genossen, wählen zu dürfen. Und das hatte ich genutzt, mit vollster Überzeugung. Es verlangte einem eine gehörige Portion Mut ab, sich gegen Normen und vorgezeichnete Lebensläufe zu stellen. Die Gefahr des Scheiterns hing wie ein Damoklesschwert über einem und die Häme derjenigen mit konventionelleren Werdegängen war nie weit. Man musste sich schon anstrengen, wenn man in seinem Feld bestehen wollte.

Ich wusste nur nicht, ob Manju das verstand.

Unentschlossen blieb ich in der Küchentür stehen, während die Glasperlenfäden über meinen Oberkörper hingen.

»Du siehst aus wie die Tänzerin einer Burlesqueshow«,

bemerkte Kathi und widmete sich gleich wieder ihren Plastiksäckchen.

»Juhu, Burlesque!«, jubelte Aurelia und erhob sich, um mit weichen, fließenden Bewegungen, die mehr an Eurythmie erinnerten als an Burlesque, durch die Küche zu schweben.

Kathi rollte unauffällig mit den Augen. »Und du? Noch was vor heute Abend?«

Ich zuckte mit den Schultern. Eigentlich hatte ich überhaupt keine Lust auszugehen, die Sache mit meinem Vater ging mir nicht aus dem Kopf, zudem fühlte ich mich erschöpft von dem langen Tag.

»Es ist Samstag!«, betonte sie gut gelaunt, während sie die Tütchen in ihrer Handtasche verstaute.

»Was geht denn ab?«

»Wir gehen auf die *Blumennacht*.«

»Klingt nach Flowerpower und LSD.«

»Nicht ganz falsch.« Kathi kicherte und blickte auf. »Kennst du nicht?«

»Noch nie gehört.«

»Das ist doch nicht möglich! *Der* Anlass des Jahres! Da wird das ganze *Hive* über und über mit Blumen dekoriert. Ist 'ne echt geile Fete und die Stimmung ist super! Das musst du dir ansehen!«

Ich schnitt eine zweifelnde Grimasse.

»Du musst mitkommen, Vijay! Du musst!« Aurelia hängte sich an meinen Arm, die Stimme einer Fünfjährigen imitierend, die darum bettelt, noch zehn Minuten länger aufbleiben zu dürfen.

Ich befreite mich etwas unwirsch von ihr und erklärte, dass ich noch telefonieren müsse, danach würde ich mich entscheiden.

Kathi grinste wissend, während Aurelia einen Schmollmund zog.

»Das wird dir guttun. Du kannst jetzt nicht allein zu Hause sitzen und Trübsal blasen.« Miranda steuerte mich die Treppe des *Hive* hinauf, einen der angesagtesten Klubs im Zürcher Industriequartier. Sie hatte begeistert reagiert, als ich ihr vorhin das Angebot meiner Mutter unterbreitet hatte, und mich spontan zu einer Flasche perlendem Irgendwas eingeladen. Danach war es ihr nicht mehr schwergefallen, mich zu der Party zu überreden. Noch zweifelte ich an der Richtigkeit meiner Entscheidung, zudem nagte das schlechte Gewissen an mir, dass ich ausging, während mein Vater litt.

»Du kannst auch nichts für ihn tun«, hatte Miranda versucht, meine Bedenken zu zerstreuen. Sie steckte in einem geblümten, bauschigen Kleid und trug einen auffälligen Hut, den man leicht für einen gigantischen Blumenstrauß hätte halten können. Ihr Argument überzeugte mich nicht ganz, aber jetzt war ich nun mal hier – auch wenn ich nicht vorhatte, lange zu bleiben.

Wie Kathi prognostiziert hatte, war alles mit Blumen dekoriert. Üppige und farbenfrohe Bouquets bedeckten die Wände und hingen von der Decke, waren an Geländern befestigt und ragten aus übergroßen Vasen – ein wogendes Blütenmeer, das den düsteren Klub in ein buntes Märchenland verwandelte und meine beinahe ebenso düsteren Gedanken vertrieb.

Vor der Garderobe hatte sich bereits eine lange Schlange gebildet, doch Miranda zog mich kurzerhand daran vorbei, in den Klubraum hinein, wo sie mir die Jacke abnahm und dem sehr jung wirkenden DJ hinter den Plattentellern übergab, den sie augenscheinlich bestens kannte. Nachdem sie die Zunge wieder aus seinem Mund gezogen hatte, grinste sie mich an und begann, sich lasziv zu der Musik zu verrenken. Ich wollte ihr nicht im Weg stehen, holte mir ein Bier an der Bar und stellte mich in eine Ecke, von wo aus ich eine prima Aussicht auf die Tanzfläche hatte.

Es war bereits nach Mitternacht und der Klub füllte sich zusehends. Das Publikum war bunt gemischt, die Überzahl an Männern in zu engen Trägershirts, die alle miteinander verwandt zu sein schienen oder zumindest denselben Friseur hatten, wurde mir erst nach einer Weile bewusst.

Im Durchgang, der in eine Art Lounge führte, tauchte jetzt Kathi auf, sie war umringt von einer Schar quirliger Jungs, die offensichtlich ein ebenso unverkrampftes Verhältnis zu Mascara hatten wie zu bunten Pillen. Denn Letztere legte Kathi gerade mehr oder weniger unauffällig ihrer Gefolgschaft in den Mund, einem nach dem anderen, wie eine Hostien verteilende Hohepriesterin. Ihr ärmelloses schwarzes Kleid mit dem auffallenden Blumenkragen enthüllte dabei schonungslos, wie beleibt sie eigentlich war. Sie verfügte im Gegensatz zu anderen Leuten über ein zusätzliches Kinn, dafür fehlte ihr irgendwie der Hals. Der Kopf schien direkt zwischen den Schultern zu sitzen und verdeckte beinahe die kleine Tätowierung unter ihrem rechten Ohr, die einen farbenprächtigen Schmetterling darstellte. Teigig quollen die Arme aus dem Kleid und ihre Schenkel, die sich prall unter dem glänzenden Stoff abzeichneten, schienen im oberen Teil zusammengewachsen. Was sie nicht davon abgehalten hatte, sich in Plateauschuhe aus schwarzem Lack zu zwängen, ihre Hände steckten in Netzhandschuhen derselben Farbe, die bis zu den Ellbogen reichten. Kathi war, was man gemeinhin eine *Fag Hag* nannte: eine Frau, deren Freunde ausnahmslos schwul waren und die selbst wohl selten in den Genuss körperlicher Freuden kam. Was ihrer guten Laune keinen Abbruch tat.

Sie kam mit ausgebreiteten Armen auf mich zu, während die mit Pillen beglückten Jungs schnatternd um sie herumschwirrten.

»Du bist also doch gekommen!«, schrie sie gegen die wummernden Bässe an.

Ich grinste etwas verlegen, denn ihre Gefolgschaft musterte mich gerade unverhohlen. Frischfleisch hatte mich Paul in der Bar genannt, und das war ich wohl auch hier.

»Ich will dir jemanden vorstellen«, brüllte mir Kathi ins Ohr und schnappte sich mit sicherem Griff einen Jungen mit käsigem Teint aus der Schar, den sie jetzt am Arm zu sich heranzog.

»Das ist Nils«, stellte sie mir den pummeligen Burschen vor, der seine beginnende Glatze zu kaschieren versuchte, indem er das dünne blonde Haar seitlich darüberkämmte. Auf seinem zitronenfarbenen Hemd prangten gut sichtbar zwei glitzernde Buchstaben, die für ein exorbitant teures Modelabel aus Italien standen.

»Nils, das ist Vijay. Er ist Privatdetektiv.« Kathi lächelte erwartungsvoll.

Ich nickte dem Jungen zu, doch in Nils' blasiertem Gesichtsausdruck regte sich nichts. Er schaffte es, irgendwie durch mich hindurchzugucken, bevor er die Nase rümpfte und auf dem Absatz kehrtmachte.

»Er hat an der letzten Castingshow des Schweizer Fernsehens teilgenommen!«, erklärte Kathi lautstark, als wäre nichts geschehen. Vielleicht verhielt er sich immer so.

»Wow!«, schrie ich zurück und Kathi, die meinen Sarkasmus geflissentlich überhörte, lächelte stolz.

»Dann war ich ihm wohl zu wenig prominent. Die richtigen Stars bewegen sich ja gern unter ihresgleichen!«

Schlagartig verfinsterte sich Kathis Miene. »Weshalb musst du immer so bösartig sein?«

Ich fasste es nicht! Ausgerechnet eine *Fag Hag* machte mir diesen Vorwurf!

»Hast du eben mitbekommen, wie der mich angesehen hat?«, empörte ich mich.

»Du musst das verstehen!«, versuchte Kathi, mich zu besänftigen und zog mich in eine Nische, wo die Musik etwas weniger laut war und wir uns nicht mehr anzuschreien brauchten. »Es gibt so viele Leute, die plötzlich etwas von ihm wollen, jetzt da er berühmt ist. Das macht misstrauisch. Er ist sehr vorsichtig mit neuen Bekannten.«

Ich stieß verächtlich die Luft aus. »Berühmt! Das ist das tragische an der hiesigen Showszene: Sie ist so übersichtlich, dass jede Beinahe-Ex-Vize-Miss, die es ohne fremde Hilfe gschafft hat, einen Flug nach Los Angeles zu buchen, gleich eine Doppelseite in den Illustrierten bekommt! Und wenn einer in Botox marinierten Jetsetterin jenseits des Verfallsdatums das Hündchen verstirbt, landet sie am nächsten Tag gleich in den Schlagzeilen, erschütternde Bilder von der Kremierung des Viechs inklusive.«

Kathi grinste. »Ich fand das Chihuahua-Barbeque auch ein wenig widerlich. Aber wie verzweifelt mediengeil das auch gewirkt hat: Gelesen hat es jeder. Und wir haben doch richtige Showgrößen, Roger Federer zum Beispiel ...«

»Die wandelnde Litfaßsäule?« Ich war immer noch aufgebracht. »Gibt es eigentlich nur diesen einen Werbeträger in der Schweiz? Wohin man blickt, von überallher grinst einem dessen Knautschgesicht entgegen, da kriegt doch jeder vernünftige Mensch Verfolgungswahn. Schokolade, Uhren, Kreditkarten, Kaffeemaschinen, Rasierklingen, Versicherungen – der macht einfach vor nichts halt. Und jede Tagesschau umrahmen mindestens drei Werbespots mit ihm, manchmal wird sogar noch ein zusätzlicher vor dem Wetterbericht platziert. Das ist ja wie in Nordkorea!«

Kathi lachte. »Eigentlich darf man über den nichts Freches sagen, das ist so 'ne Art heilige Kuh für uns Schweizer. Hüte also deine Zunge!«

»Ich weiß, ich weiß. Mit heiligen Kühen kenn ich mich bestens aus, ich bin da vorbelastet. Ich werde also sofort verstummen und in inbrünstigen Gebeten den Marketinggott um Verzeihung bitten. Aber richte in der Zwischenzeit deinem Nachwuchsstar aus, dass Hochmut in der Regel vor dem Fall kommt.«

Ich hatte ja keine Ahnung, wie recht ich damit behalten sollte.

»Ach, Vijay.« Kathi legte mir seufzend die Hand auf den Arm und kehrte dann wieder auf die Tanzfläche zurück, wo ihre Bubenschar herumtänzelte. Ich sah ihr zu, wie sie die Arme über den Kopf hochstreckte, die Hüfte vorschob und sich im Takt der Musik in die freudig aufkreischende Gruppe hineinwiegte.

Die Party war in vollem Gange, doch irgendwie sprang die ausgelassene Stimmung nicht auf mich über. Obwohl ich bereits einige Bier intus hatte, erfasste mich weder die sonstige Gelöstheit, noch zog es mich wieder mit dieser altbekannten Dringlichkeit zur Bar, sobald die Flasche halb leer war.

»Wenn du was brauchst ...«, hatte Kathi mich wissen lassen und vielsagend auf ihre Handtasche geklopft, bevor sie gegangen war, doch ich hatte abgewinkt. Ich wollte morgen Mittag meine Eltern zum Flughafen fahren und da war es eher unvorteilhaft, wenn ich selbst noch am Fliegen war.

Während ich etwas gelangweilt an meinem *Löwenbräu* nuckelte, beobachtete ich einen jungen bärtigen Mann, der an der Theke lehnte und sehnsüchtig den Hals reckte. Einer mehr, der verzweifelt Ausschau nach dem goldgezäumten Schimmel hielt, auf dem sein Prinz oder seine Prinzessin für heute Nacht hereingeritten kam. Ich wollte gerade zu ihm hinübergehen und ihn darauf hinweisen, dass er seine Limo wegschütten und zu was Härterem übergehen solle, da Blaublütler normalerweise erst bei einigen Promille Einzug hielten, als aus der wogenden Menge plötzlich Aurelia auftauchte und genau in meine Richtung steuerte. Sie wirkte etwas verloren und so schwebend, wie sie sich bewegte, erklang in ihrem Kopf wohl eine ganz andere Musik als diejenige, die im Klub gerade lief. Ich machte mich aus dem Staub, bevor sie mich entdeckte.

Ich guckte cool und schlenderte easy die Treppe hinunter um abzuchecken, was auf dem zweiten Dancefloor abging, als Nils, der Fast-Popstar, vom Waschraum her auf mich zugestürzt kam. Ich erwartete nicht, dass er mich wiedererkannte, doch als er mich jetzt grob beiseiteschubste, griff ich nach seinem Arm und riss ihn herum.

»He du!«

Wie zuvor starrte er durch mich hindurch, doch diesmal zuckte ich zurück, als ich seinen leeren Blick auffing. Nils' Augen waren weit aufgerissen, die Pupillen groß und schwarz wie Vinylsingles, seine Gesichtshaut war mit scharlachroten Flecken übersät und schweißbedeckt. Kathis Pillen schienen ihm schlecht zu bekommen. Der Kehlkopf hüpfte wie irre auf und ab, als versuchte er zu schlucken. Die Finger immer noch um sein Handgelenk geschlossen, fühlte ich seinen Puls mit mehr BPM rattern als die im Treppenhaus hohl dröhnende Discomusik. Nils' trockene Lippen öffneten sich, als wolle er etwas sagen, doch er brachte nur einen kratzenden Laut heraus.

Sekundenlang sahen wir uns an, dann grinste er blöde, riss sich von mir los und stolperte mit unsicheren Schritten die Treppe hinunter. Ich eilte ihm nach, doch es gelang mir nicht, ihn aufzuhalten. Immer wieder entwand er sich meinem Griff und drängelte sich zwischen anderen Leuten hindurch.

Ich wollte gerade aufgeben – schließlich ging es mich nichts an, wenn sich Berühmtheiten der C-Klasse mit Drogen vollstopften und die Kontrolle verloren –, als Kathi um die Ecke geschossen kam und Nils festhielt.

»Was hat er genommen?«, rief sie mir besorgt zu, während sie sich gleichzeitig bemühte, ihn in den Griff zu kriegen.

»Keine Ahnung!«, schrie ich über die Köpfe der Leute hinweg zurück. »Das müsstest du doch besser wissen!«

Aufgebracht blickte sie zu mir hoch. In dem Moment bäumte sich Nils auf und schlüpfte blitzschnell an einer Gruppe junger Frauen mit strengen Kurzhaarfrisuren und Militaryhosen vorbei zum Ausgang.

»Verdammt!«, fauchte Kathi und gemeinsam rannten wir ihm hinterher. Wir entdeckten ihn auf dem Vorplatz des Klubs, der das Ende eines langen und schmalen Hinterhofs bildete.

Nils torkelte orientierungslos über den Platz, immer wieder hielt er inne und sah sich verwirrt um. Als er uns wahrnahm, lachte er hysterisch auf. Ein Lachen, das schriller wurde, je näher wir kamen, und in einen hohen, krampfartigen Schrei mündete. Er schlug wild um sich, als Kathi ihn anfassen wollte, und erschrocken trat sie einen Schritt zurück.

»Geh weg! Verschwinde! Lass mich allein! Lasst mich alle allein, verdammt!«, schrie er, längst nicht mehr an Kathi gerichtet, sondern an ein unsichtbares Publikum.

»Was hast du genommen?«, flüsterte sie ihm halblaut zu, sodass der Türsteher, der uns alarmiert beobachtete, sie nicht hören konnte. Doch Nils blieb ihr die Antwort schuldig. Er jauchzte auf und begann, sich zu drehen. Seine Glieder zuckten unkontrolliert, während er immer schneller um seine eigene Achse tanzte, er schien ganz in seinen Bewegungen zu versinken. Endlich wurde er langsamer, sackte dann jäh in sich zusammen und blieb zitternd stehen.

»Nils«, flüsterte Kathi sanft. Sie klang jetzt äußerst besorgt, wagte es aber noch nicht, sich ihm zu nähern, sondern streckte nur die Hand nach ihm aus. Leise begann er zu weinen. Sein ganzer Körper erschauderte und endlich ließ er es zu, dass ihn Kathi anfasste. Sie drückte ihn behutsam an sich und strich ihm das verschwitzte Haar aus der Stirn, während er sich erschöpft an sie lehnte, die Augen immer noch weit aufgerissen, als hätte er etwas Schreckliches gesehen. Dann, mit einer abrupten Bewegung, trat er einen Schritt von ihr weg und breitete die Arme aus.

»Spürt ihr das auch?«, wisperte er mit brüchiger Stimme. »Der leichte Wind, der uns hochträgt, weit nach oben, bis zu den Sternen?«

Beinahe andächtig sah er aus, als er jetzt mit geschlossenen Augen dastand. »Ich spüre, wie mir Flügel wachsen, es kribbelt ganz leicht, wenn die Federn durchstoßen.«

Er verharrte still und schien auf etwas zu lauschen. »Ich werde fliegen. Fliegen, fliegen …«

Ehe wir uns versahen, rannte er los, durch den Hinterhof, Richtung Straße. Auf dem Gehsteig blieb er kurz stehen und sah sich hastig um, als würde er sich nicht auskennen, dann blickte er nach rechts, dabei wirkte er ganz ruhig und sein Gesicht erstrahlte. Wie ein glückliches Kind sah er aus, als er auf den Viadukt zurannte, über den die Eisenbahnlinie zum Flughafen führte.

Wir setzten ihm nach und versuchten, ihn zum Anhalten zu bewegen, doch er ignorierte unsere Rufe, und als wir um die Ecke bogen, war er verschwunden. Vor uns ragten die Pfeiler der Brücke auf, die aus groben, aufeinandergeschichteten Steinblöcken bestanden, die Geschäfte in den Bögen darunter waren dunkel, ihre Schaufenster spiegelten nur das kalte Licht der Straßenlampen.

»Scheiße, Scheiße! Wir haben ihn verloren!«, keuchte Kathi hinter mir. Trotz ihrer Körperfülle und des kaum für sportliche Betätigungen vorgesehenen Outfits hatte sie das Tempo mithalten können, die Sorge um Nils trieb sie zu Höchstleistungen an.

»Vielleicht ist er auf der anderen Seite des Viadukts.«

Der Durchgang erinnerte an einen hohen Torbogen, dahinter lagen Parkplätze und der asphaltierte Vorhof einer

Wohnsiedlung. Folgte man dem Viadukt Richtung Norden, gelangte man zur Josefwiese, die im Sommer mit einem Café und mediterranem Flair lockte.

»Hier ist er nicht.« Keuchend blieb ich auf der anderen Seite des Durchgangs stehen, stützte die geballten Fäuste in die Seiten und sah mich um.

Das Geräusch eilender Schritte ließ mich nach oben blicken. Etwas tiefer versetzt als die Bahngleise verlief ein zweiter Viadukt parallel zum ersten, ein neu angelegter Spazierweg in luftiger Höhe, der über Treppen von der Straße her zu erreichen war.

Jetzt folgte mein Blick dem Schatten, der über den Steg flog, und als ich ein paar Schritte zurücktrat, erkannte ich Nils an seinem gelben Hemd, das selbst in der Dunkelheit leuchtete. Geschätzte sieben Meter über mir rannte er auf dem Lettenweg, wie die Promenade benannt worden war, Richtung Limmat.

»Nils!«, schrie ich. Gleich darauf hatte Kathi mich eingeholt und gemeinsam brüllten wir ihm hinterher.

Doch Nils schien uns nicht zu hören, wie getrieben hastete er weiter, stolperte und fing sich gleich wieder. Als er über der Josefwiese war, blieb er abrupt stehen und sah sich um. Er hielt den Kopf schief gelegt, als lausche er auf Geräusche, die wir nicht vernehmen konnten. Zögernd trat er dann ans helle Aluminiumgeländer. Seine Brust hob und senkte sich heftig, sein Gesicht wirkte im kalten Mondlicht euphorisch.

»Nils! Um Gottes Willen!« Kathis Stimme versagte fast.

»Komm da runter!« Sie fuchtelte mit einer winzigen Taschenlampe herum, die sie soeben aus ihrer Handtasche gekramt hatte.

Nils schien sie nicht zu hören. Sein Mund stand leicht offen, er schnappte nach Luft, der Atem zeichnete sich in hellen Schwaden vor dem nächtlichen Himmel ab.

»Nils! Nein!«, schrie Kathi und eilte über den schmalen Kiesweg, welcher zwischen dem Viadukt und der Wiese verlief.

Sie hatte beinahe seine Position erreicht, als eine plötzliche Entschlossenheit in seinem Gesicht zu erkennen war. Er hielt sich mit beiden Händen an der Brüstung fest, kletterte behände auf das Geländer und richtete sich dann vorsichtig auf. Unsicher balancierte er auf der Stange, bis er Halt gefunden hatte. Sein Körper schwankte nur leicht, als er die Arme ausbreitete und in dieser Stellung stehen blieb, ohne sich zu rühren. Er sah aus wie ein Gekreuzigter ohne Kreuz. Dann stieß er sich mit einer federleichten Bewegung ab.

Sekundenlang herrschte Stille, bevor Kathis Aufschrei durch die kalte Winternacht gellte.

Nils lag auf dem Bauch im Schnee, sein Kopf war in einem seltsamen Winkel abgedreht.

Ich blickte Kathi an und erhob mich, nachdem ich auf der Suche nach einem Pulsschlag vergeblich seinen Hals abgetastet hatte. Kathi, die vor Kälte schlotternd neben mir stand, barg ihr Gesicht in den Händen. Ich trat von der Leiche zurück und nestelte mein Handy aus der Hosentasche.

»Polizei?«, flüsterte Kathi und ich nickte.

Schluchzend sah sie sich um und lief dann zielstrebig zu den Müllcontainern, die aufgereiht vor den Wohnhäusern am Rande der Josefwiese standen. Irritiert sah ich ihr hinterher und begriff erst, was sie vorhatte, nachdem sie die Abdeckung des nächstliegenden Containers angehoben hatte und das Rascheln von Abfallsäcken zu vernehmen war. Ich bewunderte ihre Geistesgegenwart trotz der verheerenden Umstände. Schon in wenige Minuten würden die Bullen eintreffen, da war es wenig vorteilhaft, wenn einem ein mit Drogen vollgestopfter Beutel am Arm baumelte.

Später würde Kathi die Handtasche samt den Tütchen

wieder aus dem Container holen, daran bestand nicht der leiseste Zweifel.

Ich fragte mich, was sie den Jungs verabreicht hatte. Nils hatte das Gefühl gehabt, fliegen zu können, deswegen war er auch auf das Geländer des Viadukts geklettert. Andererseits schien er der Einzige zu sein, der diese Wirkung verspürt hatte. Der Rest von Kathis Gefolgschaft war, wenn auch etwas exaltiert, so doch im normalen Rahmen auf der Tanzfläche herumgezappelt. Auch hatten sie nicht so mitgenommen ausgesehen wie Nils. Die rotfleckige Haut, die geweiteten Pupillen, die offensichtlichen Schluckbeschwerden.

Ich blickte zum Lettenweg hoch, zum Geländer, von dem der Bursche heruntergesprungen war, bevor ich mich erneut zu seiner Leiche hinunterbeugte. Nils' Gesichtszüge wirkten im Mondlicht gelöst. Was ich jedoch erst jetzt bemerkte, waren die dunklen Schatten, die auf seiner Haut lagen. Ich drückte auf mein Handy, das ich immer noch in der Hand hielt, und benutzte es als Taschenlampenersatz, bevor ich auf die Knie sank und vorsichtig seinen Kopf zu mir hindrehte. Als der Schein der Anzeige auf das leblose Antlitz fiel, erschrak ich: Nils' Gesicht war bläulich angelaufen, die Lippen waren leicht geöffnet und lila.

»Was hast du ihm gegeben?«, rief ich Kathi entgegen, die gerade zurückkehrte. Sie war blass unter der ganzen Schminke und machte einen aufgelösten Eindruck.

»Was meinst du?«

»Jetzt spiel nicht die Unschuldige! Es war ja nicht zu übersehen, wie du deine Jungs mit Pillen versorgt hast.«

»Aber nicht Nils! Der wollte nichts, weil er am Montag einen wichtigen Termin hatte.«

»Bist du sicher?« Zweifelnd deutete ich zur Leiche hinüber.

Vorsichtig ging Kathi auf sie zu. »Ja, ganz sicher. Er hat etwas von einem Neuanfang ge...« Kathis entsetzter Schrei ließ mich zusammenfahren. Sie stolperte rückwärts und klammerte sich an mich.

»Mein Gott – das sieht ja grässlich aus«, flüsterte sie. »Ich schwöre, ich hab ihm nichts gegeben. Was immer er genommen hat, er muss es anderswo herhaben.«

Von Weitem waren jetzt die Polizeisirenen zu hören, sie näherten sich rasch.

»Nach welcher Substanz sieht das für dich aus?«, erkundigte ich mich bei Kathi.

Zögernd kauerte sie sich neben den Toten und betrachtete ihn eingehend. »Ich weiß es nicht«, sagte sie nach einer Weile. »Er sieht aus, als wäre er erstickt. Es gibt Drogen, die bewirken bei Überdosis eine Atemlähmung.«

»Welche Drogen?«

»Ich bin mir nicht sicher. Aber es muss etwas ziemlich Heftiges gewesen sein.«

Frierend blieben wir stehen, etwas abseits, um niemandem den Weg zu versperren, und sahen benommen der hektischen Betriebsamkeit zu, während das Blaulicht tonlos über die steinernen Pfeiler des Viadukts zuckte. Zwei Beamte hatten eilig das Gelände abgesperrt, derweil Sanitäter die Leiche bargen. Schnell hatte sich eine Schar Gaffer eingefunden, es war beinahe vier Uhr in der Früh und die ersten Partypeople gingen nach Hause oder wechselten die Location. Glücklicherweise war der Rand der Josefwiese, wo Nils lag, schwer einsehbar, und so verzogen sich die meisten rasch wieder, nur um sogleich von neuen Schaulustigen abgelöst zu werden. Jedes Mal war es das Gleiche: Flüsternd wurde weitergegeben, was hier vorgefallen war, worauf die anfängliche Neugier rasch Betroffenheit wich, als den zum Teil noch sehr jungen Menschen bewusst wurde, dass es einer der Ihren war, der dort lag. Vielleicht erfuhren sie hier zum ersten Mal, wie zerbrechlich ihr Dasein in Wahrheit war.

Nachdem wir unsere Aussage einer schneidigen Polizistin zu Protokoll gegeben hatten, blieben wir in der Nähe, bis Nils' Leiche auf eine Bahre gehievt, in einem grauen Sack an uns vorbeigetragen und in die Ambulanz verladen war.

Kathi hatte stumm und mit weit aufgerissenen Augen das Geschehen verfolgt. Wie ein erschrockenes kleines Mädchen, das noch nicht ganz begriffen hatte, was um sie herum geschah. Jetzt, als sich die Türen des Krankenwagens langsam schlossen, schluchzte sie auf und schob ihre Hand in meine. Knirschend rollte der Wagen über den Kiesweg und bog dann ab, unter den Bögen des Viadukts hindurch zur Straße. Wir liefen ihm ein Stück hinterher und sahen den rot leuchtenden Rücklichtern nach, bis sie verschwunden waren. Es lag eine Endgültigkeit in diesem Moment, eine Trauer, die selbst ich empfand, obwohl ich Nils kaum gekannt und sicherlich nicht gemocht hatte.

Nach einer Weile zog Kathi ihre Hand zurück. Ich fühlte mich wie betäubt, als sei ich aus einem Albtraum erwacht. Nur zu gern hätte ich ihr etwas Tröstliches gesagt, doch mir fehlten die Worte.

»Ich habe meine Jacke beim DJ deponiert«, bemerkte sie tonlos und ich erinnerte mich, dass Miranda ihm meine ebenfalls übergeben hatte. Wir kehrten zurück in den Klub und überquerten die Tanzfläche, wo man noch nichts von den Geschehnissen draußen mitbekommen zu haben schien oder sich wenig darum scherte, und steuerten auf das DJ-Pult zu.

»Welche gehören euch?«, fragte der aus der Nähe gar nicht mehr so jung wirkende, dafür über und über tätowierte Discjockey. Ich deutete auf meine Winterjacke, die über einem Plattenkoffer lag, während Kathi sich einen Ledermantel aushändigen ließ. Sie war im Begriff hineinzuschlüpfen, als sie plötzlich innehielt und auf eine weitere Jacke deutete.

»Die da nehme ich auch mit, ist für einen Freund.«

Argwohn schien dem DJ komplett fremd, denn ohne zu zögern, reichte er ihr das Kleidungsstück, eine Kapuzenjacke mit putzigen Felleinsätzen.

Ich hielt nach Miranda Ausschau, doch ich konnte ihren Blumenstraußhut in der wogenden Menschenmenge nicht entdecken. Wahrscheinlich war sie ohnehin beschäftigt und würde den Weg nach Hause oder wohin auch immer selbst finden.

Im grellen Neonlicht der Tramhaltestelle wirkte Kathi noch mitgenommener. Ihr Make-up war zerlaufen und ihre Nase vom Heulen gerötet. Sie hatte ihre Handtasche wieder aus dem Müllcontainer gefischt, jetzt lag sie neben ihr auf der Sitzbank, während sie Nils' Jacke auf den Knien hielt und mechanisch mit der Hand darüberfuhr, als wäre sie ein Kuscheltier.

»Er hatte echt Talent. Nur haben das die Juroren dieser popeligen Castingshow nicht bemerkt. Aber er war eh zu Größerem bestimmt … Er hat sich immer beklagt, dass er bei der Sendung nur auf sein Schwulsein reduziert worden sei. Dabei hatte er so viel mehr zu geben. Er war ein wahnsinnig talentierter Sänger, ein echter Künstler. Hast du ihn mal im Fernsehen gesehen?«

»Ich guck so was nicht.«

»Ich habe den Auftritt aufgezeichnet«, fuhr Kathi unbeirrt fort. »Du kannst ihn dir gern ansehen, wenn du magst.«

Ich hob abwehrend die Hände, doch Kathi ließ sich davon nicht abhalten: »Leider haben sie nicht alles gesendet und ihn nach zwanzig Sekunden ausgeblendet. Aber einen Platz in der Endrunde hätte er sich damit allemal verdient. Verdammt!« Tränen liefen ihr übers Gesicht, während sie Nils' Jacke an sich drückte und ihre Nase tief in das Kunstfell des Kragens presste. Mit einem Mal erstarrte sie.

»Was ist?«, erkundigte ich mich besorgt.

Anstelle einer Antwort begann sie, die Jacke hin und her zu wenden und die Taschen abzuklopfen. Schließlich zog sie einen kleinen Tiegel hervor, den sie mit kritischer Miene hochhielt, bevor sie den Deckel abdrehte und am Inhalt schnupperte. Sie verzog das Gesicht.

»Was ist das?«

Kathi hielt mir das Töpfchen unter die Nase. Die Salbe, die darin enthalten war, roch vor allem ranzig und entfernt nach Kräutern und Pilzen.

»Ich wusste nicht, dass Antifaltencremes derart stinken.«

Kathi ging nicht auf meinen lahmen Witz ein und schnupperte erneut an der Paste, dann verschloss sie den Tiegel schnell und steckte ihn ein.

»Und?«, fragte ich, von ihrem Verhalten etwas verwirrt.

»Ich bin mir nicht sicher«, sagte sie nachdenklich. »Aber wenn es das ist, was ich vermute, dann ist das Zeugs über alle Maßen gefährlich.«

»Und was denkst du, dass es ist?«

»Ich möchte zuerst jemanden fragen, der sich damit auskennt. Kommst du mit?«

Ohne meine Zusage abzuwarten, erhob sie sich und deutete auf die sich nähernde Straßenbahn, an deren Stirnseite eine schwarze Dreizehn auf gelb leuchtendem Hintergrund prangte. »Oder hast du was Besseres vor?«

Marwan schien über den späten Besuch nicht erstaunt. Er streckte sich und gähnte herzhaft, als seien wir gar nicht anwesend, bevor er wortlos im Flur verschwand und dabei die Tür offen stehen ließ. Er trug eine beige Leinenhose und ein ehemals weißes Shirt mit langen Ärmeln, das um seinen hageren Körper schlabberte, seine Füße waren nackt.

Unschlüssig blickte ich ihm hinterher, bis mich Kathi anstieß und flüsternd drängte, ihm zu folgen. Wir betraten einen engen Flur, dessen Boden mit roten Tonplatten ausgelegt war. Rechts befand sich ein Schuhgestell, auf dem Turnschuhe und Sandalen aufgereiht waren, darüber war eine Garderobe aus Gusseisen an die Wand montiert. Deckenlampen sorgten für ein warmes Licht, weiter vorn, beinahe am Ende des Ganges, hing eine gerahmte Kinderzeichnung, auf der mit viel Fantasie ein Engel zu erkennen war.

Als wir in die großräumige Küche gelangten, lehnte Marwan mit verschränkten Armen am Spülbecken und musterte uns aufmerksam. Stumm deutete er auf die Stühle, die um einen rechteckigen, unbehandelten Holztisch herumstanden. Ich setzte mich Kathi gegenüber, doch er machte keine Anstalten, sich zu uns zu gesellen.

»Tee?«, fragte er mit überraschend tiefer Stimme.

Ohne eine Antwort abzuwarten, wandte er sich dem Herd zu. Nachdem er den elektrischen Wasserkocher eingeschaltet hatte, öffnete er einen Schrank und entnahm ihm drei Tassen.

Marwan war groß gewachsen, sein Gesicht schmal und die Nase auffällig gebogen. Unter den Augen lagen dunkelviolette Schatten, sein Bart spross unregelmäßig um die etlichen kahlen Stellen an Kinn und Wangen, die Haare kringelten sich dort wie im Schambereich. Seine Bewegungen, die ich aufgrund seines schlaksigen Körperbaus fahriger erwartet hatte, waren präzise und kraftvoll, jeder Handgriff saß, kein Schritt war zu viel.

Libanese sei er, hatte Kathi gesagt, als sie uns hierhergeführt hatte, und beschäftige sich mit mystischen Dingen. Ich hatte eingewendet, dass wir wohl eher jemanden bräuchten, der sich mit Drogen auskannte, doch sie hatte sich nicht davon abbringen lassen.

Das Wasser kochte und Marwan schüttete es in einen Krug, in den er zuvor irgendwelche Kräuter geworfen hatte. Dann platzierte er die drei Tassen auf dem Tisch und stellte den Krug in die Mitte. Erst jetzt setzte er sich. Das Licht der tief hängenden Lampe kerbte Schatten in sein Gesicht, als er andächtig den Tee ausschenkte.

»Zucker habe ich leider keinen.«

Er blickte uns abwartend an. »Also?«

Kathi räusperte sich und fasste die Ereignisse des Abends so kurz wie möglich zusammen, während ich nach dem Kartenspiel griff, das auf dem Tisch lag. Ich hatte mir kaum die erste Karte angeguckt, als mir Marwan den Stapel mit sanfter Bestimmtheit wieder aus der Hand wand und ihn an seinen Ort zurücklegte. Er hatte mich dabei nicht eine Sekunde lang angesehen, sondern aufmerksam Kathi zugehört. Mir hingegen hatte die eine Karte genügt, um zu wissen, dass es sich dabei um Tarotkarten handelte. War es das, was Kathi vorhin mit ›mystisch‹ gemeint hatte? War er deshalb über unseren unangemeldeten Besuch mitten in der Nacht nicht erstaunt gewesen, weil Esoteriker gängige Praxiszeiten als einengend empfanden? Andererseits war das, was ich bis anhin von seiner Wohnung gesehen hatte, nüchtern, ja beinahe bieder eingerichtet. Keine Traumfänger und bunten Tücher, Kerzen, Bronzeschalen, Federn, Amulette, Steine und was ich mir sonst noch unter einer esoterischen Wohnungseinrichtung vorstellte. Ich beschloss, abzuwarten und den Mann nicht schon im Vorfeld zu verurteilen. Immerhin hatte ich bislang keine Bücher von Paulo Coelho entdeckt, das stimmte mich schon mal zuversichtlich.

»Und das haben wir in seiner Jacke gefunden«, schloss Kathi ihren Bericht und holte dazu den Tiegel aus ihrer Handtasche. Marwan griff nicht sofort danach, er legte nachdenklich seine langen Finger gegeneinander und versank in Brüten. Kathi und ich tauschten einen Blick aus und sie bedeutete mir mit einer verhaltenen Handbewegung, Geduld zu haben. Was mir schwerfiel. Doch angesichts meiner neu entdeckten Reife hielt ich mich zurück und trank einen Schluck Tee, der erstaunlicherweise auch ohne Zucker vorzüglich schmeckte.

Endlich langte Marwan wortlos nach der Salbe, öffnete den Deckel des Behälters und roch daran, mit geschlossenen Augen und einem Gesichtsausdruck, als säße er im Beautysalon und erwarte gleich eine Peelingmassage. Der Ausdruck verschwand jedoch jäh von seinem Antlitz, er schlug die Augen auf und sah uns aufrichtig erschrocken an.

»Ist einer von euch mit diesem Zeug in Berührung gekommen?«

Synchron schüttelten Kathi und ich den Kopf.

»Wir haben nur daran gerochen.«

»Und ihr hab sicher nicht den Finger reingesteckt oder noch schlimmer, davon probiert?«

Marwan stellte uns Fragen, als wären wir kleine Kinder und er hielte ein halbvolles Nutellaglas in der Hand. Gereizt verneinte ich.

»Nein«, bekräftigte auch Kathi. »Ist es das, was ich meine?«

Ihr Gesicht hatte wieder etwas Farbe bekommen, sie beugte sich eifrig vor und harrte mit gespanntem Ausdruck auf eine Reaktion von Marwan. Dieser hielt nun den Tiegel direkt unter das Licht der Lampe und betrachtete die Salbe eingehend, bevor er sie wieder zur Nase führte, um viel vorsichtiger als beim ersten Mal daran zu schnuppern.

»Sag schon, was ist es?«, quengelte Kathi und diesmal blickte Marwan sie direkt an.

»Ich würde sagen: Flugsalbe.«

Kathi stieß einen anerkennenden Pfiff aus. Eine Sekunde lang wirkte sie hell begeistert, bevor ihr Gesichtsausdruck ins Gegenteil umschlug und sie nur noch besorgt aussah. Sehr besorgt. »Aber woher hat Nils so was?«

Marwan hob seine hageren Schultern, die unter dem Stoff seines Oberteils knochig hervorstachen. »Die Rezeptur findet man in alten Büchern oder noch einfacher im Internet. Einzig die Dosierung ist schwierig, nicht nur weil die Wirkkraft der Pflanzen variiert, sondern auch weil jeder Körper anders auf das Mittel reagiert. Ist die Mischung nicht perfekt austariert, kann es sehr gefährlich werden, mitunter sogar tödlich.«

»Würde mich bitte auch jemand einweihen?«, unterbrach ich ungeduldig die Fachsimpeleien der beiden.

Schuldbewusst richtete sich Kathi auf, doch ehe sie den Mund öffnen konnte, lehnte sich Marwan zu mir herüber. »Wir reden hier von einer hochgiftigen Substanz, die gemeinhin Flugsalbe oder auch Hexensalbe genannt wird ...«

»Gemeinhin?«

Marwan neigte leicht den Kopf. »Der Sage nach beschaffte der Teufel diese Salbe für die Hexen, damit diese in der Walpurgisnacht zum Ort ihres Hexensabbats fliegen konnten ...«

»Buchen Sie jetzt ihren Besenstiel: Wochenendtrips mit Satanair!«, kalauerte ich, doch weder Marwan noch Kathi gingen darauf ein.

»Es gibt Aufzeichnungen aus dem Mittelalter, die von Experimenten mit der Salbe an jungen Frauen berichten, auch Rezepte wurden überliefert«, fuhr Marwan fort. »Man nimmt aber an, dass ähnliche Gemische bereits viel früher angewendet wurden, bei den Römern und Griechen, im alten Ägypten, bei den germanischen Stämmen und ihren Druiden. Nur Humbug ist das alles nicht, auch wenn es gern so dargestellt wird.«

»Und was bewirkt sie tatsächlich?«

»Sie verleiht einem das Gefühl, fliegen zu können.«

Dies hatte Nils in der vergangenen Nacht eindrücklich bewiesen. Ich suchte Kathis Blick und sah, dass sie dasselbe dachte wie ich.

»Man trägt die Salbe auf die Haut auf«, erläuterte Marwan weiter, »dort wo sie am dünnsten ist, an den Handgelenken, den Armbeugen und Fußsohlen, auf der Stirn, an der Stelle zwischen den Augen, am Geschlecht. Setzt die Wirkung ein, was ziemlich schnell der Fall ist, kribbelt es, als würden einem Federn wachsen. Man bekommt Sehstörungen und Herzrasen, daraufhin setzen Halluzinationen ein, oft begleitet von sexuellen Fantasien. So erklärt sich vielleicht auch die Sage von den Hexen, die auf ihren Besen um den Blocksberg ritten und wilde Orgien mit dem Teufel feierten. Aber wie gesagt, die richtige Dosierung ist sehr schwer zu bestimmen, da jeder Körper anders auf die Substanzen reagiert und die Wirkung der Pflanzen von verschiedenen Faktoren wie Jahreszeit, Standort und Bodenbeschaffenheit beeinflusst wird. Die meisten Zutaten sind ohnehin hochgiftig, die verwendeten Mengen sind sehr nahe an der tödlichen Dosis.«

»Woraus besteht die Salbe denn?«

Marwan lachte leise. »In ganz alten Rezepten ist die Rede von Kinderfett, auch Fledermausblut, Schlangen und Kröten, wobei nur die Letzteren als Zutat Sinn ergeben, da in ihrer Haut das Gift Bufotenin enthalten ist. Ansonsten besteht die Salbe aus verschiedenen toxischen Pflanzen ...«

Unvermittelt runzelte er die Stirn, bevor er sich wortlos erhob und eilig im Flur verschwand.

Ich sah Kathi an. »Was hältst du davon? Ist doch alles esoterisches Gewäsch, nicht?«

Zu meiner Überraschung blieb ihre Miene ernst.

»Es gab in der Szene immer wieder Gerüchte über diese Salbe. Über unglaubliche Experimente und Erfahrungen. Wie es scheint, war das alles nicht erfunden, die Substanz ist tatsächlich im Umlauf.«

Ich langte nach dem Töpfchen, besah mir den Inhalt erneut und roch daran. Der ranzige Geruch erinnerte mich an altes Schweineschmalz, doch rein gar nichts deutete darauf hin, dass die Paste tödlich war. Davon ging wohl die größte Gefahr aus.

»Woher könnte er sie bekommen haben?«

Kathi bearbeitete ihre Unterlippe. »Ich weiß es nicht, aber ich werde es herausfinden. Ich habe genügend Kontakte. Wer auch immer Nils die Salbe verkauft hat, hat ihn nicht auf die tödliche Gefahr hingewiesen. Das ist nicht nur fahrlässig, das ist Mord!« Kathis Hände ballten sich zu Fäusten. »Wenn man Drogen verkauft, die eine derart unkontrollierbare Wirkung haben, ist man als vertrauenswürdiger Dealer verpflichtet, die Leute zu warnen. Das liegt nicht zuletzt im Eigeninteresse, denn wer will schon einen Stammkunden verlieren? Das ist schlecht für den Ruf und auch fürs Geschäft.«

»Und wenn das Absicht gewesen ist?«, gab ich zu bedenken.

»Hä?«

»Wenn ihm jemand die Salbe verkauft hat, ohne ihn aufzuklären, wie sie dosiert wird.«

»Du meinst, wenn ihn jemand damit umbringen wollte?«

»Wäre ja möglich.«

Kathi bedachte mich mit einem ärgerlichen Blick. »Du gehst zu sehr in deinem Job auf. Du kannst gar nicht mehr abschalten, du denkst nur noch wie ein Detektiv und siehst überall Mörder und Verbrechen. Nils hatte keine Feinde … Na ja, natürlich Neider und ein paar Leute, die er aus unterschiedlichen Gründen nicht mehr grüßte, das übliche Hickhack unter Schwulen. Aber umbringen wollte ihn sicher keiner.«

Kraftlos ließ sie sich in den Stuhl zurücksinken. »Ich möchte einfach begreifen, weshalb Nils sterben musste. Er war noch so jung und voller Leben, er hatte so viele Pläne …« Eine Träne lief ihr übers Gesicht. Entschlossen wischte Kathi sie weg. »Wir waren uns sehr nahe, weißt du.«

Ehe ich etwas erwidern konnte, kehrte Marwan zurück. Mit feierlicher Miene legte er ein dickes, in Leder gebundenes Buch in die Mitte des Tisches, aber nicht ohne vorher mit der flachen Hand überprüft zu haben, ob dessen Oberfläche auch wirklich sauber war.

»Hier. Ich hab mich plötzlich daran erinnert, das Buch liegt seit Jahren unbenutzt herum.«

Er blies den Staub vom Einband, bevor er die Schwarte aufschlug, dann befeuchtete er seinen Zeigefinger und begann, gezielt darin zu blättern. Neugierig beugte ich mich vor, um einen Blick auf die vergilbten Seiten zu erhaschen, die Skizzen und Farbtafeln, mit denen ich nichts anzufangen wusste.

Ein modriger Geruch ging von dem Buch aus, als hätte es in einem feuchten Keller gelegen, was ich mir nicht vorstellen konnte. Schon allein die Behutsamkeit, mit der Marwan das Werk hereingetragen hatte, war ein Hinweis dafür, wie wertvoll es sein musste.

Plötzlich erhellte sich Marwans konzentrierte Miene. Vorsichtig strich er eine Doppelseite glatt und deutete auf ein paar Zeilen, die über einem längeren Textabschnitt standen. Sie waren in Fraktur geschrieben und auf dem Kopf stehend unleserlich für mich.

»Aconitum napellus, Hyoscyamus niger, Folia malvae, Solanum nigrum, Potentilla reptans, Papaver somniferum, Atropa belladonna, Conium maculatum, Helleborus niger«, las Marwan mit der monotonen Stimme eines katholischen Priesters vor, was in meinen Ohren entfernt nach den Zaubersprüchen bei *Harry Potter* klang.

»Mit dieser Mixtur wird die Salbe angesetzt. Dazu kommt Alkohol, das Ganze wird dann zehn Tage lang an die Sonne gestellt, bevor man es abseiht und mit Fett zu einer Pomade verrührt.« Er klappte das Buch zu, lehnte sich zurück und sah uns abwartend an.

»Marwan, ich habe leider kein Wort verstanden«, meldete ich mich kleinlaut zu Wort und Kathi pflichtete mir nach kurzem Zögern bei.

»Ach so.« Rasch blätterte er zu der Stelle zurück und fuhr mit der Fingerspitze die Wörter entlang, während er sie für uns übersetzte.

»Also, wir haben da blauen Eisenhut, schwarzes Bilsenkraut, Malvenblüten, schwarzen Nachtschatten, kriechendes Fingerkraut, Schlafmohn, Tollkirsche, Fleckenschierling und Christrose. Beinahe alles Nachtschattengewächse, die Wirkung verstärkt sich übrigens, wenn man die Gifte kombiniert …«

»Was war das eben?« Wie elektrisiert war ich zusammengezuckt, als er die Pflanzennamen aufgezählt hatte, jetzt griff ich nach dem Buch und drehte es hastig zu mir hin. »Atropa belladonna?«, entzifferte ich und hob fragend den Kopf.

»Der lateinische Begriff für Tollkirsche.«

Mein Puls schnellte hoch. Chester, der Beagle von Erwin Schmied, hatte eine Tollkirsche gefunden – ganz in der Nähe von Saids Leiche. Bedeutete das vielleicht, dass der Mord an Said etwas mit dem Tod von Nils zu tun hatte? War Nils' Ableben gar kein Unfall gewesen? Oder brachte das wirklich mein Job mit sich, dass ich überall einen Zusammenhang vermutete? Schließlich konnte es auch purer Zufall sein, Tollkirschen wuchsen nun mal in den hiesigen Wäldern und waren keineswegs selten. Allerdings war die Tollkirsche neben Saids Leiche ungewöhnlich gut erhalten gewesen, das hatte Schmied betont. Und Tollkirschen wurden offenbar benötigt, um diese Hexensalbe herzustellen.

»Wo würdest du Tollkirschen kaufen, wenn du jetzt gleich welche brauchen würdest?«, erkundigte ich mich bei Marwan. Ich war mir noch nicht ganz sicher, worauf ich eigentlich hinauswollte. Vielmehr kam ich mir vor wie eine Katze, die zwar spürt, dass der Boden warm ist, den genauen Verlauf der Heizungsrohre aber noch nicht ausfindig gemacht hat.

Erstaunt kratzte sich Marwan das Kinn. »Tollkirschenextrakt ist sicher in Apotheken erhältlich, aber ich denke, man braucht ein Rezept dazu.«

»Ich meine frische. Wo kaufe ich frische Tollkirschen?«

Er schloss das Buch und legte seine Hände darauf, als wollte er es beschützen. »Man kann keine frischen Tollkirschen im Supermarkt kaufen wie Trauben oder Pfirsiche, wenn du das meinst. Die wenigsten Leute können damit etwas anfangen – glücklicherweise, muss ich anfügen. Aber man kann die reifen Beeren im Sommer und im Herbst im Wald sammeln, dort wachsen sie in großen Mengen. Weshalb interessierst du dich plötzlich so dafür?«

»Ich kann es nicht genau sagen, aber ich habe da so ein vages Gefühl, dass Nils' Tod mit einem anderen Fall zusammenhängen könnte, an dem ich gerade arbeite ...«

Marwan sah mich aufmerksam an. »Intuition sollte man immer ernst nehmen. Gerade du hast jede Menge davon.«

Abschätzig rümpfte ich die Nase.

»Ich habe bemerkt, dass du nicht allzu viel von Esoterik hältst und allem, was damit zusammenhängt«, konstatierte Marwan lächelnd. »Aber wenn du es erlaubst, würde ich dir gern die Karten legen.«

Wäre ich nicht so erschöpft gewesen und hätte Marwan nicht einen derart einnehmenden Eindruck auf mich gemacht, ich hätte ihm auf der Stelle gesagt, auf welchen Körperteil er mir seine Karten legen konnte. Doch so stimmte ich zu und während er zum Kartenstapel griff und ihn mit flinken Bewegungen zu mischen begann, wunderte ich mich insgeheim darüber, weshalb er mir die Zweifel allem Esoterischen gegenüber so deutlich angesehen hatte. Ich musste lernen, meine Mimik besser zu kontrollieren.

Als Marwan fertig war, ließ er mich ein einziges Mal vom Stapel abheben, im Anschluss legte er ein Kreuz von zehn Karten vor sich aus.

»Deinem Vater geht es nicht gut«, bemerkte er nach einem kurzen Blick auf die Motive beiläufig. »Aber er wird bald nach … Indien zurückreisen und sich erholen. Doch etwas wird sich verändern, er wird danach nicht mehr derselbe sein.«

Ich warf Kathi einen strafenden Blick zu, doch sie wehrte sich nachdrücklich gegen meinen stummen Vorwurf. Mein Verdacht war auch unsinnig, denn seit wir Marwans Wohnung betreten hatten, hatte sie sich stets im selben Raum aufgehalten wie ich. Es konnte also nicht sein, dass sie ihm Informationen über mich gesteckt hatte. Abgesehen davon, dass es zu nichts gut gewesen wäre.

»Du hast ein nicht gerade einfaches Verhältnis zu deiner Mutter. Sie würde dich gern beherrschen, so wie sie vieles beherrscht. Aber du lässt es nicht zu, denn du bist stärker als sie. Wenn sie das eines Tages akzeptiert, werdet ihr eine entspanntere Beziehung haben, wenn auch keine ausschließlich harmonische. Doch bis dahin dauert es noch eine Weile.«

»Deine Karten scheinen gerade ziemlich in Plauderlaune zu sein«, warf ich spöttisch ein und konnte mich dennoch eines mulmigen Gefühls nicht erwehren. Bislang hatten die Karten voll ins Schwarze getroffen.

Unbeirrt fuhr Marwan fort: »In der Liebe geschieht gerade nicht viel. Du bist zu absorbiert von deiner Arbeit. Aber bald wirst du Frauen kennenlernen. Viele Frauen …« Marwan runzelte die Stirn und betrachtete eine der Karten eingehender.

»Genau so steht es hier. Viele Frauen, doch keine wird bleiben.«

»Ist doch prima! Wo liegt da das Problem?«, grinste ich, doch weder Kathi noch Marwan schienen das witzig zu finden.

»Du musst noch viel lernen. Zwar hast du einen wichtigen Abschnitt hinter dich gebracht, doch noch stehst du am Anfang einer Entwicklung. Aber wenn du dranbleibst und jede Prüfung bestehst, wirst du Erfolg haben. In der Liebe und bei der Arbeit.«

Binsenweisheiten. Marwan sammelte die Karten wieder ein.

»Und steht da auch etwas über meinen aktuellen Fall? Wer der Mörder war oder so?«

Marwans Miene wurde steinern und Kathi schürzte missbilligend die Lippen. Das war es, was mich an allen Esoterikern, die ich bislang kennengelernt hatte, so nervte: Sie waren humorloser als amerikanische Zollbeamte und nahmen sich genauso ernst.

Andererseits war ich beeindruckt, was Marwan alles aus den Karten gelesen hatte. Vieles war korrekt gewesen und was die Zukunft betraf, konnte ich nicht nur wohlgemut vorausblicken, ich durfte sogar gespannt sein. Vor allem auf den Teil mit den Frauen.

Es war immer noch dunkel, als ich Kathi nach Hause begleitete. Vereinzelt fielen Schneeflocken. Eine Straßenbahn fuhr an uns vorbei, einzig eine ältere Frau war darin auszumachen, ansonsten waren beide Waggons leer.

Kathi ging still und aufrecht neben mir. Mir fiel auf, dass ihre Schritte zu gleichmäßig waren, ihre Bewegungen mechanisch, wie die einer batteriebetriebenen Puppe. Doch erst als wir die Zwinglistrasse erreicht hatten und Kathi bereits im Hauseingang stand, flossen die Tränen. Rasch verbarg sie ihr Gesicht in den Händen, doch als ich auf sie zuging und sie festhielt, löste sich die Anspannung der vergangenen Stunden und ihr Körper wurde plötzlich schwer.

Sie schluchzte laut und schnappte immer wieder geräuschvoll nach Luft. Ihre Schultern zitterten und ich flüsterte ihr bescheuerte Dinge zu, wie man sie sagt, wenn es eigentlich nichts zu sagen gibt, aber schon der Klang einer Stimme Trost spenden kann. Ich drückte sie an mich und so blieben wir stehen, bis der Himmel sich zu verfärben begann und das Schlimmste vorbei war, dann suchte ich in ihrer Handtasche nach einem Taschentuch.

»Danke«, schniefte sie und wischte sich die Tränen weg. Ihr Gesicht war ganz heiß und fleckig geworden. Nichts erinnerte mehr an die coole Hohepriesterin, die noch vor wenigen Stunden bunte Pillen an ihre flatterhafte Jüngerschar verteilt hatte und nicht allein deswegen der Mittelpunkt des Geschehens gewesen war. Vielmehr stand ein dickliches Mädchen vor mir mit verschmiertem Make-up und einem überkandidelten Kleid, das ihr deutlich zu eng war.

Kathi schloss die Haustür auf und ich folgte ihr schlotternd in die Wärme.

»Ich kann noch nicht rauf«, flüsterte sie, als befürchtete sie, jemanden zu wecken. Ich verstand zwar nicht ansatzweise, wie Kathi jetzt der verlockenden Aussicht auf ein kuscheliges Bett widerstehen konnte, dennoch setzte ich eine verständnisvolle Miene auf, als würde es mir genauso gehen.

Wir ließen uns auf den untersten Stufen der Treppe nieder und sie zündete sich eine Zigarette an, während mit einer jähen Gier alles in mir nach einem einzigen Zug lechzte. Ich konzentrierte mich mit meiner ganzen Willenskraft auf die erotisch vielversprechende Zukunft, die mir Marwan prophezeit hatte, und nach wenigen Sekunden war mein Verlangen vorbei.

»Gestern Abend noch haben wir über seine weiteren Karriereschritte geredet. Also er hat vor allem geredet ...« Kathi stieß den Rauch mit einem wehmütigen Seufzer aus. »Und jetzt lebt er nicht mehr. Alles löst sich auf, wenn jemand geht, seine Ziele, seine Beziehungen, alles, was ihn ausgemacht hat. Das ist so schwer zu begreifen.«

Gedankenverloren starrte sie auf die glühende Zigarettenspitze. Nach einer Weile hob sie den Kopf. »Er hatte etwas vor. Etwas, das alles ändern würde.«

»Was wollte er denn so dringend ändern? Ich dachte, er war zufrieden mit seinem Promistatus.« Nicht, dass mich irgendetwas an Nils' Plänen interessiert hätte, ich fragte vielmehr nach, um Kathi abzulenken und vielleicht auch aus Respekt vor dem Toten.

Kathi stülpte die Unterlippe vor. »Er gab sich geheimnisvoll und sagte nur, dass ihn bald niemand mehr auf so etwas Oberflächliches wie Sexualität reduzieren werde. Er werde ein richtiger Künstler sein, ein erfolgreicher.«

»Und wie wollte er das anstellen?«

»Keine Ahnung. Jedenfalls hätte das ein Bekannter von ihm auch getan ...«

»Was getan? Ich verstehe nur Bahnhof!«

Kathi wackelte eifrig mit dem Kopf. »Genau so ging es mir gestern auch! Nils hat die ganze Zeit nur Anspielungen gemacht. Wollte ich Genaueres wissen, hat er geblockt.« Sie zog an ihrer Zigarette. »Am Ende war ich so genervt, dass ich mich bei Freunden nach diesem Typen erkundigt habe.«

»Und?«

»Er hat sich umgebracht.«

»Was? Weshalb denn?«

»Niemand wusste es genau. Er war ein Einzelgänger, unscheinbar, kein Hingucker wie Nils. Er hätte kurz vor seinem Tod gesagt, dass er dieses Leben satt sei, er würde jetzt alles ändern.«

»Klingt verzweifelt.«

Kathi stimmte mir zu. »Er hatte keine wirklichen Freunde, deswegen war es auch unmöglich, herauszufinden, was wirklich geschehen ist. Aber Gerüchte gab es massig.«

»Und die besagten?« Hatte ich Kathis Ausführungen bis anhin eher unbeteiligt gelauscht, war nun meine Neugier geweckt. Immerhin gab es die – wenn auch eher unwahrscheinliche – Möglichkeit, dass Nils' Tod etwas mit der Ermordung von Said zu tun hatte. Und damit vielleicht auch mit dem Selbstmord des Jungen, von dem Kathi gerade erzählte, denn beide hatten etwas Geheimnisvolles vorgehabt, wollten sich verändern. Etwas, das ich normalerweise als wichtigtuerisches Gelaber abgetan hätte, geäußert von Leuten, die sich nach Aufmerksamkeit sehnten und dafür alles tun würden. Doch jetzt waren beide Burschen tot. Das war mir Grund genug, konzentriert zuzuhören.

»Der Junge hat herumerzählt, dass er sich in einen anderen Menschen verwandeln werde und danach all seine Probleme gelöst sein würden. Vier Wochen später fand ihn seine Mutter erhängt im Dachstock.«

»Wusste das Nils auch?«

»Keine Ahnung. Gerade als ich ihn damit konfrontieren wollte, hat man mich alarmiert, dass er im Toilettenraum sei und sich sehr merkwürdig benehme. Ich bin sofort losgerannt. Den Rest kennst du ja.«

Kathis Blick blieb an mir hängen. »Vielleicht könntest du dem mal nachgehen und mit den Eltern des anderen Jungen reden. Es könnte ja sein, dass die wissen, was er vorhatte ...«, sagte sie nach einer Weile leise. »Ich schaff das jetzt nicht.«

»Ich stecke über beide Ohren in einem schwierigen ...«

Sie ließ den Kopf hängen und schniefte. »Ich weiß. Es ist nur ... Ich mochte Nils sehr gern. Und ich ...«

»Okay, okay, ist ja gut, ich mach's«, gab ich klein bei und fluchte innerlich. Ausgerechnet ich sollte nun den Tod eines C-Promis hinterfragen.

Erfreut drückte Kathi mir einen Schmatzer auf die Wange.

»Wie hieß der Junge?«, erkundigte ich mich unwirsch.

»Kevin.«

»Grund genug, sich umzubringen.«

»Ich befürchte, der Name allein war's nicht.«

»Seinen Nachnamen müsste ich allerdings schon kennen, bevor ich Nachforschungen anstelle.«

»Warte.« Sie nestelte ihr Handy aus der Handtasche und tippte darauf herum. »Ich kann mir einfach nicht vorstellen, worum es da ging«, bemerkte sie, während sie auf eine Antwort wartete. »Nils hat mir sonst immer alles erzählt. Oft mehr, als ich wissen wollte.« Kathi lächelte schwach. »Doch bei dem Thema blieb es bei Anspielungen. Aber es musste etwas Wichtiges sein. Ein Einschnitt im Leben, so hat es Nils bezeichnet.«

Ein elektronisches Piepen meldete den Eingang einer Nachricht. Wir waren offenbar nicht die Einzigen, die noch wach waren.

»Steiner, hieß er, Kevin Steiner«, ließ mich Kathi nach einem Blick auf das Display wissen.

»Klingt nicht gerade prickelnd, aber ich kann seinen Eltern noch heute einen Besuch abstatten. Nur etwas später, wenn das okay ist.«

Erschöpft rang sie sich ein Lächeln ab. »Wenn du willst, kannst du hier schlafen. Auf dem Sofa ist immer Platz.«

Ich linste auf die Zeitangabe ihres Telefons, das sie immer noch umklammert hielt, und lehnte ab. »Ich habe meinen Eltern versprochen, sie zum Flughafen zu fahren. Dazu wären nach einer solchen Nacht sicher frische Klamotten angebracht. Zuallererst brauche ich aber eine heiße Dusche und irgendetwas Koffeinhaltiges.«

»Wie du meinst.« Kathi erhob sich und zog ihr Kleid zurecht. »Ruf mich an, wenn du etwas erfährst. Egal um welche Tageszeit.«

Ich brummte missmutig und brachte sie damit zum Lachen.

»Danke«, sagte sie leise, als sie sich mit einem Bussi von mir verabschiedete.

Als ich auf die Zwinglistrasse hinaustrat, war es hell geworden und es herrschte eine sonntägliche Stille im Quartier. In der Ferne schlug eine Kirchturmuhr. Ich dachte an Nils und fröstelte.

Sonntag

Je länger der Winter andauerte, desto mehr schien das Grau die Stadt einzunehmen. Es begann beim Schnee, der nur für wenige Stunden pulvrig weiß die Hausdächer, Parkbänke und Balkongeländer bedeckte, bevor er rasch zu schlierigen Resten zusammenschrumpfte, die von Abgas und Schmutz verdreckt am Straßenrand klebten. Von dort kroch die Farbe weiter, die nassen Gehsteige entlang, die Mauern der Gebäude hinauf, sickerte über die Fassaden der Banken und Versicherungskomplexe und griff allmählich auf die Menschen über. Sie tränkte lange Mäntel, Hosen, Schuhe und Hüte und legte sich auf die Gesichter, aus denen graue Atemwolken hochstiegen, um sich über den Dächern zu einer Nebeldecke zu verdichten, die für Wochen und Monate trostlos über der Stadt hängen blieb.

Auch ich fühlte mich grau an diesem Morgen, als ich meinen Käfer über die Kornhausbrücke Richtung Flughafen steuerte.

Mein Vater saß steif neben mir, die Hände im Schoß, das Gesicht ausdruckslos, derweil meine Mutter auf dem Rücksitz genauso eindringlich wie unablässig wiederholte, dass ich unter keinen Umständen vergessen sollte, ihre Zimmerpflanzen zu gießen, und worauf ich unbedingt achten müsse, wenn ich im Laden vorbeischaute.

»Lass mindestens eine Lampe brennen, wenn du die Wohnung verlässt, hörst du? Das schreckt Einbrecher ab!«

Ich nickte mechanisch, was sie nicht sonderlich zu überzeugen schien, immer wieder lehnte sie sich vor und rüttelte unsanft an meiner Schulter, um ihren Worten Nachdruck zu verleihen.

Heute waren meine Gedanken viel zu sehr mit meinem

Vater beschäftigt, der scheinbar willenlos alles mit sich geschehen ließ, als dass mich die unablässigen Anweisungen meiner Mutter genervt hätten.

Ohne ein Wort an mich zu richten, war er langsam die Treppe hinuntergestiegen, als ich meine Eltern abgeholt hatte, ungelenk und so zögerlich, dass ich mich gefragt hatte, ob er mich beim Kofferschleppen absichtlich aufhalten wollte. Doch seine Miene war selbst dann stoisch geblieben, als ich ihn – gereizt und übernächtigt, wie ich war – angefahren hatte, sich etwas zu beeilen. In derselben Sekunde hatte ich meine Unbeherrschtheit bereut, doch auch meine Entschuldigung nahm er ohne merkbare Regung entgegen. Es war diese Teilnahmslosigkeit, die mich erschütterte. Er kam mir vor, als wäre er tief in sich selbst versunken, an einen Ort, wo ihn niemand mehr erreichen konnte, sein Körper nur mehr Hülle. So hatte ich ihn in all den Jahren noch nie erlebt.

Als ich jetzt vor dem Flughafenterminal anhielt und die Unzahl an Gepäckstücken auslud, die meine Mutter in Rekordzeit gefüllt hatte, legte mein Vater mir schwer die Hand auf die Schulter, als wollte er etwas sagen. Doch dann lächelte er nur, so traurig und hoffnungslos, dass es mir die Kehle zuzog. Dann wandte er sich ab und taperte zittrig wie ein Greis, der er längst noch nicht war, auf die Schiebetüren zu.

»Beta ...« Meine Mutter half mir, den letzten Koffer auf den Gepäcktrolley zu hieven, dann hielt sie inne. Die Verzweiflung, die sie schon die ganze Zeit versucht hatte zu überspielen, zerfurchte jetzt ihr Gesicht. Ihre Augen wurden feucht und impulsiv drückte sie mich an sich.

»Passt auf euch auf«, sagte ich mit brüchiger Stimme.

»Betaji, da war noch etwas, das ich dir sagen wollte ...« Mit einer unsicheren Bewegung strich sich meine Mutter eine lose Haarsträhne hinters Ohr. Doch mir fehlte die Zeit, mir weitere Gedanken dazu zu machen, denn in der Abflughalle sah ich meinen Vater mit unbestimmtem Ziel auf die Rolltreppen zuschlurfen.

»Ma! Vater!«

Alarmiert drehte sich meine Mutter um. »Wir reden, wenn ich zurück bin«, rief sie mir über die Schulter hinweg zu. »Oder noch besser: Ruf mich in Indien an!« Energisch schob sie den Gepäckwagen mit den aufgetürmten Koffern an und holte meinen Vater gerade noch rechtzeitig ein. Mit einer zärtlichen Geste legte sie ihm eine Hand auf den Arm und steuerte ihn dann Richtung Check-in-Schalter. Mit einem Mal fühlte ich mich so verlassen und einsam, als wäre ich soeben Waise geworden.

Das genervte Hupen des Fahrers hinter mir schreckte mich auf. Ich konnte mich nicht mehr erinnern, wie lange ich im Wagen gesessen und tief in Gedanken versunken in den fallenden Schnee hinausgestarrt hatte. Doch die Kühlerhaube war von dichtem, weißem Flaum bedeckt, als ich jetzt vom Kurzparkplatz fuhr. Ich öffnete das Fenster fingerbreit, in der Hoffnung, dass der kühle Luftzug meinen Kopf klärte und die Müdigkeit vertrieb, die mich bleiern nach unten zog. Es war nicht nur die Sorge um meinen Vater, die mich umtrieb, auch die Ereignisse der vergangenen Nacht und dieser merkwürdige Fall, an dem ich arbeitete, beschäftigten mich.

Ich nahm die Autobahn, die mich durch den Milchbucktunnel zurück in die Stadt führte, und als ich vor der Ampel an der Kornhausbrücke warten musste, überprüfte ich rasch mein Profil auf der Datingseite nach neuen Nachrichten. Doch noch immer hatte sich kein Nutzer mit dem Namen Silberwolf für meine Bildchen interessiert, einzig ein junger Mann aus Ghana wünschte sich eine liebvolle, von gegenseitigem Respekt geprägte Beziehung mit mir, wie er in abenteuerlichem Französisch schrieb. Wie es klang, stand er mit gepacktem Koffer bereit, mich persönlich von sich zu überzeugen, ich brauchte nur noch das Geld für ein Flugticket zu schicken. Ich klickte die Nachricht unbeantwortet weg.

Irgendwie kam ich nicht weiter in Saids Fall. Natürlich hätte ich erneut die Stricherbars in der Altstadt mit einem Foto abklappern können, aber ich glaubte nicht, dass dabei etwas Neues herausgekommen wäre. Ich hatte mir bisher schon ein ziemlich genaues Bild des jungen Marokkaners machen können. Und doch fehlte mir der entscheidende Ansatz, um die Umstände seines Todes aufzudecken. Der ganze Fall konzentrierte sich auf die letzten Stunden in Saids Leben. Fand ich nicht heraus, wer dieser Silberwolf war, würde ich wohl nie erfahren, was in jener Nacht geschehen war. Doch solange er nicht auf mein Profil ansprang, war ich zur Tatenlosigkeit verdammt. Und das machte mich zunehmend nervös.

Die Ampel wechselte auf Grün und während ich über die steil abfallende Brücke zum Limmatplatz hinunterfuhr, entschloss ich mich, Kevin Steiners Eltern einen Besuch abzustatten. Noch lieber hätte ich Nils' Familie aufgesucht, doch die war erst im Verlauf des Morgens mit seinem plötzlichen Tod konfrontiert worden und stand sicher noch unter Schock. Zudem wollte ich der Polizei nicht ins Gehege kommen.

Aber die beiden Jungs hatten sich scheinbar gekannt und wie Kevin hatte auch Nils vorgehabt, seinem Leben eine entscheidende Wendung zu geben. Was auch immer das bedeuten mochte. Jetzt waren beide tot. Grund genug, der Sache nachzugehen, bis mir der Silberwolf ins Netz ging. Zudem hatte ich es Kathi versprochen.

Der Wohnblock lag in der heruntergekommensten Ecke von Wiedikon. Da sich in der Nähe kein Parkplatz fand, ließ ich meinen Käfer auf dem Gehsteig stehen und stieg durch das schäbige Treppenhaus in den dritten Stock.

Erst nach dem zweiten Klingeln waren im Innern der Wohnung zögernde Schritte zu hören. Dann verdunkelte sich der Türspion, doch es dauerte einen Atemzug länger als erwartet, bis das zögerliche Rasseln der vorgelegten Kette zu hören war. Als hätte sich derjenige auf der anderen Seite erst dazu durchringen müssen.

Endlich wurde der Schlüssel gedreht und ein misstrauisches Augenpaar musterte mich durch den handbreiten Spalt zwischen Tür und Rahmen.

»Es ist Sonntag!« Der vorwurfsvolle Ton in der Stimme der Frau war nicht zu überhören.

Ich entschied mich für ein zerknirschtes Lächeln und stellte mich artig vor. In der Wohnung lief leise eine Sportübertragung im Fernsehen. Die Frau blickte mich abweisend an und hielt die Tür mit ihrer knochigen Hand fest, bereit, sie mir jederzeit vor der Nase zuzuschlagen. »Ja, und?«

Gastfreundlichkeit klang anders.

»Sie sind Frau Steiner, ja?«

Die Frau nickte knapp und die Tür schwang einen halben Zentimeter nach innen, sodass jetzt ihr ganzes Gesicht zu sehen war. Ich deutete das als gutes Zeichen. Frau Steiner sah älter aus, als sie sein musste, ein bitterer Zug hatte sich um ihre Mundwinkel eingraviert. Ihr Haar war von einem stumpfen Dunkelbraun, sie trug es straff nach hinten zusammengebunden. Um ihren Hals hing ein Kreuz an einer schlichten Kette. Nicht protzig, aber groß genug, damit es auffiel.

»Ich komme wegen Kevin.«

Sie blinzelte kurz und ihre Miene wurde noch eine Spur ablehnender, wenn das überhaupt möglich war. Steif und unnahbar wirkte sie in ihrer zugeknöpften Strickjacke und dem dunkelgrauen Rock aus festem Stoff.

»Kevin ist tot.«

»Ich weiß, mein herzliches Beileid …«

Wortlos starrten wir uns an. Ihre Hand wanderte zum Hals hoch und befingerte das Kreuz. Ich hatte den Eindruck, sie streckte es mir bannend entgegen. Als wäre ich der Antichrist. Wahrscheinlich betete sie, der Boden möge sich öffnen und mich verschlucken. Das tat er zwar nicht, doch die Kälte, die von der Frau ausging, ließ mich trotz der Winterjacke frösteln. Jesus musste ein Eskimo gewesen sein.

Mit Erleichterung registrierte ich, dass in der Wohnung das Fernsehgerät verstummte.

»Wer ist da?«, rief ein Mann aus dem Hintergrund, doch Frau Steiner gab keine Antwort. Trotzdem ermutigte mich das Wissen, dass da noch jemand war.

»Entschuldigen Sie, dass ich so unangemeldet herkomme, es ist nur, dass ein Freund von Kevin …«, startete ich einen neuen Versuch, mit dieser Frau ins Gespräch zu kommen.

»Kevin hatte keine Freunde«, fiel sie mir hart ins Wort, in ihrem Ton lag eine derartige Strenge, dass ich mir gemaßregelt vorkam.

»Nun, ein Bekannter in dem Fall. Er ist heute Nacht umgekommen.«

Ungerührt starrte sie mich an. »Was hat das mit Kevin zu tun?«

Ich hatte plötzlich einen trockenen Mund. »Wie ich erfahren habe, wollte sich Kevin verändern. Sein Leben umkrempeln … Sein Bekannter hatte dasselbe vor.«

»Und?«

»Er ist tot. Beide sind tot.«

»Ja.«

Die Kaltschnäuzigkeit dieser Frau irritierte mich. »Ich habe gehofft, Sie könnten mir sagen, was es mit diesem Plan auf sich hatte.«

»Nein.«

Es war, als würde ich mit jeder Frage gegen eine Wand laufen. Eine eiskalte Stahlbetonwand.

»Wer ist denn da?« Der Mann stand ganz unvermittelt hinter Frau Steiner, ich hatte ihn nicht kommen hören. Er musterte mich verwundert, doch immerhin öffnete er die Tür ganz.

»Aber Rebekka, lass den jungen Mann doch rein!« Herr Steiner hatte ein schwammiges Gesicht, dessen fleckig gerötete Haut auf regelmäßigen und nicht zu knappen Alkoholkonsum hinwies, sein Haar war rotblond und hätte sich wohl gelockt, wäre es nicht so kurz geschnitten gewesen, an den Schläfen war es bereits ergraut. Zu ausgebeulten Manchesterhosen trug er einen dunklen Pullover mit V-Ausschnitt, darunter ein weißes T-Shirt.

Rasch trat ich ein und streckte ihm die Hand entgegen, während Frau Steiner zurückwich, ihrem Mann einen eisigen Blick zuwarf und dann kopfschüttelnd ins Wohnzimmer vorauseilte, wo sie den Fernseher ausschaltete. Skispringen, wie ich gerade noch erkannte, bevor der Bildschirm dunkel wurde.

»Wintersport, jetzt ist ja die Zeit dazu, nicht wahr?« Steiner war meinem Blick gefolgt. Er lachte ein wenig zu laut und rieb sich die Hände, dann sah er mich fragend an.

Ich erklärte ihm, wer ich war und weshalb ich hergekommen war, und seine Miene gefror.

»Ach, wegen Kevin sind Sie hier.« Er rieb sich weiterhin die Hände, jetzt wirkte es noch mechanischer als zuvor.

»Du musstest ihn ja reinlassen«, zischte seine Frau giftig, die sich an ihm vorbeidrängte, um in der Küche zu verschwinden.

Herr Steiner lächelte entschuldigend. »Worum geht es?«

Ich wiederholte, was ich vorhin schon seine Frau gefragt hatte, und sein Blick verriet noch mehr Irritation.

»Das sagt mir nichts.«

Nach kurzem Abwägen deutete er mit einer entschlossenen Geste zum Wohnzimmer. »Aber ein Kaffee schadet sicher nicht«, sagte er. »Dabei können Sie uns alles genau erklären.«

Aufatmend stimmte ich zu, während Herr Steiner nach seiner Frau rief und sie bat, Wasser aufzusetzen. Ihre Antwort konnte ich nicht verstehen, doch sie klang wenig begeistert. Immerhin hatte ich es bis in die Wohnung geschafft. Jetzt galt es, behutsam vorzugehen.

»Wir kriegen kaum noch Besuch, seit das mit Kevin geschehen ist«, flüsterte Herr Steiner halb laut, sobald wir am Wohnzimmertisch saßen. Wohl damit ihn seine Frau nicht hören konnte, die dem Scheppern nach in der Küche Tassen und Unterteller bereitstellte.

»Darf ich fragen, weshalb er ...«

Steiner senkte seine Stimme zu einem Wispern. »Wir wissen es nicht. Das macht es ja so schwer. Gerade für meine Frau. Sie hat ihn gefunden, oben im Dachstock.«

»Er hat keinen Abschiedsbrief hinterlassen?«

»Kevin war immer ein verschlossener Junge gewesen. Für uns ergibt das alles keinen Sinn. Es ist ...«

Seine Frau trat mit einem Tablett aus der Küche und er brach den Satz ab. Mit harschen Bewegungen verteilte sie das altmodisch wirkende Porzellangeschirr auf dem Tisch. Danach schenkte sie Kaffee ein und deutete stumm auf das Krüglein mit Milch und die Zuckerdose, die sie zusammen mit einem Teller trocken aussehender Kekse in die Mitte des Tisches gerückt hatte.

Sie setzte sich und sah mich missbilligend an. Ihr Mann fühlte sich sichtlich unwohl, er kratzte sich umständlich im Nacken, dann legte er beide Hände um seine Tasse und starrte stumm hinein. Während ich krampfhaft nach einem geeigneten Gesprächseinstieg suchte, sah ich mich unauffällig im Wohnzimmer um.

Obwohl der Raum nicht gerade klein war, wirkte er beengend. Was nicht allein an der niedrigen Decke und der olivgrünen Tapete lag, sondern auch an den Möbeln, die ausnahmslos aus dunklem Holz gefertigt waren und viel zu dicht beieinanderstanden. Selbst die Pflanzen wirkten düster, ein dunkelgrüner Gummibaum in einer Ecke und Sukkulenten mit ledrigen Blättern auf dem Fenstersims. Über dem Durchgang zur Diele hing ein nüchternes Kreuz aus glattem Holz und die Fenster waren hinter Gardinen verborgen, die nur ein gedämpftes Licht hereinließen.

Suchend ließ ich meinen Blick erneut durch den Raum schweifen, ohne zu entdecken, worauf ich insgeheim gehofft hatte: ein Foto von Kevin. Doch es war, als hätten Steiners versucht, sein Andenken zu löschen, indem sie jegliche Bilder von ihm aus ihrem Leben verbannt hatten. Den mitgenommenen Gesichtern nach war ihnen das nicht ansatzweise gelungen.

Ich nippte an meinem Kaffee, er schmeckte bitter. »Es ist nur eine vage Vermutung, doch ich habe das Gefühl, dass Kevins Tod mit demjenigen seines Freundes ... Bekannten zusammenhängen könnte.«

»Wie meinen Sie das?«, erkundigte sich Kevins Vater. Er stieß den Satz mühsam hervor, als lastete ein schweres Gewicht auf seiner Brust.

»Beide hatten vor, sich zu verändern. Das muss eine ganz wichtige Entscheidung im Leben der jungen Männer gewesen sein, denn gerade Nils, Kevins Bekannter, hat allen davon erzählt. Er war voller Vorfreude. Doch noch ehe es dazu kam, ist er von einer Brücke gesprungen.« Ich machte eine kurze Pause. »Hat Kevin mit Ihnen über diesen anstehenden Einschnitt geredet?«

»Nicht, dass ich wüsste.« Steiner strich sich mit den Händen über die Nasenflügel. Seine Gattin hatte sich nicht gerührt, es schien, als wäre sie in Gedanken weit weg.

»Wie gesagt, Kevin war ein verschlossener Junge.« Steiner warf seiner Frau einen merkwürdigen Blick zu, den ich nicht zu deuten vermochte. »Nach dem Studium wollte er jedenfalls für ein Austauschjahr nach Amerika ...«

»Wollte er nicht!«, fiel ihm seine Frau ins Wort, ohne aufzublicken.

»Aber mir hat er das erzählt!«

»Er hat sich anders entschieden.«

»Das wusste ich gar nicht ...«

»Du warst ja auch nie da!«, zischte Frau Steiner. »Der Junge hätte einen Vater gebraucht, ein Vorbild, aber du ...«

»Die Arbeit in der Kirche hat mich davon abgehalten, das weißt du genau. Ich wäre ja gern häufiger zu Hause gewesen, aber die Gemeinschaft hat das anders gesehen«, verteidigte sich Steiner matt, so als rechtfertigte er sich nicht zum ersten Mal gegen diesen Vorwurf.

»Flugblätter musste ich verteilen und neue Mitglieder anwerben«, wandte sich Steiner in bitterem Ton an mich. »Manchmal bis spätnachts. Je mehr Neueintritte man reinholte, desto anspruchsvoller wurden die Aufgaben und desto höher stieg man in der Gemeinschaft. Und Rebekka wollte nach ganz oben, in den Olymp. Nicht wahr, Rebekka?«

»Die Kirche hat nichts damit zu tun!«

»Sagst ausgerechnet du!« Steiner richtete sich auf, mit einem Mal aufgebracht. »Bei dir hat die Kirche doch mit allem zu tun! Dein ganzes Dasein ist auf diese verdammte Organisation ausgerichtet! Du warst ja zu Beginn so begeistert und gingst in der Gemeinschaft auf. Hast vom Halt geschwärmt, den du immer gesucht hättest. Den Glauben, den dir niemand mehr nehmen konnte! Bevor du begonnen hast, alles so wahnsinnig ernst zu nehmen, und dir darüber die Freude abhandengekommen ist. Du warst zu streng! Zu unserem Sohn, zu mir und zu dir selbst sowieso. Jetzt ist er tot und wir leben in dieser verdammten ... verdammten ...« Er sah sich suchend um, als müsste das fehlende Wort in Großbuchstaben hingesprayt auf einem der Möbelstücke stehen.

Schließlich gab er auf, seine Stimme senkte sich zu einem Flüstern: »Und das alles im Namen Gottes!«

»Lass Seinen Namen aus dem Spiel!«, fuhr ihn seine Frau an.

»Den Teufel werde ich!«

»Isaak, nicht!« Frau Steiners gequälter Aufschrei ging mir durch Mark und Bein.

»So ist es doch! Die Kirche verbietet dies, die Kirche verbietet das, alles ist kontrolliert und vorbestimmt, bis ins kleinste Detail. Wie man leben soll, was man tragen darf, wen man liebt und wen nicht, selbst wie ich dich anfassen muss, schreiben sie vor!« Er war wieder laut geworden. »Die Hölle ist hier, Rebekka, die Hölle ist unser Leben, und du tust, als würdest du es nicht bemerken!«

»Du versündigst dich, Isaak!«

»Und wenn schon! Wie's den Leuten dabei geht, ist der Kirche und der Gemeinschaft doch scheißegal. Hauptsache, die Spenden kommen regelmäßig rein. Und jetzt ist unser Sohn tot und was tut sie, deine Kirche? Nichts!«

»Die Gemeinde betet für uns.« Ihre Stimme zitterte.

»Rebekka, wie kannst du nur so verblendet sein? Selbstmord ist eine Sünde, welche unsere gütige Kirche nicht vergibt! Oder kannst du mir erklären, aus welchem Grund du sonst alle Fotos von Kevin weggeschlossen hast?«

Frau Steiner wich dem verzweifelten Blick ihres Mannes aus.

»Nein, meine Liebe, da betet kein Schwein für Kevin, im Gegenteil! Sie waren froh ... was sage ich: überglücklich! Überglücklich waren sie, dass er nicht mehr dabei war!«

»Das stimmt nicht! Es ist alles deine Schuld! Du hast Kevin dazu ermuntert, seinen Weg zu gehen! Selbst zu wählen! In der Kirche wäre er gut aufgehoben gewesen. Dann wäre er nicht ... so geworden.«

»Rebekka, du redest Unsinn, das weißt du genau!«

In der atemlosen Stille, die jetzt eintrat, starrten sich die beiden lange an. Die Wut in ihren Blicken machte allmählich Trauer und Verzweiflung Platz. Zwei Menschen saßen da vor mir, denen das Glück zerbrochen war und die noch nicht gelernt hatten, damit zu leben.

»Wir haben doch alles richtig gemacht«, sagte Frau Steiner leise.

»Rebekka, bitte …«

»Hätte er regelmäßig die Kirche besucht, wäre alles anders gekommen. Sie hätte ihm Halt gegeben und ihn gerettet. Vor den Sünden und der Hölle. Es war ja kein Leben so.« Ihre Lippen zitterten plötzlich, sie sprang auf und verschwand im Flur. Kurz darauf wurde eine Tür zugeschlagen.

»Jetzt betet sie wieder«, ächzte Steiner, es war wohl abfällig gemeint gewesen, klang aber nur abgekämpft.

»Sie sind in einer Freikirche?« Ich bemühte mich um einen sachlichen Ton, doch der heftige Streit, der soeben vor meinen Augen ausgebrochen war, hatte auch mich aufgewühlt.

Steiner nickte und stieß verächtlich den Namen der religiösen Vereinigung aus, der mir jedoch nicht geläufig war. Ich wusste nur, dass gerade im Raum Zürich Dutzende solcher Gemeinschaften existierten und dass sich deren Leiter in der Öffentlichkeit stets gegen den Begriff ›Sekte‹ wehrten, wobei die Gruppierungen de facto genau das waren. Ein Anführer, der sich meist als Stellvertreter Gottes deklarierte und dem die Angehörigen der Bewegung bedingungslos zu gehorchen hatten.

Bei manchen dieser Vereinigungen wurden als Motivationsantrieb Weltuntergangsszenarien entworfen, welche die Gläubigen im Gegensatz zu der Restbevölkerung natürlich auf wundersame Weise alle überleben würden, solange sie taten, was ihr Führer von ihnen verlangte. Erfolgte – wie bislang in allen bekannten Fällen – am vorausgesagten Datum keine Apokalypse, wurde eiligst ein neuer Termin anberaumt, der Druck erhöht und mit drakonischeren Strafen für Zweifler und Abtrünnige gedroht. Es gab Leute, die trotzdem dabeiblieben. Mehr oder weniger freiwillig.

Von der Nähe der Stadt versprachen sich diese Kirchen nicht nur regen Zulauf von Sinn- und Haltsuchenden, sondern vor allem von den finanzstärkeren Mitgliedern die eine oder andere großzügige und selbstverständlich komplett zwanglose Spende, schließlich machte der Glaube allein nicht satt.

»Kevin war ebenfalls Mitglied dieser Sekte?«, erkundigte ich mich bei seinem Vater.

»Kirche, wir sind eine Freikirche«, betonte Steiner mit Nachdruck. Wie es schien, war es okay für ihn, wenn er über die Vereinigung schimpfte, kritische Bemerkungen eines Außenstehenden wurden jedoch nicht toleriert.

»War er?«

»Er ist ausgestiegen. Ich habe ihn darin bestärkt, doch seine Mutter hat es nie begriffen.« Er erhob sich und öffnete einen Schrank, dem er eine Flasche Kognak entnahm.

»Trinken Sie einen mit?«

Eine Frage, die ich meines Wissens noch nie mit Nein beantwortet hatte. Steiner stellte zwei Schwenker auf den Tisch und schenkte großzügig ein. Wir stießen an und er leerte das Glas mit einem Zug, bevor er es gleich wieder bis zur Hälfte füllte.

»Weshalb ist Kevin aus der Freikirche ausgetreten?«, nahm ich das Gespräch wieder auf.

»Er ... fuhlte sich nicht mehr wohl.«

»Weil er schwul war?«

Steiner zuckte zurück und presste die Lippen zusammen.

»Diese Freikirchen sind, soviel ich weiß, nicht gerade für ihre Toleranz gegenüber Minderheiten und Andersdenkenden bekannt«, fuhr ich fort, jetzt da ich wusste, dass ich ins

Schwarze getroffen hatte. »Er war wohl das ganze verlogene Gequassel über Nächstenliebe und Gemeinschaft leid.«

»Es war nicht der richtige Ort für ihn.«

»Herr Steiner, Sie beschönigen da einen Missstand! Ich kann mir gut vorstellen, dass er sich ausgegrenzt und nicht akzeptiert fühlte, eventuell wurde er sogar gemobbt. Deswegen wollte er austreten und vielleicht ist er auch deshalb mit einem Strick in den Estrich raufgegangen!«

Steiner schnappte nach Luft, sein ohnehin schon gerötetes Gesicht verfärbte sich puterrot. »Da liegen Sie komplett falsch! Das Gegenteil war der Fall! Er lebte völlig auf, nachdem er ausgetreten war!«

»Er hat sich Ihnen anvertraut?«

»Ich habe es schon früh geahnt, doch seine Mutter … meine Frau wollte es nicht wahrhaben. Für sie hielt die Kirche Lösungen für alles bereit, andere Ansichten zählten für sie nicht.«

»Wie ist sie mit der Tatsache umgegangen, dass ihr Sohn die Kirche verlassen hat, weil er homosexuell war?«

Steiner starrte in sein Glas, als suchte er die Antwort in der bernsteinfarbenen Flüssigkeit. »Zu Beginn gab es viel Geschrei und Tränen, doch dann wurde das Thema nicht mehr erwähnt«, berichtete er stockend.

»Sie meinen totgeschwiegen. Aber Kevin wohnte trotzdem weiter bei Ihnen?«

»Er war in Ausbildung. Hätte er genügend Geld gehabt, er wäre sofort in eine eigene Wohnung gezogen.«

»Sie wollten ihn nicht unterstützen?«

»Meine Frau verwaltet das Geld. Der Großteil wird gespendet.«

»Für gute Zwecke, wie man sieht.«

Regungslos blickte mich Steiner an, seine Mundwinkel zuckten verdächtig. Gerade als ich einen weiteren Gefühlsausbruch befürchtete, nahm er einen Schluck Kognak und lehnte sich etwas vor. »Aber wie gesagt: Trotz der Wohnsituation lebte Kevin richtiggehend auf, nachdem er ausgetreten war. Mit einem Mal ging er aus, das ist in der Kirche absolut verpönt ...«

»Wohin ging er?«

»In irgendeinen Jugendtreff am Sihlquai.«

»Was für einen Jugendtreff?«

»Na ja, einen ... sch... für hom...« Steiner druckste herum.

»Einen schwulen Jugendtreff?«

Kevins Vater nickte erleichtert. Das böse Wort schien ihm immer noch nicht leicht über die Lippen zu gehen. In unserem Gespräch hatte er es bislang erfolgreich vermieden.

»Er ging also aus. Lebte auf. Und trotzdem brachte er sich um. Für mich passt das nicht zusammen. Er hatte doch Pläne. Sie haben erwähnt, dass er nach Amerika wollte ...«

»Ja, nach dem Studium. Das hat er mir erzählt.«

»Ihre Frau behauptet aber das Gegenteil.«

»Davon habe ich überhaupt nichts gewusst, das müssen Sie mir glauben.«

»Weshalb war das so? Sie sind doch sein Vater!«

Steiner seufzte. »Die Arbeit für die Kirche hat mich derart absorbiert, dass ich oft nicht mitbekommen habe, was zu Hause lief. Das hat einen regelrechten Keil zwischen mich und meine Familie getrieben. Kevin und ich haben aneinander vorbeigelebt, obwohl wir im selben Haushalt wohnten. Mir ist nur aufgefallen, dass er nach dem Austritt aufblühte. Als ich ihn darauf ansprach, erzählte er mir von dem Jugendtreff. Doch in den Wochen vor seinem Tod wurde er wieder stiller. Ging nicht mehr aus und zog sich vermehrt zurück. Wollte ich mit ihm sprechen, wich er mir aus. Ich habe dem keine große Bedeutung beigemessen, er war schon immer ein verschlossener Junge gewesen. Wenn ich bloß die Anzeichen richtig gedeutet hätte ...« Er glotze mit wässrigen Augen in sein Glas, bevor er es erneut ansetzte.

Dieser Vorwurf klang vertraut. Mir erging es mit meinem Vater nicht anders.

»Hatte er einen Freund?«, fragte ich schnell, denn ich wusste aus Erfahrung, welchen weinerlichen Verlauf die Gespräche von zwei Männern nehmen konnten, wenn eine Flasche Schnaps mit Schuldgefühlen kollidierte.

»Es gab da jemanden.« Er nannte mir einen Namen.

Ich bedankte mich und stand auf. »Eine letzte Frage noch: Ihre Vornamen ...«

»Meine Frau und ich haben sie angenommen, als wir in die Kirche eingetreten sind.«

»Kevin stand dabei wohl kaum auf der Liste mit den ausdrucksstärksten biblischen Namen.«

»Wir waren bei seiner Geburt noch keine Mitglieder der Kirche. Später wollten wir ihn Jesaja taufen, doch er weigerte sich, den Namen anzunehmen. Alles Zureden war vergebens, die Drohungen ebenfalls. Da hat er sich zum ersten Mal gegen uns und die Kirche durchgesetzt. Er konnte so starrköpfig sein.« Steiner lächelte tapfer, während sich seine Augen mit Tränen füllten.

Wie viele Menschen, die sich irgendwann vorgenommen hatten, mehr Sport zu treiben, und die dann jedes Mal, wenn es konkret wurde, doch dem Feierabendbier den Vorrang gaben und das sündhaft teure und extra angeschaffte Paar Turnschuhe verstohlen zurück in den Schrank packten, befiel mich ein schlechtes Gewissen, wenn ich in die Nähe eines Fitnessstudios kam.

Nur so konnte ich mir erklären, weshalb ich mich schuldig fühlte, als ich die Treppe des Gebäudes an der Ausstellungsstrasse hinunterstieg, an dessen Fassade die vertikale Aufschrift *Bananen* auf die *Westindische Bananencentrale* hinwies, die ab 1926 hier untergebracht gewesen war. Längst wurde in dem denkmalgeschützten Haus nicht mehr mit

Südfrüchten gehandelt. In den oberen Geschossen residierte eine Berufsschule, im Keller schwitzten Sportbegeisterte im Fitnessklub *Vif*.

Kaum hatte ich das in hellen Farbtönen gestrichene Gewölbe betreten, wurde ich von einer attraktiven Dame mit sportlicher Figur, unvermeidlicher Solariumbräune und genau so unvermeidlich aufblondierter Haarpracht in Empfang genommen.

»Ich habe keine Safari gebucht«, bemerkte ich mit Blick auf ihr Outfit, welches im Dschungel als perfekte Tarnung durchgegangen wäre – oder sie zur Trophäe jedes Wilderers gemacht hätte. Denn eine so gewagte Kombination aus Zebrastreifen, Leopardenfell und Tigermuster hatte ich seit den Achtzigern nicht mehr an einer einzigen Person gesehen. Dass es überhaupt noch Geschäfte gab, die solche Kleidungsstücke verkauften, erstaunte mich. Doch mir blieb keine Zeit, mir weitere Gedanken zum modischen Statement der Dame zu machen, denn die war der Meinung, ich sei ein potenzielles Neumitglied, bereits eifrig vorausgegangen, um mich durch den Klub zu führen.

Hastig rief ich sie zurück, allein schon vom Anblick der Gerätschaften abgeschreckt, mit denen der Raum vollgestellt war. Teilweise waren Menschen in den Maschinen eingeklemmt, die zusammengekniffenen Münder, das unterdrückte Keuchen und die hervorquellenden Augäpfel in den schweißbedeckten Gesichtern verrieten Höllenqualen. Grausliche Erinnerungen an das *Museum of Torture* stiegen in mir hoch, eine Wanderausstellung über mittelalterliche Foltergeräte, die ich einst in Prag besucht hatte und die auch kurz in einem der Hannibal-Lecter-Filme zu sehen war. Damit war wohl mehr als genug gesagt.

Mit einem bedauernden Blick auf meine Statur machte die Inhaberin des Klubs kehrt und ich gab ihr den Grund an, weshalb ich hier war. Hilfsbereit deutete sie in den hinteren

Teil der Sportanlage, der durch eine Glasscheibe mit aufgeklebtem Sichtschutz vom Rest des Studios abgetrennt war.

Bestialische Schreie drangen aus dem Raum und legten nahe, dass sich hinter der Scheibe entweder ein Gebärsaal befand oder gerade ein Hardcoreporno gedreht wurde. Beides traf nicht zu, wie ich etwas enttäuscht feststellte, als ich den Hantelraum betrat. Stattdessen fand ich einen massigen Mann vor, dessen Brustmuskeln Pamela Andersons BH zum Fingerhut degradiert hätten. Brüllend stemmte er gerade die Stange mit den enormen Gewichtsscheiben ein letztes Mal hoch und ließ sie danach mit dumpfer Wucht auf die vorgesehenen Halterungen knallen. Dann richtete er sich schwer keuchend auf der Bank auf, die halb unter die Vorrichtung geschoben war.

»Thomas?«, fragte ich zweifelnd.

Immer noch nach Luft schnappend, reckte der Muskelprotz das Kinn in Richtung eines im Vergleich zu ihm geradezu schmächtigen Jungen, der sich vor einer Spiegelwand mit zwei Hanteln abmühte. Als ich näher trat, ließ er diese zu Boden sinken und betastete eingehend seinen Bizeps. Das Resultat schien ihn nicht zufriedenzustellen. Mit verbissener Miene hob er die Gewichte erneut hoch, während ihm das blonde Haar feucht in der Stirn klebte.

In sicherer Entfernung wartete ich ab, bis er mit dem Satz fertig war, dann stellte ich mich vor.

»Privatdetektiv, ja?« Er musterte mich mit einem Gesichtsausdruck, der sich zwischen Neugier und Belustigung nicht entscheiden konnte.

»So ist es. Ich muss mit dir über Kevin reden.«

Seine Miene verdüsterte sich. Schroff wandte er sich ab und griff wieder nach seinen Hanteln. Mir fiel auf, dass er gar nicht so schmächtig war, wie ich zuerst gedacht hatte. Das ärmellose und weit geschnittene T-Shirt, das um seinen Körper schlabberte, hatte ihn so erscheinen lassen, doch aus der Nähe war zu erkennen, dass er ziemlich durchtrainiert war.

»Ihr seid befreundet gewesen?«

Er machte eine vage Kopfbewegung, während er die Hanteln unablässig anhob und senkte. »Wir haben uns ab und zu im *Spot25* gesehen.«

»Wo?«

Mit einem Seitenblick auf den Muskelprotz, der immer noch auf der Bank saß und hechelte, senkte er die Stimme. »Im schwulen Jugendtreff, okay?«

Ich nickte, um ihm zu verstehen zu geben, dass ich wusste wovon er sprach.

Er warf mir einen überraschten Blick zu, dann ließ er die Hanteln sinken und legte sie zurück in das Gestell, wo sie nach Gewicht sortiert waren. »Wir haben da manchmal zusammen was getrunken und gequatscht.« Thomas fuhr sich durchs Haar. Er hatte ein offenes, aufrichtig wirkendes Gesicht und ich schätzte ihn auf etwa zweiundzwanzig.

»Ihr wart nicht zusammen?«

»Nun, Kevin war in dieser Hinsicht etwas ...«

»Verklemmt?«

»Zurückhaltend, würde ich sagen. Er war ein hübscher Junge, trotzdem hat er sich nie abschleppen lassen, soviel ich mitbekommen habe. ›Die eiserne Jungfrau‹, haben sie ihn im *Spot* genannt. Kein Wunder bei diesen Eltern. Die haben ihm das Leben verdammt schwer gemacht. Die waren Mitglieder in einer Freikirche ...«

»Ich weiß, deswegen bin ich hier. Sein Vater hat mir gesagt, dass du eine Art Vertrauter für Kevin gewesen bist. Er hat mir auch gesagt, wo ich dich heute finden könnte.«

»Am Sonntag ist es hier relativ ruhig. Aber ich komme oft hierher, drei Mal die Woche.« Er deutete in Richtung Nebenraum, woher das gleichmäßige Klacken der Trainingsmaschinen zu uns herüberdrang.

»Worüber hast du dich mit Kevin unterhalten?«

Thomas trocknete sich den Schweiß auf der Stirn mit einem Frotteetuch, das er sich im Anschluss über die Schulter warf. »Über alles, über nichts. Wie das halt so ist. Man erzählt sich irgendwelche Dinge und vergisst das Gesagte gleich wieder.«

»Glaub ich dir nicht.«

»Ist aber so. Du hast ja keine Ahnung, wie viel oberflächliches Zeugs geredet wird.«

Ich hatte eine Ahnung, aber das behielt ich für mich. »Wie lange habt ihr euch gekannt?«

»Zwei Jahre etwa ...«

»Und in diesen zwei Jahren habt ihr nie über etwas Persönliches geredet?«

»Wir waren ja nicht eng miteinander befreundet, echt nicht. Es war eher eine lockere Bekanntschaft, obwohl ich ihn gern mochte. Aber so eine richtige Freundschaft war mit ihm nicht möglich, das habe ich schnell lernen müssen. Es lag an seiner Familie. Obwohl er ausgetreten war, saß die Heilslehre immer noch in seinem Kopf und hat ihn bestimmt. Die haben das richtig eingeätzt, voll die Gehirnwäsche. Für ihn blieb ich immer ein Außenstehender, einer der nicht dazugehört.«

»Zur Sekte?«

»Genau. Und solchen Leuten, solchen Ungläubigen, wie er mir einmal erzählt hat, durfte man als Mitglied der Kirche nicht trauen. Ich weiß nicht, ob er sich je so entspannt hätte, dass mehr möglich gewesen wäre. Ob er das jemals ganz hätte hinter sich lassen können. Er war innerlich wie zerrissen, wusste überhaupt nicht, wohin er gehörte und wer er wirklich war.«

Thomas rieb sich nachdenklich die Oberarme.

»Verhielt er sich kurz vor seinem Tod anders? Gab es Hinweise auf einen Selbstmord?«

»Kevin hat mehrmals ein Austauschjahr in Amerika erwähnt und dass ihm das seine Mutter verboten hätte.«
»Weshalb?«
»Für sie war Amerika der Inbegriff von Sünde. Sie wusste von den freizügigen Musikvideos und hatte gehört, dass dort die weltweit größte Pornoindustrie beheimatet ist. Sie hatte panische Angst, dass Kevin in diese Szene geraten könnte, gerade weil er so jung war und auch noch schwul.«

Wenn ich an Amerika und Sünde dachte, kamen mir auf die Schnelle nur Doppelmoral und Prüderie in den Sinn. Der erzkonservative Kongressabgeordnete, der in männlicher Begleitung und mit heruntergelassener Hose in einer Flughafentoilette verhaftet wurde, oder der landesweite Aufschrei bei Janet Jacksons Nippeldesaster, nachdem die Sängerin bei ihrer musikalischen Darbietung während des Super Bowls ihre – wohlgemerkt an kritischer Stelle abgedeckte – Brust entblößt hatte. Da war in jedem französischen Spielfilm Verruchteres zu sehen – unzensiert und zur besten Sendezeit.

»Die Leute in diesen Sekten leben teilweise so weltfremd, dass ihnen ein Video von Lady Gaga oder Eminem wie eine Botschaft aus der Hölle vorkommt«, fuhr Thomas fort. »Das weiß ich von Kevin.«

»Seine Amerikapläne wurden daraufhin endgültig gestrichen?«

Thomas nickte. »Er war ein paar Wochen lang ziemlich down, doch dann ging's ihm plötzlich wieder besser. Viel besser. Erst dachte ich, er sei darüber hinweg, aber dann erzählte er mir von dieser Organisation.«

»Die ihm dabei helfen sollte, sich zu verändern.«

Verdutzt sah er mich an. »Woher weißt du das?«

»Ich hatte so eine Ahnung. Worum geht es da?«

»Ich weiß es nicht genau. Kevin hat dauernd von *Sanduhr* gesprochen, so heißt dieser Verein. Muss irgendwo in Wiedikon sein. Er meinte, jetzt würde alles gut und seine Mutter würde ihm todsicher erlauben, nach Amerika zu fliegen. Er kam dann auch nicht mehr in den Treff und ich habe ihn nie wieder gesehen. Zwei Monate später erfuhr ich, dass er sich umgebracht hat.«

Wie hypnotisiert starrte ich in die goldbraune Flüssigkeit, die immer wieder über die beiden Eiswürfel schwappte, als würde sich mir dort irgendeine Wahrheit offenbaren. Ein scharfes Zischen holte mich in die reale Welt zurück. Genauer gesagt: in den Laden meiner Mutter. Nicht, dass ich Manju hätte kontrollieren wollen, wie mir das meine Mutter vor ihrem Abflug nach Indien ans Herz gelegt hatte, doch als ich auf dem Heimweg am Lokal an der Langstrasse vorbeigekommen war, war mir aufgefallen, dass immer noch Licht brannte.

Abwesend beobachtete ich den großzügigen Klacks *Ghee*, der in der heißen Pfanne zischend herumschlidderte, bevor er zusammenschmolz. Manju schüttete eine Handvoll Zwiebelsamen in die ausgelassene Butter, winzige, schwarze Körner, die wie Flöhe in der Pfanne hüpften, während sich sofort ein feinwürziger Geruch breitmachte.

»Ich will das morgige Menü Probe kochen. Schließlich trage ich jetzt die Verantwortung«, hatte Manju kurz angebunden erklärt, als ich sie gefragt hatte, weshalb sie neuerdings auch sonntags arbeite. »Da soll alles perfekt sein.«

Ich fragte mich, wie sich Manjus Ehrgeiz auf die Beziehung zwischen ihr und mir auf Dauer auswirken würde. Auch wenn ich noch immer das Gefühl hatte, zwischen uns existiere etwas, das bei behutsamer Pflege zu Größerem heranwachsen könnte – Manju schien diese Ansicht nicht zu teilen, jedenfalls sandte sie keinerlei Signale in der Richtung aus. Und ich kannte mich aus mit Signalen.

»Was kochst du da?«

Sie antwortete, ohne von der Pfanne aufzublicken: »*Tel Baingan.*«

»Würzige Auberginen?«

Jetzt lächelte sie doch, während sie gelbes Kurkumapulver zu den mittlerweile gerösteten Samen gab und das Ganze mit Chilipulver bestäubte. »Mein vegetarisches Menü für morgen. Wird zusammen mit Reis und *Naan* serviert, dazu gibt es ein *Raita* mit Tomaten und Gurken.«

»Klingt lecker.« Mit einem Mal verspürte ich ein Zerren in meiner Magengegend.

»Willst du nachher probieren?«, erkundigte sich Manju mit einem süffisanten Augenzwinkern und würzte die Mischung mit Salz und einer Prise Zucker, bevor sie alles mit ein paar Löffeln Joghurt ablöschte.

Ertappt nickte ich. Ich hatte wohl etwas zu gebannt in die Pfanne geglotzt, doch der Geruch, der jetzt das Lokal erfüllte, war einfach zu betörend. Mir lief das Wasser unkontrolliert im Mund zusammen und ich fragte mich, wann ich zum letzten Mal richtig gegessen hatte. In den vergangenen vierundzwanzig Stunden sicher nicht, da war ich so beschäftigt gewesen, dass ich kaum daran gedacht hatte. Doch nun meldete sich das Bedürfnis nach Nahrung mit ungebremster Wucht.

Ich sah Manju zu, wie sie etwas Wasser hinzugab und den Pfanneninhalt aufkochte, bevor sie gebratene Auberginenscheiben, die sie offenbar schon vorbereitet hatte, zusammen mit klein gehackten, grünen Chilischoten unterhob und das Gericht auf der niedrigsten Stufe köcheln ließ. Derweil röstete sie in einer zweiten, kleineren Kasserolle Kreuzkümmelsamen, die sie über das Gemüse streute. Ohne erneut nachzufragen, griff sie sich einen Teller vom Stapel neben dem Tresen und schöpfte eine üppige Portion darauf, die sie mir zusammen mit einem Fladenbrot reichte. Wir sahen uns tief in die Augen, beide jeweils eine Hand am

Teller, bevor sie so strahlend lächelte, dass mir das Blut in die Ohren und andere Körperteile schoss.

Nachdem ich mich satt gegessen hatte, verdrängte ich das kurz aufwallende Bedürfnis nach einer Zigarette und schenkte mir einen weiteren *Amrut* ein.

Draußen fiel Schnee, so dicht, dass die gegenüberliegende Häuserfront hinter den herabschwebenden Flocken beinahe verschwand. Kaum jemand traute sich bei diesem Wetter noch vor die Tür, die sonst so belebte Straße war menschenleer. Einzig die Lichter der Restaurants, Klubs und der wenigen verbliebenen Striplokale leuchteten und blinkten unbeirrt in den düsteren Abend.

Während sich Manju an das nächste Gericht machte, *Bhoona Ghosht*, ein Lammcurry mit dick eingekochter Soße, sah ich plötzlich meinen Vater wieder vor mir, wie verwirrt und zerbrechlich er heute Morgen am Flughafen gewirkt hatte.

Mein Herz wurde schwer. Jetzt wünschte ich, ich hätte ihm in den vergangenen Jahren, als er immer mehr im Sessel versank und kaum noch am täglichen Leben teilnahm, mehr Aufmerksamkeit geschenkt, mehr mit ihm gesprochen. Vielleicht hätte ich so rechtzeitig herausgefunden, was los war. Doch rechtzeitig für was? Was hätte ich denn für ihn tun können? Seine Träume hatten sich längst aufgelöst, Heimweh und Frustration tief in seine Seele gefressen. Aber möglicherweise wäre es dann nicht so weit mit ihm gekommen, redete ich mir ein.

Ich trank einen großen Schluck Whisky. Morgen würde ich als Erstes in Indien anrufen, um mich zu überzeugen, dass meine Eltern sicher angekommen waren.

Ich blickte auf die Zeitanzeige meines Mobiltelefons. Indien war dreieinhalb Stunden voraus, dort war jetzt also bereits elf Uhr abends. Mutter und Vater befanden sich immer noch im Flugzeug.

Ich gähnte. Da war sie, die Müdigkeit, die ich den ganzen Tag schon vor mir hergeschoben hatte. Meine Augenlider wurden schwer, doch ich hinderte sie mit aller Kraft am Zufallen. Was würde Manju von mir denken, wenn ich hier an Ort und Stelle vornüberkippte und das Tischtuch vollsabberte?

Ich setzte gerade dazu an, die Fakten meiner Fälle zu ordnen, als Manju einen Stuhl heranzog und sich zu mir setzte. Sie hatte eine Kassette in den alten Rekorder eingelegt und eine hohe weibliche Stimme wimmerte sich durch einen Song in Hindi. Manju wischte sich die Hände an einer Schürze ab und nippte an einem Glas *Nimbu Pani*, gesüßtem Limonenwasser.

»Es ist dein Vater, nicht?«, stellte sie nach einer Weile fest.

»Ich kann nichts für ihn tun. Das macht mich fertig.«

Ohne ein Wort zu sagen, legte sie mir die Hand auf den Arm. Die Berührung ging wie ein Stromstoß durch meinen Körper. Anscheinend hatte sie meine Reaktion auch bemerkt, jedenfalls fragte sie, ob ich nur wegen der Sache mit meinem Vater so angespannt sei.

Ich erklärte es ihr: »Es ist auch der Fall, den ich gerade lösen soll.«

»Erzählst du mir davon?«

Ich warf ihr einen prüfenden Blick zu, doch das Interesse hinter ihrem verlegenen Lächeln war echt. Ich fasste kurz zusammen, was ich hatte. Das war ohnehin nicht viel.

»Und das hat alles irgendwie miteinander zu tun?«, erkundigte sich Manju, die mir aufmerksam zugehört hatte.

Auch wenn ich das vermutete, waren Zweifel auf jeden Fall angebracht. Die Umstände von Saids Tod hingen nur äußerst vage mit denjenigen von Nils zusammen. Bei Said war eine frische Tollkirsche gefunden worden, ein hochgiftiges Nachtschattengewächs, das sich bei einer professionellen

Analyse auch in Nils' Hexensalbe nachweisen lassen würde. Und zwischen Said und Kevin sah ich überhaupt keine Verbindung.

Der magere gemeinsame Nenner war, dass alle drei auf Männer standen. Und tot waren.

»Das ist alles?«, fragte Manju aufrichtig erstaunt.

Ich schlürfte zerknirscht an meinem Drink und starrte in das Schneetreiben, das in der letzten Viertelstunde heftiger geworden war.

Genau genommen, war es nichts. Ich hatte nichts in der Hand. Weder hatte ich eine Spur zu Saids Mörder gefunden, noch war ich dahintergekommen, was die beiden anderen Jungen gemeinsam gehabt hatten. Weshalb sie sterben mussten.

»Du schaffst das schon«, spendete mir Manju Trost, als sie bemerkte, wie niedergeschlagen ich war. Ihr aufmunterndes Lächeln wirkte wie Balsam für mein Selbstwertgefühl. »Ich glaube an dich.«

Nachdem wir uns einen halben Hindisong lang wortlos angeguckt hatten, zogen Rauchschwaden auf und sie sprang erschrocken hoch.

»Meine Güte, das *Bhoona Gosht!*«, rief sie entsetzt und eilte zum Herd.

Mein Blick folgte ihr, als wäre sie mit einem starken Magnet ausgestattet. Ich pfiff meine Gedanken zurück und befahl ihnen, sich wieder in Reih und Glied aufzustellen, was sie nur maulend befolgten. Ein Schluck *Amrut* half ihnen dabei.

Ein schwacher Hoffnungsschimmer blieb mir: der Besuch bei dieser Organisation, die Kevins Kumpel Thomas erwähnt hatte. *Sanduhr* hieß sie, ein merkwürdiger Name. Vielleicht kam ich morgen früh einen Schritt weiter.

Montag

»Da bist du ja! Herzlich Willkommen!« Der Mann öffnete mir die Tür so prompt, als hätte er direkt dahinter auf mein Klingeln gewartet. Ehe ich ausweichen konnte, hatte er die Arme ausgebreitet und drückte mich überschwänglich an sich. »Schön, dass du zu uns gefunden hast!«
Ich ließ mir weder anmerken, wie sehr ich mich überrumpelt fühlte, noch wie unangenehm mir derart enger Körperkontakt zu wildfremden Menschen war. Vor allem wenn es sich dabei um einen Mann handelte. Keineswegs war ich prüde, es war nur, dass ich sein Ding *spüren* konnte. Links neben meinem Bauchnabel, ganz deutlich. Doch ein gewiefter Detektiv weiß aus jeder noch so widrigen Situation das Beste rauszuholen. Ich rückte so weit es seine Umarmung zuließ von dem Mann ab und sah mich unauffällig um.
Der Raum erinnerte bestenfalls an ein Reisebüro in der Provinz: grauer Spannteppich, ein aus Spanplatten gefertigter Korpus. Der darauf stehende Computer mochte modern gewesen sein, als Britney Spears noch auf Jungfrau gemacht hatte. Eine gerahmte Fotografie zeigte ein glücklich lachendes Paar mit zwei kleinen Mädchen. Hinter dem Pult ein massiver Aktenschrank, an der Wand ein nüchternes Holzkreuz. In einer Halterung, die beim Eingang montiert war, steckten bündelweise Traktate und Broschüren.
Das Plakat gleich daneben warb für ein Feriencamp auf einer abgelegenen Alp. Von Glück beseelte Männer waren darauf zu sehen, rotwangig, die Augen strahlend und hoffnungsvoll, einer hatte sogar eine Gitarre dabei. Gold glühend versank die Sonne hinter schneebedeckten Bergspitzen, der Himmel leuchtete in dramatischen Farben. Heimeliges Licht strahlte aus den Fenstern der Holzhütte, im Bach sprudelte

silberklares Wasser. So kitschig das Bild auch war, nebst dem religiös-therapeutischen Beigeschmack hatte es auch etwas Archaisches, Ursprüngliches. Es lockte mit einer Reise zu jenem letzten Ort, wo Männer noch sein konnten, wie Gott sie erdacht hatte: gefährlich, frei und Gitarre spielend, sich einzig von Wurzeln, wilden Beeren und rohem Fleisch ernährend.

Jetzt reichte es mir endgültig, dass sich mein Gastgeber immer noch an mich drückte, und mit leichter Gewalt löste ich mich von ihm. Etwas benommen, wie mir schien, trat er einen Schritt zurück und wies mit einer einladenden Geste zum Besuchersessel. Gerade noch rechtzeitig entwand ich mich seinem Arm, der sich bereits wieder krakenhaft um meine Schulter zu legen versuchte. Erleichtert atmete ich auf, als sich der Schmusetiger auf die andere Seite seines Schreibtisches begab.

Der Typ hatte sich als Robert Irgendwas vorgestellt und noch ehe ich wegen seines Familiennamens nachfragen konnte, hatte er mir angeboten, ihn Bob zu nennen, das täten ohnehin alle.

Bob hatte welliges, weizenblondes, auf der Seite prima gescheiteltes Haar, einen gebräunten Teint und zwei schier endlose Reihen ebenmäßiger Zähne, die so weiß waren, wie man sie in freier Natur nie antraf. Auch sein Verhalten wirkte sehr amerikanisch, er musste in der Mitarbeiterschulung gut aufgepasst haben. Denn so viel hatte ich über die sonst unverbindlich gehaltene Homepage rausgefunden: Die Organisation stammte aus dem Land der unbegrenzten Möglichkeiten. Der Hauptsitz der Schweizer Filiale war nicht ganz einfach zu finden gewesen, er lag im Souterrain eines schmucklosen Wohnhauses aus den Sechzigern. Einzig ein diskretes Schild neben der Klingel wies auf das Unternehmen *Sanduhr* hin.

»Nun, mein Lieber, was führt dich hierher?«

Bob faltete die Hände und setzte einen betont einfühlsamen Gesichtsausdruck auf. Auch das war sehr amerikanisch an ihm: Jede Geste, seine Mimik, die Sprache, alles war einen Tick zu sehr akzentuiert, überdeutlich, als wäre er ein Theaterschauspieler, der sichergehen wollte, dass auch die Zuschauer in den hintersten Rängen jede Nuance seines Spiels mitbekamen.

»Ich habe ein paar Fragen ...«

»Dann bist du hier genau richtig!«, fiel mir Bob euphorisch ins Wort. »Wir alle haben Fragen. Auch ich. Dazu gibt es uns: Wir bieten dir Raum, deine inneren Fragen zu stellen. Denn ein erfülltes Leben heißt nicht, alle Fragen beantwortet zu haben. Nein, ein erfülltes Leben heißt, zu akzeptieren, dass man nie aufhören wird zu fragen. Und ich kann dir versichern: Gott hört dir zu! Er wird sich deiner annehmen ...«

»Ich weiß, was in eurem Programm steht, ich möchte aber wissen ...«

Bob hob die Hand und bremste mich schon wieder aus. »Ich kann verstehen, dass du ungeduldig bist, vielleicht sogar aggressiv. Doch das musst du nicht mehr sein. Hier verstehen wir dich. Wir alle waren einmal in deiner Situation und hatten Fragen. Brennende Fragen. Doch mit Gottes Hilfe haben wir zu den richtigen Antworten gefunden. Du brauchst dich nicht mehr zu verstecken.« Er machte eine dramatische Pause. »Ich will ganz offen sein.«

Ich stöhnte innerlich. Leute, die ankündigten, offen sein zu wollen, kamen in der Unglaubwürdigkeits-Hitparade kurz nach denjenigen, die von sich behaupteten, sie seien ganz unkompliziert.

»Am Anfang erlebe ich von Ratsuchenden oft Abneigung und Misstrauen. Das ist nur natürlich, denn die Gesellschaft stellt nichts mehr infrage. Alles ist normiert und soll bleiben, wie es ist, für alles gibt es eine Schublade. Aber manche Leute gehören in keine Schublade. Diese Leute suchen die

Veränderung, sie wollen mehr vom Leben. Ich bin so ein Mensch und du auch.«

Ich wollte Bob unterbrechen, doch er hob erneut die Hand, pathetisch, wie ein Rockstar im Stadion vor der Powerballade.

»Doch manchmal ist es schwierig, zu sich selbst zu finden. Man ist verwirrt von all den vorgefassten Meinungen, von den Erwartungen seiner Umwelt. Wir sind dazu da, dich aus dieser Orientierungslosigkeit zu leiten. Deswegen auch der Name *Sanduhr*: Es ist nie zu spät! Man kann die Uhr umdrehen und alles beginnt von vorn, es ist ein ganz neues Leben, das Gott dir schenkt. Denn Gott liebt dich!«

Ich blähte dezent die Wangen und er salbaderte noch eine ganze Weile über Gott, dass der dies konnte und jenes und wen er alles liebte, bis ich seinen Redefluss etwas ungehalten unterbrach: »Aber ich verstehe nach wie vor nicht, was genau von vorn beginnen soll. Was das für mich bedeutet!«

Auf der Webseite hatte ich nur vage Hinweise zum Angebot der Organisation gefunden. Ähnlich wie Bobs Rede war sie voller schwurbeliger Formulierungen, ohne jemals eindeutig zu werden.

Deswegen hatte ich mich entschlossen, nochmals den Schal meines schwulen Outfits umzulegen und mich bei Bob als potenzieller Patient – oder wie auch immer er seine Kunden nennen mochte – auszugeben. Vorerst zumindest. Sollte er erneut versuchen, mich zu umarmen, würde ich meine Camouflage zu meinem eigenen Schutz auf der Stelle fallen lassen. Aber so was von.

»Nun.« Bob presste die Handflächen zusammen und legte die Fingerspitzen an seine Unterlippe. »Wir unterstützen dich dabei, den Weg zu dir selbst zu finden. Wir helfen dir, deine inneren Widerstände zu lösen. Viele Menschen, die zu uns kommen, empfinden ihre Sexualität als konflikthaft. In intensiven Einzelgesprächen lernt der Suchende bei uns, angst- und aggressionsfrei damit umzugehen. Die Entscheidung, wie er seine Sexualität ausleben will, liegt dabei ganz beim Suchenden selbst.«

»Wie großzügig«, warf ich trocken ein, doch Bob ließ sich nicht beirren.

»Mit Gebeten und im Verbund mit anderen Betroffenen wirst du anschließend lernen, zu deiner wahren sexuellen Identität und zu Jesus zurückzufinden«, schloss Bob seinen Vortrag, der höchstwahrscheinlich einem der Werbeprospekte neben dem Eingang entstammte.

»Klingt nach Therapie!«

Bob wiegte milde lächelnd den Kopf. »Wir nennen es Beratung. Dabei nehmen wir deinen Wunsch nach Veränderung sehr ernst.«

»Ich soll mich verändern? In was denn?« Endlich wurde er deutlich. Ich überschlug die Beine und legte beide Hände auf mein Knie. Von Miranda hatte ich gelernt, dass kein heterosexueller Mann jemals so dasitzen würde. Nicht ohne Gewaltandrohung.

Bobs Lächeln verbreitete sich. »Mein Lieber, weswegen bist du hier?« Er sah mich fragend an und ich setzte eine betont nichtsahnende Miene auf.

»Ich werde es dir sagen: Weil du nicht mehr so weiterleben willst wie bisher!«

»Auf gar keinen Fall!«, bestätigte ich nachdrücklich.

»Eben. Deswegen begleiten wir dich auf dem Weg aus der Homosexualität zum Dasein als vollwertiges Mitglied der Gesellschaft.«

»Das bedeutet, ihr polt Schwule um?«

Bob zuckte zusammen. »Nein! Natürlich nicht! Unsere Tätigkeit ist rein unterstützend.«

»Ach so?« Mir war, als wäre ich soeben in ein längst vergangenes Zeitalter zurückkatapultiert worden. Ungefähr in eine jener Ären, als noch Hexen verbrannt worden waren oder man die Erde für eine Scheibe gehalten hatte.

Bob rutschte auf seinem Stuhl herum. »Selbstverständlich wissen wir, dass Homosexualität 1992 durch die WHO von der internationalen Liste der Erkrankungen gestrichen wurde.«

»Aber ihr bietet trotzdem die Heilung einer Krankheit an, die offiziell gar nicht existiert?«

»Wir sprechen hier nicht von Krankheit! Aber es gibt Leute, die hadern mit ihrem Schicksal als Lesbe oder Schwuler. Leider bekräftigt die westliche Gesellschaft sie darin, indem sie diese Lebensform toleriert, ja sogar gutheißt. Wir hingegen bieten das nötige Verständnis und das Wissen unseres gut geschulten Personals, um eine Veränderung möglich zu machen.«

»Hübsch umformuliert, Bob!« Sein salbungsvoller Ton ging mir zunehmend auf die Nerven. »Funktioniert das auch umgekehrt? Könnt ihr einen Hetero zum Schwulen zaubern?«

Balthasar hatte einmal gesagt, dass der Unterschied zwischen einem Hetero und einem Schwulen ungefähr eine halbe Flasche Wodka betrage, ich allerdings glaubte nicht an diese reibungslosen Metamorphosen. Meiner Meinung nach war Schwulsein ein fester Bestandteil der Persönlichkeit.

Bei *Sanduhr* hingegen wurde den Leuten eingeredet, Homosexualität sei nicht mehr als eine schlechte Angewohnheit, die man sich abgewöhnen konnte wie Rauchen oder Nägelkauen.

»Der Wunsch wurde bislang noch nie geäußert«, bemerkte Bob zögernd, während seine Lider misstrauisch zuckten. »Ich habe gerade ganz stark das Gefühl, dass du mich nicht ernst nimmst.«

Das war eine maßlose Untertreibung, doch ich hatte genug erfahren. Ich entkreuzte meine Beine und legte die Karten auf den Tisch: »Mir geht es um zwei Jungs, die sich hier angemeldet haben. Der eine, Kevin Steiner, muss ein paar eurer Kurse absolviert haben, sein Bekannter Nils Bühlmann wollte heute damit anfangen.«

Bobs Lächeln gefror. »Wer bist du? Und was willst du hier?«

Ich erklärte ihm den Grund für meinen Besuch und wie ich mein Geld verdiente, worauf sich Bobs eben noch strahlendes Angesicht schlagartig verfinsterte.

»Raus!«, zischte er und wedelte affektiert mit der Hand Richtung Tür, doch ich war noch nicht fertig.

»Die jungen Männer wollten sich unbedingt verändern. Sie kamen in ihrer Verzweiflung hierher und nun sind beide tot …«

»Und natürlich gibst du mir die Schuld dafür! Wie alle anderen auch! Ihr macht es euch so einfach! Diese Gesellschaft, die sich gegen jede Veränderung sträubt und uns zum Sündenbock stempelt, wenn etwas schiefgeht! Alle sind gegen uns! Die Wissenschaftler, die Eltern von Betroffenen, sogar ehemalige Kunden!«

»Mir kommen gleich die Tränen! Gibt Ihnen das nicht zu denken? Hinterfragen Sie denn Ihr Tun überhaupt nicht?« Aufgebracht lehnte ich mich vor. »Man kann sich doch nicht einfach aus der Verantwortung stehlen, wenn man todunglückliche und labile Menschen mit solchem Schwachsinn traktiert!«

Wütend sprang Bob auf und riss willkürlich einige Schubladen des Aktenschrankes heraus. »Und das hier? Was sagst du dazu?«

Mit fahrigen Bewegungen deutete er auf den Inhalt der Schubladen: fein säuberlich aufgereihte Akten in Kartonschutzhüllen, alphabetisch geordnet, wie ich an den kleinen Schildern aus Plastik erkennen konnte, die zwischen den Mappen hochragten.

»Alles Erfolge! Menschen, die das vermeintlich unabänderliche Schicksal, das ihnen die Umwelt aufdrängte, nicht akzeptieren wollten und sich mit Gottes Hilfe zu vollwertigen Mitgliedern der Gesellschaft gewandelt haben!«

Schon wieder: vollwertiges Mitglied der Gesellschaft. So klang Propaganda. Mir lief es kalt den Rücken hinunter. »Was sie vorher nicht waren! Macht einen die Vorliebe für Titten und Mösen wirklich zu einem besseren Menschen?«

Bob hielt wie vom Blitz getroffen inne. »Das ist vulgär!«, schrie er und seine gebräunte Gesichtsfarbe erhielt eine intensivere Tönung.

»Viele von euren Kunden leben jetzt asexuell und verdrängen mit aller Macht ihre Neigungen«, entgegnete ich ruhig. Immerhin so viel hatte ich im Internet herausgefunden. »Die Folgen sind schwerwiegende psychische Störungen ...«

»Sieh mich an! Ich habe geheiratet und zwei wundervollen Töchtern das Leben geschenkt! Was soll daran gestört sein?« Triumphierend wies er zum Familienfoto auf seinem Schreibtisch. Ich warf einen Blick auf das Bild und stutzte. Etwas stimmte an der Aufnahme nicht. Erst kürzlich hatte ich ein ähnliches Bild gesehen. Mir fiel nur nicht mehr ein, wo.

»Und wenn das Verwandeln nicht gelingt?« Bobs Überheblichkeit machte mich sauer. Wie konnte er sich bloß anmaßen, nach eigenem Gutdünken in der Psyche verunsicherter und hilfesuchender Menschen rumzupfuschen? Um reine Nächstenliebe handelte es sich wohl kaum.

Es war mir immer wieder ein Rätsel, mit welchem Ingrimm sich nicht nur Bob und seine rührige Mannschaft, sondern auch etliche notorisch engstirnige Zirkel, die von Rapmusikern über religiöse Fundamentalisten bis hin zu republikanischen Präsidentschaftskandiaten reichten – wobei die beiden Letzteren oft deckungsgleich waren –, für die Bekämpfung von Andersfühlenden engagierten. Hungersnöte, Klimaerwärmung, Atomkatastrophen – im Vergleich alles Kinkerlitzchen, Lappalien!

Mussten wirklich alle Menschen gleich sein? Was hatte denn die viel zitierte Gesellschaft davon? Lebte sie nicht gerade von der Vielfalt und den Unterschieden ihrer Mitglieder, die so immer wieder neue Impulse lieferten und nicht nur die menschliche, sondern auch die kulturelle, technische, wissenschaftliche und jede andere Entwicklung vorwärtsbrachten? Wohin es führte, wenn ganze Völker gezwungen wurden, gleich zu denken, hatte die Weltgeschichte ja auf beängstigende Art gezeigt.

Immer noch auf eine Antwort wartend, taxierte ich Bob kühl.

»Natürlich gibt es einige wenige Aussteiger«, wand er sich, nachdem er sich etwas beruhigt hatte. »Doch Gott steht uns auch im Scheitern bei. In seinem Haus gibt es keine verschlossenen Türen.«

Ich knurrte gereizt. »Erst letzthin hat Ihr Vizepräsident die Organisation verlassen …« Bei meiner Recherche hatte ich die kleine Zeitungsnotiz per Zufall entdeckt.

»Er war für uns untragbar geworden. Aber schon bald wird er seinen Irrtum einsehen …«

»Er distanziert sich von der Organisation!«

»Gott vergisst ihn nicht. Er wird seine reumütigen Gebete erhören und ihn mit offenen Armen empfangen.«

Draußen musste ich erst mal tief durchatmen und ein paar Schritte gehen, bis meine Wut verraucht war. All meine Einwände waren an Bobs perfekter Fassade abgeperlt, auf jede kritische Frage hatte er eine schwülstige Antwort parat gehabt. Diese Art von selbstgerechter Arroganz brachte mich zur Weißglut.

Ebenso die Tatsache, dass er mich völlig ungerührt hatte auflaufen lassen. Ich hatte rein gar nichts über die beiden Toten herausgefunden. Wenigstens wusste ich nun, dass sich *Sanduhr* darauf spezialisiert hatte, Homosexuelle zu Heteros ›umzupolen‹, auch wenn Bob allergisch auf den Begriff reagiert hatte.

Mein Telefon meldete einen eingehenden Anruf von Miranda, doch ich war noch zu aufgebracht, um ihn entgegenzunehmen. Stattdessen befreite ich meinen Käfer vom frisch gefallenen Schnee, bevor ich einstieg und mich in den Sitz zurücksinken ließ, um nachzudenken. Ich wünschte, ich hätte etwas Whisky zur Unterstützung dabeigehabt, aber zur Not musste es ausnahmsweise auch mal ohne gehen. Ich faltete die Broschüre auseinander, die ich mir bei meinem Abgang aus Bobs Büro geschnappt hatte. Tatsächlich hatte er zum Teil wortwörtlich aus dem Text zitiert, der dem klebrigen Pathos nach ohnehin von ihm selbst stammte. Auf der Rückseite des Faltblattes fanden sich ein paar stimmige Naturbilder und wieder diese beseelten Männer in der Wildnis, daneben waren die Kontaktdaten des Teams aufgelistet. Erstaunt stellte ich fest, dass der geschasste Vizepräsident immer noch aufgeführt war.

Beat hieß der Ehemalige, auf Nachnamen verzichtete die Organisation. Wahrscheinlich um bei den jungen Männern, die zu den potenziellen Neukunden gehörten, einen vertrauenerweckenden und kumpelhaften Eindruck zu machen. Ey Bob, du Missgeburt, was geht, Alter? Beam mich doch schnell zum Heti! Wär voll fett, echt jetzt!

Ich konnte mir aber auch vorstellen, dass diese Maßnahme zusammen mit dem Fehlen jeglicher Fotos der Mitarbeiter zum Schutz vor Opfern misslungener Behandlungen und deren wütenden Angehörigen diente.

Ohne lange zu überlegen, klaubte ich mein Telefon aus der Hosentasche und wählte die Handynummer, die neben Beats Namen stand. Zu meiner Überraschung ging er sofort ran.

»Ich möchte damit nicht mehr in Verbindung gebracht werden«, sagte er bestimmt, nachdem ich ihm erklärt hatte, wer ich war und weshalb ich anrief.

»Nur verständlich. Aber zwei junge Männer sind tot und die Spur führt direkt zu *Sanduhr*. Es besteht der berechtigte

Verdacht, dass sich die beiden umgebracht haben. Vielleicht haben Sie einen der beiden gekannt. Kevin Steiner? Sagt Ihnen der Name etwas?«

Beat überlegte und verneinte dann vorsichtig. »Aber ich bin ja auch schon ein paar Monate weg. Ich kann aber bestätigen, dass sich schon früher junge Männer nach oder während einer Behandlung bei *Sanduhr* umgebracht haben, ohne dass die Organisation deswegen belangt werden konnte.«

Ich wurde hellhörig. »Deswegen möchte ich unbedingt mehr über deren Therapiemethoden wissen. Und Sie sind jemand, der den Betrieb von innen kennt.«

Beat lachte bitter. »Das kann man wohl sagen. Fünf Jahre meines Lebens habe ich dieser Organisation geopfert, nur um am Ende verstoßen zu werden.«

»Ich habe gedacht, Sie seien ausgestiegen? In der Zeitung stand das so.«

»Man hat mich rausgeschmissen, so war's.«

»Weshalb?«

»Ein Rückfall, was sonst.«

Das klang schon wieder nach Krankheit. Oder nach schwerer Drogenabhängigkeit.

»Also funktioniert es nicht?«

Beat ließ sich Zeit mit der Antwort. »So generell kann man das nicht sagen«, erklärte er schließlich. »Es gibt sicher Menschen, denen der Glaube an Gott und eine eiserne Disziplin helfen, ihre Sexualität zu unterdrücken. Manche heiraten sogar und haben Kinder. Die Auswirkungen auf ihre geistige Gesundheit sind jedoch schwer einzuschätzen und reichen teilweise von Neurosen über schwere Psychosen bis hin zum Suizid.«

»Woran liegt das?« Zu meinem Glück gab sich Beat trotz seiner anfänglichen Reserviertheit ziemlich gesprächig.

»Am falschen Ansatz. Zum Beispiel wird den Kursteilnehmern erst einmal eingeredet, sie seien gar nicht schwul, sondern Opfer einer sexuellen Verwirrung, die auf irgendwelche ungelösten Konflikte zurückginge, Missbrauch womöglich. Selbst wenn das nicht zutrifft. Diese teilweise frei erfundenen Konflikte werden dann mit sogenannten Therapeuten aufgearbeitet. Diese werden nach gerade mal fünf Tagen Ausbildung auf die Klienten losgelassen. Sie sind meist selbst Betroffene.«

Das also hatte Bob vorhin mit ›gut ausgebildet‹ gemeint. Im Beschönigen kruder Tatsachen war der Mann große Klasse.

»Dabei setzen sie die Hilfesuchenden, die ohnehin schon unter Ausgrenzung und Diskriminierung leiden, wegen mangelnder religiöser Hingabe und mit möglichen gesellschaftlichen Konsequenzen zusätzlich unter Druck«, ergänzte Beat, der eine sonore, wohlklingende Stimme hatte. Aus irgendeinem Grund musste ich dabei an den Gitarrenspieler auf dem Werbeplakat von *Sanduhr* denken.

»Mit dem traurigen Effekt, dass die jungen Männer Selbstmord begehen.«

»Das ist die schlimmstmögliche Auswirkung, richtig«, bestätigte er. »Depressionen und Verzweiflung sind in der Regel normale Begleiterscheinungen, in manchen Fällen führt das leider zum Suizid. Davor warnt auch die Wissenschaft, die heutzutage beinahe einstimmig die Meinung vertritt, sexuelle Orientierung könne nicht geändert werden. Doch das kümmert die Organisation wenig. Hauptsache der Profit stimmt.«

»Aber es gibt Menschen, die trotzdem fest an den Erfolg dieser Behandlung glauben.«

Beat seufzte leise. »Wenn man verzweifelt genug ist, dann klammert man sich an jeden Strohhalm.«

»Was hat Sie persönlich angetrieben, da mitzumachen?«

»Ich wollte so sein wie alle andern«, erklärte Beat bedächtig, als wäge er jedes Wort ab. »Normal, im landläufigen

Sinn. Ein Leben im Einklang mit der Bibel und der Gesellschaft führen. Ich war eine Zeit lang sogar in Amerika, da wird das alles noch viel fundamentalistischer angegangen. Man lebt nicht nur nach Gottes strengem Wort, sondern wird in den Therapiezentren rund um die Uhr betreut ...«

»Was wohl nichts anderes heißt, als dass man unter andauernder Beobachtung steht«, warf ich ein.

»Genau. Man lebt mit gleichgesinnten Männern unter einem Dach, es wird viel diskutiert und noch mehr gebetet. Man kontrolliert sich gegenseitig. Das Bad darf zum Beispiel nur kurz benutzt werden, damit keiner Zeit hat ... nun, Hand anzulegen.« Er gluckste verlegen. »Zudem erlernt man typisch männliche Tätigkeiten wie Fußballspielen und Motoren reparieren. Die Kursleiter halten einen an, breitbeinig zu gehen und mit tiefer Stimme zu sprechen, besonders effeminierte Gesten werden einem ausgetrieben und mit häufigen Umarmungen soll ein unbefangener Umgang mit Männern geübt werden.«

Mit Schaudern erinnerte ich mich an Bobs Bedürfnis nach Körperkontakt. »Und dann wird einem beigebracht, nach Feierabend als Erstes den Fernseher einzuschalten, die Füße auf den Tisch zu legen und nach einem Bier zu brüllen?«, überlegte ich laut, was das Klischee des heterosexuellen Mannes ausmachte.

Ohne auf meine Bemerkungen einzugehen, fuhr Beat mit seinen Ausführungen fort: »Ein Grundpfeiler dieser Lehre ist, dass man lernt, rein freundschaftliche Beziehungen zu Männern aufzubauen. Gleichzeitig schärft man die Sinne für weibliche Reize.«

Ich schluckte die spitze Bemerkung, die mir auf der Zunge lag, sofort wieder hinunter.

»Dort lernte ich auch Bob kennen. Gemeinsam beschlossen wir, diese Therapie auch in der Schweiz anzubieten. Das war die Geburtsstunde von *Sanduhr*. Ich war damals restlos überzeugt von dem Konzept«, fügte Beat etwas kleinlaut hinzu.

»Bis zu Ihrem Rückfall.«

»Die Zweifel tauchten schon vorher auf. Gerade wegen der Rückfälle. Der amerikanische Mitbegründer einer dieser Organisationen etwa wurde in Washington in einer Schwulenbar erwischt, in der er angeblich nur hatte pinkeln wollen.«

»Pinkeln?«

»Ja.«

Eine kleine Pause entstand.

»Nun, wenn das alles gewesen ist ...«, setzte Beat an, doch ich unterbrach ihn schnell mit der Frage, die sich mir aufdrängte: »Wie lebt es sich denn als ehemaliger Hetero, der vorher und nachher schwul war ...?«

»In Amerika nennt man uns Ex-Ex-Gays.«

»Sind Sie glücklich?«

Er lachte freudlos. »Nun, ich setze alles daran, ein erfülltes Leben zu führen – gegen jegliche Widerstände. Der Weg dorthin ist steil und leider fällt das Glück nicht allen in den Schoß. Gerade mit meiner Geschichte muss ich immer wieder dafür kämpfen. Manchmal gelingt mir das, manchmal überhaupt nicht.«

Das klang wenig entspannt, sondern vielmehr nach einer fortwährenden Auseinandersetzung. So leicht ließ man wohl eine derartige Gehirnwäsche nicht hinter sich. Nachdenklich blickte ich auf das verschneite Quartier. »Denken Sie, dass sich Kevin wegen dem Druck, den *Sanduhr* auf ihn ausübte, umgebracht hat?«

»Das ist durchaus möglich. Wobei Sie bedenken sollten, dass die Suizidrate für Schwule und Lesben etwa um dreißig Prozent höher liegt als bei Heterosexuellen. Außerdem sind Selbstmorde gerade unter homosexuellen Jugendlichen weit verbreitet. In den USA gibt es immer wieder regelrechte Serien. Ich würde die Spur zu *Sanduhr* jedoch auf alle Fälle weiterverfolgen. Aber geben sie acht: Mit dem Verein ist nicht zu spaßen.«

»Wie meinen Sie das?«

»Journalisten, die negativ über die Organisation berichteten, wurden regelmäßig mit Mails und anonymen Anrufen bedroht.«

Ich wollte mir lieber nicht ausmalen, was Bob mit Detektiven anstellte, die ihre Nase zu tief in seine Praxis steckten. Auch die erhöhte Suizidrate beunruhigte mich. Man gab sich ja hierzulande gern tolerant und offen, und in gewissen Bevölkerungsschichten galt es geradezu als schick, mindestens einen Schwulen im Freundeskreis zu haben. Als wären Homosexuelle kostspielige japanische Zierfische. Und doch verzweifelten zahlreiche Menschen ob ihrer sexuellen Neigungen und brachten sich aufgrund der gesellschaftlichen Repressionen um. Von vorbehaltloser Akzeptanz konnte offenbar selbst im Jahr 2012 keine Rede sein. Und das betraf nur einen kleinen aufgeschlossenen Teil der westlichen Welt. Die Länder, in denen man für seine sexuelle Orientierung immer noch gesteinigt, ermordet, gefoltert oder eingesperrt und grundsätzlich als Mensch zweiter Klasse betrachtet wurde, blieben in erschreckender Überzahl.

Nachdem ich den Anruf beendet hatte, sah ich auf dem Display, dass Miranda erneut versucht hatte, mich zu erreichen. Sie musste warten.

Meine Gedanken kehrten zu den beiden Burschen zurück.

Natürlich würde Bob niemals zugeben, dass sich Kevin aufgrund seiner Therapie umgebracht hatte. Bei Nils lag der Fall etwas anders, er hatte noch keines der garantiert einfühlsamen Gespräche über sich ergehen lassen, als er vom Viadukt gesprungen war. Sein Tod musste also einen anderen Hintergrund haben, wenn ich nicht von einem Unfall ausgehen wollte.

Oskar nahm meinen Anruf bereits nach einem Klingeln entgegen. Ich brachte mein Anliegen vor, doch seine Antwort war wie erwartet negativ: Er könne sich nicht vorstellen, dass Said sich bei einer solchen Organisation hatte behandeln lassen, dazu hätte er sich in seiner Haut viel zu wohlgefühlt. Natürlich sei er bei der marokkanischen Diaspora aufgrund seiner sexuellen Orientierung und seines Jobs nicht akzeptiert gewesen, aber Said hätte das nicht weiter gekümmert.

Verdutzt betrachtete ich die gelbe Kiste, die vor meiner Wohnungstür stand und deren Aufschrift verriet, dass sie zwölf sonnengereifte Mangos aus Pakistan enthielt. Ich war es gewohnt, dass die Leute jede Menge merkwürdiger Sachen bei mir abluden, deswegen hob ich den Deckel äußerst vorsichtig an.

Doch tatsächlich: der schwere Geruch reifer Mangos strömte mir entgegen, süßlich und leicht faulig zugleich, wie es sein musste. Ein ganzes Dutzend davon wartete einzeln verpackt darauf, von mir verzehrt zu werden. Merkwürdig fand ich einzig, dass zurzeit überhaupt nicht Mangosaison war. Doch wenn sie es in Pakistan geschafft hatten, Osama Bin Laden jahrelang vor den Amis zu verstecken, dann bedeuteten reife Mangos im Winter vergleichsweise geringen Aufwand.

Auf der Suche nach einer Karte oder einem Begleitschreiben hob ich den Deckel ganz ab, doch ich fand keinen Hinweis auf den Absender.

Mit gerunzelter Stirn nahm ich die Kiste mit in die Wohnung. Kaum hatte ich mich meiner Jacke entledigt und ein Glas drei Fingerbreit mit *Amrut* gefüllt, klingelte es.

Vor der Tür standen zwei junge Inderinnen. Sie waren körperlich beide auf der üppigeren Seite und trugen brandneu aussehende Seidensaris mit zahlreich eingewobenen

Goldfäden. Über den Scheitel hatten sie sich das lange Sariende gelegt. Die Augen waren kajalumrandet und an Handgelenk und Ohren baumelte Schmuck im geschätzten Wert einer Sommervilla in Goa. Mit Meeranschluss und eigenem Pool.

Ich wartete ab, bis der Lachanfall, gegen den die beiden Frauen augenscheinlich anzukämpfen hatten, halbwegs abgeklungen war, bevor ich mich nach ihrem Anliegen erkundigte. Noch ehe ich den Satz beenden konnte, blähten sie ihre Wangen erneut, erröteten und schlugen sich synchron die Hände vor den Mund. Dann kicherten beide unkontrolliert los, wobei sie sich immer wieder anstießen, wohl in der Meinung, mir würde das nicht auffallen. Waren sie Kundinnen, würde das sicher ein heiterer Fall werden. Zur Abwechslung hätte ich gar nichts dagegen gehabt.

Gerade hatte ich die beiden kichernden Wonnekugeln gebeten, auf meinem Sofa Platz zu nehmen, als das Telefon in meiner Hose zu vibrieren begann.

»Sind sie gut angekommen?«, erkundigte sich eine atemlos klingende Männerstimme mit starkem indischem Akzent.

Mein Blick wanderte zu der Kiste mit den Mangos, die ich auf dem Schreibtisch deponiert hatte. »Gerade eben.«

»Und?«

»Sind sie von Ihnen?«

»Natürlich, Sir. Was für eine sonderbare Frage!«

»Herzlichen Dank! Sie sehen fabelhaft aus.«

Der Anrufer, unzweifelhaft ein älterer Mann, atmete erleichtert auf. »Oh, Sir, ich habe zum Gott Kama gebetet, dass sie Ihnen zu Gefallen sind.«

Etwas irritiert ob seiner Wortwahl und der Lautstärke, mit der er diese in die Muschel brüllte, bestätigte ich dies. Wahrscheinlich war ihm der moderne Mobilfunk mit seinen unsichtbaren Verbindungen suspekt und er versuchte, der Distanz mit erhobener Stimme beizukommen.

»Sie riechen wunderbar!«, beruhigte ich ihn.

»Ich habe sie extra hübsch zurechtgemacht.«

»Einzeln verpackt, ich hab's gesehen.«

»Äh, selbstverständlich ...«

Ich öffnete die Schachtel mit der freien Hand und besah mir die Mangos. »Sie sind wunderbar, so prall und reif. Zum Anbeißen.«

Der Mann kicherte verlegen. »Ja, ja, die Zeit ist überreif, dachte ich ...«

»Überreif«, gab ich ihm recht und betastete eine der Früchte, wobei sich das Krepppapier löste, mit dem sie eingepackt war. »So habe ich sie am liebsten. Und die Verpackung ist stilvoll, aber simpel und klebt nicht wie sonst. Ich habe es eben geschafft, sie einhändig runterzureißen.«

»Sir?« Seine Stimme schraubte sich alarmiert in die Höhe. »Sie haben schon eine ausgesucht?«

»Eine? Ich nehme alle! Wenn sie so überreif sind, ist Eile angesagt. Die Haut ist dann zwar schon etwas ledrig. Drin schmecken sie aber süß und saftig.«

»Oh, Sir, wenn sie das so sehen ... ich weiß nicht ...«

»Doch, doch, es gilt, schnell zuzulangen, bevor sie diesen fauligen Geruch entwickeln, Sie kennen das sicher.«

»Ehrlich gesagt ...« Der Anrufer schnappte nach Luft.

Ich senkte meine Stimme zu einem verschwörerischen Flüstern, damit die beiden Inderinnen mich nicht hören konnten: »Man vernascht sie, solange die Konsistenz zart und fleischig ist. Vertrocknetes Dörrobst ist nichts für mich. Am liebsten würde ich jetzt gleich damit beginnen, nur harren hier noch zwei Kundinnen auf meine Dienste. Aber wenn ich mit denen fertig bin, kommen sie dran!«

»Oh, oh, Sir, schicken Sie sie auf der Stelle zurück!«, winselte der Mann.

Sein Verhalten befremdete mich zunehmend.

»Aber wieso denn?« Ich war noch immer mit der Mango

beschäftigt. »Boah, lecker! Wenn ich sie etwas zu fest drücke, beginnen sie zu saften!«

»Sie perverses Schwein!«, brüllte der Anrufer und legte auf.

Perplex fixierte ich mein Telefon.

»War das unser Vater?«, erkundigte sich eine der beiden Damen mit weit aufgerissenen Augen.

»Mutter!« Endlich hatte ich sie am Apparat. Eine gefühlte halbe Stunde, nachdem ich angerufen und in der sich die halbe Sippe um den Hörer gedrängt hatte, um mir kurz Hallo zu sagen.

»*Betaji!* Schön, dich zu hören!«, flötete meine Mutter engelsgleich, sodass ich auf der Stelle wusste, dass sie wusste, dass ich es wusste.

»Was hast du getan?«

»Iiiiiich?« So betont unschuldig hatte wahrscheinlich nicht einmal Maria Stuart bei ihrer Gefangennahme wegen Hochverrats geklungen.

»Du weißt haargenau, wovon ich rede.«

»Nein, wie sollte ich auch? Ich war ja so mit der Abreise beschäftigt, dass ich gar keine Zeit …« Ertappt brach sie den Satz ab.

»Dass du gar keine Zeit hattest, eine Hochzeitsanzeige in die Zeitung zu setzen?« Grimmig tippte ich auf die aufgeschlagene Seite der Samstagsausgabe, auf deren unterem Teil ich das Inserat entdeckt hatte. Wo ich dieses finden würde, hatten mir die beiden verängstigt quietschenden Inderinnen verraten, bevor ich sie grimmig aus der Wohnung bugsiert hatte.

»Ach, das …«

»Wohlsituierter Mittdreißiger aus guter indischer Familie«, las ich ihr vor, obwohl sie den Text zweifelsohne auswendig kannte. »Streng religiös, mit solider Ausbildung und einträglichem Beruf. Spricht neben Hindi fließend Deutsch, Englisch und Französisch. Sucht indische Ehefrau zwischen 18 und 25, Aussehen und Kaste egal.« Ich schnappte nach Luft. »Aussehen und Kaste egal? Streng religiös und der ganze Rest? Ma, was hast du dir dabei bloß gedacht?«

»Na ja«, druckste sie herum. »Du bist allmählich das, was man in Indien *Baasi Maal* nennt, nicht mehr taufrische Ware. Da mussten wir deine Angaben etwas aufpeppen. Ich wollte es dir am Flughafen noch sagen, aber da ...«

»Wir?«

»Manju hat mir mit den Formulierungen geholfen. Es hat ihr offensichtlich großen Spaß gemacht. Sie sagte, das sei eine Retourkutsche für etwas, was du ihr angetan hättest.«

Nur ungern erinnerte ich mich an die peinliche und kein bisschen zweideutige Situation, in der sie mich im vergangenen Jahr erwischt hatte. Ich konnte mir geradezu bildlich vorstellen, wie viel Vergnügen ihr das Entwerfen des Inserats bereitet hatte. Das Mädchen hatte es faustdick hinter den Ohren.

»Und was ist mit mir? Hast du eine Sekunde lang daran gedacht, was ich will? Abgesehen davon, dass mehr als die Hälfte des Textes erstunken und erlogen ist.«

Meine Mutter sagte ein paar abgrundtiefe Seufzer lang nichts, doch ich konnte mir ihren Gesichtsausdruck dabei nur zu gut vorstellen: unbeschreibliches Seelenleid kombiniert mit diesem vorwurfsvollen Blick, der in jedem mit einer indischen Mutter beglückten Sohn schwerste Schuldgefühle weckte, selbst wenn er seit Dekaden nichts Falsches getan oder gesagt hatte.

Mir ging es nicht anders. Innert Sekunden hatte sie den Spieß gewendet, wie eigentlich immer, und ich war drauf und dran, mich zu entschuldigen, ohne eigentlich zu wissen wofür. Ich fragte mich einmal mehr, wie indische Mütter das bloß schafften.

»Die Zeit wartet auf keinen«, erklärte sie jetzt und ich sah ihren Mahnfinger förmlich vor mir. »Wenn du eine Familie willst, ist es höchste Eisenbahn, dir die passende Frau dazu zu suchen.«

»Aber ich will doch gar nicht ...«

»Und da du selbst nicht in der Lage zu sein scheinst, hat sich deine arme alte Mutter geopfert und diese schwierige Aufgabe für dich übernommen. Arrangierte Ehen halten länger und sind oft die glücklichsten, das ist erwiesen.«

»Ich will aber nicht!«

Sie schnalzte mit der Zunge. »*Aré, Beta!* Dann wirst du die ganzen heiratswilligen Frauen halt nach Hause schicken müssen. Aber sieh sie dir wenigstens genau an, bevor du das tust.«

»Nach Hause schicken? Aber ...« Mein Blick wanderte ans Ende der Anzeige. Dort stand – was ich bis anhin übersehen hatte – nebst der genauen Geburtszeit auch meine Adresse. Keine Chiffre, nein: meine Adresse. Das erklärte die Kiste mit den Mangos. Eine verführerische Ankündigung für etwas anderes, das noch kommen würde. Deswegen hatte auch der Anrufer vorhin seine Töchter direkt zu mir geschickt.

Ich wollte mir lieber nicht ausmalen, wie viele Inderinnen im heiratsfähigen Alter in Zürich und Umgebung auf Männersuche waren. Schlagartig fiel mir Marwans Prophezeiung ein und mir wurde einiges klar. Ab sofort würde ich erst einmal durch den Türspion schauen, bevor ich irgendjemandem öffnete.

»*Hai rabba!* Hätte ich gewusst, wie wenig Interesse du zeigst, hätte ich das viele Geld nicht ausgegeben«, hörte ich die Stimme meiner Mutter klagen. »Aber in drei Wochen kehrt wieder Ruhe ein.«

»Drei Wochen?«

»So lange erscheint die Anzeige täglich in der Zeitung.

Aber man weiß ja nie! Vielleicht ist ja doch eine junge Frau darunter, die ...«

Ich beendete den Anruf und stürmte die Treppe hinunter. Im Briefkasten lagen siebzehn Umschläge. Beim Hinaufgehen überflog ich die Absender – alles indische Namen. Ich schleuderte die Briefe ungeöffnet auf den Beistelltisch neben meinem Sofa. Dann leerte ich das Glas *Amrut*, das immer noch unberührt herumstand, in einem Zug.

Kaum hatte ich aufgelegt, fiel mir ein, dass ich ganz vergessen hatte, nach meinem Vater zu fragen. Ich beschloss, dies später nachzuholen, wenn ich mich beruhigt hatte.

Ich rief José an, um mich mit ihm zu verabreden, doch er sagte, er habe gerade keine Zeit. Fiona habe nämlich begonnen, ernsthaft nach einer gemeinsamen Wohnung zu suchen, etwas, das sich in Zürich enorm zeitaufwendig gestalten konnte, und er müsste sie dabei unterstützen. Ich hörte den Anflug leichter Panik in seiner Stimme, doch ich ignorierte dies und erkundigte mich stattdessen nach den neusten Erkenntnissen im Fall Said.

»Nichts«, brummte José. »Es wird auch keine Information mehr an die Presse weitergegeben. Keine Ahnung, was da läuft.«

»Und wann trinken wir wieder mal was zusammen?«

»Hm, ich muss mal Fiona fragen ...«

Ich verdrehte die Augen. Wie man sich bettet, so liegt man. »Meld dich einfach.«

»In den nächsten Tagen sieht's jedenfalls nicht so doll aus, da besichtigen wir gefühlte dreißig Wohnungen.«

»Und steht jedes Mal Schlange um den Block.«

»Nach ein paar Besichtigungen kennt man sich. Da ergeben sich manchmal ganz nette Bekanntschaften.«

»Na toll!«

»Ja, ja, ich weiß«, gab José zu. »Ich guck mal wegen einem Drink am Wochenende ...«

»Ich trinke nicht nur am Wochenende. Da ruft übrigens jemand im Hintergrund nach dir.«

»Ich muss los.« Seine Stimme senkte sich zu einem Flüstern. »Bis dann.«

Ich schenkte mir ein weiteres Glas *Amrut* ein und machte mir beim Trinken ein paar Gedanken zu Beziehungen und was sie so mit sich brachten, doch schon bald legte ich das Thema ad acta. Gegenwärtig gab es Dringenderes für mich.

Kathis Wohnung war verqualmt. Glücklicherweise war ich nicht zu einem dieser militanten Exraucher mutiert, die bei der leichtesten Rauchschwade demonstrativ hüstelten oder anderen Rauchern den Griff zur Zigarette mit galligen Bemerkungen madig machten. Nach wie vor mochte ich den Geruch frischen Rauches und war gleichzeitig froh, dass ich morgens nicht mehr nach abgestandenem roch.

Kathi kauerte auf dem Wohnzimmerboden vor dem Fernseher und sah nicht auf, als ich an den Türrahmen klopfte. Wie gebannt hing ihr Blick am Bildschirm, wo eine Aufnahme von Nils' Auftritt bei der Castingshow lief.

Sie musste im Publikum gewesen sein und mitgefilmt haben, denn die Tonqualität war mittelmäßig und das Bild verwackelt. Trotzdem wurde mir schlagartig klar, weshalb die Regie seine Darbietung auf ein Minimum gekürzt und ihn bereits nach wenigen Sekunden wieder ausgeblendet hatte: Die Stimme des Jungen war noch dünner als sein Haar und weder sein affektiertes Getue noch seine überhebliche Attitüde schafften es, von dem nicht vorhandenen Talent abzulenken.

Es war jämmerlich. Wieder so ein junger Mensch, dessen größtes und wahrscheinlich einziges Talent die Selbstinszenierung war und der mit der Aussicht auf schnellen Ruhm und kurzfristigen Erfolg auf die Bühne gelockt wurde, wo er sich der Lächerlichkeit preisgab. Derweil die Sender frohlockten, weil sie die Schadenfreude des Publikums befriedigen konnten und damit die Quoten hochtrieben.

»Na«, machte ich zu Kathi und als sie endlich zu mir aufblickte, waren ihre Augen voller Tränen.

»Was hast du rausgefunden?«, fragte sie schniefend und startete Nils' Auftritt von vorn.

»Nils hat vorgehabt, sich zum Heterosexuellen umpolen zu lassen. Ich nehm jetzt mal an, um bessere Karrierechance zu bekommen.«

»Echt?« Kathi sah mich konsterniert an. Nils hatte tatsächlich nicht einmal seine beste Freundin in seine Pläne eingeweiht. »Aber ...« Sie deutete hilflos auf den Bildschirm, wo Nils sich gerade in eine lasziv gemeinte Pose warf, während er inbrünstig eine Ballade von Barbra Streisand traktierte. Eine gewagte Wahl für einen angehenden Hetero.

»Voll umpolen?«

»Das System funktioniert nicht ganz einwandfrei.«

»Das wäre eine echte Herausforderung gewesen.« Kathi lächelte schief, dann wurde sie wieder ernst. »Und dann springt er einfach von einem Viadukt?«

»Darüber wollte ich mit dir sprechen. Nils hatte so viele Pläne und heute sollte zudem seine erste Sitzung bei dieser Organisation stattfinden. Ich glaube einfach nicht an einen Unfall.«

»Mord?« Kathi sah mich mit großen Augen an. »Du hältst immer noch daran fest?«

»Kennst du jemanden, der Grund gehabt hätte, ihm die Salbe unterzujubeln?«

Kathi überlegte. »Bis vor zwei Minuten noch hätte ich gesagt, ich wüsste über alles Bescheid, was Nils betraf. Aber jetzt, wo du mir von diesen Umpolungsplänen erzählt hast, bin ich mir nicht sicher, ob es da nicht noch mehr dunkle Stellen in seinem Leben gab. Dinge, von denen ich nichts geahnt habe.«

»Gab es einen Liebhaber?«

Kathi wiegte den Kopf. »Liebhaber würde ich nicht sagen. Jedenfalls nichts Ernstes. Aber er hat sich in letzter Zeit hin und wieder im Internet verabredet. Mit jemandem namens Silberwolf.«

Es war, als hätte sie mir einen Stromstoß versetzt. »Was weißt du von ihm?«, stieß ich hervor und schüttelte sie.

»Au, du tust mir weh!«, quäkte Kathi und versuchte, meine Hände von ihrem ohnehin engen Blusenkragen wegzureißen.

»Tut mir leid«, murmelte ich und ließ meine Arme sinken. Kurzfristig hatte ich mich nicht mehr unter Kontrolle gehabt, als ich den Namen des Unbekannten gehört hatte, nach dem ich schon so lange vergebens suchte. Je länger ich mich damit beschäftigte, desto überzeugter war ich, dass er der Schlüssel zur Aufklärung des Mordes an Said war. Denn alle anderen Spuren führten ins Leere.

Doch jetzt, da ich erfahren hatte, dass auch Nils mit ihm in Verbindung gestanden hatte, hatte ich nach den ominösen Tollkirschen einen zweiten Hinweis in der Hand, dass die beiden Fälle zusammenhängen könnten.

»Nils hat mir von ihm erzählt, nur ...« Sie biss sich auf die Unterlippe.

»Was?« Ungeduldig wartete ich darauf, dass sie den Satz fortführte.

»Na ja ...«

»Kathi!« Ich musste mich beherrschen, sie nicht erneut zu schütteln.

»Ich hab nicht so konzentriert zugehört. Nils hatte ja immer irgendwelche Techtelmechtel und Affären. Das war zu Beginn ganz witzig und unterhaltsam, mit den Jahren begann es mich aber zu langweilen.«

»Deswegen hast du nur noch halb hingehört, wenn er etwas in der Richtung erzählt hat.«

Kathi nickte zerknirscht.

»Du weißt also nichts über diesen Silberwolf?«

»Nur, dass er jemand Wichtiges war.«

»Inwiefern?«

»Ach …« Sie machte eine abfällige Handbewegung. »Bei Nils war schnell mal jemand ›ganz, ganz wichtig‹.« Sie äffte feixend seinen tuntigen Tonfall nach. »Er war geradezu promigeil«, ergänzte sie.

»Und der Silberwolf ist ein Promi?«

»Kein Fernsehstar oder Popsänger oder so. Das hätte ich garantiert mitbekommen. Aber sicher kein Hans Normalbürger.«

»Otto.«

»Hä?«

»Vergiss es.«

Zu Hause angekommen, startete ich das Laptop, während ich gleichzeitig die Schuhe abstreifte und die Winterjacke Richtung Sofa schleuderte. Die Information, dass der Silberwolf sowohl Said als auch Nils getroffen hatte, konnte man zwar nicht gerade einen Durchbruch nennen, die Spur war jedoch um einiges heißer geworden. In fiebriger Aufregung setzte ich mich an den Schreibtisch. Die Jagd konnte beginnen. Dachte ich.

Eine Viertelstunde später knallte ich die geballte Faust auf die Tischplatte und musste mich beherrschen, das Laptop nicht an die Wand zu schmeißen. Meine Suche hatte erneut keinen Treffer ergeben, ebenso wenig hatte irgendjemand mit dem Benutzernamen Silberwolf mein Profil angeklickt. Ich hatte sogar begonnen, alle User einzeln zu überprüfen, obwohl das wenig Sinn machte, solange ich nicht wusste, wie der Gesuchte aussah. Nach etwa zweihundert gesichteten Kontakten hatte ich aufgegeben. Derweil quoll meine Mailbox vor einsilbigen Nachrichten über. Ich überflog die Mitteilungen und löschte alle. Eben noch hatte ich gedacht, ich sei einen entscheidenden Schritt weitergekommen, doch schon stand ich erneut am Berg. Ich erhob mich und starrte wütend auf die Straße hinunter.

Draußen fiel immer noch Schnee. Nicht einmal mehr die Kinder freuten sich darüber. Dick eingepackt eilten sie über die Gehwege auf dem schnellstmöglichen Weg von der Schule nach Hause, kein Einziges blieb stehen, blickte zum Himmel und fing mit offenem Mund Schneeflocken ein. Das hatten sie in diesem Jahr bereits zur Genüge getan. Es schien, als nähme dieser Winter kein Ende.

Mein Telefon klingelte und Mirandas Name blinkte auf der Anzeige, doch ich war nicht in der Stimmung, mit ihr zu reden. Zum ersten Mal, seit ich diesen Fall bearbeitete, hatte ich keine Ahnung, was mein nächster Schritt sein würde, in welche Richtung ich weiterforschen wollte. Es war zum Verzweifeln.

Missmutig setzte ich mich wieder an den Schreibtisch und guckte ratlos auf den Bildschirmschoner meines Laptops. Nach einiger Zeit ging mir die Stille auf die Nerven und ich startete das Musikprogramm. Da ich seit geraumer Zeit meine gesamte CD-Sammlung auf der Festplatte gespeichert hatte, bedurfte es nur zweier Mausklicks, um meine Lieblingsband aus dem Stand-by-Modus zu wecken. *Don't cry*, krächzte Axl Rose kurz darauf aus den Lautsprechern, eine wunderbar tröstliche Ballade, die ihre Wirkung auf mich nicht verfehlte. Einmal mehr bedauerte ich, dass *Guns N' Roses* sich bereits Mitte der Neunziger aufgelöst hatten, das lauwarme Revival um den Leadsänger vor einigen Jahren war für einen eingefleischten Fan wie mich kein Ersatz für die Originalbesetzung gewesen. Im Gedenken an die beste Rockgruppe aller Zeiten erfreute ich mich ein paar Takte lang an der virtuos sägenden E-Gitarre von Slash, bevor ich den Browser startete und wenig motiviert nach Artikeln über Tollkirschen stöberte. Es konnte nicht schaden, wenn ich mich etwas schlau machte. Zudem musste ich etwas tun, um nicht vollends in Agonie zu verfallen.

Schnell stieß ich auf eine umfangreiche Abhandlung und je mehr ich mich in die Lektüre vertiefte, desto faszinierter war ich von dieser Pflanze, deren Wirkung seit der Antike bekannt war. Sie enthielt diverse toxische Substanzen, die sowohl in der Wurzel als auch in Blättern, Blüten und Früchten nachweisbar waren. Ein tödliches Giftschränkchen in Bioqualität. Nebst den mystischen Verwendungszwecken wie eben dieser Hexensalbe, die auf dem halluzinogenen Effekt der Toxine fußten, wurde der Wirkstoff Atropin noch heute in der Medizin verwendet und unter anderem bei Koliken des Magen-Darm-Traktes und der Gallenwege sowie in der Augenheilkunde eingesetzt. Früher wurde der Saft der Beere von Frauen zur Erweiterung der Pupillen verwendet, was als attraktiv galt und Männer anlocken sollte. Daher auch der lateinische Name *Belladonna*: schöne Frau. Der Aufguss galt als Aphrodisiakum und wurde in manchen Ländern angeblich noch heute zur Luststeigerung getrunken.

Ich stutzte und las den letzten Abschnitt erneut. Hatte nicht der Gemüsehändler Bastiani erzählt, er verkaufe erotisierende Tees, die gerade bei den Damen ausgezeichnet ankämen? Plötzlich war ich wieder voll bei der Sache.

Über die Internetsuchmaschine gelangte ich mit wenigen Klicks auf seine Homepage. Ein Glück, dass heutzutage jeder hinterletzte Straßenhändler über eine Website verfügte. Das erleichterte die Recherche enorm, gerade bei garstigem Winterwetter wie heute.

Zur Motivation goss ich mir ein Glas Whisky ein, während *Guns N' Roses* mit akustischen Gitarren spartanisch instrumentiert *Patience* besang. Ich spielte schon die ganze Zeit mit dem Gedanken, mir später eine Pizza zu ordern und ein heißes Bad zu gönnen. Doch als ich in der Kategorie ›Produkte‹ die Zusammensetzung des besagten Tees durchlas, wusste ich sofort, dass daraus nichts werden würde. *Belladonna*, stand da, nebst einem guten Dutzend anderer pflanzlicher Ingredienzen, die für mich jedoch eine untergeordnete Rolle spielten.

Bastiani mischte also Tollkirschen in seine Tees. Mir gegenüber hatte er sich jedoch ahnungslos gegeben, als ich ihn auf die Beeren angesprochen hatte. Grund genug, ihm einen weiteren Besuch abzustatten.

Erfüllt von neuem Tatendrang erhob ich mich, als mich das helle Bimmeln eines Glöckchens innehalten ließ. Das Signal meines Laptops, das einen weiteren Kontaktversuch einer dieser gesichtslosen Adonisse meldete. Ich war versucht, in die Jacke zu schlüpfen und hinauszugehen, doch dann war die Neugier stärker. Ich ließ mich auf den Stuhlrand nieder und klickte auf die eben eingetroffene Nachricht. Ein blaues Dialogkästchen erschien am oberen linken Bildschirmrand.

Ich sog die Luft ein und las die Mitteilung mehrmals. Nachdem ich geantwortet und postwendend eine Replik erhalten hatte, schenkte ich mir einen weiteren Drink ein, bevor ich eine abschließende Botschaft losschickte. Sie bestand aus einem einzigen Wort: *Okay*.

Meine Hand zitterte vor Anspannung, als ich den Computer ausschaltete, und die miserable Laune war schlagartig verflogen. Ich hatte mich soeben zu meinem allerersten Internetdate verabredet. Da musste Bastiani hintanstehen.

Der kleine Park lag zwischen St. Jakobskirche und Volkshaus, nur wenige Gehminuten von meiner Wohnung entfernt. Ich folgte der Umzäunung, bis ich zu einer schmalen Lücke gelangte, die es ermöglichte, die Anlage zu betreten. Von der angrenzenden Straße drang zwar das Rauschen der vorbeifahrenden Autos herüber, doch als ich stehen blieb, um mir einen Überblick zu verschaffen, fiel mir auf, wie still es im Park selbst war. Und wie düster. Ein mulmiges Gefühl beschlich mich. Wäre nicht der schwache Schein der Straßenlaternen durch die kahlen Äste der umliegenden Bäume gedrungen, ich hätte gar nichts erkennen können. So waren immerhin die beiden Schaukeln auszumachen, die sich zusammen mit einer Rutschbahn am anderen Ende des Parks unter dem Schnee abzeichneten. Sitzbänke säumten die eine Längsseite, gegenüber grenzten akkurat gestutzte Büsche die Anlage gegen die Stauffacherstrasse hin ab. Behelfsmäßig befreite ich eine Bank vom Schnee, um mich hinzusetzen.

Hier also hatte sich der mutmaßliche Mörder mit Said verabredet, hierher hatte er nun auch mich bestellt. Zentral gelegen und doch verschwiegen, der Ort war perfekt, um sich diskret zu treffen, bevor man nach Hause ging oder ins Stundenhotel.

Natürlich war ich viel zu früh da, nicht nur, weil dies meine erste virtuell vereinbarte Verabredung war und ich vor lauter Aufregung Herzklopfen und feuchte Hände hatte. Vielmehr wollte ich den Mann auf gar keinen Fall verpassen, jetzt, da ich so nah an ihm dran war wie nie zuvor.

Selbstverständlich hatte mir mein Verehrer kein Foto von sich geschickt, obwohl ich ihn darum gebeten hatte, und mich stattdessen davon zu überzeugen versucht, dass ich es sicher nicht bereuen würde, er wäre unglaublich attraktiv und so weiter. Blablabla. Trotzdem war ich sofort auf sein Angebot eingegangen, ihn noch am selben Abend zu treffen. Nicht zuletzt weil mir sein Benutzername schlagartig klargemacht hatte, weshalb ich ihn nicht hatte finden können. Dazu hatte ein einziger Buchstabe gereicht. Doch jetzt war er mir endlich ins Netz gegangen! Die Idee von Luiz, meine jahrealten Bilder als Lockmittel zu benutzen, hatte funktioniert, und ich stand kurz davor herauszufinden, wer hinter dem Pseudonym Silverwolf steckte, das der Geheimnisvolle neuerdings benutzte.

Das zweimalige Schlagen der Kirchenuhr machte mir deutlich, dass ich noch eine halbe Stunde zu warten hatte. Wollte ich bis dahin nicht erfrieren, musste ich mich nicht nur zwingend bewegen, sondern auch etwas Heißes trinken. Ich klopfte den Schnee von meiner Hose und machte mich zum nur wenige Schritte entfernten Stauffacher auf, einem unattraktiven Verkehrsknotenpunkt für Straßenbahnen. Dort fand sich auch eine Filiale dieser amerikanischen Kaffeekette. Die Marke verbreitete sich landesweit gerade mit einem derart beängstigenden Tempo, dass McDonald's im Vergleich den Eindruck eines behäbigen Familiengasthofs machte. Auch wenn die angebotenen Getränke wie üppige Desserts daherkamen, nur noch entfernt mit Kaffee im herkömmlichen Sinn zu tun hatten und man für den Preis von einem Becher lauwarm-klebriger Plörre vier Hamburger hätte kaufen können – heute war ich froh über einen warmen Pappbecher zwischen meinen Händen.

Während ich auf meine Bestellung wartete, blickte ich durch die Fensterfront des Lokals auf die Tramstation hinaus, wo gerade Feierabendbetrieb herrschte. Hektik machte sich breit, es wurde gehastet und gerempelt, mindestens jeder zweite presste sich ein Telefon ans Ohr, um entgegenkommenden Passanten seinen gegenwärtigen und den als nächstes angestrebten Aufenthaltsort entgegenzuplärren – ohne Rücksicht darauf, ob die anderen das interessierte oder nicht. Es gab selbstverständlich auch die Legeren, Saloppen, vom Gedrange Unbeirrten, die mit einem unbeschwerten Lächeln und schlafwandlerischer Sicherheit durch die Menge steuerten. Doch zwischendurch huschte immer wieder eines dieser beleidigten Gesichtchen an der Scheibe vorbei, Menschen, die eine undefinierbare Wut im Bauch zu haben schienen und von denen es in dieser Stadt stetig mehr gab.

Weshalb war rein theoretisch nicht zu erklären, denn die Schweiz war nach wie vor eines der reichsten Länder der Welt. Zürich wurde bezüglich der Lebensqualität nur von Wien übertrumpft und die meisten Bewohner waren eine knappe Fingerbreite davon entfernt, sich alle materiellen Wünsche erfüllt zu haben, die sie je gehegt hatten. Abgesehen davon, dass sie ohnehin schon mehr besaßen und es ihnen besser ging, als dem großen Rest der Weltbevölkerung.

Ich hatte irgendwo gelesen, dass im Südseestaat Vanuatu angeblich die glücklichsten Menschen der Welt lebten, was natürlich die komplexe Frage aufwarf, was es denn zum Glück wirklich brauchte. Und was manchen Schweizern dazu fehlte. Leider blieb mir keine Zeit, sie gründlich zu beantworten, denn erstens bekam ich meinen Kaffee ausgehändigt, zweitens drängte es mich zurück in den Park, wo ich laut Anweisung auf mein Date warten sollte. Manchmal musste man eben Prioritäten setzen.

Ich nahm wieder meinen Platz auf der eisig kalten Bank ein und während ich den Latte macchiato schlürfte, überflog ich auf meinem Handy die neusten Nachrichten. Ein reißerischer Bericht über Nils erschien ganz zuoberst auf der Liste, er beschäftigte sich jedoch nur oberflächlich mit dem Drogentod des Castingshowteilnehmers und setzte ihn lieber in Verbindung zu anderen, weit berühmteren Opfern aus der Musikszene. Im gleichen Atemzug mit Janis Joplin, Jimi Hendrix, Amy Winehouse und Whitney Houston erwähnt zu werden, darüber hätte sich Nils sicher gefreut. Wäre bloß der Kontext nicht gewesen.

Weiter unten entdeckte ich einen kleineren, etwas bizarren Bericht über den *Mann, der vom Himmel fiel*, wie Said in der Presse noch immer genannt wurde. Das größte Problem schien nun zu sein, wer für die Bestattung aufzukommen hatte, wenn die Akte in Kürze geschlossen würde. Normalerweise war in vergleichbaren Fällen die Gemeinde zuständig, auf deren Boden die Leiche gefunden wurde, doch diese hier hatte die Verantwortung weit von sich gewiesen, da nicht exakt geklärt werden könne, wo der Mann gestorben sei. Daraufhin hatten sich Hilfswerke eingeschaltet, um die anfallenden Kosten zu übernehmen, wogegen sich die Gemeinde postwendend wehrte, wahrscheinlich weil ihr die eigene Knausrigkeit dann doch peinlich war. Eine traurige Farce. Laut dem Artikel war noch völlig offen, wo Said seine letzte Ruhe finden würde.

Ich war so vertieft in meine Lektüre, dass ich die knirschenden Schritte erst hörte, als sie direkt hinter mir vorbeigingen. Ruckartig wandte ich mich um, konnte aber nur eine weibliche Gestalt erkennen, die auf dem Gehsteig Richtung Tramhaltestelle eilte. Ein Fehlalarm, trotzdem schlug mein Herz bis zum Hals.

Ich erhob mich, platzierte meinen Becher auf der Sitzfläche der Bank und stapfte auf der Stelle, um mich wenigstens ein bisschen aufzuwärmen.

In dem Moment sah ich ihn. Er stand auf der gegenüberliegenden Seite der Parkanlage, auf dem Gehsteig, halb verborgen hinter einem der Bäume. Ein Schatten, der beinahe mit demjenigen des Baumstammes verschmolz, doch als ihn jetzt ein Lichtkegel eines vorbeifahrenden Wagens streifte, waren seine Umrisse einen Wimpernschlag lang deutlich auszumachen. Der Mann rührte sich nicht und schien mich zu beobachten.

Zaghaft hob ich die Hand zum Gruß, da ich nicht wusste, welches Verhalten in einer solchen Situation angebracht war, doch mein Blind Date reagierte nicht darauf. Ich nahm all meinen Mut zusammen und ging quer über die zugeschneite Rasenfläche auf ihn zu, worauf er hinter dem Baum hervortrat. Er war groß gewachsen und schlank, den Kragen seines Mantels hatte er hochgeschlagen wie Humphrey Bogart. Sein Gesicht zeichnete sich in der Dunkelheit nur schemenhaft ab. Glatt rasierte Wangen, ein markantes Kinn, mehr war nicht zu erkennen.

Der Mann schien auf mich zu warten, seine Körperhaltung blieb jedoch angespannt. Ich war beinahe bei der hüfthohen Hecke angelangt, welche den Park vom Gehsteig trennte, als vor dem griechischen Restaurant auf der anderen Straßenseite ein Auto aus einer Parklücke kurvte und mitten auf der Fahrbahn wendete. Geblendet vom grellen Scheinwerferlicht kniff ich die Augen zusammen. Als ich sie wieder aufriss, war der Mann wie vom Erdboden verschluckt.

Mit einem gewagten Sprung setzte ich über die Hecke hinweg und erhaschte gerade noch einen Blick auf seinen flatternden Mantel. Die Farbe des Kleidungsstücks ließ mich zusammenfahren. Erst glaubte ich, mich geirrt zu haben, doch dann sah ich den Mann am oberen Ende der Parkanlage, bevor er zwischen zwei Häuserzeilen verschwand. Jetzt bestand kein Zweifel mehr, wer mein Internetdate war.

Sofort nahm ich die Verfolgung auf und versuchte, einen klaren Gedanken zu fassen. Als ich dem Mann durch die schmale Gasse hinterherhetzte, wurde mir allmählich das Ausmaß meiner Entdeckung bewusst.

Ich war wieder einmal im Begriff, mich knietief in die Scheiße zu reiten. Zudem begab ich mich in Gefahr. War der Mann, den ich gerade jagte, tatsächlich der Mörder von Nils und Said, war höchste Vorsicht geboten. Ich war bis auf meine scharfe Zunge unbewaffnet und die würde mir wenig helfen, wenn es hart auf hart kam.

Ich rückte dem Typen immer näher, konnte bereits sein Keuchen hören. Wir hatten soeben die Bäckerstrasse überquert, die wie ein breiter Fluss das Quartier teilte, als er plötzlich abbog. Als ich an die Stelle gelangte, wo ich den Mann zuletzt gesehen hatte, war er nicht mehr zu entdecken. Das Klackern fliehender Schritte hallte von den Hauswänden wider, doch es war unmöglich zu sagen, in welche

Richtung sie sich entfernten. Ich sah mich um. Die nächste Gasse war zu weit entfernt, dorthin konnte er nicht geflohen sein. Blieb einzig der niedrige Durchgang, der direkt vor mir in einen Hinterhof führte. Ohne lange zu überlegen, eilte ich hinein.

»Hallo?«, rief ich, doch ein dumpfes Echo war alles, was ich als Antwort erhielt. Die Wahrscheinlichkeit, dass der Flüchtige hinter einer Kühlerhaube auftauchte und sich zu erkennen gab, war eher gering, das war mir schon klar. Aber irgendetwas musste man ja zur Einleitung sagen, wenn man gerade einen mehrfachen Mörder in die Enge getrieben hatte. Ich kauerte mich nieder und spähte unter die Autos, doch da waren keine Schuhe zu entdecken, kein Mantelsaum. Der Abfallcontainer quoll über, doch ich sah keine aufsteigenden Atemwolken, die den Flüchtigen verraten hätten. Ich rüttelte an den Türen, die zu den heruntergekommenen Wohnhäusern ringsherum gehörten, alle waren verschlossen. Der Mann war nicht hier. Verärgert sah ich mich um und bemerkte erst jetzt den zweiten Durchgang, der auf der Hinterseite des Hofes hinausführte! Ich stieß einen Fluch aus und rannte los.

Weit vorne sah ich eine Gestalt mit wehendem Mantel davoneilen. Schlagartig wusste ich, wo der Mann hinwollte.

Das Gebäude der Staatsanwaltschaft ähnelte in der Dunkelheit mehr denn je einem vergitterten Bunker. Als ich über den Helvetiaplatz darauf zuhastete, flammten gerade die Lampen im Treppenhaus auf.

Im nächsten Augenblick ging die Flurbeleuchtung an und nur wenig später war auch das Büro im ersten Stock in helles Licht getaucht. Toblers Büro.

Zwar hatte ich vorhin im Park sein Gesicht wegen der ungünstigen Lichtverhältnisse nicht deutlich erkennen können, doch die glatt rasierten Wangen, das markant vorgereckte

Kinn und vor allem sein auffälliger sandfarbener Kamelhaarmantel ließen keinen Zweifel daran, dass er der Silberwolf war, oder Silverwolf, wie er sich jetzt nannte. Es war kein Zufall, dass er mich zu exakt derselben Stelle bestellt hatte wie nur wenige Tage zuvor Said.

Leider hatte er mich zuvor erkannt, weil der Wagen auf der Straße gewendet und ich sekundenlang im grellen Scheinwerferlicht gestanden hatte.

Wie sehr musste ihn entsetzt haben, dass er ausgerechnet mit mir verabredet war! Kein Wunder, dass er die Flucht ergriffen hatte. Glücklicherweise hatte er meine Uraltfotos nicht mit mir in Verbindung gebracht, sonst hätte er mich gar nicht angeschrieben.

Er war also hierher zurückgekehrt, wie ich vermutet hatte. Aber wozu? Was hatte er vor?

Ich rüttelte an der Eingangstür, doch sie war verschlossen, und zu klingeln war sinnlos – Tobler würde mich kaum zu einem Kaffee und einem kleinen Plausch hereinbitten. Ich beschloss, ihn von der Straße aus zu beobachten. Entkommen konnte er mir jetzt nicht mehr und er wusste, dass ich draußen auf ihn lauerte.

Allerdings erstaunte es mich schon, dass ausgerechnet Tobler zu denjenigen sogenannten Heterosexuellen gehören sollte, die gerne auch mal in wärmeren Gewässern fischten, um es etwas salopp auszudrücken. Bei meinem anonymen Auftraggeber hatte mich das weniger verwundert. Oskar machte einen sensiblen, einfühlsamen Eindruck auf mich, und wie er sich um Said gesorgt hatte, hatte mich fast berührt. Tobler hingegen war eiskalt und knallhart und strafte somit alle Klischees über Schwule Lügen.

Noch ahnte er wohl kaum, dass ich ihn für Saids Mörder hielt. Und leider konnte ich das auch überhaupt nicht beweisen, denn ich hatte nichts in der Hand. Meine einzigen Trümpfe waren seine Konversation mit Said im Internet, die zu einem Treffen geführt hatte, und Kathis Mutmaßungen über Nils' prominenten Liebhaber. Das war erbärmlich wenig.

Aber vielleicht konnte ich ihn mit seiner Familie unter Druck setzen. Männer mit Familie waren verletzlich. Es war mir durchaus bewusst, dass ich dabei umsichtig vorgehen musste. Said und Nils hatten das Treffen mit Tobler mit dem Leben bezahlt.

Ich versteckte mich neben dem Eingang der Spelunke gegenüber und sah hinauf zum hell erleuchteten Büro. Tobler hatte mir den Rücken zugedreht und telefonierte. Den Mantel und die Anzugjacke hatte er abgelegt und trug jetzt nur noch ein blassblaues Hemd.

Nachdem Tobler den Anruf beendet hatte, verharrte er regungslos. Unvermittelt begann er, im Büro herumzutigern, und fuhr sich dabei immer wieder gereizt durchs Haar, was seine perfekte Frisur aus der Form brachte. Ich war ja gewohnt, einen bleibenden Eindruck zu hinterlassen, aber so etwas hatte ich noch nie erlebt: Das Treffen mit mir musste ihn völlig aus der Bahn geworfen haben.

Mein Mobiltelefon meldete einen weiteren Anruf von Miranda. Später, dachte ich nach einem kurzen Blick auf die Anzeige und verdrängte mein schlechtes Gewissen. Mittlerweile war es halb acht.

Als ich wieder hochschaute, war Tobler stehen geblieben und lehnte sich an die Kante des Schreibtisches. Er hielt einen Bilderrahmen in der Hand, den er gedankenverloren betrachtete.

Sekundenlang betrachtete ich diese Szene, bis der Groschen endlich fiel. Genervt über meine eigene Begriffsstutzigkeit schlug ich mir die flache Hand gegen die Stirn. Männer mit Familie waren verletzlich! Erst jetzt, mit einiger Verzögerung, offenbarte sich mir die volle Bedeutung dieses Satzes, dabei hatte ich doch nur eine lächerlich geringe Menge Alkohol intus. Deutlich erinnerte ich mich nun wieder an das Foto auf Toblers Schreibtisch, dasselbe, das er jetzt in der Hand hielt. Schon beim Besuch in seinem Büro hatte ich das Gefühl gehabt, dass damit irgendetwas nicht stimmte, doch erst jetzt erkannte ich, was genau es gewesen war: Das Bild stand verkehrt herum auf dem Tisch!

Zugegeben – das klang nicht gerade nach bahnbrechender Erkenntnis, die man mit knallenden Champagnerkorken, bunten Hütchen und leichten Mädchen hätte feiern müssen. Doch je länger ich darüber nachdachte, desto überzeugter war ich davon, dass es genau das war: ein Durchbruch.

Natürlich konnte es auch Zufall sein, aber das schloss ich selbstbewusst aus und führte mir die Situation nochmals vor Augen: Normalerweise stellte man einen Fotorahmen so hin, dass man die Liebsten darauf sehen konnte, wenn man am Schreibtisch zu tun hatte. Das war nach landläufiger Auffassung Sinn der Sache. Doch diese Fotografie erfüllte einen ganz anderen Zweck. Sie war zum Besucher ausgerichtet, weil sie etwas demonstrieren sollte: die eigene Heterosexualität, die mit einer perfekten Familie belegt wurde. Ein beinahe identisches Bild, genauso verkehrt herum auf dem Tisch platziert, hatte ich in Bobs Büro gesehen. Auch da hatte ich gestutzt. Und es gab noch eine weitere, wenn auch vage Verbindung zwischen Bob und Tobler: das Kreuz an der Wand.

Bedeutete das, dass sich der Staatsanwalt bei *Sanduhr* hatte behandeln lassen? Eine umgedrehte Fotografie und ein schlichtes Holzkreuz waren kaum Beweis genug. Aber ich glaubte in diesem Fall schon lange nicht mehr an Zufälle.

Mittlerweile wusste ich, dass Bobs Therapie nur bedingt funktionierte. Und wie ich eben selbst erlebt hatte, litt Tobler an Rückfällen, wie so viele, die sich hatten umpolen lassen – sofern sie nicht asexuell lebten. Im Internet verabredete er sich trotz neu gegründeter Familie mit jungen Männern, ohne dabei sein Aussehen oder seine Identität preiszugeben. Das verwendete Pseudonym Silberwolf war dabei zweifelsohne eine Anspielung auf seine silbergraue, perfekt sitzende Haarpracht.

Vielleicht näherte ich mich tatsächlich der Lösung des Falles: Tobler musste unter seinen Ausrutschern gelitten haben, war doch Homosexualität in den Augen der Organisation Sünde, inakzeptabel und widernatürlich. Die selbst ernannten Therapeuten verstanden sich bestens darauf, Schuldgefühle zu wecken, so gut, dass sich manche Männer deswegen umbrachten. Tobler musste sich gefühlt haben, als stünde er mit einem Bein bereits in der Hölle. Vielleicht hatte er auch befürchtet, er könnte von einem seiner Liebhaber auf der Straße wiedererkannt oder gar erpresst werden, was nicht nur sein Familienglück aufs Spiel gesetzt hätte, sondern auch seine Karriere. Es war nicht anzunehmen, dass seine Frau von seiner Vergangenheit wusste.

Also hatte er seine Liebhaber umgebracht. Und damit nicht nur Zeugen beseitigt, sondern gleichzeitig auf eine abartige Art sein Gewissen gereinigt. Bis der unterdrückte Drang erneut stärker wurde als er. Ich schauderte, als ich mir vor Augen führte, dass ich sein nächstes Date gewesen wäre.

Damit es nicht danach aussah, als wären die Männer ermordet worden und der Verdacht im Laufe der Ermittlungen gar auf ihn fiel, fingierte er Unfälle. Als Staatsanwalt wusste er genau, worauf er achten musste. Said als tiefgefrorene Leiche, die aus dem Flugzeug gefallen war, Nils, der offiziell an Drogenmissbrauch draufging. Es sollte zufällig wirken, war aber akribisch geplant. Vielleicht hatte er auch Kevin gekannt.

Tobler war der Mörder der jungen Männer, alles sprach dafür! Das Einzige, was mir jetzt noch fehlte, waren handfeste Beweise oder besser noch: ein Geständnis.

Doch Tobler war ein mit allen Wassern gewaschener Gegner, der sich mit Tricks auskannte. Objektiv betrachtet, war er mir eine Nummer zu groß. Einfach die Waffen zu strecken und aufzugeben, war freilich nicht denkbar, das war ich den ermordeten Jungs, meinem Auftraggeber und nicht zuletzt Kathi schuldig.

Es führte nur ein Weg zum Ziel: Ich musste Tobler dermaßen unter Druck setzen, dass er die Morde zugab. Grübelnd blickte ich hinauf zu seinem Büro. Er hatte das Foto wieder hingestellt und machte sich an einem Aktenschrank zu schaffen. Mit einem Mal wusste ich, wo ich etwas finden würde, das ihm garantiert die Hölle heißmachte. Gesetzt den Fall, meine Theorie traf zu.

Manchmal musste man sich als Detektiv über gängige Gesetze und moralische Bedenken hinwegsetzen, wenn man an Verhandlungsmaterial rankommen wollte. Natürlich plagte mich mein schweizerisch korrektes Gewissen, andererseits sah ich keinen anderen Weg, um meinen Verdacht zu bestätigen.

Ich parkte meinen Käfer auf der gegenüberliegenden Straßenseite des schäbigen Wohnhauses. Aus dem Radio sang Rihanna, sie wünsche, wie das einzige Mädchen auf der Welt behandelt zu werden. Wie der einzige Junge auf der Welt fühlte ich mich hier draußen in der Dunkelheit, während ich zu den erleuchteten Wohnungen hinaufblickte. Einzig im Souterrain brannte kein Licht mehr, wie ich mich gleich als Erstes versichert hatte.

Was hätte ich jetzt für einen Schluck *Amrut* gegeben! Die Kälte kroch durch jede Ritze des Wagens. Doch kein Alkohol, ich brauchte einen klaren Kopf, auch Zigaretten waren tabu. Als Nächstes würde ich wohl beginnen, Sport zu treiben, so weit war es mit mir gekommen.

Ich hätte es vorgezogen abzuwarten, bis das Haus nicht mehr so belebt wirkte, doch dazu war keine Zeit. Ich drehte das Radio aus, stieg aus dem Wagen und überquerte die Straße. Der Hauseingang war verschlossen, doch kaum hatte ich wahllos einige Klingeln betätigt, ertönte der Summer und die Verriegelung sprang mit einem Klicken auf. Über die Treppe gelangte ich ins Untergeschoss. Ich kniete mich vor der abgeschlossenen Tür am Ende des Ganges hin, um erneut meinen raffinierten Kartentrick aus den Filmen anzuwenden, nur funktionierte er ebenso wenig wie bei Saids Zimmertür. Entnervt erhob ich mich wieder. Hollywood war unglaubwürdig, das musste wieder einmal gesagt werden.

Mein bestechend simpler Plan war es gewesen, reinzumarschieren, mir die Beweisunterlagen zu schnappen und wieder draußen zu sein, bevor überhaupt irgendjemand den Einbruch bemerkte. Der Plan war unbrauchbar. Ich wog die Möglichkeit ab, mich mit Wucht gegen die Tür zu werfen. Das hätte vielleicht geklappt, doch gleichzeitig viel zu viel Lärm verursacht.

Ich trat wieder vors Haus und umrundete in einem Erkundungsgang den Block. Vom üppig bepflanzten Innenhof her, in den man durch ein offen stehendes Gittertor gelangte und der von matten Lampen über den rückwärtigen Hauseingängen erleuchtet wurde, schien mir der Einstieg ins Souterrain am sinnvollsten, befanden sich hier doch zwei kleinere Fenster, die wahrscheinlich zur Toilette gehörten. Ein Einbruch würde an dieser Stelle nicht so schnell auffallen, andererseits waren Geräusche viel deutlicher als auf der Straßenseite zu hören. Ich konnte einzig darauf hoffen, dass sich die Hausbewohner gerade irgendeine Sendung im Fernsehen anguckten, wo geschrien, gesungen oder sonstwie gelärmt wurde. Davon gab es ja einige.

Versuchsweise drückte ich gegen eine der Fensterscheiben. Sie war staubig, der Rahmen wirkte morsch und hätte dringend ersetzt werden müssen. Nun, nach meinem Kurzbesuch würde das unumgänglich sein. Ich holte gerade mit dem Ellbogen aus, als im Durchgang zum Innenhof ein Fahrradlicht aufleuchtete. Hals über Kopf hechtete ich hinter einen der Weißdornbüsche vor der Hauswand und rührte mich nicht. Knirschend näherte sich das Velo über den kiesbedeckten Vorplatz. Der Fahrer lehnte das Rad neben den Eingang und schloss es mit einer Kette umständlich ab. Ungeduldig verfolgte ich jede seiner Bewegungen. Endlich öffnete der hagere Mann die Hintertür des Wohnhauses und war beinahe schon drin, als er plötzlich stehen blieb und angestrengt in die Dunkelheit starrte.

Ich hielt die Luft an. Der Mann, den ich im Schein der Lampe auf etwa fünfzig schätzte, drehte sich um und kam jetzt ein paar Schritte in meine Richtung. Ich spannte schon die Muskeln, um für eine mögliche Flucht vorbereitet zu sein, als ich die Katze entdeckte, die mit aufgerichtetem Schwanz auf den Hageren zustolzierte und ihm jetzt leise schnurrend um die Beine strich. Erleichtert atmete ich auf.

Nachdem er das Tier gestreichelt hatte, richtete sich der Typ wieder auf und betrat endlich das Haus. Sobald die Treppenhausbeleuchtung wieder erloschen war, zog ich meine Jacke aus, wickelte den Stein hinein, den ich unter dem Busch ertastet hatte, und sprintete geduckt auf eines der Fenster zu. Mit einem gezielten Hieb zertrümmerte ich die Scheibe. Dank des dämpfenden Stoffes war dabei nicht mehr als ein trockenes Knirschen zu hören, nur die in den Raum hineinfallenden Splitter klirrten. Behutsam, um meine Arme an den vorstehenden Glaskanten nicht zu häuten, griff ich durch die entstandene Öffnung, entriegelte das Fenster und schlüpfte so geräuschlos wie möglich hinein. Als meine Füße auf dem Toilettendeckel Halt fanden, hielt ich inne und lauschte auf Schritte. Doch alles blieb still.

Ich deponierte den Stein draußen vor dem Fenster und schüttelte hängen gebliebene Scherbenteilchen aus der Winterjacke, bevor ich sie wieder anzog. Dann schaltete ich die mitgebrachte Taschenlampe ein und schlich in den Korridor hinaus.

Der Spannteppich knisterte unter jedem meiner Schritte, der Lichtstrahl streifte einen Garderobenständer und glitt über das danebenstehende Buchregal. Neugierig ging ich darauf zu, als plötzlich Bobs maskenhaftes Grinsen im Lichtkegel aufblitzte. Mit einem unterdrückten Schrei knipste ich die Lampe aus. Und gleich wieder an. Mein Puls raste. Bob hatte sich nicht vom Fleck bewegt und grinste mich unverwandt an. Aufatmend erkannte ich, dass es nur ein Werbeplakat war, das mit Bobs solariumgebräuntem Konterfei für die Organisation warb. Ich machte einen weiten Bogen um das Poster und folgte dem Flur zu einem offenen Raum, durch dessen Fenster schwach das Licht der Straßenlampen drang. Von hier an kannte ich mich aus: Ich befand mich im Eingangsbereich von *Sanduhr*.

Geräuschlos stahl ich mich in Bobs Büro und richtete den Lichtkegel der Lampe zielstrebig auf den Aktenschrank. Hier würde ich finden, was ich suchte.

Mit ein paar Schritten war ich hinter Bobs Schreibtisch und zog an der ersten Aktenschublade. Verschlossen! Leise fluchend durchsuchte ich den Schreibtisch, ohne einen Schlüssel zu entdecken, und sah mich anschließend nach einem Gegenstand um, mit dem ich mir hätte gewaltsam Zugang zu den Unterlagen verschaffen können. Doch ich fand nichts Brauchbares. Abwägend fixierte ich das Holzkreuz an der Wand, ließ es dann aber bleiben. Das wäre selbst mir zu blasphemisch gewesen.

Auf der Suche nach einem Schraubenzieher oder einem Brecheisen trat ich in den Flur hinaus, als vor dem Hauseingang Licht aufflammte. Gleich darauf kam jemand die Treppe herunter und ein Schlüsselbund klirrte vor der Tür. Unverzüglich zog ich mich in Bobs Büro zurück und lauschte angespannt auf die Geräusche, die vom Gang hereindrangen. Die Eingangstür wurde geschlossen, eine Männerstimme summte leise, gleich darauf waren federnde Schritte auf dem

Teppich zu vernehmen. Sie steuerten eindeutig in meine Richtung.

Sekunden später wurde die Klinke hinuntergedrückt und das Deckenlicht eingeschaltet. In den Fußraum des Schreibtisches gequetscht, presste ich meinen Rücken noch fester gegen die Rückwand des Möbels und wünschte, ich wäre bereits zu sportlicher Betätigung übergegangen.

Die Schritte durchquerten den Raum und blieben direkt vor meinem Versteck stehen. Ich wagte es nicht einmal zu blinzeln. Zwei feuchte Wildledermokassins mit Bommeln, in denen weiß besockte Füße steckten, schoben sich in mein Blickfeld, von oben vernahm ich ein dumpfes Flappen. Der Typ hatte gerade etwas angehoben, dem Geräusch nach die Schreibtischunterlage. Im nächsten Augenblick wurde der Aktenschrank aufgeschlossen und eine Schublade hervorgezogen. Wenigstens wusste ich jetzt, wo der verdammte Schlüssel lag.

Vorsichtig reckte ich den Hals, was in meiner zusammengekrümmten Position nicht ganz einfach war. Am glatt rasierten und solariumgebräunten Kinn erkannte ich Bob sofort. Ich beobachtete, wie er eine Akte an sich nahm und den Schrank sorgfältig wieder abschloss. Geschwind zog ich den Kopf ein und hörte, wie er den Schlüssel zurücklegte. Doch er verließ sein Büro nicht gleich wieder, wie ich gehofft hatte, sondern blieb vor dem Schreibtisch stehen und blätterte immer noch leise summend die Mappe durch, während ich mangels Alternativen auf seine Mokassins glotzte. Plötzlich griff er sich den Stuhl, drehte ihn etwas seitlich und setzte sich schwungvoll. Mir rutschte das Herz in die Hose.

Bob schien überhaupt nicht in Eile zu sein, er überschlug die Beine und blätterte raschelnd in den Unterlagen. Nervöse Schweißtropfen bildeten sich auf meiner Stirn. Unvermittelt kramte Bob ein Mobiltelefon aus seiner Jacketttasche.

Leise war ein Verbindungston zu vernehmen, bevor jemand den Anruf entgegennahm.

»Auftrag erledigt«, hörte ich Bob sagen. »Ich hab sie hier ...«

Eine aufgeregt klingende Stimme unterbrach ihn, ohne dass ich verstehen konnte, was sie sagte.

»Okay, okay, beruhige dich. Ich lass sie dir ...«

Erneut wurde er unterbrochen.

»Ich habe sie gerade durchgeblättert. Natürlich ist sie komplett.«

Die Stimme wurde lauter.

»Okay, gleich morgen früh.«

Der Anrufer stellte dem Tonfall nach eine Frage.

»Nein, hier wurde nicht eingebrochen«, antwortete Bob bestimmt, hielt dann aber zögernd inne. »Wobei ... jetzt, wo du es erwähnst ... Als ich die Eingangstür aufgeschlossen habe, wehte mir ein ungewöhnlich kühler Luftzug entgegen. Ich dachte noch ...«

Aus dem Handy zischte ein wüster Fluch, den selbst ich deutlich verstehen konnte, gefolgt von einem harschen Bellen.

»Ja, ja, ich seh gleich nach ...« Bob sprang auf, dabei rutschte ihm die Akte runter, die er offenbar zum Telefonieren auf den Knien abgelegt hatte. Rasch bückte er sich danach, doch die Zeit hatte gereicht, um den Namen auf dem Umschlag zu entziffern. Frank R. Tobler hatte sich bei *Sanduhr* behandeln lassen. Jetzt hatte ich den Beweis für meine Vermutung.

Beinahe gleichzeitig begriff ich, dass er es war, der Bob gerade angerufen hatte.

Alles ergab mit einem Mal Sinn. Schon vorhin, als der Staatsanwalt in seinem Büro so aufgeregt herumgetigert war, musste er mit Bob telefoniert haben. Er hatte mich im Park erkannt und war richtigerweise angenommen, dass es mir genauso ergangen war. Deswegen hatte er mich abgehängt und war zurück ins Büro geeilt, von wo aus er Bob aufgetragen hatte, seine Akte unverzüglich aus dem Schrank zu entfernen und in Sicherheit zu bringen. Nur verständlich, ich hätte wohl genauso gehandelt. Denn die Akte war sein verletzlichster Punkt, seine Achillesferse. Darin stand, was niemand wissen sollte, all die Dinge, die nicht sein durften. Geriet sie in falsche Hände, bedrohte das seinen Job, seine Ehe, seine Glaubwürdigkeit, seine Existenz. Sie wäre mein Druckmittel gewesen, um ihn zu einem Geständnis zu bewegen.

Tobler musste befürchtet haben, dass ich seine Verbindung zu *Sanduhr* entdecken könnte, und hatte entsprechende Vorsichtsmaßnahmen getroffen. Zu Recht. Leider war er mir zuvorgekommen. Verdammt!

Ich hörte, wie Bob die Bürotür aufriss und in den Gang hinausrannte. Mir blieben Sekunden. Mit steifen Gliedern richtete ich mich auf und starrte ungläubig auf die mit Toblers Namen gekennzeichnete Akte, die Bob achtlos auf den Tisch geworfen hatte. Ohne lange zu überlegen, schnappte ich sie mir.

Als ich durch den Korridor zur Eingangstür auf der Vorderseite des Wohnhauses flitzte, war ein schriller Aufschrei von den Toiletten her zu vernehmen. Betont männlich klang anders.

Ich stürzte ins Freie, rannte blindlings über die Straße und warf mich auf den Fahrersitz meines Käfers. Nach zwei Versuchen mit zittrigen Fingern steckte der Schlüssel endlich und der Motor sprang an.

Ich parkte den Wagen in der Nähe meiner Wohnung und blieb zurückgelehnt sitzen, bis sich mein Puls wieder normalisiert hatte. Es war nicht anzunehmen, dass Bob wegen des Einbruchs die Polizei alarmieren würde, zu heikel war die Tätigkeit der Organisation.

Nachdenklich starrte ich auf die Mappe, die auf dem Beifahrersitz lag. Obwohl mich die Neugier drängte, einen Blick hineinzuwerfen, ließ mich etwas zögern. Ich war drauf und dran, in Toblers Privatsphäre einzudringen. Ich war mir nicht sicher, ob ich das wirklich wollte. Genügte es nicht, die Unterlagen einfach als Druckmittel zu verwenden, ohne deren Inhalt zu kennen? Aber wenn es um Mord ging? Legitimierte mich allein der Verdacht, dass er ein Mörder war, im Keller seiner Seele zu buddeln? Aber wenn dieser Keller voller Leichen war, was dann? Konnte ich mir als Privatdetektiv überhaupt ein Gewissen leisten?

Ich griff nach der Akte und fühlte ihr Gewicht in meinen Händen. So viel wog ein Leben. Ein Leben, das zerstört wäre, gelangten diese Unterlagen an die Öffentlichkeit. Dazu hatte ich kein Recht. Bislang war es nur ein Verdacht. Mehr nicht. Ich rollte die Mappe zusammen und steckte sie in meine Jackeninnentasche. Manchmal, dachte ich seltsam erleichtert, fuhr man ohnehin besser, wenn man nicht wusste, was andere Leute zu verbergen versuchten.

Beim Aussteigen fiel mir Miranda ein. Sie hatte mich heute bereits mehrmals angerufen, doch ich hatte nie abgenommen. Ich holte das Telefon hervor und wählte ihre Nummer.

»Warum rufst du mich erst jetzt zurück?«, schnarrte sie mich an, ehe ich zu meiner Entschuldigung etwas vorbringen konnte.

»Ich war ...«

»Ja, ja, du mich auch. Ich bin im Laden deiner Mutter. Du bewegst deinen Arsch jetzt auf der Stelle hierher, ich muss dir nämlich etwas Wichtiges mitteilen!«

»Aber ...«, protestierte ich matt, doch sie hatte bereits aufgelegt.

Während ich durch den Schnee stapfte, merkte ich, wie hungrig ich war. Und wie durstig. Wenn ich schon zum

Laden fuhr, konnte ich endlich wieder mal was essen und einen großzügigen Drink würde ich sicher auch bekommen. Und ohnehin hatte ich mit Manju noch ein Hühnchen zu rupfen.

»Na, hat sich schon jemand gemeldet?«, begrüßte sie mich zuckersüß lächelnd, kaum hatte ich das Lokal betreten.
»Kann man so sagen«, knurrte ich zur Antwort.
»Erstaunlich, damit hätte ich persönlich nicht gerechnet. Deine Mutter hingegen schon.«
»Ich wette, es hat dir 'ne Menge Spaß gemacht, die Anzeige zu formulieren.« Ich sah sie grimmig an.
»Spaß ist nur das Vorwort. Und – schon entschieden, wer die Glückliche sein wird?«
»Halt die Klappe.«
Manju grinste und schmückte zwei Teller *Channa Masala*, Kichererbsencurry, mit *Papadams*, dann gab sie einen Klacks *Tomaten-Gurken-Raita* dazu und träufelte etwas Minzchutney auf den Rand. Ich sicherte mir einen Platz an einem der Stehtische und sah mich um. Manju machte sich hervorragend: Obwohl es bereits nach zehn Uhr war, war das Lokal immer noch gut besucht.

»Da bist du ja endlich!« Miranda steuerte mit kessem Hüftschwung auf mich zu. »Ich bin gleich bei dir. Es gibt Neuigkeiten! Unglaubliche Neuigkeiten!«
»Sie glaubt, das Leben sei ein endloser Laufsteg«, seufzte Manju augenrollend und folgte Miranda hinter den Tresen. Wie es schien, ging Manju davon aus, dass ich ihr bereits verziehen hatte. Und irgendwie lag sie damit nicht einmal falsch. Ich konnte ihr einfach nicht böse sein und wenn ich ganz ehrlich war, hatte ich eine Retourkutsche verdient. Was ich ihr gegenüber natürlich nie zugegeben hätte.

Leise sprachen sich die beiden Frauen ab, welche Gänge als Nächstes vorzubereiten seien und welcher der Tische bestellen wollte. Der Ablauf wirkte professionell, die Stimmung ruhig, kein Chaos, wie ich es von Miranda gewohnt war, erstaunlicherweise auch kein Gezicke. Die beiden kamen besser miteinander zurecht, als ich gedacht hatte. Meine Mutter würde erstaunt sein, wie gut der Laden auch ohne sie lief.

»Hat sie auch schon was gekocht?«, fragte ich Manju, nachdem Miranda mit den beiden Tellern zu einem der hinteren Tische abgerauscht war und die beiden Damen dort mit einer wenig jugendfreien Bemerkung zum Lachen brachte.

Wortlos deutete Manju auf den Stiel einer Bratpfanne, der aus dem Abfalleimer neben dem Kochherd ragte.

»Oh, es war nicht …?«

»Nein. Nicht einmal annähernd. Und zudem verkohlt, inklusive Pfanne. Aber im Service ist sie eine Wucht!«

Miranda drängte sich an uns vorbei zum Geschirrspüler, in den Händen einen Stapel schmutziger Teller und sang das Lied von *Ace of Base* mit, das gerade lief.

»Das hört sie sich schon den ganzen Abend immer wieder an und grinst ununterbrochen dazu«, erklärte Manju schulterzuckend. Miranda war tatsächlich ungewöhnlich guter Laune und strahlte. So aufgeräumt hatte ich sie schon lange nicht mehr erlebt. Die neue Aufgabe schien ihr gut zu bekommen.

»Komm mit!« Miranda packte meinen Oberarm und zerrte mich hinaus vor die Tür, während sie immer noch das Lied vor sich hin sang. *All that she wants.*

»Zigarette?«, fragte sie und streckte mir das Päckchen entgegen. Ich lehnte ab. Beinahe andächtig, sofern dieser Begriff in ihrem Wortschatz überhaupt existierte, entflammte Miranda ein Feuerzeug und ließ die Zigarettenspitze aufglühen. Dann nahm sie einen tiefen Zug und stieß den Rauch in Ringen aus.

»Nun mach's nicht so spannend!«

Sie hob den Blick zum Himmel, wo sich ein blasser Mond zwischen den Wolken hervorschob, und kostete die Situation hemmungslos aus. »Ich habe einen Brief erhalten«, bemerkte sie schließlich betont beiläufig.

»Ach!«

»Aus Brasilien.« Sie machte eine vielsagende Pause. Am liebsten hätte ich sie am Kragen gepackt und zünftig geschüttelt. Nur befürchtete ich, dass sie nach wie vor kräftiger war als ich.

»Von Tereza.«

»Tereza?«

Mit einem wehmütigen Seufzer klärte mich Miranda auf: »Ich war jung und wusste nicht ansatzweise, was ich wollte. Wir waren sehr verliebt. Damals.«

»Okay«, entgegnete ich gedehnt und versuchte, die neu gewonnene Information irgendwo einzuordnen.

»Dann kamen die Männer. Ich bin irgendwann abgehauen«, erzählte sie weiter. »In die Schweiz, weil ich hier Arbeit hatte, endlich richtig Geld verdienen konnte. Von Tereza habe ich nie mehr etwas gehört, ich habe mich auch nicht bei ihr gemeldet. Ich wollte nicht, dass sie wusste, welchen Job ich machte. Zu was ich nach und nach wurde.«

Ich verstand. Die wenigsten Frauen reagierten begeistert, wenn ihr Exfreund plötzlich eine üppigere Oberweite hatte als sie selbst und ihnen die tollsten Typen vor der Nase wegschnappte.

»Und nun will sie dich besuchen?« Ich sah Miranda bereits vor mir, wie sie sich im Stil der Screwball-Comedys hysterisch von einer Frau zum Mann verwandelte und wieder zurück. Charleys Tante an der Langstrasse.

»Nein. Sie nicht.«

»Sondern?«

Miranda druckste herum und ungeduldig rollte ich die Augen. »Nun lass es raus!«

»Joana.«

»Und wer ist diese Joana?«

Miranda seufzte. »Meine Tochter.«

»Das ist nicht wahr!«, stieß ich ungläubig hervor. Das Lied, das sie vorhin gesungen hatte, klang noch in meinen Ohren nach: *All that she wants – is another Baby.*

»Doch, ist das nicht großartig?«, platzte Miranda jetzt heraus und fiel mir mit einem unbändigen Kreischen um den Hals.

»Gratuliere!«, krächzte ich, als ich wieder Luft bekam. »Aber ...«

»Joana ist jetzt achtzehn«, klärte mich Miranda auf und hielt mir stolz eine Fotografie ihrer Tochter unter die Nase. Sie war etwas pummelig, hatte aber ein ausnehmend hübsches Gesicht und lange blond gelockte Haare.

»Gut gemacht, meine Liebe!«

Miranda grinste selig.

»Und sie kommt hierher?«

»Nicht gleich, aber im nächsten Jahr vielleicht.«

»Weiß sie ...?«

Mirandas Grinsen erstarb und sie kniff die Lippen zusammen. »Ich werde mir etwas einfallen lassen müssen.«

»Zweifelsohne! Ich meine, da hört sie fast zwanzig Jahre lang nichts von ihrem Vater und dann hat der Körbchengröße D und trägt eine Zweiundvierzig ...«

»Körbchengröße G, bitte schön, und passt immer noch problemlos in eine Achtunddreißig!« Miranda warf mir einen beleidigten Blick zu.

»Was willst du tun?«

Als hätte sie mich nicht gehört, starrte sie auf die gegenüberliegende Straßenseite.

»Miranda?«

»Ich weiß es nicht!«, fuhr sie mich an und zog heftig an ihrer Zigarette. »Ich hab eine Scheißangst, Vijay«, sagte sie nach einer Weile. »Einerseits. Und auf der anderen Seite bin ich außer mir vor Freude. Verstehst du das?«

Ich brummte etwas Unverständliches.

»Ich hätte mir nicht im Traum vorgestellt, einmal Vater zu werden ...«

»... oder Mutter, man weiß das nicht so genau. Auf jeden Fall bist du ums Wickeln rumgekommen.«

»Und deswegen quält mich jetzt auch das schlechte Gewissen. Tereza hätte es mir sagen müssen!«

»Sie wird ihre Gründe gehabt haben.«

»Ich werde sie danach fragen. Ich finde es ungerecht, dass sie mir unser Kind vorenthalten hat. Aber wenn Joana hierherkommt, werde ich versuchen aufzuholen, was wir verpasst haben.«

»In welcher Erscheinungsform? Papa Gustavo oder Mama Miranda?«

Miranda nahm einen tiefen Zug von ihrer Zigarette und sah mich dann so unglücklich an, dass ich sie einfach an mich drücken musste.

»Noch hast du ja etwas Zeit«, versuchte ich, sie zu trösten. »Uns wird schon etwas einfallen.«

»Ich bin mir nicht sicher, ob mich das beruhigt«, schluchzte sie.

Dienstag

Es war kurz nach Mitternacht, als ich in die Dienerstrasse einbog. Noch immer fiel Schnee und ich erkannte meinen Käfer nur noch an der abgerundeten Erhebung im endlosen Weiß. Der Abend hatte sich wegen Mirandas verspäteter Mutterschaft, die gebührend gefeiert werden wollte, in die Länge gezogen, doch jetzt freute ich mich auf einen klitzekleinen Schlummertrunk vor dem Zubettgehen.

Mit klammen Fingern klaubte ich meinen Schlüssel aus der Tasche, als mir eine Gestalt auffiel, die sich vom anderen Ende der Straße her durch das Schneegestöber kämpfte. Vor dem Haus, in dem ich wohnte, blieb sie stehen und blickte hinauf, bevor sie unter das Vordach trat und eine Klingel drückte. Aus der Distanz war es für mich unmöglich zu erkennen, welche genau. Dafür kam mir der Mantel sehr bekannt vor: Kamelhaar, sandfarben. Ich duckte mich hinter meinen Wagen.

Tobler betätigte die Klingel erneut, dann machte er einen Schritt zurück und guckte wieder hinauf. Das fahle Licht der Lampe neben der Haustür machte deutlich, wie angespannt er war. Seine Kieferknochen standen vor, der Blick war gehetzt. Bob musste ihn über den Diebstahl der Akte unterrichtet haben, und er hatte nicht nur seine Befürchtungen bestätigt gesehen, er schien auch ganz genau zu wissen, wer die Unterlagen entwendet hatte. Offenbar war er bereit zu verhandeln, denn hätte er mich wie Said und Nils umbringen wollen, hätte er kaum vorher geklingelt.

Ich überlegte mir, ob es klug war, Tobler gleich vor Ort mit der Akte zu konfrontieren. War er wirklich der Mörder, begab ich mich in Gefahr, denn bislang wusste niemand außer ihm und Bob, dass ich im Besitz der Akte war.

Ich beobachtete Tobler noch immer, als er plötzlich sein Mobiltelefon ans Ohr presste. Er nickte ein paar Mal. Noch während er sprach, entfernte er sich bereits, und nachdem er das Handy in seine Tasche zurückgesteckt hatte, rannte er los.

Verdutzt blickte ich ihm hinterher. Etwas Wichtiges musste vorgefallen sein, anders konnte ich mir diesen Abgang nicht erklären. Nun würde ich mich definitiv zu einem späteren Zeitpunkt mit ihm unterhalten müssen. Doch immerhin war die Auflösung des Falles in greifbare Nähe gerückt. Dachte ich.

Ich schenkte zwei Fingerbreit *Amrut* in ein Glas, ließ mich mit einem wohligen Seufzer aufs Bett fallen und schaltete den Fernseher ein. Beim Zappen durch die Kanäle blieb ich bei einem Privatsender hängen. Ein solariumgerösteter Esoteriker, der mit seinen rosa schimmernden Glosslippen und dem langen, von einem bunten Stirnband zusammengehaltenen Haar wie Winnetous dicke, beleidigte Schwester aussah, legte zu einem horrenden Minutenpreis die Karten für Anrufer. Dazu gab er mit salbungsvoller Stimme pathetische Nichtigkeiten von sich. Ich guckte ihm einen Weile zu und rechnete dabei nach, dass die ältere Frau in der Leitung für die anfallenden Gebühren längst eine exklusive Flasche Whisky hätte kaufen können. Das hätte zwar ihre Probleme genauso wenig gelöst wie der Kartenleger, hätte aber deutlich mehr Spaß gemacht. Ich fragte mich, wie verzweifelt man sein musste, damit man sich in aller Öffentlichkeit von so jemandem beraten ließ. Aber ich hatte ja eben erst erfahren, dass es Menschen gab, die sich in ihrer Not weit gefährlicheren Beratern anvertrauten. Für heute hatte ich genug von Menschen und ihren Problemen. Ich tastete gerade nach der Fernbedienung, als mich José anrief.

Fünfzehn Minuten später rannten er und ich quer durchs Arboretum, eine mit Bäumen bepflanzte Parkanlage am Seebecken. Frisch gefallener Schnee stob auf und im schwarzen Wasser des Zürichsees spiegelten sich glitzernd die Lichter des gegenüberliegenden Bellevues und des Opernhauses. Als wir in den Gehweg einbogen, der am Ufer entlangführte, sahen wir auch schon das flackernde Blaulicht.

José riss noch im Laufen die Kamera vors Gesicht und schoss eine Serie von Bildern, doch je näher wir dem Geschehen kamen, desto deutlicher wurde, dass wir zu spät waren. Gerade wurde ein lebloser Köper von zwei Sanitätern auf einer Bahre in die Ambulanz verfrachtet, ein halbes Dutzend Beamte stand unentschlossen herum, als gäbe es nichts mehr zu tun. Kein gutes Zeichen.

»Was war da los?«, erkundigte ich mich bei José, der stehen geblieben war, um sich einen Überblick zu verschaffen. Ehe er antworten konnte, eilte ein korpulenter grauhaariger Mann auf uns zu, riss wedelnd die Arme hoch und brüllte meinen Kumpel in einem osteuropäisch klingenden Akzent an, auf der Stelle mit dem Fotografieren aufzuhören. Ungehalten, dafür grammatikalisch durchaus originell, verwies er auf irgendwelche Anwälte und was uns alles blühen würde, der Rest ging unter in einer zunehmend unverständlicher werdenden Tirade. Wieder so ein Beispiel dafür, wie wertvoll kostenlose, dafür obligatorische Sprachkurse für die zügige Integration von Einwanderern wären.

Plötzlich fuhr er herum und blickte mit halb offenem Mund zur Ambulanz, die eben die Sirene eingeschaltet hatte und nun über den Uferweg davonjagte. Vielleicht gab es noch Hoffnung für das Opfer.

Der Mann setzte sich unverzüglich in Bewegung und watschelte auf einen silberfarbenen BMW zu, der mitten auf der zugeschneiten Wiese stand. Umständlich zwängte er sich in den Wagen und folgte der Ambulanz.

Als ich mich bei José erkundigen wollte, wer der Mann überhaupt gewesen war, fiel mir inmitten der graublauen Beamtenuniformen plötzlich ein altbekannter Kamelhaarmantel auf. Deswegen war Tobler also vorhin so in Eile gewesen.

Ich hatte noch keine Zeit gehabt, José über den aktuellsten Stand meiner Ermittlungen zu informieren. Doch jetzt wünschte ich, ich hätte es getan, denn José hatte den Staatsanwalt ebenfalls entdeckt und marschierte nichts ahnend auf ihn zu.

»Dr. Tobler!«, rief er und blieb an der rot-weißen Absperrung stehen. »Dürfte ich Sie um ein kurzes Statement bitten?«

Tobler hob den Kopf. Als mich sein Blick streifte, verzogen sich seine Augen für den Bruchteil einer Sekunde zu schmalen Schlitzen, ansonsten ließ er sich nicht das Geringste anmerken. Der Mann war wirklich abgebrüht.

»Kein Kommentar«, antwortete er kurz angebunden und reckte dann das Kinn herablassend in meine Richtung. »Kumar, ich hoffe, Sie nehmen mir meine kleine Indiskretion bezüglich des toten Jungen nicht übel«, sagte er beiläufig. »Sie wissen schon, die Zeitungen und all das. Aber so ist das nun mal in diesem Geschäft.«

»Ich habe Sie im Park gesehen!«, schleuderte ich ihm angewidert entgegen.

Tobler war nahe an das Absperrband getreten und fixierte mich. Ich erwiderte seinen Blick stoisch. Er musste der Mörder sein, so kalt und lauernd, wie er vor mir stand. Seine Akte steckte immer noch in der Innentasche meiner Jacke. Ich brauchte das Dokument nur zu zücken und seine überhebliche Haltung würde in Sekunden zusammenbrechen wie ein amerikanisches Fertighaus in einem Hurrikan.

Doch je länger ich in sein Gesicht blickte, desto mehr Zweifel beschlichen mich. Was war, wenn er sich nicht unter Druck setzen ließ? Er war Staatsanwalt und ich Privatdetektiv, so sah es aus. Man brauchte nicht lange zu rätseln, wer bei meiner dünnen Beweiskette den Kürzeren ziehen würde.

»Wir sollten uns mal unterhalten«, knurrte er so leise, dass es José nicht hören konnte.

»Da bin ich ganz Ihrer Meinung«, gab ich zurück.

»Unter vier Augen! Ich glaube nämlich, Sie haben etwas, das mir gehört!«

»Wissen Sie schon, weshalb er ins Wasser gegangen ist? Wollte er sich tatsächlich umbringen?«, drängte sich José dazwischen.

Konsterniert fuhr ich herum. Davon hatte ich nichts gewusst. José hatte mir während der Fahrt nur gesagt, dass ein junger Mann im See treibend gefunden worden sei. Von versuchtem Selbstmord keine Rede.

»Wie gesagt: kein Kommentar!«, schnaubte Tobler verächtlich.

»Sind Ihnen Vermutungen lieber?«

»Ihr Journalisten schreibt doch ohnehin, was ihr wollt!«

So wie es aussah, brauchte José dringend meine Unterstützung. Wenn es sich hier tatsächlich um einen weiteren versuchten Selbstmord handelte, dann war ich über alle Maßen daran interessiert. Dazu musste ich mich allerdings weit aus dem Fenster lehnen.

»Wie wäre es, wenn er stattdessen einen Artikel über die ›kleinen Indiskretionen‹ der Staatsanwaltschaft verfasst? Ich habe nämlich gerüchteweise von hochinteressanten Unterlagen gehört, in denen sozusagen alles indiskret sei. Vielleicht kann uns Ihre Frau bei der Recherche behilflich sein.«

Tobler, der sich bereits ein paar Meter entfernt hatte, wirbelte herum. »Sie drohen mir?«

»Ich spiele nur mögliche Optionen durch.«

Natürlich war das ein niederträchtiger Zug von mir gewesen, seine Frau ins Spiel zu bringen, andererseits musste ich um jeden Preis wissen, was hier geschehen war. Denn wenn es ein weiteres Opfer von Saids und Nils' Mörder gab, dann änderte sich die Ausgangslage dramatisch.

Als Tobler jetzt auf uns zukam, war unübersehbar, dass er sauer wurde, mit jedem Schritt ein Stück mehr. »Ich sagen Ihnen, womit Sie spielen, Kumar: mit dem Feuer! Und das wissen Sie ganz genau.«

»Offenbar bin ich nicht der Einzige.«

»Verbrennen Sie sich bloß nicht die Finger!«

»Wenn man die Hitze nicht erträgt, sollte man nicht in der Küche arbeiten. Ich bin hohen Temperaturen gegenüber resistent. Sie auch?«

Ich verzog keine Miene, während mich Tobler über die Absperrung hinweg wütend anfunkelte. Nichts an ihm erinnerte mehr an George Clooney, vielmehr wirkte er hohläugig und ausgelaugt. So ein Doppelleben musste ungemein anstrengend sein.

»Nun?«, fragte José, der unserem Schlagabtausch verwirrt gefolgt war, doch Tobler reagierte nicht darauf.

»Nun?«, doppelte ich nach und hob auffordernd die Augenbrauen. »Sie wissen schon, die Zeitungen und all das.«

»Ich habe keine Ahnung, wo Sie Ihre lausigen Hinweise herhaben«, fauchte der Staatsanwalt. »Ich kann Ihnen nur sagen, dass sie komplett falsch sind. Marislav Stamenkovic wollte sich nach unseren Erkenntnissen keineswegs umbringen. Vielmehr handelt es sich um einen Mordversuch.«

»Mordversuch?«, echote José, während er hastig ein Diktiergerät aus seiner Jacke hervorpulte.

Ich starrte Tobler so durchdringend an, wie mir irgend möglich war.

Marislav Stamenkovic war *die* Schweizer Tennisnachwuchshoffnung, ein junger Mann, dem selbst die ganz Großen im Tenniszirkus Respekt zollten und – was mich in höchste Alarmbereitschaft versetzte – über dessen sexuelle Ausrichtung immer wieder gemunkelt wurde. Der cholerische Mann im Anzug vorhin musste Stamenkovics Manager gewesen sein.

»Wie geht es Stamenkovic überhaupt? Und weshalb sind Sie sich so sicher, dass es sich um einen Mordversuch handelt?« José war ganz in seinem Element, seine Augen flackerten, sein ganzer Körper vibrierte vor Anspannung. Wie es aussah, waren bislang noch keine anderen Journalisten eingetroffen, das beflügelte seinen Ehrgeiz sichtlich.

»Er hat knapp überlebt«, rang sich Tobler zu einer Antwort durch. Ich war beeindruckt, was so eine kleine Drohung bewirken konnte. »Er ist allerdings stark unterkühlt. Wir wissen nicht, wie lange er im Wasser gelegen hat.«

»Er ist also nicht selbst hineingegangen?«

Tobler verneinte. »Er kam ganz kurz zu sich, bevor man ihn ins Spital gebracht hat ...«

»Hat er was gesagt?«

Tobler haderte sichtlich. »Er hat berichtet, dass er kurz nach sieben auf dem Heimweg überfallen wurde. Er kam gerade vom Training im Swiss Tenniscenter Höngg. Leider konnte er in der Dunkelheit nicht erkennen, wer es gewesen war. Ist eine eher verlassene Gegend da.«

Ich nickte beipflichtend.

»Er sagt, man hätte ihn betäubt. Wahrscheinlich mit Chloroform. Von da an fehlt ihm jede Erinnerung. Ein Passant, der mit seinem Hund eine späte Runde durch den Park drehte, sah ihn zufälligerweise nackt im Wasser treiben.«

»Nackt? Und was ist mit seiner Kleidung?«, hakte ich nach.

»Bislang haben wir nichts gefunden, auch keine Sporttasche oder den Tennisschläger. Zurzeit überprüfen wir gerade den Ort der Entführung im Stadtteil Höngg, aber so wie es aussieht, liegt da auch nichts. Der Mörder muss alles mitgenommen haben.«

Grübelnd starrte ich auf die schwarze Oberfläche des

Sees, als mir noch etwas einfiel: »Und weshalb ist er nicht ertrunken?«

»Die Strömung hat ihn ans Ufer zurückgetrieben. Er hatte großes Glück.«

»Hat das irgendwas mit den Gerüchten um seine angebliche Homosexualität zu tun?« Ganz Boulevardjournalist übernahm José wieder das Ruder.

»Dazu kann ich keine Auskunft geben.« Das bestimmte Zucken seiner Mundwinkel signalisierte uns, dass Tobler das Gespräch für beendet hielt.

»Aber ...«

»Kumar, wir sprechen uns noch!« Der Staatsanwalt bedachte mich mit einem drohenden Blick, bevor er sich abwandte.

»Hatte Stamenkovic vor, sich gegen seine homosexuelle Neigung behandeln zu lassen?«, rief ich ihm, einer spontanen Eingebung folgend, hinterher.

Tobler drehte sich langsam um und sah mich an. »Ich habe keine Ahnung, wovon Sie reden. Und wenn Sie mich jetzt bitte meine Arbeit machen lassen würden ...«

Da war kein nervöses Blinzeln, kein ertapptes Zusammenzucken, keine Verlegenheit. Der Mann war durch und durch ein Profi.

»Was war das denn?«

José zündete sich eine Zigarette an und schwang sich auf meinen Schreibtisch, während ich wie hypnotisiert den aufglimmenden Tabak anstarrte, als er einen ersten, tiefen Zug nahm.

Entschlossen schob ich mein aufkeimendes Verlangen beiseite und fasste kurz zusammen, was ich herausgefunden hatte. Doch José reagierte merkwürdig desinteressiert.

»Du brichst nicht gerade in begeisterte Jubelschreie aus.«

José grinste schwach. »Das mag alles ganz aufregend sein,

doch ich kann das Material nicht verwenden. Das Thema ist äußerst heikel.«

»Der Mann ist ein Serienkiller!«

»Du gehst zu oft ins Kino. Hast du einen handfesten Beweis?«

»Ich habe die Akte.«

»Die ist erstens gestohlen, zweitens dringst du damit in Toblers Privatsphäre ein.«

»Aber was, wenn er die Jungs tatsächlich auf dem Gewissen hat?«

»Dann nützt dir die Akte auch nichts. Oder was wolltest du damit beweisen? Dass er mal schwul gewesen ist? Dass er seine Frau mit jungen Männern betrügt? Da wäre er wohl kaum der Einzige.«

»Ich wollte ihn damit unter Druck setzen.«

José blickte mich an, als fehlten mir ein paar besonders wertvolle Tassen im Schrank. »Superidee, echt! Damit hättest du dich strafbar gemacht. Nötigung, Artikel 181 im Strafgesetzbuch. Drei Jahre Knast, wenn du keinen milden Richter findest.«

»Shit! Das wusste ich nicht!« Zerknirscht rollte ich mein Whiskyglas in den Händen und guckte auf die nächtlich leere Dienerstrasse hinaus. José hatte natürlich in allen Punkten recht, doch so schnell wollte ich nicht klein beigeben: »Aber alles spricht dafür, dass Tobler der Mörder ist! Ich hätte ihn mit den Unterlagen konfrontieren sollen. Einfach so, nicht nötigend, sondern ganz unverbindlich.«

»Und wenn du damit falsch gelegen hättest? Dann hättest du schlagartig einen Riesenarger am Hals gehabt, das garantiere ich dir. Der hätte dich nicht nur wegen Nötigung, Einbruch und Diebstahl an die Wand genagelt, sondern wahrscheinlich auch für Dinge, von denen du noch nie im Leben gehört hast. Wenn du beweisen willst, dass Tobler ein Mörder ist, musst du einen anderen Weg finden.«

Unwillig brummend nippte ich an meinem Whisky. »Und was ist mit diesem Stamenkovic? Ist da was dran an den Gerüchten?«

José zögerte, dann beugte er sich zu mir herüber, obwohl sich sonst niemand in meinem Wohnzimmer befand. »Das bleibt aber unter uns: Vor etwa zwei Jahren im Sommer fand eine Prügelei in der Bäckeranlage statt, ziemlich üble Sache. Samstagabend, irgendwelche frustrierten Betrunkenen, die zum Abreagieren Schwule kloppen wollten. Ist ja nachts ein beliebter Treffpunkt. Zwei von denen hat's heftig erwischt, die anderen haben sich davongemacht. Außer Stamenkovic. Der hat eine leichte Gehirnerschütterung und ein blaues Auge abgekriegt. Der Polizei gegenüber konnte er Angaben machen, die zur Verhaftung der drei Typen führte.«

»Stamenkovic war also nachts im Park, um andere Männer zu treffen?«

José nickte. »Der Manager hat dann die Presse gebeten, die Information vertraulich zu behandeln. Stamenkovic stand damals noch ziemlich am Anfang seiner Karriere. Und erstaunlicherweise haben sich auch alle daran gehalten.«

»Alle?«

»Na ja, war eh nicht die ganze Meute da. Wenn Schwule verprügelt werden, interessiert das kein Schwein. Wenn allerdings ein angehender Tennisstar darunter ist, vielleicht schon eher. Aber wir waren nur zu zweit vor Ort.« José drückte die Zigarette aus.

Also war es doch mehr als ein Gerücht. Es konnte gut sein, dass der Mordversuch an Stamenkovic mit meinem Fall zusammenhing. Das Muster passte. Wäre er nicht rechtzeitig gefunden worden, wäre er jetzt tot, und es hätte wie bei den anderen nach Unfall oder Suizid ausgesehen.

Doch noch während ich das Ganze durchdachte, wurde mir schlagartig klar, dass Tobler garantiert nichts damit zu tun haben konnte. Denn der Tennisspieler hatte angegeben, kurz nach sieben überfallen und mit Chloroform betäubt worden zu sein. Um die Zeit hatte ich ein Date mit dem Staatsanwalt gehabt. Ich war Toblers Alibi! Wäre ich nicht so erschöpft gewesen, ich hätte einen hysterischen Lachkrampf gekriegt. Mindestens.

Schweißgebadet schreckte ich hoch. Nachdem ich um mich herum mein Schlafzimmer wiedererkannt hatte, blieb ich benommen liegen und starrte mit klopfendem Herzen an die Decke. Das helle Licht, das durch die Jalousien hereindrang, und die gedämpfte Stille im Quartier verrieten mir, dass es schon wieder geschneit haben musste. Dieser Winter nahm kein Ende.

In Bruchstücken kehrte die Erinnerung an den verstörenden Traum zurück, der mich aus dem Schlaf gerissen hatte. Mein Vater kam darin vor, er sah mitgenommen und irgendwie traurig aus. Ich begleitete ihn in eine Arztpraxis, wo er sich auf eine Bahre legen musste, während der Arzt mich hinausbat und mir mit ernster Miene die Krankenakte meines Vaters zeigte. Sie sah derjenigen Toblers täuschend ähnlich. Als er sie aufschlug, erkannte ich entsetzt die Porträtfotos von Said, Nils und Marislav. Wie auf der Datingseite bildeten sie eine Reihe auf blauem Hintergrund.

Doch es war nicht nur dieser Traum, der mich geweckt hatte. Aus den Tiefen meiner Erinnerungen war eine Information hochgespült worden. Ich setzte mich auf und wischte mir den Schlaf aus dem Gesicht.

Doch erst als ich unter der Dusche stand, fiel mir wieder ein, was es gewesen war.

Richie stand vor der Notschlafstelle an der Rosengartenstrasse, einem petrolfarbenen Gebäude, zu dessen Eingang eine breite Rampe führte, und rauchte eine Zigarette, als ich mit meinem Käfer vorfuhr.

»Steig ein!«, rief ich ihm durch das rasch heruntergekurbelte Fenster zu. Er blinzelte verwirrt, bis er mich endlich erkannte.

»Soso, du! Morgen, morgen, hehe. Sie haben mir gesagt, dass du angerufen hast und mich sehen willst.« Er trat die Fluppe aus und trottete die Rampe herunter. »Zu einem kleinen Ausflug sag ich nie Nein!«

Er wirkte munterer, als bei unserem letzten Treffen, was daran liegen mochte, dass er noch keine Zeit gehabt hatte, sich mit irgendwelchen Substanzen das Bewusstsein zuzuballern.

»Wohin geht's?«, fragte er, als er auf dem Beifahrersitz saß, und rieb sich unternehmungslustig die Hände. Ich fuhr vom Gehsteig hinunter und wendete den Wagen.

»Erzähl mir von dieser Prügelei in der Bäckeranlage«, forderte ich Richie auf, als wir die steil abfallende Straße Richtung Industriequartier hinunterbrausten. Beiläufig hatte er am Freitag einen Überfall erwähnt, als ich ihn an der Dienerstrasse angehalten hatte. Nur hatte ich seinem wirren Gelaber da keine Bedeutung beigemessen, bis José gestern Nacht ebenfalls davon angefangen hatte. Doch erst vorhin unter der Dusche war mir der Gedanke gekommen, dass die beiden vielleicht dieselbe Schlägerei meinten.

»Ach, soso, Prügelei, Prügelei ...« Richies Stimme wurde immer leiser, während er sich zu erinnern versuchte. »Mhm, was war da? Du musst mir auf die Sprünge helfen.«

»War im Sommer vorletztes Jahr. Du hattest es neulich erwähnt, als wir uns gesehen haben.«

»Aha!« Er grinste dämlich, doch es war offensichtlich, dass er keinen Schimmer mehr hatte, was er mir erzählt hatte.

Ich stöhnte ungeduldig. »Du hast gesagt, da wäre jemand involviert gewesen, den man kennt.«

»Hä?«

»Jemand aus dem Sportteil der Zeitung.«

»Ach so, ja, ja, *die* Prügelei meinst du, sag das doch! Da war der Stamenkovic dabei. Hab ich gleich erkannt, lese ja immer nur den Sport, gell. Hat aber nicht viel abbekommen.«

»Du warst mit ihm dort?«

Richie lachte schrill. »Nein, ich bin ja nicht so einer.«

»Was hast du dann in der Bäckeranlage gemacht?«

»Im Sommer schlafe ich im Park, menno!«, rief er ungehalten, als hätte er das schon zigmal erwähnt und ich wäre nur zu schwer von Begriff.

»Du wolltest also schlafen ...«

»Ich such mir immer eine Bank am Rand des Parks aus, gell. Gegen die, hm, Stauffacherstrasse, da ist es schön lauschig unter den Bäumen. Ja, ja, hin und wieder ein Tram, aber sonst ruhig. Ums Restaurant ist öfter mal was los, gell, und beim Pavillon ist nachts Remmidemmi.«

Ich wusste, dass sich in lauen Nächten, wenn sich die Familien und Barbesucher verzogen hatten, im ehemaligen Musikpavillon Schwule trafen. Dass sich dann der Austausch nicht nur auf Telefonnummern beschränkte, verstand sich von selbst.

»Was geschah in jener Nacht?«

»Na, ich wollte schlafen, gell, und da ist plötzlich dieser Krach. Ich hopp und auf, und da sehe ich im Mondlicht diese drei Typen. Waren mit irgendwelchen Stangen oder so bewaffnet und haben die Schwuchteln verprügelt. Rannten aber schon weg, als ich es bemerkte, geht ja immer extrem schnell so was. Manchmal trifft's auch uns Obdachlose, aber diesmal waren die dran. Wir teilen die Prugel unter uns auf, hehe. Bin dann vorsichtig näher rangeschlichen, mit Schlafen war ja nix mehr. Da war das Schlimmste aber schon vorbei. Zwei Typen waren arg zugerichtet, die lagen blutüberströmt herum, und eben der Stamenkovic.«

»Hast du sonst noch jemanden erkannt?«

»War ja keiner mehr da. Zwei, drei kamen mir entgegengerannt, die hatten wohl Glück gehabt.«

Ich holte mein Handy hervor, startete einhändig den Internetbrowser und zeigte Richie das Foto von Said, das auf der Datingseite hochgeladen war. »War der dabei?«

Richie rümpfte die Nase und beugte sich vor. »Ja, ja, genau!«, bestätigte er sofort.

Mein Herz machte einen Sprung. War ich endlich auf die entscheidende Gemeinsamkeit in den drei Fällen gestoßen, nach der ich so verzweifelt gesucht hatte? Tobler war leider als mein Hauptverdächtiger ausgefallen, aber möglicherweise war diese nächtliche Parkgeschichte der zentrale Vorfall, der die Morde in einen Zusammenhang brachte.

»Sieh ihn dir genau an!«

»Nein, nein, das brauche ich nicht, der war dabei, hundert Pro. Wäre bei der Flucht fast in mich reingerannt, hehe.« Richie sah mich von der Seite an. »Soso, du kennst den? Ist ein Araber oder was?«

Ich ging nicht darauf ein. Auf diesem Foto war Said zweifelsohne besser getroffen als auf demjenigen vom Fundort, welches ich Richie vor ein paar Tagen gezeigt hatte. »Bist du dir wirklich sicher?«

Richie nickte ernsthaft. »Den würde ich jederzeit wiedererkennen!«

Ich rollte verstohlen mit den Augen und griff erneut zum Smartphone. Einmal mehr fragte ich mich, wie ich all die Jahre ohne diese technische Errungenschaft hatte überleben können.

Während ich meinen Käfer durch den Kreis 5 Richtung Langstrasse steuerte, gab ich Nils' Namen bei *Google* ein. Sofort lieferte mir die Suchmaschine etliche Fotos. Eins davon vergrößerte ich und hielt es Richie unter die Nase.

»Und der da? Hast du den auch schon mal gesehen?«

Richie kniff die Augen zusammen, hustete etwas Schleim

in ein hastig hervorgenesteltes und ziemlich fleckiges Taschentuch und schüttelte bestimmt den Kopf.

»Nicht gut, hm?« Er sah mich unsicher an.

»Könnte schlimmer sein.« Ich ließ ihn meine Enttäuschung nicht spüren und hielt vor einer Spelunke an, die bereits frühmorgens gut besucht war und in der die wenigsten Kunden Kaffee bestellten.

»Du wolltest sicher hierhin.« Mit einer knappen Kopfbewegung wies ich auf das Lokal.

»Ja, eh.« Richie rührte sich nicht und sah mich abwartend an, bis ich endlich begriff. Ich zückte einen Zwanziger und schob ihn rüber, worauf Richie strahlte, sich in einem militärisch gemeinten Gruß mit zwei Fingern gegen die Schläfe tippte und mir zum Abschied nochmals seine braunen Zahnstummel zeigte. Meine gute Tat für heute hatte ich jedenfalls vollbracht.

Natürlich kam ich zu spät. Doch kaum hatte ich das eindrucksvolle Friedhofstor aus Sandstein passiert, erblickte ich durch die schneeschwer herabhängenden Äste der uralten Bäume auch schon die Menschenmenge, die sich um das offene Grab versammelt hatte. Ich hastete über den Kiesweg auf die schwarz gekleideten Gestalten zu. Die Boulevardpresse hatte sich natürlich geifernd auf den Fall gestürzt, was auch den beachtlichen Aufmarsch an Trauernden erklärte. Ich erkannte die beiden Moderatoren der Castingshow und immerhin ein Jurymitglied, weitere Halbprominenz versteckte sich hinter dunklen Sonnenbrillen. Nils hätte sich über sein Publikum sicherlich sehr gefreut. Wäre das hier nicht seine allerletzte Show gewesen.

Energisch drängte ich mich durch eine Gruppe von Kathis Freunden, die nur umwillig zischelnd zur Seite rückten. Kathi selbst stand am Rand des Grabes und wandte sich stumm zu mir um, als ich sie behutsam am Arm berührte.

Zuerst war ich mir nicht sicher, ob sie mich überhaupt erkannte. Doch dann tastete sie nach meiner Hand und drückte sie so fest, als wollte sie sie ausquetschen. Ihre Rundungen verbarg sie geschickt und stilvoll unter ihrem schwarzen Ledermantel, auf der Nase trug sie eine Jackie-Kennedy-Gedenkbrille.

»Ging Nils hin und wieder in den Park?«, flüsterte ich ihr zu.

Sie nahm die Brille ab und sah mich irritiert an. »Was?«

»Du weißt schon. In den Park, um Sex zu haben.«

»Muss das jetzt sein?«

Die Frage war pietätlos, das war mir klar, aber mir fehlte die Geduld, eine passendere Gelegenheit abzuwarten.

Kathi bedachte mich dann auch mit einem strafenden Blick. »Ganz sicher nicht. Nils mochte die schnelle Tour nicht und die schmutzigen Schuhe und verdreckten Hosenbeine hätten ihn wahnsinnig gemacht.«

Das war nicht die Antwort, die ich erwartet hatte.

Verdrossen beobachtete ich die Trauergäste, während der Pfarrer mit monotoner Stimme seinen Sermon herunterleierte. Uns gegenüber standen unverkennbar Nils' Eltern, sie eine pummelige Mittvierzigerin im schwarzen Strickkleid unter dem Mantel und einem jungfernhaften Hut auf der frischen Dauerwelle, er hatte ein konturenloses Gesicht und sah aus, als hätte er immer noch nicht ganz begriffen, was geschehen war. Daneben wohl Familie, ältere Leute allesamt, und die Cervelatprominenz, die unauffällig für die anwesenden Fotografen Trauerposen einnahm. Mir fiel nichts Verdächtiges auf, da war keine mysteriöse Dame mit Schleier, wie sie in den schlechten Fernsehkrimis oft vorkam, kein reumütiger Mörder, der hinter einem Baumstamm versteckt die Zeremonie beobachtete.

Der Pfarrer beendete seine Predigt und in dem gespannten Schweigen, das folgte, ließ Kathi unvermittelt meine

Hand los und begab sich nach vorn, ans Kopfende des Grabes, wo ein wackeliges Rednerpult stand.

Sie sagte nicht viel. Nur wie sehr er ihr fehlte, wie leer ihre Welt ohne ihn geworden sei und dass sie hoffte, dass er an dem Ort, an dem er jetzt war, das Glück finden würde, das ihm hier versagt geblieben war. Hinter mir schluchzten seine Freunde wiehernd auf und wedelten hektisch mit Taschentüchern vor ihren gepuderten Gesichtern, während Kathi von Nils' Vater abgelöst wurde.

Der wackere Mann verlor sich in seiner Rede, er kam vom Hundertsten ins Tausendste und die Prominenten begannen mit den Füßen zu scharren.

Kathi war sofort von ihren Jungs umringt worden und damit ich nicht im Stehen einschlief, machte ich mir ein paar Gedanken zu meinen Fällen. Es kam wenig Erfreuliches dabei heraus. Irgendwie fand ich den berühmten roten Faden nicht, der die Morde an Said und Nils und den versuchten Mord an Stamenkovic verbunden hätte. Kevin ließ ich außen vor, ich hatte immer mehr den Eindruck, dass er ohnehin kein Teil der Mordserie war.

Said und der Tennisspieler waren an jenem Abend im Park gewesen, nicht jedoch Nils. Said war vermutlich nach seinem Tod transportiert worden, Stamenkovic nachdem er narkotisiert worden war. Hatte der Täter bei Said ebenfalls Chloroform verwendet? Bei Said und Nils hatte ich lange Tobler als Mörder im Visier gehabt, nicht jedoch bei Marislav, denn in dem Fall fungierte ich selbst als Alibi für den Staatsanwalt. Und für die unheilvolle Salbe, die Nils auf den Viadukt und in den Tod getrieben hatte, waren Tollkirschen verwendet worden, eine einzelne Beere wurde auch am Fundort von Saids Leiche entdeckt.

Wie es schien, stimmten immer nur die Details in jeweils zwei Fällen überein, nie in allen dreien. Es musste irgendwann einen Vorfall gegeben haben, der alle drei jungen

Männer betroffen hatte, ein Ereignis, bei dem sie alle dabei gewesen waren. Denn im Umfeld dieses Vorkommnisses lag das Mordmotiv verborgen. Und nur dadurch fand ich zum Täter.

Es war zum Verzweifeln. Vielleicht lag ich auch komplett falsch, die Fälle hatten überhaupt nichts miteinander zu tun, und meine überbordende Fantasie führte mich in die Irre. Mein Detektivgespür sagte mir jedoch das Gegenteil.

Nils' Vater hatte mittlerweile seine Rede beendet und begab sich an seinen Platz zurück, wo seine weinende Frau sich in heftiger Verzweiflung an seinen Arm klammerte.

Der Pfarrer räusperte sich und leitete das Ende der Zeremonie mit dem liturgischen Satz »Erde zu Erde, Asche zu Asche, Staub zu Staub« ein, wobei er drei Mal eine kleine Schaufel Erde auf den Sarg rieseln ließ. Die Trauergäste folgten seinem Beispiel. Kathi steckte ihre Nase tief in die Blüte der mitgebrachten Rose, dann beugte sie sich vor und ließ sie ins offene Grab fallen. Tränen flossen jetzt auch bei ihr und sie suchte in meiner Umarmung Trost. Nach einer gefühlten Ewigkeit löste sie sich von mir und lächelte mich tapfer an. Bestürzt starrte ich auf die Tätowierung unter ihrem Ohr.

»Was ist?«, fragte sie besorgt, doch ich brachte kein Wort heraus.

Während ich zum Wagen zurückrannte, rief ich José in der Redaktion des Gratisblattes an.

»Du musst etwas für mich rausfinden!«, wies ich ihn atemlos an. »Zwei Namen, beeil dich!«

Er murrte, bis ich ihn notdürftig eingeweiht hatte, danach machte er sich unverzüglich an die Arbeit und lieferte mir in Rekordzeit die benötigten Informationen. Ich setzte mich in den Wagen und versuchte, meine durcheinanderschwirrenden Gedanken zu ordnen. Die Fälle hingen eben doch zusammen, auf eine brutale Art und Weise.

Wenn ich mit meiner Schlussfolgerung richtig lag, dann durfte ich jetzt keine weitere Zeit mehr vertrödeln, jede Minute zählte.

Ich startete den Motor, setzte zurück und wendete in einem waghalsigen Manöver auf der Aemtlerstrasse. Ich raste bis zur nächsten Abzweigung, riss dort das Steuer herum, um mit quietschenden Reifen und unter Missachtung jeglicher Verkehrsregeln in die Hardstrasse einzubiegen. Dann jagte ich den Käfer im Höchsttempo die Brücke hinauf, die über die Bahngleise direkt in den Kreis 5 führte.

»Wo ist er?«, bellte ich dem bärtigen Mann am Gemüsestand entgegen, kaum hatte ich die gläserne Eingangstür zur Markthalle aufgerissen. Ruckartig hob er den Kopf und glotzte mich an, als ich auf ihn zustürzte. Die ältere Dame, die er gerade bediente, wandte sich dabei so prompt um, als hätte sie die Störung erwartet.

»Aber junger Mann! Jetzt hören Sie mal!«, empörte sie sich und musterte mich missbilligend durch ihre Brillengläser. »Ich war dran!«

»Halten Sie die Klappe!«, schnauzte ich und fixierte keuchend den Verkäufer, der verdattert an dem Papierbeutel herumfingerte, in den er gerade einige Karotten hatte packen wollen.

»Wo ist Bastiani?«, brüllte ich. Der Bärtige wich zurück, sein Mund öffnete sich spaltbreit, doch kein Laut drang heraus.

»Sie ungehobelter Kerl!« Der knochige Zeigefinger der Alten stach drohend durch die Luft.

»Wo, verdammt noch mal?«

»Er liefert gerade Waren aus«, stammelte der Mann endlich. Mit seiner braven Frisur, der hochgewachsenen, schlanken Statur und dem einfühlsamen Blick erinnerte er mich an einen Jugendherbergsleiter.

»Wo?«

»Sie! Sie …«, ereiferte sich die Kundin erneut.

»Jetzt unterbrechen Sie mich nicht, das hier ist wichtig!«, fuhr ich sie an.

»Das lasse ich mir nicht bieten!«, begann sie zu zetern, mittlerweile völlig außer sich. »Nicht von einem Ausländer! Jetzt trachten die schon nach unserem Biogemüse!«

»Sie finden ihn danach sicher auf dem Hof«, erklärte der Bärtige irritiert und griff nach einem Kuli. »Soll ich Ihnen die Adresse …?«

Noch ehe er den Satz beenden konnte, war ich weg.

Mit geballter Faust hämmerte ich gegen die Tür, doch Bastiani war offenbar noch nicht zurück. Unruhig tigerte ich auf dem Vorplatz des Bauernhauses herum und überlegte fieberhaft, wie ich an Beweise herankam, die ihn eindeutig als Mörder der drei jungen Männer überführte.

Denn dass er es war, war eindeutig. Diesmal war ich mir sicher. Das war mir schlagartig klar geworden, als ich Kathis Tätowierung gesehen hatte: einen Schwalbenschwanz.

Genau einen solchen hatte ich bei meinem unerlaubten Eindringen in Bastianis Wohnzimmer ebenfalls entdeckt, aufgespannt in einem Rahmen und säuberlich beschriftet.

Daraus allein konnte ich ihm natürlich noch keinen Strick drehen. Zwischen meinen Synapsen war jedoch gleich nach Eingang dieser Information ein Feuerwerk ausgebrochen: Über den Schmetterling hatten sie die Verbindung zum Chloroform hergestellt, mit dem man die Insekten betäubte, bevor man sie aufspießte und mit gespreizten Flügeln zu Schauzwecken präparierte.

Chloroform hatte auch der Mörder benutzt, als er Stamenkovic überfallen und dann ins eiskalte Wasser des Zürichsees geworfen hatte. Doch auch damit war noch nichts bewiesen.

Aber dank Josés schneller Recherche war ich auf das fehlende Glied in der Kette gestoßen: die Namen der beiden Männer, die in jener Sommernacht in der Bäckeranlage spitalreif geprügelt worden waren. Einer davon hieß Sebastiano Bastiani.

Bastiani wurde bei dem Überfall schwer entstellt, die Ärzte mussten ihn über Monate hinweg mehrmals operieren. In der Folge gab er seinen Job als Investmentbanker auf und sattelte auf Landwirtschaft um. Auf einem einsamen Bauernhof, fernab der Gesellschaft.

Was mit dem anderen Opfer, einem Mann namens Alain Grunder, geschehen war, hatte José nicht herausgefunden. Die letzten Informationen besagten, dass er von den Verletzungen mit einer Eisenstange traumatische und bleibende Gehirnschäden davongetragen hatte und auf der Intensivstation künstlich am Leben erhalten werden musste.

Was Bastiani widerfahren war, war Grund genug zur Rache. Hatte er also begonnen, sich systematisch an denjenigen zu rächen, die in jener Nacht dabei gewesen waren, aber ihm nicht geholfen hatten, sondern feige weggerannt waren? Die zugelassen hatten, dass er beinahe totgeprügelt worden und jetzt für den Rest seines Lebens entstellt war? Wenn dem so war, gab es sicher noch weitere mögliche Opfer. Richie hatte von zwei oder drei Männern erzählt, die er beim Davonrennen beobachtet hatte. Bastiani musste im Mondlicht ihre Gesichter gesehen haben, später hatte er sie wahrscheinlich in der Markthalle wiedererkannt. Sein Stand befand sich direkt im Eingangsbereich der Halle und nach der Eröffnung war es sehr hip gewesen, sich dort sehen zu lassen. Halb Zürich war dorthin gepilgert.

Später hatte er die Männer aufgesucht und umgebracht, einen nach dem anderen. Dabei hatte er es immer wie einen Unfall aussehen lassen. Die Nähe zum Flughafen und die unablässig über den Hof hinwegdonnernden Jets mussten ihn auf die Idee gebracht haben, Said wie einen aus dem Triebwerkkasten gefallenen Flüchtling im Wald zu platzieren.

Danach hatte er sich um Nils gekümmert. Tollkirschen hatte er ohnehin in seinen Vorräten, da er deren Extrakte auch in seine aphrodisierenden Tees mischte, wie ich herausgefunden hatte, und Rezepte zur Herstellung der tödlichen Hexensalbe ließen sich ohne großen Aufwand im Internet finden.

Eigentlich hatte ich schon früher vorgehabt, Bastiani auf seine Lüge bezüglich der Tollkirschen anzusprechen, doch dann hatte mich das Date mit Tobler davon abgehalten und später hatte ich es im Trubel der Ereignisse vergessen.

Mittlerweile waren die Gründe, weswegen er mir seinen Zugang zu den gefährlichen Beeren verschwiegen hatte, offenkundig.

Einzig bei Stamenkovic hatte die Seeströmung Bastiani einen Strich durch die Rechnung gemacht und den Tennisspieler zurück ans Ufer getrieben. Eine Rechnung, die noch längst nicht beglichen war.

Bald schon würde der erste Schläger aus der Haft entlassen, wie mir José berichtet hatte. Zwei Jahre, mehr hatten sie ihm nicht aufgebrummt. So mild bestrafte das Schweizer Rechtssystem gewalttätige Schläger. Es war zu befürchten, dass Bastiani bis dahin mit den Zeugen abgerechnet haben wollte, damit er sich dann die Täter vorknöpfen konnte. Ich musste ihn unbedingt stellen, bevor er einen weiteren Mord beging.

Erneut polterte ich gegen die Tür, doch mir mangelte es an Geduld, noch länger zu warten. Ich bog um die Hausecke und spähte durch eines der Wohnzimmerfenster ins Innere des Bauernhauses. Das Erdgeschoss wirkte verlassen. Ich trat einen Schritt zurück und musterte nachdenklich den Anbau. Was versprach ich mir davon, wenn ich zum zweiten Mal unerlaubt in Bastianis Domizil eindrang? Was, wenn er sich im oberen Stock aufhielt? Mit seinem nächsten Opfer womöglich?

Ich entschied, dass Vorsicht etwas für Mädchen war, und betrat beherzt den Stall. Überrascht stellte ich fest, dass die Verbindungstür zur Wohnung immer noch unverschlossen war. Jetzt kam es mir zugute, dass ich beim überstürzten Rückzug nach dem letzten Einbruch den Riegel nicht mehr hatte zurückschieben können. Das ersparte mir jetzt nicht nur Zeit, sondern auch das mühsame Herumstochern mit der Ahle.

Ich drückte die Holztür auf und betrat die Wohnung durch die Vorratskammer.

Noch wusste ich nicht genau, wonach ich suchte, doch ich hoffte auf einen Hinweis, der Bastiani in direkte Verbindung mit den Morden brachte. Vielleicht einer von Stamenkovics Tennisschlägern und seine Kleidung. Saids Jacke oder sein Handy? Einem Impuls folgend, holte ich mein Telefon hervor, drückte die Nummer, die Said in einer seiner Messages angegeben hatte, und lauschte. Doch alles blieb still.

Als ich das Wohnzimmer durchquerte, kamen mir die aufgespießten Schmetterlinge an den Wänden noch unheimlicher vor als beim letzten Mal. Rasch ließ ich die Schaukästen hinter mir und warf einen Blick in die Küche. Der Raum war blitzblank geputzt und ordentlich aufgeräumt, am Kühlschrank war mit Magneten ein Kalender befestigt. Daten waren jedoch keine eingetragen. Ich riss das Tiefkühlfach auf und fand nichts als eine angefangene Packung Fischstäbchen und einen Plastikbehälter mit Vanilleeiscreme vor. Keine Tollkirschen. Hätte ja sein können.

Aber das Haus musste einen Keller haben. Erneut überprüfte ich das Wohnzimmer, sah in der Diele nach und sogar im Vorratsraum. Doch da waren keine Stufen, die nach unten führten, keine verschlossene Tür, nichts. Mir fiel ein, dass bei Bauernhäusern der Zugang zum Keller oft über eine

Treppe im Freien erfolgte, und ich kehrte in die Küche zurück, um durchs Fenster nachzuschauen.

Tatsächlich befand sich direkt neben der Eingangstür ein Treppengeländer, das in einen Schacht führte. Suchend sah ich mich um und überlegte, wo ich den Kellerschlüssel aufbewahren würde, als von oben ein leises Rascheln zu hören war.

Ich erstarrte. Das Geräusch war jedoch verstummt und wiederholte sich nicht. Ich erinnerte mich, dass Bastiani von Mäusen gesprochen hatte, nur hörte sich weder heute noch damals das Geräusch nach Nagern an. Außer die Viecher trugen Ballkleider.

Misstrauisch geworden, stieg ich die Treppe in den oberen Stock hinauf. Die Stufen knarrten unter meinen Schritten, so sehr ich auch versuchte, behutsam aufzutreten. Jetzt war das Rascheln wieder zu hören, kurz nur, aber deutlich. Ich reckte mich und spähte vorsichtig durch die Stäbe des seitlich angebrachten Holzgeländers.

Was sich mir darbot, entsetzte und verwirrte mich gleichermaßen. Ich registrierte die geschlossenen Gardinen, bemerkte das gedämpfte Licht, das auf den rohen Holzboden fiel und sich matt in den stählernen Gitterstäben des kniehohen Käfigs reflektierte, erfasste das Bett, das verrutschte Laken und die reglose schmale Gestalt, die sich darunter abzeichnete – und begriff dennoch überhaupt nichts.

Geduckt schlich ich die letzten Stufen hinauf, während ich in höchster Alarmbereitschaft jeden Winkel des ehemaligen Dachstocks absuchte. Doch ich war allein.

Allein, bis auf den in zusammengekrümmter Stellung im Bett liegenden Körper. Der Kopf des Mannes lag auf der Seite, der Mund weit offen, die Augen verdreht, sodass fast nur Weiß zu sehen war. Sein Ausdruck war leer, die Züge erinnerten auf seltsame Art gleichzeitig an einen uralten Mann und ein Kleinkind. In glitzernden Fäden lief ihm Speichel aus dem Mundwinkel über die Wange und ich wusste nicht, ob er mich überhaupt wahrnahm. Er stieß einen lang gezogenen Laut aus, ein Stöhnen vielmehr, die Hand auf dem Laken verkrampfte sich weiter, gleichzeitig schien der ganze Körper von innen zusammengezogen zu werden.

Der Anblick erschütterte mich zutiefst. Dieses bedauernswerte Geschöpf musste Alain Grunder sein, das zweite Opfer jenes Überfalls in der Bäckeranlage.

Hinter mir knarrte die Treppe, doch ich war wie gelähmt. Obwohl ich wusste, dass ich in höchster Gefahr schwebte, blieb mein Blick wie gebannt an dem zum Krüppel geprügelten Mann kleben.

»Heute hat er einen guten Tag«, hörte ich Bastianis Stimme an meinem Ohr. Ohne sich weiter um mich zu kümmern, ging er an mir vorbei auf das Bett zu und beugte sich über den Mann. Zärtlich ergriff er dessen Hand und küsste ihn auf die Stirn. Der andere verzog das Gesicht zu einer Fratze und stieß einen kurzen bellenden Laut aus, es schien, als würde er dabei lächeln. Bastiani sprach leise auf ihn ein, während er das verrutschte Laken zurechtzog. Dann richtete er sich auf und sah mich an.

»Alain ist mein Partner. Und Ihr Wagen steht vor der Tür.«

Ich schluckte leer. »Sie waren in jener Nacht gemeinsam im Park?«

Bastiani nickte.

»Haben Sie die jungen Männer umgebracht?«

Entgeistert sah er mich an. »Was? Wovon sprechen Sie?«

»In dieser Nacht ... Da waren andere Männer dabei, die meisten sind geflohen, als die Täter zugeschlagen haben. Zwei davon wurden erst kürzlich ermordet, bei einem dritten wurde es versucht.«

»Aber nein, wie kommen Sie bloß auf eine so abstruse Idee?« Bastiani wirkte bestürzt. Aber vielleicht spielte er mir auch nur etwas vor.

»Sie müssen sie erkannt, ihre Gesichter gesehen haben.«

Er machte eine abwehrende Bewegung. »Mein Gott, da waren drei Typen mit Eisenstangen, die wie Berserker auf meinen Partner und mich eingeschlagen haben. Ich hatte anderes zu tun, als mir die Gesichter der Umstehenden einzuprägen.«

»Aber zuvor?«

»Es war dunkel, man sah nicht viel. Zudem habe ich etliche Erinnerungslücken, was jene Nacht betrifft.« Er tippte sich leicht an die Schläfen. »Betrifft das den Jungen, den man im Wald gefunden hat?«

Ich nickte.

»Was ist mit den anderen Männern geschehen?«

Ich fasste es kurz zusammen.

Bastiani starrte mich schockiert an. »Und alle drei waren in jener Nacht ebenfalls im Park?«

»Von zweien weiß ich es sicher, beim dritten vermute ich es.«

Fassungslos griff sich Bastiani an den Kopf. »Deshalb nahmen Sie an, ich sei rumgelaufen und hätte einfach einen nach dem anderen abgemurkst?«

»Die Indizien wiesen alle in Ihre Richtung.«

Er kam näher und fixierte mich prüfend. Sein entstelltes Gesicht und die Narben so dicht vor mir zu sehen, jetzt, da ich wusste, was ihm widerfahren war, jagte mir eine Gänsehaut über den Rücken. Doch ich hielt seinem Blick stand.

»Ich will Ihnen etwas zeigen.« Er legte mir die Hand auf die Schulter und drehte mich um die eigene Achse. »Ich hatte Rachegefühle. Schreckliche Gedanken, Sie können sich gar nicht vorstellen, was einem nach einem solchen Überfall alles durch den Kopf geht. Mein Freund war plötzlich schwerstbehindert, ich konnte meinen Job nicht mehr ausüben, ich war entstellt, mein Leben war zerstört. Ja, ich gebe es zu, ich wollte mich rächen.«

Er deutete auf den hüfthohen Stahlkäfig, der dem Bett gegenüber stand. Ich hatte ihn schon zuvor entdeckt und erinnerte mich jetzt, dass Balthasar bei meinem Besuch im Fetischladen eine Sonderanfertigung mit Kopfpranger erwähnt hatte. Aber ich konnte mir beim besten Willen nicht vorstellen, zu welchem Zweck er sich hier im Raum befand.

»Mit den Männern, die weggerannt sind, habe ich nichts zu tun, ich würde sie nicht einmal wiedererkennen, wenn sie direkt vor mir stünden.« Bastiani trat an den Zwinger heran. »Aber die Täter hat man gefasst. Der Erste wird nächste Woche vorzeitig entlassen. Wegen guter Führung.«

Seine Finger strichen sanft über die Gitterstäbe, während er um den Käfig herumging. »Ich war voller Hass. Als Alain plötzlich wieder begann, selbstständig zu atmen, und ich ihn nach Absprache mit den Ärzten ein paar Monate später nach Hause nehmen durfte, habe ich diesen ... Zwinger gekauft und ihn direkt vor Alains Bett aufgebaut. Ich wollte, dass sie sehen, was sie angerichtet haben. Dass sie richtig hingucken müssen und den Kopf nicht abwenden können.«

»Und Sie hätten einen nach dem anderen entführt und hier eingesperrt?«

»Eine Zeit lang fand ich das eine großartige Idee.«

»Und was hätten Sie danach mit den Tätern gemacht?«

Bastiani macht eine wegwerfende Handbewegung. »Der Plan war von Beginn an etwas halbgar, ich gebe es zu. Ich ließ ihn auch sofort fallen, als es mit Alain schrittweise bergauf ging. Er reagiert jetzt auf mich, erkennt mich wieder. Es ist mir wichtiger, mich darauf zu konzentrieren. Auf das, was ist und nicht, was war.« Er lachelte seinem Partner zu.

»Sie gaben Ihre Rachepläne wegen Alain auf?«

»Es wäre ohnehin keine Lösung gewesen, glücklicherweise habe ich das rechtzeitig eingesehen. Alain wird dadurch nicht geheilt und mein Gesicht bleibt so verunstaltet, wie es ist. Wir müssen lernen, mit den gegebenen Umständen zurechtzukommen. Wie die Täter ihr Leben weiterleben, das überlasse ich ihnen. Nur den Käfig kann ich nicht zurückgeben, es war eine Sonderanfertigung.« Kurz deutete er mit dem Kinn auf das Stahlkonstrukt und schaute dann wieder zu seinem Lebensgefährten hinüber.

»Er fühlt sich wesentlich wohler hier als im Spital. Vielleicht sollte ich ein paar Schmetterlingsvitrinen neben seinem Bett aufhängen, was meinen Sie? Damit er sie sehen kann. Darüber würde er sich sicher freuen. Er hat sein Hobby stets mit großer Leidenschaft betrieben.«

»Ach, das waren gar nicht Sie?«

»Bei Ihrem letzten Besuch habe ich zu einer Notlüge gegriffen. Man will ja nicht gleich alle mit seinem Schicksal belasten.«

»Sie hat das nie interessiert?«

Vertraulich beugte sich Bastiani zu mir herüber und senkte die Stimme. »Niemals, ich fand die Dinger immer grässlich. Nur wegen Alain hängen sie noch an den Wänden. Ich hab den ganzen Krempel, den er zum Präparieren der Tiere gebraucht hat, in einer der Scheunen verstaut.«

Zwischen meinen Synapsen sprühten erneut die Funken. »Auch das Chloroform?«, fragte ich angespannt.

»Ja klar, alles.«

»Wurde in letzter Zeit eingebrochen?«

»Ach so, Sie denken, jemand hat das Zeug geklaut, um die Opfer damit zu betäuben? Mir ist nichts aufgefallen. Aber einbrechen könnte da jeder, das wäre ein Leichtes. Die Schober sind alt und das Holz morsch. Aber wir können das jetzt gleich überprüfen.«

Bastiani ging vor mir die Treppe hinunter, jedoch nicht ohne Alain zuvor zu erklären, wer ich war und was wir vorhatten.

Ich war mir nicht sicher, ob Alain auch nur ein Wort davon verstanden hatte, aber diese aufopfernde Fürsorge berührte mich zutiefst. Bange fragte ich mich, ob mich jemals ein Mensch so bedingungslos lieben würde. Und ob ich es auch könnte.

»Die Scheune ist verschlossen, alte Gewohnheit«, erklärte Bastiani, als wir unten angelangt waren. Er ging in die Küche und kramte mit gerunzelter Stirn in einer Schublade voller Krimskrams herum, bis er den Schlüssel gefunden hatte.

»Der da muss es sein. Die Aushilfe legt ihn manchmal nicht zurück. Aber wir haben Glück.«

Ich horchte auf. »Wer ist eigentlich diese Aushilfe?«

»Ein junger Mann, der mir hier zur Hand geht. Es ist einfach zu viel Arbeit für einen allein. Er ist wie ich eine versehrte Seele, wenn ich das so formulieren darf. Hat so einiges erlebt und brauchte dringend einen Job ...«

»Was meinen Sie mit ›versehrt‹?«

Bastiani zögerte. »Er war lange bei einer sektenähnlichen Organisation dabei, sogar im Vorstand, wenn ich mich nicht irre. Bevor er ausgestiegen ist.«

Mir fiel es plötzlich schwer stillzustehen. »Hieß die Organisation *Sanduhr*?«

»Ja, genau. Woher wissen Sie ...?« Bastianis Augen weiteten sich.

Beat. Der ehemalige Vizepräsident bei *Sanduhr*. Ich rannte zur Tür und riss sie auf.

»Sie meinen doch nicht etwa ...?«

»Herr Bastiani, führen Sie mich auf der Stelle zu dieser Scheune!«

Eine nackte Glühbirne glimmte auf, als Bastiani den Lichtschalter betätigte, und warf ihr flackerndes Licht auf einige säuberlich aufgereihte Kanister. Auf einer großen Kiste lag ein Stapel fabrikneuer Kartoffelsäcke.

Erwartungsvoll drängte ich hinter Bastiani in den düstern Raum. Es war kühl und roch staubig.

»Genauso gut hätte ich den ganzen Kram auch wegwerfen können«, erklärte Bastiani und blieb vor dem Arbeitstisch stehen, hinter dem Regalböden voller merkwürdiger Utensilien an der Wand befestigt waren. »Aber die Hoffnung stirbt zuletzt.«

Er lächelte traurig und benannte die Gerätschaften: »Spannbretter, Aufweichdosen, Tötungsgläser.« Beim letzten Wort zeigte er auf eine Anzahl zylindrischer Glastrichter. »Da hängt ein Schmetterlingsnetz, in den Schachteln befinden sich Präpariernadeln, Pinzetten, Spannstreifen ...«

»Wo ist das Chloroform?«, unterbrach ich ihn ungeduldig. Hätte ich einen Einführungskurs in die Kunst der Schmetterlingspräparation gewollt, hätte ich mich dafür in der Abendschule angemeldet.

Bastiani griff zu einer weißen Plastikflasche mit roter Etikette und streckte sie mir entgegen.

»Ist sie leer?«

Er schüttelte sie leicht. »Nein. Aber das besagt gar nichts. Man braucht nicht gerade literweise davon, um einen Menschen zu betäuben. Ein bisschen mehr als bei einem Falter hingegen schon.«

Aufmerksam sah ich mich um. Alles wirkte sehr ordentlich, fast schon ein wenig manisch. Aber man konnte es Bastiani nicht verübeln, nach allem, was er durchgemacht hatte. Mein Blick blieb an der Kiste hängen, auf der die Kartoffelsäcke lagen. Sie war weiß und mindestens anderthalb Meter lang. Eine Kühltruhe. Rasch trat ich auf sie zu, fegte die Säcke herunter und versuchte, den Deckel zu öffnen. Doch eine Kette mit angehängtem Schloss hinderte mich daran.

»Sie ist abgeschlossen«, murmelte Bastiani.

»Wegen der Tollkirschen?«

Verblüfft riss er seine wimpernlosen Augen auf und begann zu stammeln, doch ich beruhigte ihn: »Sie brauchen die

Beeren für Ihre Tees, ich weiß. Aber wir wollen jetzt keine Zeit mit Geplauder verlieren. Schließen Sie die Truhe auf!«

Umständlich kramte er einen Schlüssel aus seiner Hosentasche, doch als er ihn ins Schloss stecken wollte, passte er nicht.

»Merkwürdig«, brummte Bastiani und versuchte es erneut. Vergebens. Als er einen dritten Anlauf nahm, zerrte ich ihm genervt das Metallteil aus der Hand. »Das ist eindeutig der Falsche! Haben Sie vielleicht noch einen anderen?«

Verwirrt starrte Bastiani auf den Schlüssel, den ich in meinen Fingern hielt, und schüttelte dann langsam den Kopf.

»In dem Fall hat jemand das Schloss ausgewechselt.«

»Beat? Aber wieso sollte er ...?«

»Wann haben Sie die Kühltruhe zum letzten Mal benutzt?«

»Ich weiß nicht ...«

»Denken Sie nach!«

Erschrocken blickte Bastiani auf. Ich war mit meiner Geduld am Ende und hatte ihn gerade angeschrien.

»Tut mir leid«, entschuldigte ich mich sofort, doch Bastiani hob nur abwehrend die Hand, während er konzentriert nachdachte.

»Ist 'ne ganze Weile her. Ich brauche ja nur Extrakte für den Tee, da reichen jeweils wenige Beeren. Die Mischungen bereite ich in der Küche zu ...« Er warf mir einen eingeschüchterten Blick zu und beeilte sich dann mit der Schlussfolgerung: »Vor Weihnachten würde ich sagen.«

»Und seither nicht mehr?«

»Ich glaube, Beat halt sich manchmal hier auf, aber ich bin oft unterwegs und kann das nicht so genau bezeugen ...«

Verwunderung spiegelte sich in seinem Gesicht, als ich hektisch auf meinem Telefon herumzutippen begann. Ich legte den Finger an die Lippen. Nur um Sekunden verzögert erklang eine arabisch anmutende Melodie aus der Truhe.

»Saids Handy liegt da drin!«, rief ich aufgeregt und riss an der Kette. Natürlich gab sie keinen Millimeter nach. »Wir müssen das Schloss aufbrechen!«

»Warten Sie, ich bin gleich zurück«, bedeutete mir Bastiani nach kurzem Überlegen und eilte aus der Scheune.

Ich war zappelig wie ein Schulkind, dem man seine tägliche Ritalindosis vorenthalten hatte. Endlich hatte ich Saids Handy gefunden! Und wenn mich nicht alles täuschte, würden wir auch gleich auf seine Jacke sowie auf Stamenkovics Habseligkeiten stoßen. Hier hatte also Beat die Besitztümer seiner Opfer gehortet, weil er sie nicht sofort hatte loswerden können.

Oder war es am Ende gar nicht Beat gewesen? Schlagartig übermannten mich Zweifel. Hatte Bastiani mich auf die falsche Fährte geführt, um von sich abzulenken? Es war auch Bastiani gewesen, der mich darauf hingewiesen hatte, dass Beat hin und wieder den Schuppen aufsuchte und hinterher vergaß, den Schlüssel zurückzulegen. Und hatte der Schlüssel nicht gepasst, weil er gar nicht passen sollte? Damit er eine Gelegenheit hatte, sich aus dem Staub zu machen?

Wie betäubt starrte ich auf die sanft brummende Tiefkühltruhe, als sich der Eingang plötzlich verdunkelte. Ich fuhr herum. Im Türrahmen stand Bastiani. In den Händen hielt er eine Axt. Sekundenlang starrten wir uns an.

»Treten Sie zur Seite«, forderte mich Bastiani auf und ich befolgte seine Anweisung wie ferngesteuert, worauf mein Herz endlich den Pumpbetrieb wieder aufnahm und mit einem jähen Japsen auch die Atmung wieder einsetzte.

Bastiani hielt die Axt verkehrt herum und drosch mit dem Kopf des Werkzeugs immer wieder auf das Schloss ein, doch erst beim fünften oder sechsten Hieb war er erfolgreich. Der Metallverschluss fiel klirrend zu Boden und der Gemüsehändler klappte den Deckel der Truhe auf. Wortlos tauschten wir einen Blick aus.

Eine bunt gestreifte Kapuzenjacke lag ordentlich zusammengefaltet auf der einen Seite des Behälters, ein Handy war griffbereit darauf platziert. Daneben fanden sich zwei Tennisschläger, eine Sporttasche und diverse Kleidungsstücke, die dem Stil nach einem coolen Gangsterrapper aus der Bronx gehört haben mussten. Ich rief mir Stamenkovics Alter und Herkunft in Erinnerung. Das kam hin.

Unter den Habseligkeiten der beiden Opfer konnte ich transparente Kunststoffbeutel erkennen, die den gesamten Boden der Kühltruhe bedeckten und mit schwarzen Beeren gefüllt waren. Bastianis Tollkirschen. Eines der Säckchen war aufgerissen und einige Früchte waren herausgekullert. Wie schwarz glänzende Perlen schimmerten sie in der Truhenbeleuchtung.

Die ungewöhnlichen Einbuchtungen fielen mir erst auf, als ich mich hinunterbeugte. Beklommen griff ich nach Jacke und Handy und reichte beides an Bastiani weiter, bevor ich auch die Sporttasche und die restlichen Klamotten hochhob. Dann war es deutlich zu sehen: Irgendetwas hatte auf den Beuteln gelegen und dabei einen Abdruck hinterlassen, sich regelrecht in die gefrorenen Tollkirschen hineingestanzt. Etwas Warmes und Schweres. Schaudernd blickte ich in die Tiefkühltruhe, auf die Umrisse, die vor meinen Augen immer mehr die Konturen von Saids Körper annahmen.

»Haben Sie eine Ahnung, weshalb er ...« Ich wies auf die Kühltruhe.

»Ich dachte, er hätte sich gefangen«, begann Bastiani unsicher. »Er hatte eine Arbeit und fand sich allmählich wieder im Leben zurecht. Und er war verliebt, es sah eigentlich gut aus ...«

Der Grund, weshalb er von der *Sanduhr*-Leitung verstoßen worden war. ›Untragbar‹ sei er dadurch geworden, hatte Bob gesagt.

»Wissen Sie zufälligerweise, wer der Glückliche ist?«

Während ich zum Käfer rannte, suchte ich die Nummer der Staatsanwaltschaft heraus. Tobler ging nach zweimaligem Klingeln ran. Ich verzichtete auf einleitendes Geplänkel, gab ihm durch, was er zu tun hatte, betonte, dass es äußerst wichtig war, und brach den Anruf ab, bevor er zu einer grantigen Entgegnung ansetzen konnte. Dann warf ich mich hinters Steuer und bemerkte, dass Bastiani bereits mit bangem Gesichtsausdruck auf dem Beifahrersitz Platz genommen hatte.

Was soll ich sagen? Es wurde eine atemberaubende Fahrt in jeder Hinsicht, bei der alle möglichen Gesetze und Tempolimits gebrochen wurden, während etliche Fußgänger und Velofahrer nur knapp an der Direktüberweisung in die Leichenhalle vorbeischrammten. Noch nie hatte ich so viele hochgereckte Mittelfinger und empört aufgerissene Münder im Rückspiegel gesehen wie heute.

Mit kreischenden Bremsen brachte ich den Käfer vor der Markthalle zum Stehen und konnte durch die große Fensterfront Beat, den bärtigen Verkäufer, alarmiert von seinem Gemüsestand aufblicken sehen. Obschon er wie ein Philanthrop ausschaute, war der Mann überaus gefährlich. Drei junge Männer hatte er auf dem Gewissen, vielleicht sogar mehr. Vorhin hatte ich ihm direkt gegenübergestanden, nur hatte mir da noch ein allerletztes Puzzleteilchen gefehlt, um ihn als Mörder zu entlarven. Doch es war sinnlos, mich darüber zu ärgern. Vielmehr musste ich mich jetzt beeilen, damit er mir nicht entwischte.

Beat ließ nämlich fallen, was er gerade in den Händen hielt, und rannte los.

»Ich geh außen rum«, keuchte Bastiani sofort und bog ab, während Beat wie ein aufgescheuchtes Kaninchen zwischen den Verkaufsständen Haken schlug. Dabei warf er um, wogegen er gerade stieß. Im Barrique gereifter Balsamico, Wildschweinwürste und eingemachte Oliven pflasterten meinen

Weg und ließen mich mehr als einmal ausrutschen. Halt suchend klammerte ich mich an der Ausstellungsware oder an flanierenden Kunden fest, sodass der Boden weiter bedeckt wurde, mit höhlengereiftem Emmentaler, zerbrochenen Akazienhoniggläsern und dem einen oder anderen Architektenpärchen. Alles spielte sich so schnell ab, dass keiner der Verkäufer reagieren konnte. Beat sprintete an der Kaffeebar vorbei und stürzte durch das Restaurant am Ende der Halle auf den dortigen Ausgang zu.

Ich verfolgte ihn der Ladenpassage entlang, die sich in den Bögen der Eisenbahnbrücke eingenistet hatte, und hatte ihn beinahe eingeholt, als er plötzlich nach links ausscherte. Wenige Sekunden später stand ich ebenfalls vor dem Treppenaufgang, der zum Viadukt hochführte.

Ich hetzte die Stufen hoch, doch als ich außer Atem oben auf dem Steg ankam, sah ich, dass Beat bereits ein gutes Stück Richtung Fluss zurückgerannt war. Eines musste man diesen ehemaligen Exschwulen lassen: Sportlich waren sie.

Unwillig knurrend setzte ich ihm nach, als Beat abbremste und sich nach kurzem Zögern auf das Geländer schwang.

»Noch einen Schritt weiter und ich springe!« Seine Stimme überschlug sich, während er mit ausgestreckten Armen auf der schmalen Balustrade balancierte, und der hoffnungslose Blick ließ keinen Zweifel daran, dass er es ernst meinte.

»Genau hier ist auch Nils zu Tode gestürzt«, bemerkte ich keuchend und realisierte gleichzeitig, dass eine solche Information nicht unbedingt förderlich war, wollte ich ihn vom Springen abhalten. Aber es fiel mir gerade schwer, mich dem mehrfachen Mörder gegenüber therapeutisch-einfühlsam zu verhalten. Unauffällig machte ich einen Schritt vorwärts.

»Halt!«, schrie er.

»Lass uns reden«, schlug ich vor und duzte ihn dabei, in der Hoffnung, etwas Nähe zu schaffen.

»Es gibt nichts mehr zu sagen!«

»Da bin ich anderer Meinung! Zwei Männer sind tot und ein dritter liegt im Spital. Das schreit geradezu nach einer Erklärung!«

Sein Körper versteifte sich, während Beat den leeren Blick auf die schneebedeckte Josefwiese richtete, die gut sieben Meter unter ihm lag.

»Und das alles nur wegen der Liebe?«, fragte ich etwas versöhnlicher.

Mit einer überraschend heftigen Bewegung drehte er sich nach mir um, seine Lippen öffneten und schlossen sich stumm. Ich wagte mich einen weiteren Schritt vor, was er nicht zu bemerken schien. Unten auf der Wiese erschien jetzt Bastiani und blickte hoch. Er war jedoch umsichtig genug, sich nicht bemerkbar zu machen.

»Nur wegen der Liebe?«, wiederholte Beat aufgebracht. »Nur? Weißt du, wie das ist, wenn man verliebt ist? So sehr, dass es wehtut? Dass man ohne den anderen nicht mehr leben kann?«

Ich verzichtete auf eine Antwort.

»Und dieser Schmerz, wenn der andere nicht genauso empfindet, dich einfach nicht zurückliebt? Dich anlügt, verrät und betrügt. Und dich allein zurücklässt, ganz allein. Kennst du das?«

Das hingegen kam mir bekannt vor – wie den restlichen sieben Milliarden Menschen auf dieser Welt wahrscheinlich auch.

»Er war die Liebe meines Lebens«, erklärte Beat leise.

»Wo hast du ihn überhaupt kennengelernt? Im Internet?«

Beat stieß verächtlich die Luft aus. »Viel schlimmer: Er hat an einem Programm von *Sanduhr* teilgenommen!«

Mit einem Mal zeichnete sich das Drama deutlich ab, das sich abgespielt haben musste: Wie er mir am Telefon selbst berichtet hatte, hatte sich Beat in diesen Kerl verliebt und wurde seinetwegen aus der Organisation geschmissen, die sein Leben war, für die er sich jahrelang aufgeopfert hatte. Nach seinem unfreiwilligen Austritt hatte er wohl gehofft, eine ernsthafte Beziehung zu dem Mann aufbauen zu können, doch das war für den anderen nie ein Thema gewesen. Denn der ließ sich bei *Sanduhr* behandeln, gerade weil er beabsichtigte, ein heterosexuelles Leben zu führen. Zumindest öffentlich.

Und Beat stand plötzlich allein da, verstoßen von seinen gleichgesinnten Kollegen, mit denen er auf eine sektenähnliche Art verbunden gewesen war, ohne Partner, ohne Job, ohne Halt und eigenständiges Leben. Er musste alle Hoffnungen auf diese eine Person gesetzt haben – und war bitter enttäuscht worden.

»Weshalb hast du die jungen Männer umgebracht?«

»Sie waren seiner unwürdig«, erwiderte Beat kurz angebunden. »Er war für mich bestimmt! Als er mir zu verstehen gab, dass er nichts mehr mit mir zu tun haben wollte, war ich am Boden zerstört. Doch ich habe zu Gott gebetet, dass er mir die Kraft gibt, wieder aufzustehen. Und Gott hat mich erhört, wie er alle erhört, die ihn in tiefster Not anflehen. Schnell hatte ich den Job bei Bastiani gefunden, der mir mein Überleben sicherte, und war mit einem Mal wieder voller Hoffnung. Ich musste nur meinen Mann davon überzeugen, dass Gott uns füreinander geschaffen hat. Dafür war ich bereit, jedes Hindernis zu beseitigen, das uns im Weg stand.«

»Drei junge Männer.«

»Er litt unter regelmäßigen Rückfällen, ich wusste das aus unseren Therapiesitzungen. Doch nie hat er sich spontan zu solchen Entgleisungen hinreißen lassen, kein Park, keine Sauna, keine öffentlichen Toiletten. Dazu war und ist er viel zu beherrscht. Wenn der Drang stärker wurde, hat er alles akribisch geplant und sich im Voraus im Internet verabredet.«

»Du hast sein Passwort geknackt?«

»Es war nicht so schwierig. Zu Beginn haben wir uns ja einige Male getroffen, bei mir oder im Hotel. Doch er fühlte sich rasch eingeengt. Er wollte keine Beziehung, hat er mir erklärt. Schließlich habe er Familie. Nur hin und wieder ein unverbindliches Treffen, anonym und auf die Schnelle. Kein großes Gelaber, keine Emotionen, kein Drama sagte er. Für mich stürzte der Himmel ein. Bei unserem letzten Treffen in einer heruntergekommenen Absteige habe ich sein Laptop durchforstet, als er unter der Dusche stand. Diese Datingseite war mir von den Berichten unserer Klienten her bekannt, obwohl ich selbst so was nicht benutzte. Die Zugangsdaten rauszufinden, war dann ein Kinderspiel.«

»Deswegen hast du immer genau gewusst, wann er sich mit jemandem verabredet hat!«

»Ich brauchte ja nur hin und wieder die Nachrichten zu überprüfen und wusste so genaustens über seine Treffen Bescheid. Meist lockte er die Jungs erst einmal an einen verschwiegenen Ort in der Nähe, und wenn sie ihm gefielen und ihr Aussehen mit den Fotos im Internet übereinstimmte, nahm er sie mit in eines der Stundenhotels an der Langstrasse.«

»Und du hast seinen Verabredungen im Anschluss aufgelauert.«

Beat hatte sich während unseres Gesprächs etwas beruhigt, doch jetzt verschleierte sich sein Blick und sein Kehlkopf zuckte unruhig auf und ab. »Ich lag nächtelang wach und irgendwann ertrug ich den Gedanken nicht mehr, dass er mit anderen herummachte. Sie hatten ihn nicht verdient!«, stieß er hervor und starrte mich finster an.

»Gab es noch andere?«, bohrte ich vorsichtig nach. »Außer Said, Nils und Marislav?«

»Keine Ahnung, wie die hießen. Sie waren alle jung, so mochte er sie. Da waren nur der Blonde, dieser Tennisspieler und der schlanke Araber. Niemand sonst.«

Ich glaubte ihm. Kevin hatte demnach tatsächlich Selbstmord begangen.

»Außer seiner Frau natürlich«, bemerkte Beat nach einer Pause.

»Was ist mit seiner Frau?« Mir blieb die Luft weg. Daran hatte ich überhaupt nicht gedacht.

»Er hat sie in Sicherheit gebracht. Keine Ahnung, wohin.«

»Wolltest du sie auch …«

Trotzig schob Beat die Unterlippe vor. »Wer weiß?«

»Er hat es also geahnt«, sagte ich halblaut, wie zu mir selbst.

»Leider! Obwohl ich mir die größte Mühe gegeben habe, meine Taten wie Unfälle aussehen zu lassen. Deswegen hat er wohl auch seine Zugangsdaten zu dieser Datingseite geändert.«

»Kein Wunder!«

»Gott wird ihm den richtigen Weg zeigen …«

Ungehalten unterbrach ich Beat, bevor er einen weiteren Sermon vom Stapel lassen konnte. »Du schwafelst die ganze Zeit von Gott, doch im Grunde genommen warst du nur eifersüchtig.«

Beat lachte etwas zu spitz. »Eifersüchtig? Ich? Weißt du nicht, dass Neid eine Todsünde ist?«

»Mord aber auch!«

Beat blickte mich irritiert an. »Aber sie haben ihn beschmutzt«, fuhr er mit zittriger Stimme fort, »sein reines Wesen in den Dreck gezogen mit ihrer … ihrer billigen Lust.«

Er ballte die Hände zu Fäusten, Blut schoss ihm in die Wangen und sein Blick flackerte mit einem Mal wild.

Er hatte mir ja selbst gesagt, dass Behandlungen, wie sie *Sanduhr* anbot, schwerwiegende psychische Störungen hervorrufen konnten. Manchmal sogar Suizidgedanken.

»Ich wollte unter allen Umständen vermeiden, dass er herausfindet, wer dahintersteckt«, erklärte Beat. »Ich hatte Angst, dass er sonst nie zu mir zurückkehrt.«

Indessen war ich so nah an ihn herangerückt, dass ich nur den Arm hätte ausstrecken brauchen, um ihn zu fassen.

Vom Limmatplatz her jaulten Sirenen. Es würde nicht mehr lange dauern, bis die Polizei hier war. Und hoffentlich auch der Staatsanwalt.

»Erzähl mir, wie das war«, versuchte ich, Beat abzulenken. Auch er schien das Martinshorn gehört zu haben. »Du hast den Jungs aufgelauert?«

Best war erstarrt.

»Beat, wie bist du vorgegangen?«, fragte ich daher nachdrücklich.

Er schluckte leer. »Dem Araber lauerte ich vor seiner Wohnung auf. Es war arschkalt und er kam sehr spät von diesem Treffen zurück. Ich betäubte ihn mit Chloroform …«

»… und sperrtest ihn in die Tiefkühltruhe in der Scheune, bis er gefroren war. Dann hast du ihm mit irgendeinem schweren Werkzeug, von denen es auf dem Hof etliche gab, die Knochen zertrümmert, damit es aussah, als wäre er aus dem Flugzeug gestürzt, bevor du ihn auf der Lichtung abgeladen hast. Du hast nicht einmal vergessen, die Äste über dem Fundort abzubrechen, damit alles authentisch wirkte.«

»Mit einer Hebel-Astschere.« Beat nickte anerkennend. »An dir ist ein Mörder verloren gegangen.«

»Ich setze nur Puzzleteile zusammen. Was du aber nicht bemerkt hast, war die eine Tollkirsche, die in der Gefriertruhe an Saids Kleidung hängenblieb und so zum Fundort der Leiche gelangte.«

Er zuckte mit den Schultern. »Wie auch immer.«

»Sie war die Spur zum Hof und dann zu dir.«

»Ich habe nie ernsthaft daran geglaubt, damit durchzukommen. Menschen wie ich sind keine Gewinner.«

»Weshalb dann der Aufwand?«

»Hab ich doch eben schon gesagt!«, fuhr mich Beat gereizt an und schwankte dabei bedenklich. »Es sollte nach einem Unfall aussehen. Vom Hof aus kann man die Flugzeuge beim Landeanflug beobachten. Ich erinnerte mich dann an diesen Zeitungsartikel über den Flüchtling, der auf diesem Weg in die Schweiz gelangen wollte.«

»Und was war mit Nils?«

»War das der Blonde? Der hat schon beim Chat im Internet dauernd nach Drogen gefragt. Chems, wie die das da nennen. Poppers, Kokain, MDMA, was weiß ich. Natürlich nahm mein Liebhaber nichts Derartiges, aber als ich die Tollkirschen in der Kühltruhe entdeckte, brachte mich das auf die Idee mit der Hexensalbe. Das Rezept war leicht rauszufinden. Ich habe alle Dosen erhöht und bin dem Typen am letzten Wochenende in diesen Klub gefolgt, wo ich ihm die Salbe diskret im Waschraum angeboten habe.«

Beat war also auf der Blumennacht im *Hive* gewesen!

»Er wollte erst nicht, doch als ich betonte, dass es sich dabei um eine ganz besondere Droge handle, die nicht für gewöhnliche Konsumenten gedacht sei, ist er sofort darauf abgefahren. Ich ermahnte ihn, er solle die Salbe ganz allein ausprobieren, weil sie sich eben für Normalverbraucher nicht eigne, und sie danach am besten irgendwo verstauen, damit sie nicht in unkundige Hände fiel. Das hat ihm gefallen. Mann, was war der Junge eitel! Aber er hat meine Anweisungen befolgt.« Ungerührt setzte er hinzu: »Am Montag las ich in der Zeitung von seinem Tod. Aber der Aufwand war enorm. Ich hätte lieber auf der Stelle gehandelt. So hat das alles viel länger gedauert, als ich ...«

»Warte, warte!«, unterbrach ich ihn. »Said war gar nicht die erste Verabredung deines Liebhabers?«

Beat schüttelte den Kopf. »Der pummelige Blonde war der Erste. Das Treffen mit meinem Mann hat vor etwa drei Wochen stattgefunden. Die Zubereitung der Salbe brauchte etwas Zeit. Aber ich war ihm ja gefolgt und wusste, wo er wohnte. Er hat meinen Liebhaber auch immer wieder angeschrieben und wollte ihn wiedersehen, aber der ...«

»... wollte kein Gelaber, kein Drama.«

Beat lächelte schwach. »Danach hat er den Tennisspieler getroffen. Der war aber oft unterwegs und stets von seiner Entourage umgeben, sodass es ein paar Tage gedauert hat, bis ich ihn allein erwischt habe. Da war alles viel einfacher, Chloroform und dann ab in den Kastenwagen und zum See. Bei ihm wäre ein Selbstmord auch durchaus glaubwürdig gewesen. Der Araber war zwar das letzte Date, aber der erste Tote. Doch bereits da hat mein Liebhaber Verdacht geschöpft und Profilnamen und Passwort für die Datingseite geändert. Seither habe ich keine Ahnung mehr, wen er trifft ...«

Aus dem Augenwinkel sah ich das erste Polizeifahrzeug durch die Durchfahrt steuern, gefolgt von einem weiteren. Beide hatten Blaulicht und Sirene ausgeschaltet. Bastiani musste sie darauf aufmerksam gemacht haben, was sich hier oben abspielte. Wie es schien, hatte Tobler auf mich gehört und alle Hebel in Bewegung gesetzt. Ich fragte mich nur, wo er so lange blieb.

»Die Polizei. Das war's dann wohl«, flüsterte Beat, als die Wagen am Rand der Josefwiese stehen blieben. Vereinzelt fielen Schneeflocken, sonst rührte sich nichts.

»Vater unser im Himmel ...«, setzte Beat mit geschlossenen Augen zum Gebet an.

Das auch noch.

Er taumelte heftiger und ich stellte mich vorsichtshalber ganz nah ans Geländer, die Arme ausgebreitet, als würde ich ihn zum Tanz auffordern. Er bemerkte es nicht einmal. Unten glitt endlich der schwarze Mercedes durch die Einfahrt.

»Dein Reich komme, Dein Wille geschehe ...«

»Ist das der Mann, für den du all das getan hast?«, fragte

ich Beat, gerade laut genug, dass er sein Gebet unterbrach. Er öffnete die Augen und erstarrte.

»Frank!«, wisperte er, gefolgt von einem Freudenschrei: »Frank!«

Er streckte seine Arme nach Tobler aus, der soeben aus der Limousine stieg.

»Frank, Liebster, ich bin's!«

Als Tobler hochsah, verhärtete sich sein Blick umgehend. Schnurstracks winkte er einen der nun ebenfalls ausgestiegenen Beamten heran und redete eindringlich auf ihn ein, worauf dieser gehorsam nickte und zu den Polizeifahrzeugen zurückeilte. Danach blickte Tobler wieder zu uns herauf, abwartend und mit ausdrucksloser Miene, als ginge ihn das alles gar nichts an. Wäre da nicht seine sichtlich angespannte Kiefermuskulatur gewesen.

»Aber ... Frank!« Beats Stimme ging in ein Flehen über. Im nächsten Moment sah ich ihn mit den Armen rudern und packte geistesgegenwärtig sein Handgelenk.

Wir knallten von je einer Seite gegen das Geländer, Beat von außen und ich von innen. Das hässliche Knirschen und der darauffolgende gellende Schrei sagten mir, dass er sich dabei die Schulter ausgerenkt hatte. Mit der Hand des unverletzten Armes wedelte Beat panisch in der Luft herum, das Gesicht schmerzverzerrt. Ich stemmte mit aller Kraft beide Beine in den Boden, doch sein Körpergewicht zog mich unweigerlich über das Geländer, ich hing bereits bis zur Brust darüber.

»Halt dich fest!«, rief ich ihm zu, doch Beat hatte nur Augen für Tobler. »Ich muss sonst loslassen. Du musst mir helfen, um Gottes Willen!«

Das wirkte. Gehorsam tastete er nach einer Balustradenstange und klammerte sich fest. Für den Bruchteil einer Sekunde lockerte ich meinen Griff um nachzufassen, dabei entglitt mir sein Arm, doch Beat schaffte es gerade noch, sich an der vereisten Kante des Viadukts festzukrallen. Sofort warf ich mich zu Boden, langte unter dem Geländer hindurch und packte seine schweißnasse Hand. Meine Fingernägel bohrten sich in sein Fleisch, während sein Gewicht ihn nach unten zog. Ich spürte, wie mir seine Finger unaufhaltsam entglitten, Zentimeter um Zentimeter.

Zu meiner Erleichterung war jetzt vom Aufgang her das schwere Stapfen von Polizeistiefeln zu vernehmen. Während die Uniformierten über den Viadukt auf uns zurannten, spähte ich hinunter zu Tobler. Er hatte sich nicht vom Fleck bewegt. Sein Blick war immer noch auf uns gerichtet, er war unbeteiligt und kühl.

Mittwoch

»Das hätte ich nie gedacht!«, schwärmte Manju begeistert und riss ein handtellergroßes Stück *Chapati* ab, mit dem sie elegant und ohne die Finger zu beschmutzen das letzte Stück Lammfleisch auf ihrem Teller einrollte, bevor sie den Rest Soße auftunkte.

»Echt, Vijay, damit hast du uns alle überrascht!«, stimmte Fiona zu, die neben José an meinem zur Tafel umfunktionierten Schreibtisch saß.

»Na ja, indische Mütter haben eben auch ihre guten Seiten. Das muss auch mal gesagt sein. Sie stehen zum Beispiel einen Großteil des Tages in der Küche und kochen. Meine hat mich dabei richtiggehend geschult, natürlich in der Hoffnung, dass ich später einmal den Laden übernehmen würde.«

»Hat zwar nicht geklappt, aber wir sind ihr trotzdem dankbar für ihre Bemühungen«, feixte Miranda und löffelte sich etwas *Tori Raita*, Joghurt mit Zucchini und Tomaten, auf ihr *Chapati*.

Die Nachricht, dass sie auf einmal eine Tochter hatte, ließ Miranda irgendwie von innen heraus strahlen und neuerdings gab sie sich – ich vermutete reinen Übungszweck dahinter – ihren Freunden gegenüber betont fürsorglich, beinahe mütterlich. Zumindest zeitweise. Ihre Befürchtungen verbarg sie jedoch geschickt, nur in ruhigeren Situationen sah ich es in ihrem Gesicht, dass sie weiterhin hinter dem Stolz und der Freude lauerten.

Ich blickte in die Runde und ein Gefühl der Geborgenheit und des Glücks erfasste mich. Meine besten Freunde versammelt an einem Tisch, das war auch Familie. Ich bezweifelte zwar, dass meine Mutter mir zustimmen würde, zumindest für mich war es aber so. Wie sie mir bei ihrem letzten Anruf berichtet hatte, erholte sich mein Vater allmählich, an eine Rückkehr in die Schweiz sei jedoch nicht so bald zu denken. Es könne sogar sein, dass er längere Zeit in Indien bleiben würde und sie alleine zurückreisen werde. Es ging ihm besser – diese Nachricht hatte mich immens beruhigt.

Mit vollem Bauch lehnte ich mich zurück. Natürlich hatte ich viel zu viel gekocht und der Tisch war nun übersät von halb vollen Kupferschalen, in denen ich die Gerichte aufgetragen hatte, während das Wohnzimmer erfüllt war von würzigen Gerüchen, die ich wohl frühestens gegen Sommer wieder ausgelüftet haben würde. Aber das war egal.

Schon lange hatte ich zu einem Abendessen laden wollen, doch erst Manjus Sticheleien letzte Woche bezüglich meiner Kochkünste hatten mich veranlasst, sie und Miranda zu bitten, am Mittwochabend den Laden ausnahmsweise zu schließen, da ich sie alle bekochen wollte.

Ich hatte mich ziemlich ins Zeug gelegt: *Bhindi Gosht*, Lamm mit Okraschoten und Zwiebeln, *Palak Paneer*, Spinat mit indischen Käsewürfeln, dazu *Raita* und einen Topf des unvermeidlichen Basmatireises.

Zur Nachspeise hatte ich *Gulab Jamun* vorbereitet, frittierte und anschließend im Zuckersirup regelrecht ersäufte Teigbällchen. Erfahrungsgemäß konnte sich nach einem solchen Mahl keiner mehr rühren.

Neben mir nuckelte Kathi an einem *Kingfisher*-Bier. Sie war immer noch blass und den ganzen Abend ungewohnt still gewesen. Ich hatte sie eingeladen, um sie wenigstens für ein paar Stunden abzulenken, doch es war unübersehbar, wie sehr sie unter Nils' Tod litt. Selbst als ich ihr von der Festnahme seines Mörders berichtet hatte, war sie seltsam unbeteiligt geblieben, obwohl ich zumindest Erleichterung erwartet hatte. Aber ich konnte sie verstehen: Die Meldung, dass man den Täter erwischt hatte, brachte nur kurz Genugtuung und kaum Trost. Die Lücke, die der geliebte Mensch hinterlassen hatte, blieb bestehen.

Jetzt stellte Kathi die Bierflasche hin und schob den Teller bestimmt von sich weg. »Dieser Staatsanwalt muss ja ein ziemliches Arschloch sein.«

Ich umging eine eindeutige Antwort, indem ich nach indischer Art mit dem Kopf wackelte, eine schlackernde Bewegung, aus der normalerweise kein Mitteleuropäer eine klare Aussage herauszulesen vermochte. »Er hat sich die ganze Zeit vor Angst beinahe in die Hosen gemacht. Schon bei der ersten Leiche, bei Said, war er alarmiert gewesen und hatte nur deshalb meine falsche Theorie von dem aus einem Flugzeug gestürzten Flüchtling übernommen, weil sie von ihm abgelenkt hat. Zu Recht hat er befürchtet, dass ihm jemand auf die Schliche kommen und sein Doppelleben auffliegen könnte. Deswegen hat er auch unverzüglich sein Profil auf der schwulen Datingseite gelöscht. Mein Glück, wie ich erst hinterher herausgefunden habe, denn hätte Beat weiterhin alle Nachrichten von Tobler mitlesen können, wäre ich sein nächstes Opfer gewesen.«

»Das wäre ein Begräbnis geworden! Ein vermeintliches Sexdate mit einem Staatsanwalt hätte wohl nicht nur in deiner Familie für kollektives Hochziehen der Augenbrauen gesorgt!«, frotzelte José, während Manju mit gespieltem Entsetzen nach Luft schnappte und sich Miranda theatralisch die Hand vor den Mund schlug.

»Ach ihr! Jedenfalls hat Tobler die ganzen Ermittlungen absichtlich verschleppt. Deswegen schien es auch, als käme die Polizei keinen Schritt vorwärts. Als er von Nils' Tod hörte, wusste Tobler sicher, dass ihm jemand auf den Fersen war, schließlich hatte er kurz zuvor ein Techtelmechtel mit dem Jungen gehabt. Beim Tennisspieler geriet er dann vollends in Panik und brachte seine Familie in Sicherheit. Auf die Malediven.«

»Es gibt unangenehmere Orte für ein Exil«, warf José ein, während Miranda erstaunt die Augen aufriss: »Stamenkovic hatte ein Profil auf einer schwulen Datingseite?«

Ich nahm mein Smartphone zur Hand und startete den Browser.

»Hier.« Ich hielt ihr das Telefon hin.

»Ich sehe nur einen unbekleideten Oberkörper.«

»Der gehört Marislav Stamenkovich.«

»Das kann jeder behaupten. Und dann ›Matchpoint‹ als Benutzername? Wie bescheuert ist das denn?«

»Was geschieht jetzt mit diesem Beat?«, fragte Fiona, nachdem das Gelächter etwas abgeflaut war.

»Er ist in eine psychiatrische Klinik eingeliefert worden und wird wohl als nicht zurechnungsfähig erklärt werden.«

Jeder am Tisch hing seinen Gedanken nach, bis José lauernd das Schweigen brach: »Ich nehme nicht an, dass du Toblers Akte noch hast?«

»Die habe ich heute Nachmittag in einem an ihn adressierten Umschlag am Postschalter aufgegeben.«

»Und du hast sie nicht zufälligerweise doch gelesen?«

Ich grinste und schlenkerte erneut mit dem Kopf.

»Was soll das nun wieder ...?«

»Und diese Organisation, wie hieß sie noch ...?«, rettete mich Manju, bevor José seine Frage beenden konnte.

»*Sanduhr*. Die werden selbstverständlich weitermachen, so lange die Nachfrage besteht. Belangen kann man sie weder für die Morde an den jungen Männern noch für Beats Zustand. Leider.«

Ich räumte die benutzten Teller in die Küche, während im Wohnzimmer eine hitzige Diskussion über den Sinn von sexuellen Umpolungen entbrannte. Wider Willen musste ich grinsen. Nicht zuletzt wegen des großzügigen Betrags, den mein anonymer Auftraggeber heute Morgen auf mein Konto überwiesen hatte, nachdem ich ihn über den Ausgang der

Mördersuche informiert hatte. Zudem hatte er der Gemeinde, in der Saids Leiche gefunden worden war, angeboten, die Beerdigungskosten zu übernehmen. Was diese strikt abgelehnt hatte. Nach längerem Hin und Her hatte man sich schließlich darauf geeinigt, die Rechnung zu teilen. Ich fragte mich, wie er die abgezweigte Summe seiner Frau erklären wollte. Aber das war nicht mein Problem.

Ich hörte meinen Freunden eine Weile beim Streiten zu, bevor ich den Kühlschrank öffnete und fünf Bier herausnahm.

»Für mich keins, danke«, wehrte Fiona ab, als ich ihr eine Flasche hinstellte.

Besorgt beugte ich mich zu ihr hinunter. »Du hast bislang nur Wasser getrunken. Ist dir nicht gut?«

Sie legte vielsagend die flache Hand auf ihren Bauch und lächelte. Ich riss die Augen auf, doch sie hielt sich einen Finger an die Lippen und blinzelte mir verschwörerisch zu. Niemand schien unsere halblaut geführte Konversation mitbekommen zu haben.

»Was grinst du so dämlich?«, erkundigte sich José, als ich mich wieder gesetzt hatte. Sein Blick wanderte irritiert von mir zu Fiona und wieder zurück, während mich seine Freundin fixierte und unauffällig den Kopf schüttelte.

Jetzt war mir plötzlich klar, weshalb sie José so bestimmt zu einer gemeinsamen Wohnung drängte. Der Ärmste hatte keinen blassen Schimmer, was in naher Zukunft alles auf ihn zukam.

»Nichts. Es ist nichts. Gar nichts.« Ich war drauf und dran loszuprusten.

»Lass uns noch mal die Fotos anschauen!«, rief Miranda gerade noch rechtzeitig und sprang auf, um die Umschläge mit den Hochzeitsofferten zu holen, die ich achtlos auf den Beistelltisch geworfen hatte. Bereits beim Apéro mit einigen Flaschen Prosecco waren sie ihr aufgefallen und wir hatten uns in der Folge prächtig amüsiert, als wir meine potenziellen Bräute durchgegangen waren.

Kaum hatte Miranda die Fotos auf dem Tisch ausgebreitet, brach erneut Jubelgeschrei aus.

»Da ist wieder die, die aussieht wie das Michelin-Männchen! Als versteckte sie ein ganzes Pneulager unterm Sari!«, kreischte Miranda, während Fiona lachend japste, dass das gemein und niederträchtig sei.

»Und die mit den abstehenden Ohren kommt nur infrage, wenn du in alternative Energien investieren willst. Wind und so«, doppelte José nach.

»Es gibt ja auch ein paar ganz Hübsche darunter!«, hielt ihm Kathi entgegen und streckte ihm eine Fotografie unter die Nase. »Diese ginge fast als Miss India oder Bollywoodschönheit durch.«

»Ach, was will denn der schon mit einer Hübschen?«

Lautstark und wenig taktvoll – wenn man bedachte, dass ich mich in unmittelbarer Nähe befand – begannen sie zu verhandeln, welcher Typ Frau zu mir passen würde.

»Das habe ich dir zu verdanken«, sagte ich zu Manju und zog ein vorwurfsvolles Gesicht.

»Selber schuld«, erwiderte sie spöttisch lächelnd. »Ich hoffe, du triffst die richtige Wahl.«

Den Blick, den sie mir dabei zuwarf, konnte ich auf Anhieb nicht deuten. Ich trank einen Schluck Bier und als ich aufschaute, hielt sie ihn noch immer auf mich gerichtet. Jetzt erwiderte ich ihn und versank in Manjus Augen. Wehrlos, als wäre ich in Treibsand geraten.

Das Gelächter meiner Freunde entfernte sich immer weiter, wurde zu einem Rauschen in meinen Ohren und verebbte schließlich ganz. Jetzt gab es nur noch zwei Menschen in diesem Raum. Sie und mich.

Glossar

Apéro – zu Hause vor dem Nachtessen oder Weggehen reichlich alkoholische Getränke konsumieren

Blache – Plane

Cervelatprominenz – abwertende Bezeichnung der weniger wichtig einzustufenden Schweizer Lokalberühmtheiten

Cüpli – ein Glas Champagner

Grieder – Modehaus an der Zürcher Bahnhofstrasse

Hijra – In Indien als ›das dritte Geschlecht‹ bezeichnet, sind Hijras genetisch meist männlich, kleiden sich aber weiblich. Ihren Lebensunterhalt verdienen sie mit Tanzen und Segnungen auf Hochzeiten, was dem Brautpaar Glück bringen soll, aber auch als Wahrsager oder Prostituierte.

Nüsslisalat – Feldsalat

Münz – Kleingeld

Rande – Rote Beete

RAV – Regionales Arbeitsvermittlungszentrum

Alle Fälle von Vijay Kumar –

Fangschuss
ISBN 978-3-89425-369-1, auch als E-Book erhältlich
Der erste Fall für Vijay Kumar
Ausgezeichnet mit dem ›Zürcher Krimipreis‹

Der frischgebackene Privatdetektiv Vijay Kumar macht sich auf die Suche nach einem kleinen Drogendealer. Als er über eine Leiche stolpert, beginnt die Jagd – durch das noble Zürcher Bankenviertel bis in die Einsamkeit einer Berghütte.

Lichterfest
ISBN 978-3-89425-384-4, auch als E-Book erhältlich
Der zweite Fall für Vijay Kumar

Vijay Kumar ist irritiert: Was ist so besonders an Putzfrau Rosie, die er im Auftrag des Medientycoons Blanchard finden soll? Als der rechte Politiker Graf tot aufgefunden wird, bekommt der Fall eine neue Dimension, denn auch bei Graf hat Rosie geputzt.

Uferwechsel
ISBN 978-3-89425-407-0, auch als E-Book erhältlich
Der dritte Fall für Vijay Kumar
Nominiert für den ›Zürcher Krimipreis‹

In einem Waldstück nahe des Flughafens wird die Leiche eines jungen Mannes gefunden. Hatte er sich im Radkasten eines Flugzeugs versteckt, um illegal in die Schweiz einzureisen? Vijay Kumar geht der Sache nach. Eine Spur führt ins Strichermilieu – der Detektiv trifft unerwartet bekannte Gesichter ...

Familienpoker
ISBN 978-3-89425-425-4, auch als E-Book erhältlich
Der vierte Fall für Vijay Kumar

Die junge Noemi will unbedingt wissen, wer ihre leiblichen Eltern sind. Was für Privatdetektiv Vijay Kumar als einfacher Rechercheauftrag beginnt, entwickelt sich zu einer gefährlichen Jagd von Madrid bis ins Berner Oberland – immer auf der Suche nach einem mysteriösen Doktor Grüninger ...

der kultige Detektiv von Sunil Mann

Faustrecht

ISBN 978-3-89425-447-6, auch als E-Book erhältlich
Der fünfte Fall für Vijay Kumar

Für Adrian Bühler ist ein Inder das kleinere Übel im Vergleich zu einem Deutschen – und er beauftragt Vijay Kumar herauszufinden, ob ihn seine Frau mit einem Deutschen betrügt. Als es einen Toten gibt, ist die Geschichte für Vijay längst zu einer persönlichen Angelegenheit geworden, nicht ahnend, wer seine Gegner wirklich sind …

Schattenschnitt

ISBN 978-3-89425-476-6, auch als E-Book erhältlich
Der sechste Fall für Vijay Kumar
Nominiert für den ›Zürcher Krimipreis‹
und den ›Friedrich-Glauser-Preis!‹

Wer hat Pina Gilardi niedergestochen? Die Dokumentarfilmerin ist erst jüngst aus Indien zurückgekehrt, wo sie nach Jahren erneut das Thema aufgegriffen hat, mit dem sie berühmt wurde: die Lebensbedingungen HIV-positiver Menschen. Als Vijay der Spur folgt und in das Land seiner Vorfahren reist, muss er sich unerwarteten Gefahren stellen – und das nicht nur, weil seine Familie mal wieder große Pläne mit ihm hat …

Gossenblues

ISBN 978-3-89425-492-6, auch als E-Book erhältlich
Der siebte Fall für Vijay Kumar

Am Grab seines Vaters trifft Vijay Kumar auf eine merkwürdige Frau. Sie beauftragt den Privatdetektiv, nach Gaudenz Pfister zu suchen. Vijays Nachforschungen bringen ans Licht, dass Pfister als Obdachloser unter dem Spitznamen ›Fischli‹ auf der Straße lebt. Dabei hätte der einstige Banker genug Geld für einen Neuanfang haben müssen. Wenig später ist nicht nur Gaudenz Pfister, sondern auch Vijays Auftraggeberin tot. Der Fall nimmt Ausmaße an, wie sie der Detektiv nie erwartet hätte.

Spannung mit Groove und Humor

Rainer Wittkamp
Hyänengesang
ISBN 978-3-89425-486-5
Auch als E-Book erhältlich

Martin-Nettelbeck-Krimis:
Ausgezeichnet mit dem ›Krimiblitz‹
und dem ›Krimifuchs‹!

Einst ein gefeierter Schlagerstar mit einem Millionenvermögen, jetzt Alleinunterhalter in Privatinsolvenz: Doch sobald der Restschuldbefreiung stattgegeben wird, will Roman Weiden wieder groß durchstarten ... Der Traum zerplatzt.

Maximilian Hollweg war früher in der High Society zu Hause, bis ihn ein Unfall in den Rollstuhl brachte. Nun hat er eine behindertengerechte Penthousewohnung, einen persönlichen Assistenten und ein neues Projekt. Allerdings lassen ihn seine Träume schlecht schlafen.

Kommissar Martin Nettelbeck ist glücklich: Ein langer Urlaub steht bevor. Ein totes Callgirl, ein omanischer Militärattaché und eine Bombe lassen auch seinen Traum zerplatzen.

»Wittkamp hat wilden Humor und böse Ideen, dazu ein Händchen für griffige Szenen und maliziös gezeichnete Figuren.«
Frank Rumpel, Crimemag

»Ein großartiger Krimi mit viel Humor, ohne albern zu sein. Auf jeden Fall lesenswert!« Eva Hüppen, Leserwelt

»Äußerst unterhaltsam und intelligent geschrieben und eine Bereicherung für die deutsche Krimiszene!«
Jutta Viercke-Garcia, ekz Bibliothesservice

»Witzig, spritzig, spannend, gute Story.«
Radio Berlin Brandenburg

Ein düsteres Famliengeheimnis

Silke Ziegler

**Im Angesicht der Wahrheit
Rückkehr ins Roussillon**
ISBN 978-3-89425-491-9
Auch als E-Book erhältlich

Ein Neuanfang mit einer kleinen Auberge –
doch die Vergangenheit holt Estelle ganz
schnell wieder ein

Nach einem traumatischen Erlebnis vor achtzehn Jahren hat die Französin Estelle Miroux ihre Heimat verlassen und ein neues Leben in Deutschland begonnen. Aber als ihre Großmutter stirbt und Estelle ein kleines Hotel hinterlässt, kehrt sie kurz entschlossen nach Südfrankreich zurück, um die Auberge zu neuem Leben zu erwecken.

Schnell treffen die ersten Gäste ein und ihr attraktiver Nachbar Tom Bauvall geht Estelle zur Hand, wo er kann. Eigentlich könnte alles perfekt sein. Doch dann wird Argelès-sur-Mer von einer Mordserie heimgesucht und die junge Frau gerät unter Tatverdacht. Denn den Opfern wurde ein Datum in die Stirn geritzt – das Datum der schlimmsten Nacht in Estelles Leben.

Ein düsteres Geheimnis, romantische Gefühle
und südfranzösisches Flair!